EL BESO DE LA DONCELLA DE HIELO

CLAIRE DELACROIX

Traducido por
LAUREN IZQUIERDO

DEBORAH A. COOKE

LAS NOVIAS DEL AMOR VERDADERO

La serie, *Las novias del amor verdadero*, es sobre romances escoceses medievales con elementos paranormales. Esta serie continúa las historias de los ocho hermanos de Kinfairlie que son los nietos de Merlyn e Ysabella de **El Bribón**.

1. **El corazón del renegado**

2. **La maldición del Highlander**

3. **El beso de la doncella de hielo**

4. **La recompensa del guerrero**

EL BESO DE LA DONCELLA DE HIELO

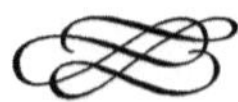

LUNES 21 DE DICIEMBRE DE 1427

DÍA DE SANTO DIGAIN DE CORNUALLES Y EL APÓSTOL TOMÁS.

PRÓLOGO

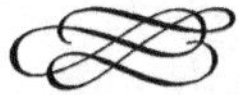

Escocia

"Dime que no hace más frío", dijo Rafael con tono sombrío. Malcolm y su compañero acababan de entrar en los bosques a las afueras de Kinfairlie, y las ramas de los árboles estaban cubiertas de hielo. La nieve caía con fuerza, pero al menos el bosque se protegía del viento cortante. Malcolm nunca había visto una tormenta así, pero dudaba que su compañero creyera eso.

No era el clima ideal para un regreso a casa, aunque Malcolm sentía que el clima se hacía eco de su propio estado de ánimo. Él mismo sentía frío, estaba helado por lo que había hecho para llenar sus cofres de oro y plata. El viento y la nieve se arremolinaban a su alrededor oscureciendo el paisaje a la vista, y reconoció que se sentía perdido.

Kinfairlie. Estaba a unos instantes de casa. Por mucho que quisiera ver a su familia, no quería enfrentarse a la censura de su hermano mayor. Habría desaprobación, incluso más que antes. Alexander se había disgustado cuando Malcolm había elegido la vida de un mercenario en lugar de su herencia en Ravensmuir: ese hermano estaría disgustado al saber cuánta sangre manchaba la espada de Malcolm ahora.

"Estoy helado hasta la médula", se quejó Rafael. "Ni siquiera puedo sentir mis dedos de los pies. ¿No has oído hablar de la maravilla conocida como fuego en este lugar remoto? El mercenario miró a su alrededor y su disgusto habría sido cómico si el humor de Malcolm hubiera sido más ligero. "No me sorprendería, ya que evidentemente los habitantes de aquí no están familiarizados con el sol."

Estaba oscureciendo temprano, mucho antes de lo que había experimentado en el continente. Rafael era del sur de España, su piel era de un rico tono dorado por la caricia del sol, sus ojos y cabello del castaño más oscuro. Sus dientes brillaban cuando sonreía, lo que generalmente era después de la muerte de un enemigo. Rafael era mejor como amigo que como enemigo, el guerrero perfecto para tener a la espalda, y su amargura hacía que Malcolm se sintiera un poco menos congelado. Rafael había visto mucho, experimentado más y esperado menos que cualquier hombre que Malcolm hubiera conocido.

"Puedo entender fácilmente por qué dejaste este miserable lugar", continuó Rafael. "El misterio, amigo mío, es por qué quieres volver."

"Pronto tendrás los pies ante un fuego abundante", dijo Malcolm, esperando que así fuera.

Su compañero hizo un sonido de escepticismo. "Ese fuego descongelará un cadáver a este ritmo", murmuró Rafael. "¿Cuánto más lejos?"

Malcolm detuvo su caballo en una encrucijada familiar en medio del bosque. El camino correcto los llevaría a Kinfairlie. Su familia se reuniría para Yule, y el salón donde había crecido estaría lleno de música y luz de velas. Habría niños y alegría, una mesa gimiendo con comida y habría vegetación cubriendo el salón. Rafael tendría su fuego y más.

Tales alegrías no eran para Malcolm, todavía no. Él no sabía qué le diría a Alexander y mucho menos cómo le explicaría la presencia de Rafael a su lado. No había manera de disfrazar lo que era Rafael, y mucho menos en lo que se había convertido Malcolm.

Eran mercenarios y guerreros a sueldo. Asesinos.

Se había ganado el apodo de *Sabueso del infierno* con su espada y su ferocidad, y ya no era el hombre que había sido. Era bastante fácil adivinar que Alexander percibiría la verdad y lo desaprobaría aún más.

Malcolm decidió que podía privarse de una pelea esa noche.

"Todo recto. No pasará mucho ahora", dijo, señalando el camino que conducía a Ravensmuir.

Rápidamente se hizo evidente que se trataba de un camino descuidado. Nunca había estado muy concurrido, pero desde la destrucción de la fortaleza de Ravensmuir, Malcolm supuso que no tenía un destino real. Si no fuera por la división de los árboles en el bosque, nunca hubiera imaginado que alguna vez hubiera sido un camino.

"Este es un camino sin un buen final", se quejó Rafael. Los caballos trabajaban pesadamente, hasta las rodillas en la nieve. Rafael miró a Malcolm con sospecha. "¿A dónde vamos que valga el sacrificio de cinco buenos caballos?"

"A Ravensmuir", admitió Malcolm, exhalando el nombre de la fortaleza que amaba más que nada.

"Por el amor de Dios, ¿por qué?"

"Porque es mío".

Rafael se rió. "¿Eres un señor con un dominio a tu nombre?"

"Lo soy", dijo Malcolm con una convicción tan tranquila que su compañero se puso serio.

Los ojos de Rafael se iluminaron con curiosidad y algo que Malcolm decidió no nombrar. "¿Por cuánto tiempo ha sido esto así?"

"Años ahora". Malcolm le lanzó una mirada al otro hombre. "Desde que te conozco y más".

"Y sin embargo, nunca dijiste ni una palabra de eso. Todo este tiempo, luché junto a un noble que fingía no tener nada a su nombre. El Sabueso del infierno, señor solo de todo lo que se apodera. Rafael miró de reojo a Malcolm. "Uno tiene que preguntarse por qué el secreto".

"Más una herida que un secreto". Malcolm trató de tragarse el nudo en la garganta y falló. "Mi tío murió en la fortaleza de Ravensmuir".

"¿De vejez? ¿Veneno? ¿La espada de un asesino?

"Hay cavernas debajo del torreón, pasadizos secretos que serpentean desde la sala hasta el mar. Mis antepasados los usaron para... comercio."

Rafael volvió a reír. "Comercio de artículos que debían estar ocultos. Ahora comprendo que te adhieres a sus propiedades honestamente. Tus antepasados fueron piratas."

"No todos. Tenían un negocio próspero en la venta de reliquias religiosas."

"Sabía que había más en ti de lo que se veía a simple vista".

"Pero mi tío Tynan no aprobaba esto. Como su padre, era un comerciante honesto que comerciaba con telas y otros lujos."

"Usaría los mismos contactos en el este para ambos", señaló Rafael. "Y si un tesoro se deslizara entre la tela, ¿quién lo sabría?"

"No", dijo Malcolm con vehemencia. "Mi tío fue honesto de principio a fin. Dirigió un comercio justo y se negó a traficar con reliquias. Eso fue lo que lo mató."

"¿Una maldición?"

Malcolm negó con la cabeza. "Yo tenía una tía, o una mujer a la que llamábamos tía. Rosamunde era pirata y estaba orgullosa de ello. Ella también estaba enamorada de Tynan. Habían pensado que sus sentimientos el uno por el otro estaban mal, porque creían que eran primos de sangre. De verdad. Rosamunde era una niña abandonada que no compartía sangre con nosotros y que había sido adoptada por el hermano de mi abuelo. Cuando supieron la verdad, creo que se convirtieron en amantes."

"La pirata y el hombre de honor. Es una asociación poco probable."

"Creo que fue bastante tormentoso, pero apasionado. Finalmente discutieron sobre las reliquias y se separaron, pero él la persiguió hasta las cavernas."

"Entonces ella lo mató, para ganar el tesoro". Rafael asintió. "Me hubiera gustado conocer a esta mujer".

"No, no. Ella trató de salvarlo." Malcolm hizo una pausa en su relato, porque la siguiente parte sonaba inverosímil, incluso en sus propios pensamientos, aunque sabía que era verdad. "Hay una vieja historia de que Ravensmuir es un portal al reino oculto de las hadas. Nunca lo creímos, hasta que mi hermana menor, Elizabeth, dijo que podía ver a las Hadas en nuestra morada de Kinfairlie"

"¿Kinfairlie?"

"Una fortaleza hermana, gobernada por mi padre y ahora por mi hermano mayor, Alexander".

La expresión de Rafael era demasiado evaluadora para que Malcolm no adivinara fácilmente sus pensamientos. Habló con una indiferencia que seguramente fue fingida. "Los niños dicen ver muchas cosas".

"En efecto. Pero en las cavernas debajo de Ravensmuir, ocurrieron eventos extraños. Rosamunde y Tynan se enfrentaron a un hada, una spriggan, convencida de que las reliquias eran su propio tesoro. En la batalla que siguió, las cavernas se derrumbaron."

"Y ahí murió tu tío", supuso Rafael.

"Y allí murió, pero no Rosamunde. Ella escapó al reino de las hadas, a través de ese mismo portal, uno que era verdad, no un rumor."

"Y lo sabes porque ella regresó para compartir la historia".

Malcolm asintió. "Tuve noticias de Alexander".

En su opinión, siempre había habido una cualidad irreal en Ravensmuir. Estaba encaramada en el borde del Mar del Norte, una oscura fortaleza donde no debería haberla, una torre llena de pasadizos secretos y túneles ocultos, un castillo que se dice que es administrado por terratenientes con poderes extraños. Los cuervos habían vivido en lo alto de sus torres, pájaros oscuros y vigilantes que, según se decía, se comunicaban con el propio Señor de la Fortaleza. Había un seto de espinas delante de las puertas, como si los visitantes no fueran bienvenidos. Malcolm había jugado en Ravensmuir cuando era niño, y su salón había estado alegre la mayor parte del tiempo. Sin embargo, siempre había tenido la sensación de que había más cosas en marcha de lo que la mayoría de la gente pensaba.

Más incluso que el tráfico secreto de reliquias religiosas que había financiado la construcción de Ravensmuir.

Rafael se burló. "Así que tenías que creerle a una pirata." Negó con la cabeza. "Soy escéptico, amigo mío. Me parece que esta pirata Rosamunde robó el tesoro, destruyó las cavernas para escapar de tu tío cuando se opuso a ella y regresó, después de la venta de las mercancías, con una bonita historia para calmarlos a todos. Quizás ella solo pretendía confirmar que no había más para llevarse."

"Cree lo que debes", dijo Malcolm. El bosque terminaba justo delante y todo lo que podía ver era un remolino blanco. Él asintió con la cabeza hacia él. "Cabalgamos directamente hacia el mar y los campos están abiertos allí. No puede haber una legua hasta el torreón, pero hará frío."

Rafael puso los ojos en blanco, luego se puso la capucha y se pasó la capa por la cara. "La sangre en mis venas se convierte en hielo", se quejó, luego contuvo el aliento cuando abandonaron el refugio comparativo del bosque.

El viento era amargo y fuerte, la nieve caía rápida y espesa. El cielo estaba tan oscuro como peltre sobre el mar y la nieve les caía en pequeñas bolitas duras. Malcolm tenía la sensación de que Ravensmuir los mantendría alejados, pero la fortaleza era su legado y él había estado ausente el tiempo suficiente.

Después de media eternidad, vio la piedra rota frente a él, la que una vez había sido el orgulloso torreón. Observó su silueta con un nudo en la garganta. Ravensmuir siempre había perseguido sus sueños.

Solicitó a su caballo para que siguiera adelante, pero el caballo se detuvo junto al seto de espinos.

"¿Qué clase de puerta inmunda es esta?" Gritó Rafael. Las ramas había crecido, porque muy pocos habían venido por ese camino. Malcolm desmontó y usó su espada para cortar el crecimiento desmedido. Se preguntó si desafilaría la hoja, pero no le importó.

Malcolm esperaba que sus días de lucha hubieran terminado para siempre.

El viento aullaba en sus oídos y resonaba en las ruinas del torreón cuando había abierto un camino lo suficientemente ancho para dejar pasar a los caballos. Su propio caballo se resistió y Malcolm tuvo que guiarlo, luego volvió a montar una vez que atravesaron la barrera. Comprobó que Rafael lo siguiera de cerca, junto con los caballos cargados con su botín de guerra. Cabalgó hasta los establos, contento de que no hubieran sido completamente destruidos. Los establos estaban construidos de madera y no de piedra y eran extensos, dada la historia de su familia en la cría de caballos en Ravensmuir.

Estaba tranquilo adentro y mucho más cálido lejos del viento. Rafael desmontó y se quitó la capucha, mirando a su alrededor con aprecio.

"¿Este es tu legado?" Dijo Rafael, su propia expresión mucho menos complacida. "¡Has heredado una ruina, amigo mío!"

"Y lo veré reconstruido", dijo Malcolm con determinación. Se enderezó y miró a su compañero. "Te invito a quedarte, si así lo deseas. Si te vas, no me ofenderé."

La mirada de Rafael se deslizó hacia los caballos cargados, y Malcolm recordó que ambos sabían que los cofres estaban llenos de oro y plata.

Quizás no había sido la mejor opción asegurarse de estar solo con su fortuna en compañía de un mercenario despiadado.

Quizás estaba demasiado cansado para pensar con claridad. Él y Rafael habían luchado espalda con espalda un centenar de veces, y cada uno había regresado para salvar al otro en riesgo. Malcolm se recordó a sí mismo que podía confiar en Rafael.

Malcolm tomó un balde y revisó el pozo, contento de encontrar que el agua todavía era abundante y clara. Fue a buscar agua para los caballos, regresó a los establos y descubrió que Rafael había quitado la silla y comenzaba a cepillar su propio caballo. Todavía quedaba algo de heno y avena, así como algunos fardos de paja. Las cejas de Rafael se levantaron mientras contemplaba la antigua majestad de los establos, pero por una vez, se mordió la lengua.

Los dos guerreros trabajaron juntos en silencio, cuidando sus caballos y asegurándose de que las necesidades de los animales fueran satisfechas. Malcolm esperaba que para Rafael este trabajo fuera parte de asegurar que su arsenal permaneciera bien cuidado: un caballo era un arma y una herramienta, nada más. Un buen cuidado aseguraría que el caballo sobreviviera más tiempo y funcionara mejor, proporcionando un mayor valor por la moneda gastada.

Nunca había sido así para Malcolm. Los caballos eran para él tan importantes como las personas, quizás más. Conocía sus caracteres y sus preferencias y quedaba devastado por la pérdida de uno. Por eso no se había llevado a uno de los caballos negros criados por su familia cuando se fue. Malcolm sabía que iba a la guerra y no quería sacrificar un caballo tan majestuoso.

El linaje de aquellos que habían criado caballos en Ravensmuir corría por sus venas y la perspectiva de continuar ese legado le agradaba. Encendió un fuego en la chimenea que había utilizado el mozo mientras comían los caballos, consciente de que Rafael caminaba a lo largo de los establos.

"A tu familia le fue bien en su oficio", dijo en voz baja cuando volvió a mirar a Malcolm. "Ha pasado mucho tiempo desde que vi un establo de proporciones y gracia tan generosas".

"También criaban caballos".

"—Los caballos negros de Ravensmuir" —dijo Rafael en voz baja
—. Malcolm se volvió sorprendido. "Oh, son de gran renombre,
incluso entre los sarracenos. He oído hablar de ellos pero nunca he
visto uno. En realidad, pensaba que debían ser una fábula." Extendió
las manos hacia el creciente resplandor con obvio placer, luego se
volvió para mirar de nuevo. Malcolm siguió su mirada, mirando los
bordes de madera tallada de los establos y el techo abovedado,
también adornado con tallas.

"Muchos hombres se alegrarían de estar tan bien protegidos",
dijo Rafael con tono irónico. "Cumples tus promesas, amigo mío".
Observó a Malcolm con atención. "Prometiste regresar aquí, ¿no es
así?"

"Y reconstruirlo. Y lo haré." Algo bueno tenía que salir de sus
acciones y sus años de servicio. Malcolm había decidido hacía
mucho tiempo que la reconstrucción de Ravensmuir sería un buen
final.

Rafael asintió, su mirada vagó por el edificio. "Y así es, cuando
un hombre pierde su corazón por un sueño". Su tono era inusualmente pensativo, pero antes de que Malcolm pudiera pedirle que se
explicara, la música flotó a través de los establos. Era una música
hermosa, tocada con más habilidad que cualquier otra que Malcolm
hubiera escuchado antes. Se volvió para mirar hacia la parte de
atrás del establo, donde la música parecía venir, y vio un resplandor
dorado de luz allí. ¿Cómo podría ser esto?

Para su alivio, Rafael también lo vio. El otro hombre giró silenciosamente sobre sus talones, sacó su espada y le ahorró a Malcolm
un asentimiento. Su postura indicaba que también creía que había
un intruso. Después de todo, el tiempo era terrible y cualquier
desafortunado buscaría refugio donde pudiera encontrarlo. Sin
embargo, tenía poco sentido que un intruso tocara música.

Ante el gesto de Rafael, se deslizaron hacia las sombras en silencio, uno a cada lado del gran corredor, y se abrieron camino con
paso firme hacia el sonido.

El último puesto del establo estaba vacío, un enorme agujero en la pared trasera.

La boca de Malcolm se secó. Las cavernas.

Entró en el cubículo y miró hacia el interior del agujero. Un pasaje accidentado conducía hacia abajo, la ruta oculta a la vista. Solo había luz y música para invitarlos a seguir. Probó las rocas, pero parecían estables.

"Los pasajes ocultos debajo del torreón," murmuró Rafael, sus palabras casi sin sonido.

Malcolm asintió. "Solían conducir al mar", dijo con la misma suavidad.

Rafael consideró la luz y la música, entrecerrando los ojos.

Malcolm se señaló a sí mismo y luego a las cavernas. Los labios de Rafael se tensaron, luego asintió también. Ambos apretaron las espadas con más fuerza y cuadraron los hombros.

Entonces Malcolm Lammergeier, Señor de Ravensmuir, descendió a los túneles abandonados debajo del castillo que había vuelto a reclamar. No había dado ni una docena de pasos antes de que una ráfaga de viento frío soplara desde abajo. La luz dorada se apagó y se hundieron en la oscuridad.

Rafael maldijo, incluso mientras agarraba el hombro de Malcolm.

Malcolm se congeló en su lugar, deseando que sus ojos se adaptaran, oliendo la sal del mar. Lo tomó como una señal de que el paso al mar no estaba bloqueado en todo el camino. La música se hizo más fuerte, la melodía tan alegre que sus pies ansiaban bailar.

"Alguna festividad sería muy bienvenida", dijo Rafael, con los ojos encendidos. "Me calentaría en cuerpo y alma". Luego pasó junto a Malcolm.

"¡Espera!" Malcolm protestó, temiendo saber exactamente qué tipo de música escuchaban. Sin embargo, era demasiado tarde porque Rafael se había adelantado. Su silueta casi había desaparecido en el túnel que tenía delante.

Malcolm no podía abandonar a su camarada, no ahora. Echó

una mirada hacia atrás, asegurándose de que el establo estuviera asegurado y los caballos en paz, luego descendió a la tierra detrás de Rafael.

Solo podía esperar que ambos regresaran al establo ilesos.

Sin embargo, temía que no fuera así.

JUEVES 17 DE JUNIO DE 1428

DÍA DE SAN BOTULF Y SAN JOSÉ DE ARIMATEA.

CAPÍTULO 1

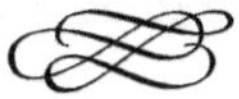

Sur, sur, siempre sur.

Blackleith había sido bueno, pero Kinfairlie sería mejor. Cuanta más distancia pudiera poner Catriona entre ella y su pasado, mejor. Inverness se volvía más distante a cada momento y ella no lo quería de otra manera.

Ella regresaría allí solo cuando su hijo estuviera a salvo.

Su decisión de pedir ayuda a la Dama de Blackleith había demostrado ser más acertada de lo que Catriona podría haber imaginado. Dado que la Dama Vivienne tenía familia cerca de las fronteras, estarían casi en Inglaterra cuando naciera el hijo de Catriona.

Seguramente encontraría allí un refugio para el bebé. Su agarre se apretó involuntariamente sobre la hija de su señora y ese bebé se despertó, como si algo estuviera mal. No había nada malo, salvo lo que se había hecho nueve meses antes. Catriona se negó a seguir pensando en entregar a su hijo, porque debía ser así, y se inclinó para calmar a la pequeña Eufemia.

Quizás habría invitados de Inglaterra en Kinfairlie. La Dama Vivienne había dicho que su hermana mayor vivía en Gales. También había dicho que su tío vivía en Sicilia. Catriona se atrevió

17

a soñar que su hijo pudiera ser aceptado en otro hogar, lejos del peligro.

De hecho, mientras acompañaba al Señor de Blackleith, su esposa e hijos, hacia el sur con seguridad y relativa comodidad, Catriona se atrevió a creer que la Fortuna finalmente le sonreía. La dama no solo le había dado la bienvenida a Catriona al salón en el Yule, salvándola del brutal frío de la noche, sino que le había dado a Catriona un lugar en su casa. Aunque la mirada de la Dama Vivienne a menudo se posaba en el vientre redondeado de Catriona, solo sugería que podía informar a la familia de Catriona de su ubicación. Una fría insistencia en que su problema era suyo había sido suficiente para silenciar más preguntas, aunque había encendido una luz reflexiva en los ojos de la dama.

Ruari, el fiel sirviente del Señor de la Fortaleza, conducía el carruaje que Catriona ocupaba con los niños y el equipaje. La charla y las quejas del hombre mayor eran incesantes y tranquilizadoras por su familiaridad. Ruari tenía un buen corazón, pero Catriona sabía que su falta de marido mientras su vientre estaba tan maduro era un punto delicado para él. El suyo era un código moral firme y, aunque Catriona se encontraba en el lado equivocado de su argumento, admiraba ese rasgo. Eso, sumado a su edad, significaba que se sentía comparativamente segura en su compañía.

No le dolía que solo ella pudiera proporcionar un respiro de sus dolores y molestias, con un ungüento que había aprendido a hacer con acónito años atrás. Su tratamiento fomentaba en él una tolerancia que de otro modo no habría sido fácilmente ganada.

"Mi señora es una maravilla, sin duda, pero se cree más fuerte de lo que puede ser cualquier mujer, Catriona", se quejaba Ruari ahora y negaba con la cabeza. "Ella no debería estar en la silla, no más de lo que tú deberías estar, pero no hay nada que un hombre pueda decir para cambiar su forma de pensar." Sacudió un dedo pesado. "Mi señora tiene una voluntad de hierro, sin duda."

"La dama Vivienne no está tan cerca de su término como yo,

Ruari." Catriona habló con suavidad, sabiendo que las quejas de su compañero nacían de una afectuosa preocupación.

Los labios del anciano se tensaron ante el recordatorio. "Pero aun así, habría prohibido el viaje en el lugar de mi señor."

"Mi señora no debía ser negada en esto", le recordó Catriona. "Ella deseaba mucho ver a su familia."

"¿Y por qué no dentro de un año, cuando pueda mostrarles un bebé sano?" Ruari chasqueó los dientes y los dos caballos lo tomaron como un estímulo para acelerar el paso. "No se comprende el capricho de una mujer, eso es seguro".

Catriona se mordió la lengua, adivinando fácilmente por qué la dama quería ver a sus parientes antes de esforzarse por dar a la luz a su hijo. Hija de una partera, ella había sido testigo de más de los finales lamentables que podían llegar.

"¿Por qué solo las mujeres tienen caprichos?" preguntó Mairi. Era la mayor de los hijos del Señor de la Fortaleza y había visto diez veranos. Astrid, los ocho veranos, Catherine, los cinco y William, los tres, estaban todos dormidos, acurrucados alrededor de Catriona. Envuelta en los brazos de Catriona estaba la pequeña Eufemia, incluso a un año de edad, una bebé tan serena como ninguna. Catriona se preguntó si sería capaz de soportar la compañía de esos dulces niños después de entregar a su propio hijo.

Ella no se atrevía a pensar en eso, no ahora.

Mairi se arrastró hacia adelante, permaneciendo agachada contra el ritmo del balanceo del carro, y agarró la rodilla de Ruari. "Nunca hablas de un hombre con un capricho, Ruari.". Esta niña podría decir lo que quisiera al criado brusco y nunca escuchar una palabra brusca en respuesta.

Allí estaba la verdad de su medida. Los niños confiaban instintivamente en aquellos que no tenían violencia en ellos.

"Porque no es natural," respondió Ruari con rara paciencia. "Los hombres tienen planes y esquemas, mientras que las mujeres tienen deseos y caprichos."

Mairi frunció el ceño. ¿Es así, Catriona? ¡Yo tengo planes!"

Ruari resopló ante eso.

"De hecho, yo creo que tanto hombres como mujeres pueden tener todas esas cosas", dijo Catriona. A ella le gustaba mucho la curiosidad de esta niña. Mairi era una niña bonita y franca por naturaleza. Catriona sospechaba que perseguiría alegremente a algún hombre en los próximos años y se aseguraría de que a su padre le crecieran un montón de cabellos plateados.

"Pero las mujeres muestran la marca del capricho y el deseo", insistió Ruari, echando una mirada al vientre redondeado de Catriona.

Catriona sostuvo su mirada, sin arrepentirse por lo que no era su culpa. "Independientemente del capricho y el deseo quien plantara la semilla".

Los labios de Ruari se tensaron antes de volverse hacia el camino, con la mirada fija en el señor y la dama que iban delante de ellos.

"¿Qué quieres decir con eso, Catriona?" Preguntó Mairi.

Ruari guardó silencio por una vez, sin duda feliz de dejarla responder a esta pregunta. "Un bebé crece en el vientre de una mujer de la misma manera que un brote crece en el suelo", dijo Catriona, tocándose el vientre. "Hablamos de que ambos provienen de una semilla."

"Pero es la voluntad de Dios hacer un bebé, así como Él hace una semilla."

"Y es la voluntad de Dios hacer crecer tanto al niño como al brote".

Mairi se sentó con el ceño fruncido para considerar esto. Ruari le dio a Catriona una mirada evaluadora, una que ella no estaba dispuesta a ignorar. Sabía bastante bien que los hombres juzgaban con rapidez y había aprendido que la apariencia de debilidad solo provocaba problemas.

Ella le miró fijamente y dejó que el desafío llenara su tono. "¿Qué pasa, Ruari? ¿Encuentras mis enseñanzas incorrectas? ¿Quizás te gustaría responder a la pregunta de Mairi?"

"No hay nada de malo en tu respuesta", dijo con brusquedad, la parte posterior de su cuello se volvió rojiza. "Simplemente me sorprende que tú seas su fuente."

"¿Por qué?" Preguntó Mairi, siempre curiosa.

"Este no es un asunto de niños", dijo Ruari con severidad.

A Mairi no le preocupaba esto. "¿Puedo tomar las riendas?"

"No, eso tampoco es para niños".

"¿Pero cuándo estaremos allí?" Preguntó Mairi.

"Quizás Ruari podría honrarnos con un cuento." Catriona bajó la voz a un susurro conspirador, uno que el hombre mayor seguramente oiría. "Sobre todo si tú se lo pides. Sé que le gusta conceder tus deseos."

El bufido de Ruari esta vez fue divertido.

La súplica de Mairi fue suficiente para derretir un corazón de piedra. "¿Ruari? ¿Nos contarías un cuento? ¿Por favor?"

"De hecho, lo haría". Ruari sonrió ante la evidente satisfacción de Mairi. Contrariamente a su negativa anterior, la levantó para que se sentara frente a él. La dejó tomar las riendas, sus manos más pequeñas cubiertas por las callosas de él. "Es una historia de tu padre y tu madre, y una que viví cuando viajé por primera vez por estos lugares".

"Entonces sabes que es verdad."

"En efecto. Yo fui testigo de todo. Tu padre vino a Kinfairlie en busca de una novia, porque había oído que el Señor de Kinfairlie quería que sus hermanas se casaran.

Catriona escuchaba atentamente, porque no estaría nada mal saber más de su anfitrión y anfitriona en Kinfairlie, antes de pedirles un favor tan grande.

"Pero mi padre tenía una esposa, porque ella era mi madre."

"No, tu madre, Beatrice, había muerto, o eso creía tu padre".

Catriona parpadeó ante esto, pero Ruari se apresuró a seguir. No se habría imaginado que el Señor de Blackleith fuera alguien que solo viera su propia ventaja, pero había oído que había matado a su propio hermano. ¿Eran todos los hombres tan violentos al asegurarse de que se cumplieran sus deseos?

Ruari continuó. "Y aunque tu padre las tenía a ti y a Astrid para honrar sus días, también deseaba un hijo varón." Quería asegurar su posesión de Blackleith, y un hombre necesita un hijo para eso."

Mairi hizo una mueca ante eso. "No puedo ver por qué".

"Porque es así."

"Entonces, vino con el tío Alexander porque deseaba casarse con mi madre, la Dama Vivienne."

Ruari hizo un sonido ahogado y se quedó en silencio. Se despertó la curiosidad de Catriona. Eso habría sido una hazaña para un hombre que ya tenía esposa.

Mairi continuó con la historia como veía que debía ser. "Y entonces el tío Alexander estuvo de acuerdo, y se casaron, y luego vinieron Catherine, William y Eufemia."

"Esa es una forma de decirlo," reconoció Ruari, con la voz tensa. Catriona se maravilló de su desconcierto. ¿Era posible que su propio señor no estuviera a la altura de la medida moral de Ruari?

Ella no tuvo oportunidad de presionarlo para que le diera más detalles, porque la Dama Vivienne lanzó un grito de alegría que llegó hasta el carruaje.

"¡Miren!" esa dama gritó y señaló la costa a su izquierda.

El humo se elevaba de lo que parecía ser una nueva estructura, y Catriona pudo ver tiendas tanto dentro como fuera de lo que podría haber sido un seto protector. Se acercó al frente del carruaje para ver mejor. La torre alta y cuadrada estaba en un punto de tierra que se adentraba en el mar, y más allá, el agua brillaba como si estuviera cubierta de joyas.

Aunque era una hermosa fortaleza, Catriona no veía el motivo de la alegría de su dama.

"No puede ser", dijo el señor Erik, frenando su caballo.

Ruari, por su parte, había palidecido.

"¡Es! ¡Debe ser!" la Dama Vivienne respondió con entusiasmo. "¡Esto solo puede significar que Malcolm está en casa!" Ella no esperó respuesta, sino que le dio las espuelas a su caballo. Su caballo negro saltó hacia adelante, la enorme bestia abandonó el camino para cargar hacia la torre distante.

¿Quién era Malcolm para que su regreso creara una respuesta tan diferente entre la dama y el Señor de la Fortaleza? ¿Y cómo saber de un vistazo que había vuelto?

El terreno era irregular donde la dama marcaba su rumbo, y si había un camino hacia esta nueva estructura, Catriona no podía verlo. El Señor maldijo más profundamente de lo que Catriona jamás le había oído hablar y la persiguió, su propio caballo negro corrió tras el primero. Los caballos saltaban sobre el terreno irregular, pareciendo deleitarse con la oportunidad de galopar libremente. "¡Vivienne!" rugió el Señor, pero su dama se limitó a reír y seguir corriendo.

Ruari maldijo a su vez, instando a los caballos a dejar el camino. "Capricho y deseo", escupió bastante, luego levantó a Mairi de su regazo. Catriona tomó a la niña y la animó a sentarse a su lado. "Las mujeres están malditas con eso, eso está claro". Sacudió la cabeza con evidente disgusto y visiblemente apretó los dientes.

El carro se tambaleaba de un lado a otro mientras rodaba por los campos áridos. ¿Cómo era posible que la tierra no se haya cultivado en los últimos años si la fortaleza era tan buena? De hecho, los campos no estaban arados ni siquiera ahora y estaban cerca de pleno verano. ¿De dónde procedían los ingresos del Señor de la Fortaleza? La curiosidad de Catriona se multiplicó, incluso mientras abrazaba a todos los niños. William comenzó a llorar, y no era de extrañar, porque se despertó repentinamente y descubrió que el carruaje se balanceaba hacia adelante y hacia atrás. Astrid también estaba despierta y agarraba las faldas de Catriona, e incluso la bondadosa Eufemia soltó un gemido de protesta. A pesar del terreno, Ruari estaba tratando de seguir el ritmo de su Señor y su dama, una elección que aterrorizaba a los niños.

Catriona sintió que se le revolvía el estómago. "¡Ruari, te lo ruego! ¡Por favor, reduce la velocidad de los caballos! ¡La tierra es demasiado áspera!"

El hombre mayor echó una mirada a los consternados niños y de mala gana hizo lo que ella le pedía. "Ravensmuir", murmuró. Seguiría de buena gana a mi Señor a cualquier rincón de esta tierra, salvo Ravensmuir, pero esta es la segunda vez que me dirijo a ese lugar inmundo y, lo que es peor, debemos apresurarnos hacia allí. Supongo que no es un gran precio para mí retrasar nuestra llegada a esa fortaleza maldita."

"¿Por qué es inmunda?" Preguntó Mairi, con los ojos muy abiertos por la curiosidad.

"¿Y además maldita?" Preguntó Astrid.

"Porque es un lugar de gran maldad," respondió Ruari con determinación. "Un refugio para hechiceros y un castillo de mala reputación además. Por eso está en ruinas y el propio salón se estrelló contra el mar."

"Pero no está en ruinas", Catriona se sintió obligada a observar. Ahora podía ver el techo almenado y se preguntó si alguien observaba cómo se acercaban desde ese punto de vista. "De hecho, se ve muy bien".

"Entonces la fortaleza ha sido reconstruida con brujería," respondió sombríamente Ruari. "En eso puedes confiar".

Aunque las nubes parecían haberse acumulado sobre este nuevo salón, y el cielo oscuro le daba la apariencia de la guarida de un hechicero, claramente había sido construido por manos de hombres. Catriona contempló el gran campamento de trabajadores, cuyas tiendas se derramaban desde el interior del seto circundante para extenderse por los campos del norte. El polvo se levantaba del nuevo salón y podía escuchar martilleos y hombres gritándose entre sí mientras trabajaban.

"Parece haber sido construido con trabajo duro y probablemente a un costo considerable", no pudo evitar observar.

"¿Y de dónde salió esa dinero?" Demandó Ruari, dando voz a su propia pregunta. "Conjurado de la nada, sin duda, como las fortunas dejadas por las hadas". Chasqueó los dedos. "Estos trabajadores regresarán a casa y encontrarán sus carteras llenas de hojas seca."

Su idea era tan improbable que Catriona no pudo evitar reírse. "¡Eres imaginativo, Ruari! Las Hadas no son más que el material de los cuentos de niños."

"Aquí no." Le dedicó una mirada sombría. "He estado en Ravensmuir antes, como tú no has estado. Recuerda mis palabras, Catriona. No puede salir nada bueno de este lugar, te lo juro, y menos bien de que Malcolm regrese."

El hombre mayor estaba tan convencido que un escalofrío recorrió la espalda de Catriona.

¿Quién era este Malcolm?

~

~

MÁS RÁPIDO, más rápido, cada vez más rápido.

El nuevo salón de Ravensmuir se estaba construyendo a una velocidad asombrosa. En solo dos días, todo lo que faltara por hacer se quedaría sin hacer. Faltaban seis días para la víspera del solsticio de verano y Malcolm se aseguraría de que ninguna otra alma estuviera en peligro cuando recogieran la suya. Él pagaría a los albañiles el sábado y los vería partir. Cuanto más de Ravensmuir se construyera el sábado, mayor era el legado que podía dejar.

Si Ravensmuir volvía a mantenerse erguido, dejaría un legado de mérito.

Antes de la víspera del solsticio de verano, después de que los albañiles se fueran, Malcolm iría a Kinfairlie y elegiría un heredero de entre sus sobrinos, tal como lo había hecho Tynan antes que él. Cuando se fuera, todo estaría en orden para que Ravensmuir prosperase de nuevo.

Malcolm solo deseaba haber vivido para ver la propiedad completamente restaurada.

Pero esa Noche de Invierno con las Hadas lo había cambiado todo.

Durante el invierno, sabiendo que la velocidad era importante, envió misivas al sur y contrató a albañiles de todas partes. Habían llegado incluso antes del primer soplo de la primavera, sus cinceles y palas preparados, sus carros cargados de aprendices y suministros. Habían levantado tiendas de campaña en los campos de Ravensmuir y habían comenzado a cavar los cimientos de la nueva fortaleza. Los aprendices habían recolectado piedras del torreón caído, cuando podían hacerlo sin peligro, y las había reposicionado tierra adentro, donde el suelo era estable. Los albañiles habían enviado por más piedras y madera además, y todo llegaba constantemente al sitio. Los albañiles y sus aprendices iban acompañados de herreros y ferreteros, carpinteros y peones.

Alexander fue el primero en ver el humo que se elevaba de los fuegos de los hombres. Llegó rápidamente, diciendo que temía que los bandidos se hubieran instalado en las ruinas.

No sonrió cuando Malcolm dijo que su conclusión no estaba muy lejos de la verdad.

La reunión de los hermanos no había sido cálida ni prolongada. Aunque Alexander expresó su alivio al ver a Malcolm sano, Malcolm sabía que su hermano mayor desaprobaba su decisión de convertirse en mercenario. Alexander había mirado a Rafael con incertidumbre, un recordatorio revelador de que el hermano mayor de Malcolm nunca había abandonado las costas de Inglaterra, y mucho menos había conocido a un guerrero nacido en España que había luchado contra los sarracenos.

Rafael, como era de esperar, había hecho poco para mejorar el intercambio. Llamaba a Malcolm por su apodo, Sabueso del infierno, lo que envió a Alexander rápidamente de regreso a Kinfairlie.

Un día después de la visita de Alexander, Malcolm volvía a tener el sello y el anillo de sello de Ravensmuir, las marcas de su legado que había confiado al cuidado de Alexander.

No había vuelto a ver a su hermano ni a su familia desde entonces.

Alexander, sin embargo, no había sido el único visitante de Malcolm, aunque él prefería no pensar en las demandas del conde de Douglas.

Malcolm había contratado al cervecero y al panadero de Kinfairlie para que les entregaran cerveza y pan a intervalos para los hombres mientras continuaba el trabajo. En mayo, las paredes del gran salón se habían levantado, con las mazmorras completas debajo. En junio, se había techado el solar del piso sobre el gran salón y se había asegurado la tesorería. Malcolm respiró aliviado cuando giró la llave en esa cerradura. Entonces había comenzado el trabajo en el ala norte que contendría las cocinas con habitaciones adicionales para dormir arriba. El rastrillo rescatado de las ruinas del viejo Ravensmuir se había instalado de nuevo la semana anterior, y se estaba terminando una puerta de entrada para cerrar la única brecha en el gran seto espinoso. El cielo se oscureció con nubes una vez más en este día, amenazando con lluvia que aún no había caído. El aire estaba cerrado y húmedo, el viento caliente.

No era un día particularmente bueno para realizar trabajos forzados, pero Malcolm dudaba que hubiera uno mejor. Trabajó con Rafael en las fortificaciones dentro de la puerta principal, queriendo asegurarse de que nadie conociera los secretos de su fortaleza. Los dos habían aprendido mucho sobre defensas inteligentes en sus años de servicio.

"Este país tuyo es un lugar particularmente maldito", se quejó Rafael. Ambos hombres estaban cubiertos de una capa de sudor y se habían quitado las camisas y los abrigos temprano. "Más frío que frío en invierno, perseguido por demonios en la noche"

Malcolm lanzó una mirada a su compañero y luego a los albañiles que trabajaban muy arriba en el tejado. "Te ordeno que no hables de eso mientras estemos entre los hombres".

"Los masones conocen los misterios. Podrías preguntarles qué vimos"

"Las hadas", dijo Malcolm en voz baja.

Rafael estaba sombrío. "Demonios", insistió una vez más. "Visitamos el infierno en esas cavernas, y realmente no debería haber esperado menos, habiendo llegado a la casa del Sabueso del infierno."

"No era el infierno, Rafael", dijo Malcolm por centésima vez, fingiendo una paciencia que no sentía. Si gritaba, los demás lo escucharían. "No vi demonios".

Rafael fue tan despectivo como de costumbre. "Yo vi demonios en abundancia. Franz estaba allí, y ambos sabemos que está muerto." Él señaló a Malcolm con un dedo. "Si alguna vez hubo un hombre cuya alma estaba destinada al infierno, ese era Franz".

"Úrsula podría haber argumentado lo contrario."

"Él guardaba lo mejor para ella, y había poco".

"Te lo he dicho mil veces y te lo vuelvo a decir, era el reino de las Hadas."

Rafael hizo un sonido de disgusto y podría haber dicho más, pero el sonido de los cascos corriendo llegó a sus oídos. Malcolm supo sin mirar que dos grandes caballos se acercaban al galope.

¿Quién llegaba con tanta prisa?

"Cuatro caballos y un carro", dijo Rafael sin cesar su labor. "Un hombre demasiado agobiado para ir a la guerra, o alguien que intenta saquear."

"A menos que ya haya saqueado".

"Entonces tiene poco espacio para más", respondió Rafael.

"¿No fuiste tú quien me enseñó que siempre hay espacio para más?"

Intercambiaron una mirada. "¿No es tiempo suficiente para una visita del conde de Douglas de nuevo?" Dijo Rafael. "Él estaba escéptico de tu promesa de casarte con su sobrina y con razón". Ese hombre sonrió. "Aunque pienso que mentiste admirablemente".

"No fue una mentira. Si estoy vivo en el Yule, me casaré con ella."

Rafael se rió y puso una mano sobre su corazón. "El amor verdadero es entonces".

Malcolm se burló. "El amor no forma parte de este plan. El conde piensa más en adquisiciones que en alianzas."

"¿Y quién no querría reclamar esta fortaleza como premio? Al menos no le dejaste ver el interior."

"No es del todo malo estar sin esposa y sirvientes, si eso significa que uno no puede ofrecer hospitalidad a un invitado inesperado."

Rafael sonrió ante eso. "Entonces recordaré no adquirir nunca ninguno de los dos".

"Hubo un tiempo en que los Black Douglas simplemente habrían tomado lo que deseaban", dijo Malcolm con más seriedad.

"¿Es por eso que fingiste aceptación?"

"Lo mantendrá a raya durante un tiempo, en cualquier caso, y permitirá que la construcción prosiga en paz".

"¿Pero se lo negarás, si mueres?" Rafael negó con la cabeza incluso cuando Malcolm estaba preocupado por la misma posibilidad. "Deberías haber tomado a la moza, casarte con ella y saborcarla, al menos todo el tiempo que pudieras."

"¿Y la deje como mi heredera en la víspera del solsticio de verano, y mi hermano con la aflicción en sus fronteras para siempre? Yo creo que no."

"Tu hermano hace poco por ti".

"Mi hermano está decepcionado de mí".

Rafael resopló ante eso. ¿Has visto a esta Jeanne? ¿Es una doncella tentadora?"

"Yo no lo sé. No me importa." Y esa era la verdad.

"—Entonces, tal vez yo la consuele en tu lugar" —dijo Rafael con un guiño.

Malcolm salió del vestíbulo para mirar, la vista de los caballos lo alentó a que esas llegadas no significaban que estuviera en peligro.

Dos caballos corrían por los campos en barbecho de Ravensmuir, ambos sin duda del linaje de los sementales negros de Ravensmuir, el que iba a la cabeza montaba con una confianza imprudente tan familiar como el tono de su cabello.

Vivienne.

Un hombre de cabello rubio cabalgaba rápido detrás de la hermana mayor de Malcolm, y Malcolm pudo escucharlo llamar para que se detuviera. Estaba claro que Vivienne ignoraba el consejo de su marido.

Un carruaje seguía a cierta distancia detrás de la pareja. Era tirado por un par de fuertes caballos y conducido por un hombre mayor. Malcolm sospechaba que era el fiel compañero de Erik, Ruari, aunque no supo cuántos viajaban en el carro con el equipaje.

Probablemente Vivienne llevaba a los niños a visitar Kinfairlie, pero la visión de la nueva fortaleza de Ravensmuir la había tentado a abandonar su destino. Malcolm sabía bastante bien que la curiosidad de sus hermanas era una fuerza poderosa.

"¿Son extraños?" Preguntó Rafael, protegiéndose los ojos para ver cómo se acercaba el grupo. "¿Espectadores curiosos?"

"Creo que esta es una de mis hermanas que llega con su familia". La insignia en el abrigo del hombre rubio se hizo visible, y supo que tenía razón. "Vivienne y su esposo Erik, Señor de Blackleith".

"¿Y será ella tan amarga como tu hermano Alexander?" Preguntó Rafael. "Espero que nunca necesite tu espada para defender sus tesoros".

Malcolm no respondió. No podía anticipar la reacción de su hermana favorita, pero dudaba que ella se alegrara de escuchar el apodo que se había ganado.

"En mi opinión, todos confían demasiado en su seguridad".

"Han vivido en paz. No es tan malo."

Rafael se encogió de hombros, tan poco familiarizado con la noción como Malcolm había llegado a estarlo. "Excelente caballo", reconoció ese hombre. "¿Son estos los legendarios caballos de Ravensmuir?"

"No pueden ser otros". Malcolm observó su paso con no poco orgullo. Eran hermosas criaturas, de un negro brillante y poderosas, caballos dignos de reyes y campeones. Sus viajes le habían demostrado la naturaleza excepcional de los caballos criados por su familia.

"Entonces son tan magníficos como se rumorea". Rafael le lanzó una mirada a Malcolm. ¿Cuándo piensas volver a tener los caballos? ¿O tu hermano piensa quedárselos para sí?"

"Son míos para albergarlos, criarlos y venderlos", dijo Malcolm. "No necesitas desconfiar de la intención de Alexander. Es honorable hasta el extremo."

Rafael negó con la cabeza fingiendo desesperación ante eso. "Otro rasgo familiar, sin duda".

"Quizás, aunque otros podrían argumentar de manera diferente. Le pedí que se quedara con los caballos durante el verano, ya que dijo que cuatro de las yeguas estaban preñadas."

"Y sin embargo no has ido a verlos, estos caballos que son tu orgullo y responsabilidad".

Malcolm hizo una mueca. "No me dejaría tentar a traerlos de vuelta, no antes de que los establos estén debidamente reparados y haya suficiente forraje para ellos." Era una explicación lógica, pero no toda la verdad.

Malcolm había llevado los caballos a Kinfairlie cuando los cuervos se habían ido. Lanzó una mirada al cielo vacío, deseando de nuevo que los pájaros pudieran regresar. Sólo entonces creería que todo estaba bien en Ravensmuir.

Por supuesto, no todo estaba bien, y él lo sabía bien, pero aun así miraba el cielo a diario.

"Sí, no puede ser que el establo donde se alojen incluya un portal al infierno", murmuró Rafael y de nuevo Malcolm dejó pasar el comentario. Rafael sabía tan bien como él que mover los caballos sería una locura, ya que solo tendrían que ser devueltos a Kinfairlie después de la víspera del solsticio de verano.

Quizás su compañero también deseaba un nuevo caballo.

Rafael observó cómo se acercaba Vivienne. "Es una buena jinete, para ser mujer, pero demasiado impetuosa".

"¿Cómo es eso?" Malcolm esperaba que su amigo dijera que Vivienne cabalgaba demasiado rápido, pero Rafael lo sorprendió.

"Ella asume que te encontrará aquí. ¿Y si un intruso hubiera reclamado tu propiedad? ¿Y si encontrara a Archibald Douglas en el salón? ¿La saludaría amablemente?

Malcolm hizo una mueca. "Dudo que nadie más que yo sea tan tonto como para gastar tanto dinero en la reconstrucción de Ravensmuir".

"Ahí está", admitió Rafael. "Y hay mucho que admirar en una mujer que confía tanto en su seguridad. Tu padre los defendió bien de niños, está claro."

"Sí, lo hizo".

"De todos modos, las mujeres curiosas son las peores", continuó el otro hombre. "Invariablemente tienen la necesidad de conocer todos los detalles, de modo que puedan proceder a cambiar todo el esquema para que se adapte mejor a ellas."

Eso estaba tan cerca de la verdad de la naturaleza de Vivienne que Malcolm casi sonrió. De hecho, la visión de su hermana favorita le alegró el corazón de una forma que casi había olvidado. "Es más probable que Vivienne pida una historia", confió él. "Quizás podrías contarle tu historia de cómo derrotaste a los sarracenos".

"¿No la de cómo hiciste un trato con las Hadas para salvar mi lamentable alma?" Dijo Rafael.

Malcolm le puso una mano de advertencia en el brazo. "No le digas nada de esto a mi familia", dijo con fuerza, dándole a su amigo una mirada atenta.

"—No temas, Malcolm. No soy de los que comparten secretos antes de tiempo."

Sus miradas se mantuvieron por un momento cargado, luego Rafael hizo un gesto hacia la compañía que se acercaba. "Viajan con un séquito", comentó, señalando con la cabeza el carruaje que se hizo visible a través del hueco en el seto. "Un sirviente o tal vez dos, todos los cuales necesitarán ser alimentados en nombre de la hospitalidad".

"No pueden esperar mucho, dada su llegada sin previo aviso."

"¿A tus buenas hermanas les gustan las salchichas duras y las manzanas viejas? ¡Me imagino que a tu hermano no le agradaría una comida así!"

"Si nuestra comida no es aceptable, pueden continuar hasta Kinfairlie".

"¿Podría haber niños en el carruaje?" La expresión de dolor de Rafael reveló sus pensamientos sobre esa posibilidad.

"Erik tenía dos hijas de su primera esposa cuando se casó con Vivienne. Han pasado unos siete años desde que se casaron."

"Y sin duda han engendrado más".

"Yo lo esperaba. Su matrimonio era apasionante, al menos." Malcolm no pudo evitar el dolor de esas últimas palabras y Rafael le dedicó una mirada rápida.

"Él no te agrada."

"Rara vez me agradan los hombres que toman lo que no es suyo y solo actúan con honor cuando se ven obligados a hacerlo".

"Y esto del Sabueso del infierno".

"Hablamos de mi hermana", espetó Malcolm. "Quien fue secuestrada y seducida por este hombre. Él no tenía intención de casarse con ella, únicamente de conseguir un hijo."

"¡Ah! Sin embargo, ¿están casados ahora?"

"No es difícil creer que ella pueda cambiar la opinión de un hombre. Simplemente no me gusta que ella tuviera que hacerlo."

Vivienne detuvo su caballo una docena de pasos delante de Malcolm en ese momento. El caballo pateaba y resoplaba, pero ella saltó de la silla. Sus rasgos estaban llenos de una alegría que encontró resonancia en su propio corazón, aunque el hecho de que su esposo la acompañara aseguró que los modales de Malcolm permanecieran sombríos.

～

Las niñas se acercaron sigilosamente para agarrarse a la parte delantera del carro a pesar del paso accidentado, sus ojos se iluminaron mientras miraban la fortaleza que se acercaba.

"Si pretendías asustarlos, lo haces mal", le dijo Catriona a Ruari.

"No pedí tu consejo", replicó.

"Ruinas y hechicería," susurró Mairi, su anticipación clara.

"Aventura y brujería", asintió Astrid con entusiasmo.

"Las ruinas no son seguras", dijo Catriona a las chicas con severidad. "No darán un paso sin mí a su lado, y me sostendrás de la mano en todo momento".

"Sí, Catriona", coincidieron al mismo tiempo, su inclinación claramente lo más lejos posible de sus instrucciones.

"Un castillo en ruinas debe tener un fantasma", le informó Mairi a su hermana menor, quien asintió solemnemente con anticipación. "Siempre lo tienen". Catherine observó el intercambio con avidez, pero al oír esto, comenzó a chuparse el puño.

"Si hay un fantasma, estaría condenado a hacer algo por sus pecados", pronunció Ruari.

Catriona puso los ojos en blanco. Se pone mejor y mejor. "También podría arrojar a las niñas por el borde del acantilado, porque sus incentivos las enviarían allí por su propia voluntad."

"¿Cómo es eso?" Preguntó Mairi.

Ruari negó con la cabeza. "Los viejos dueños de la fortaleza comerciaban con reliquias religiosas de dudosa reputación, haciendo su fortuna con la credulidad de los demás." Esto no tuvo ningún efecto sobre la fascinación de las niñas, sin duda porque no entendían. Ruari hizo un sonido exasperado. "Se ha dicho durante mucho tiempo que los Señores de esta fortaleza tenían poderes extraños, que podían hablar con los cuervos que anidaban en el techo de la antigua fortaleza y los enviaban como espías sobre sus posesiones".

Ante eso, Mairi rebotó en su entusiasmo. "¿Hablaban con los pájaros?"

"¿Cuándo veremos los cuervos?" demandó Astrid.

"¿Cuándo nos encontraremos con el Señor de la Fortaleza?" Preguntó Mairi.

"Apuesto a que muy pronto," dijo el hombre mayor con gravedad.

"Quizás nos enseñe a hablar con los pájaros", dijo Astrid emocionada.

Mientras tanto, Ruari se entusiasmó con su tema. "Eran piratas y ladrones, los Lammergeier de Ravensmuir, y sus barcos atracaban debajo del torreón. El acantilado estaba plagado de cavernas y pasadizos secretos, para que pudieran practicar mejor su notorio oficio." Movió un dedo. "Y así fue como fueron abatidos en su maldad, porque las cavernas se derrumbaron y la fortaleza cayó al mar".

"Un fantasma y pasadizos secretos", susurró Mairi a sus hermanas.

"Jugaremos al escondite y nadie nos encontrará", asintió Astrid con una risita.

"¡Salvo al fantasma!" Mairi levantó las manos e hizo una mueca a su hermana, quien gritó y luego se rió aún más.

"No harán tal cosa", dijo Catriona con severidad, aunque temía estar librando una batalla perdida. "Acaban de jurar seguir mis instrucciones y permanecer a mi lado".

"Sí, Catriona", estuvieron de acuerdo, pero ella vio el estremecimiento de emoción en ambas y apostó que correría tras las cuevas en breve.

"La señora dijo que Malcolm debió regresar. ¿Quién es ese?" — Le preguntó Catriona a Ruari, intentando deliberadamente cambiar de tema.

"El hermano de la Dama Vivienne y segundo hijo de Kinfairlie. El tío, Tynan, no tenía hijos propios, por lo que nombró al Señor Malcolm como su heredero. El Señor Tynan murió cuando la fortaleza se derrumbó en el mar."

"¡El fantasma!" Mairi susurró encantada y Astrid asintió.

"Qué lamentable", dijo Catriona rotundamente, intentando una vez más disminuir el encanto de las ruinas.

"¡Fue la maldad desatada!" Insistió Ruari. "Esta fue la recompensa de Tynan por intentar deshacer los pecados del pasado, porque fue él quien vendió la última de las reliquias en la tesorería. Las fuerzas que se mantenían en el acantilado eran realmente oscuras, porque no podían ser desechadas. Ya fueran las hadas o el mismo Diablo quien destruyera a Ravensmuir para siempre, hubo maldad en el trabajo, y maldad que sin duda todavía está presente. No vendrá nada bueno de esta visita, en eso puedes confiar."

Catriona miró a las niñas y solo pudo estar de acuerdo. "De tu influencia, podemos depender", dijo entre dientes. Ruari le lanzó una mirada y la parte posterior de su cuello se sonrojó, como si acabara de darse cuenta de lo que había hecho.

"Deben quedarse con Catriona", dijo con tanta aspereza como siempre. "Esta fortaleza no es un lugar seguro para los niños."

Era un poco tarde para recibir ese consejo.

El carruaje pasó por un puente de madera que se extendía por una profunda zanja defensiva, y Catriona vio que allí convergían dos caminos, uno del norte y otro más grande del sur. Los ojos de los niños se abrieron como platos cuando el carro atravesó la abertura del enorme seto, que resultó ser más denso y más alto de lo que se había dado cuenta al principio. Catriona vio las enormes espinas oscuras que crecían sobre los arbustos y solo pudo pensar en cuentos antiguos.

Tanto el foso como el seto formaban un gran semicírculo, sellando ese punto de tierra del ataque. Esa barrera se había reforzado con la adición de una puerta de entrada que se extendía por la brecha en el seto y parecía ser de nueva construcción. Catriona miró hacia arriba y se estremeció mientras cabalgaban bajo un rastrillo que terminaba con púas relucientes. Cuando entraron en el patio, pudo ver ruinas en los acantilados frente al mar. Había un punto a la derecha que aún se adentraba en el mar y parecía realmente salvaje. El humo se elevaba de una serie de fuegos en el campamento de tiendas y había un sonido constante de cincel contra la piedra.

La propia torre parecía imponente, una gran torre cuadrada que se elevaba desde la tierra. Tenía al menos dos pisos y un ala hacia el norte se estaba terminando a toda prisa. Más allá había una estructura que podría haber sido un establo, salvo que era demasiado grande para los pocos caballos que pastaban fuera.

Catriona se quedó mirando sin sorpresa. Ahí había una fortaleza que no sería asediada fácilmente. Quien la construyera tenía la intención de defenderla.

Y dormir bien dentro de sus muros, confiado en su seguridad.

La Dama Vivienne y el Señor Erik habían desmontado y dejado sus monturas pisando fuerte fuera del salón recién construido. Allí los recibieron dos hombres que podrían haber sido trabajadores. Ambos vestían solo calzas y botas, ambos estaban bronceados y musculosos. Fueron sus botas las que revelaron su estatus, porque incluso a la distancia, Catriona pudo ver que eran botas altas, forjadas con cuero fino, como las preferidas por los nobles.

Aquel a quien la dama abrazaba debía ser su hermano.

Malcolm.

Ruari carraspeó. "El regreso de Malcolm es para recuperar su legado, está claro. Debe tener una gran cartera para reconstruir el salón en piedra y pagar a todos estos albañiles, sin pensar que construyan a tal velocidad."

"¿Es todo de nueva construcción?"

"Sí, salvo el otro extremo de los establos".

Catriona estaba asombrada.

El hombre mayor le dirigió una mirada sombría. "¿Estás apostando a que su riqueza se gana honestamente?"

"¿A dónde fue este hermano cuando dejó sus tierras?"

"A buscar fortuna". Ruari le lanzó una mirada. "Lo cual es bastante justo, salvo que eligió hacerlo como mercenario, en el continente".

"¿Un mercenario?" Un escalofrío recorrió a Catriona al oír eso. Sabía más que suficiente sobre mercenarios y se habría alegrado de no cruzarse nunca con otro. No era de extrañar que él entendiera el arte de la construcción defensiva.

"¿Qué es un mercenario, Ruari?" Preguntó Mairi.

"Un hombre que ofrece su espada a sueldo. Un hombre sin honor en su alma, que hará lo que sea necesario por un precio. Son asesinos y ladrones, y cosas peores además."

"Me gustaría conocer a uno", declaró Mairi.

"Deberías tener la suerte de no hacerlo nunca", dijo Catriona, con un tono lo suficientemente duro que incluso Mairi fue silenciada, por el momento.

"Nunca se dijo una verdad más grande". Ruari redujo la velocidad de los caballos y luego escupió en el suelo. "No hablan de Malcolm en Kinfairlie, porque el Señor Alexander no aprobó su elección".

"Y no debería", asintió Catriona con vigor. "Supongo que un hombre así entendería cuál es la mejor forma de construir defensas".

"Y muy rápido", dijo Ruari. "No estaba en casa en el Yule, lo sé bien".

Catriona miró el edificio con aún más asombro. "Todo esto en pocos meses. ¿Por qué tanta prisa?

"Puede que sea oro mal adquirido, no hechicería en acción", comentó Ruari con gravedad. "Pero de cualquier manera, la maldad continúa, recuerda mis palabras".

"¿Pero dónde están los cuervos?" Preguntó Mairi. "Quiero ver al Señor hablar con ellos".

"Quiero ver el fantasma", insistió Catherine.

"¡Y tenemos que escondernos en los pasajes secretos!" agregó Astrid.

"Si la Fortuna está con ustedes, no verán nada de esto," dijo Ruari con firmeza. "Porque estaremos en camino a Kinfairlie en unos momentos".

Pero cuando la Dama Vivienne se volvió hacia el carro radiante de placer, Catriona temió que no fuera así. Si la naturaleza de su hermano era tan oscura, ¿cómo podía estar tan contenta de verlo regresar? ¿O estaba ciega a su verdadera naturaleza? Catriona solo tuvo que recordar a su propia madre y padre para recordar que las mujeres podían juzgar mal a los hombres.

La Dama Vivienne hizo una seña a los niños y las niñas mayores no necesitaron más ánimos para salir del carro. Corrieron adelante, olvidando por completo las promesas que le habían hecho a Catriona.

Malcolm, Señor de Ravensmuir, podría ser el hermano de su dama, pero Catriona podía adivinar muy bien la clase de hombre que era. Ella sabía mejor cómo enfrentarse a un hombre así, no fuera a convertirse en otra de las bajas que dejaba en su camino. Respiró hondo, cuadró los hombros y descendió del carro como una reina en lugar de una sirvienta.

No podían irse a Kinfairlie lo suficientemente pronto para su gusto.

alcolm dejó a Rafael atrás mientras avanzaba a grandes zancadas para encontrarse con su hermana.

"¡Malcolm!" El deleite de Vivienne era más que claro. "¡Has vuelto!" Ella se arrojó al abrazo de Malcolm con un abandono característico, y él solo pudo atraparla.

Malcolm sintió la curva de su vientre de inmediato y una vez más, estaba molesto con Erik de Blackleith. ¿Cómo se atrevía ese hombre a tratar a la gema de la hermana de Malcolm con tanta indiferencia? En lugar de hacer girar a Vivienne y devolverle el saludo, Malcolm la puso de pie y dio un paso atrás, con las manos descansando sobre sus hombros.

"¿Cabalgas así cuando llevas un niño?" preguntó con severidad.

"—Oh, te has vuelto serio" —protestó Vivienne, absolutamente sin arrepentimiento. "¡Mira estas líneas en tu frente! ¿Y qué le ha pasado a tu hermosa nariz? Ella no esperó su respuesta. "Estoy a meses de mi término y lo suficientemente bien para cabalgar." Su escepticismo debió de mostrarse, porque ella se acercó y abrió mucho los ojos. "Lo sé, Malcolm. He tenido un hijo antes, mientras que tú, apuesto a que no lo has hecho."

Malcolm no podía descartar la sensación de que Erik daba por sentado a su esposa y no mostraba a Vivienne la cortesía que se merecía. Era la misma historia que su noviazgo y le disgustó ver que continuaba. "Pero aún..."

"Pero aun así, es maravilloso verte". Vivienne lo miró con una sonrisa alegre. "Eres más alto y fuerte, más hombre que cuando te fuiste. Y te ves muy feroz. ¡Oh, Malcolm, estoy tan contenta de verte regresar!" Ella besó sus mejillas en sucesión, su alivio era tan tangible que calentó su corazón.

Erik detuvo su caballo ante ellos en ese momento y desmontó con menos mal humor que su esposa. "No deberías cabalgar tan duro", la reprendió. Malcolm podría haberse sentido tranquilizado por sus modales, pero temía que fuera solo por el bien de la apariencia.

Él no hizo ningún esfuerzo por ocultar su disgusto.

Quizás podría cambiar las circunstancias de Vivienne.

Vivienne se limitó a sonreír a su esposo. "Te preocupas demasiado. ¡Mira, Malcolm está en casa!"

El otro hombre miró a Malcolm. "Y entonces el mercenario regresa con el botín de guerra", dijo, su desaprobación tan clara como la de Alexander. La alegría de Malcolm al volver a ver a su hermana se fue rápidamente. Erik miró la torre de los guardias. "Veo que usas tu fortuna mal ganada para algún buen propósito, al menos".

"¡Erik!" Vivienne pareció sorprendida, pero Malcolm no. Cruzó los brazos sobre el pecho y miró al otro señor.

Erik se aferró a las riendas de ambos caballos mientras consideraba a Malcolm. "Bienvenido a casa."

Malcolm lo miró con frialdad. "No creo que sea tu lugar el darme la bienvenida a mi propia propiedad".

Si Erik se sorprendió, ocultó bien su reacción. "Me refería a Escocia, por supuesto".

Malcolm inclinó levemente la cabeza, notando la rápida inhalación de Vivienne. "Pido disculpas por cualquier malentendido". Malcolm sostuvo la mirada de Erik, satisfecho cuando el otro hombre parpadeó primero.

"Sí", dijo Rafael, dando una palmada en la espalda de Malcolm. "El Sabueso del infierno hizo su fortuna y algo más con la ferocidad de su espada. Dicen que goteó sangre roja durante siete años y nunca se quitará la mancha." Malcolm vio a Erik estremecerse, y los dos miraron a su compañero con incertidumbre. "No había nadie que pudiera oponerse a una convicción tan salvaje". Incluso Vivienne desvió la mirada ante eso.

"Mi compañero de armas, Rafael", dijo Malcolm, y las cabezas se inclinaron a modo de saludo. El aire se volvió denso por un momento, porque la más mínima mirada a Rafael revelaba lo que era, luego Vivienne rompió la tensión volviéndose hacia Malcolm nuevamente.

"Oh, has estado trabajando como un campesino y hueles como uno", reprendió, como si Malcolm fuera un niño todavía. Ella arrugó la nariz. "Tan pronto como vi una nueva estructura en el sitio de Ravensmuir, supe que tenías que ser tú, regresaste. ¡Lo sabía! ¡Estoy tan contenta de tenerte de vuelta!" Ella le dio otro abrazo rápido, como para probarse a sí misma que él realmente estaba a su lado, luego lo miró con ojos brillantes. "¡Debes tener esas historias que contar!"

Y ahí estaba la raíz, al menos para Vivienne.

"No debiste haber saltado de la silla", dijo Malcolm de nuevo, pero con más afecto. "No en tu condición".

"Me gustaría ver si tu consejo para mi esposa hace alguna diferencia", dijo Erik, su mirada deslizándose hacia la dama en cuestión. "Mis propias advertencias se ignoran".

Malcolm se negó a tomar partido por este hombre en contra de su hermana.

"El bebé está a meses de nacer", dijo Vivienne con un gesto de desdén. "Ustedes se inquietan como viejas".

Hubo otro silencio incómodo. En opinión de Malcolm, ese grupo no podría continuar hasta Kinfairlie lo suficientemente pronto. Él estaba bien y cansado del juicio de su familia sobre su elección, cuando había pocas otras opciones.

Vivienne agarró las manos de Malcolm. "Ven. ¡Muéstrame lo que has hecho!"

"Pensé que tú querías mostrarme lo que habías hecho", dijo Malcolm, señalando con la cabeza hacia el carro que se detenía detrás de los caballos.

Vivienne se rió e hizo una seña a las niñas que miraban desde el pequeño carruaje. "Quizás recuerdes a Mairi y Astrid, aunque ambas han crecido," Las dos niñas saltaron del carro y corrieron hacia adelante con una confianza que hizo que Rafael arqueara las cejas. Se tomaron de la mano e hicieron una reverencia ante Malcolm, la mayor lo miró con abierta curiosidad.

"¿Eres realmente un mercenario?" preguntó ella con descaro y Erik contuvo el aliento.

"¿Un hombre que haría algo por dinero?" exigió la segundo.

Vivienne y Erik intercambiaron una mirada preocupada.

"Lo he hecho, pero ya no", respondió Malcolm.

La niña más alta, que debía ser Mairi, estaba evidentemente decepcionada. "¿Por qué?"

"Porque estoy cansado de la matanza."

Vivienne hizo una mueca.

La niña más joven miró a Malcolm de arriba abajo. "¿Y qué eres ahora?"

"Señor de Ravensmuir".

Rafael dio un paso adelante. "Yo todavía soy un mercenario, si eso las consuela a alguna de ustedes."

Erik inhaló bruscamente incluso cuando Rafael sonrió. Mairi contempló a Rafael con una mezcla de miedo y asombro, una expresión que no auguraba nada bueno para su futuro. La mano de su padre cayó hasta la empuñadura de su espada y Malcolm se alegró de ver el gesto.

"Aunque tengo el ingenio para elegir sabiamente mis premios", agregó Rafael y se inclinó ante Erik. Sacó su camisa desechada de la piedra donde la había abandonado y se la puso, recordándole a Malcolm su estado. Malcolm siguió su ejemplo, preguntándose cuánto se vería obligado a soportar la visita.

"Catherine tiene cinco años ahora", dijo Vivienne como si quisiera entablar una conversación. Ella le tendió la mano a modo de invitación. Malcolm siguió el gesto para ver a la criada que había estado montada en el carro ahora de pie junto a él. Intentaba levantar a una niña de cabello rubio, pero el hombre mayor que conducía el carro intercedió. De hecho, era Ruari, aunque había más plata en su cabello y era más grueso en el medio. Sin duda, seguía siendo leal y obstinado.

Pero claramente sus modales bruscos no asustaban a las hijas de su señor. La pequeña Catherine le sonrió, sin miedo a su ceño fruncido cuando la puso sobre sus propios pies. Ella corrió hacia Vivienne, seguida rápidamente por un niño pequeño. La sirvienta, que también era rubia, había bajado al niño y ahora se volvía hacia el carro para sacar a un bebé envuelto en pañales.

"¿Le pusiste a tu primogénita el nombre de mamá?" Malcolm preguntó suavemente y Vivienne asintió. Compartieron una mirada afectuosa, una que casi hacía que esa prueba valiera la pena.

"Estoy encantado de conocerlos a todos", dijo Malcolm, haciendo una reverencia formal a las niñas. Se rieron y la más joven se escondió detrás de las faldas de su madre.

"William tiene sólo tres", continuó Vivienne haciendo un gesto hacia el niño. "Erik finalmente tiene el heredero que tanto deseaba", agregó con una risa que no cubrió el silencio de su esposo. "Y gracias al cielo que Eufemia ya no tiene que ser amantada, porque habría sido difícil obligar a nuestra nodriza Fiona a dejar a sus propios hijos para que vinieran con nosotros."

"Y, naturalmente, no podríamos haber retrasado nuestra visita a Kinfairlie", dijo Erik, su tono implicaba que él habría hecho precisamente eso. Estaba de pie con los brazos cruzados sobre el pecho, tolerando el intervalo, peor incluso que Malcolm.

Vivienne se volvió hacia él y Malcolm supuso que se trataba de una vieja discusión. "Es usted, mi señor, quien insiste en que no me suba a la silla en los últimos tres meses antes de que llegue un bebé, y no voy a montar en un carruaje como una anciana. Debemos visitar Kinfairlie ahora, ya que es poco probable que podamos estar aquí para la Yule este año." Ella golpeó un dedo en su pecho. "No me mantendrán alejada de mi familia y lo sabes bien".

Erik sonrió un poco a su esposa. "Y no seguirás mi consejo".

La sonrisa de Vivienne era traviesa. "No en asuntos de mujeres, no, mi amor, aunque en todo lo demás, te lo cedo." Se estiró para besar la mejilla de Erik, y él pareció resignado, y no del todo infeliz, con su situación.

"Dulce Jesús", susurró Rafael.

Malcolm miró a su amigo, que parecía como si lo hubieran golpeado en una piedra. Luego siguió la mirada de Rafael hacia la sirvienta y sintió una conmoción similar.

¡No podía ser Úrsula!

Malcolm no pudo evitar quedarse mirando. La mujer se acercó, cargando al hijo menor de Blackleith, y él se dio cuenta con alivio de que estaba equivocado. Sin duda, era más alta que la mayoría de las mujeres y tenía el pelo largo y rubio, pero la expresión de esta mujer era fría y crítica, mientras que los modales de Úrsula habían sido femeninos y dulces. Malcolm sintió que la tensión de Rafael se relajaba junto con la suya.

Esta mujer era sorprendentemente hermosa, más joven que él y Vivienne, con cabello como oro hilado y labios rosados y carnosos. Ella era una belleza, pero no la belleza con la que él la había confundido. Úrsula estaba muerta, y él lo sabía bien: esta mujer solo compartía su color. Malcolm se sorprendió no solo porque sus ojos eran de un azul tan claro, sino porque estaban llenos de sospecha. Más allá de eso, ella era majestuosa y alta, una reina forjada de hielo en lugar de una dócil sirvienta con la mala suerte de tener un hijo bastardo.

Porque ella estaba bastante llena de la carga de su hijo por nacer. Su cabello descubierto indicaba que no estaba casada, y su cabello estaba trenzado en una larga trenza rubia por la espalda. Su falta de velo debería haber significado que era una doncella, pero solo una doncella se había encontrado en tal estado y sin embargo había estado intacta.

Toda la vieja ira de Malcolm volvió a surgir, encendida por el recuerdo de Úrsula y su vulnerabilidad.

¡En verdad, era obvio quién tenía que ser el padre del hijo de esa mujer! ¿Por qué si no iba a estar protegida en esa casa y se le daría un papel tan íntimo como para cuidar de los propios hijos del Señor de Blackleith? Era evidente que llevaba otra de las semillas del señor en su vientre, y que Erik no había cambiado realmente sus costumbres.

Lo que insultaba no solo a esta criada sino a Vivienne.

No había nada que Malcolm despreciara más que ver maltratada a una mujer. Aunque debería haberse mordido la lengua ante un invitado, esta indignidad e insulto a su hermana no podía dejar pasar.

No importaba quién se opusiera a sus palabras.

Le daría a Erik una sola oportunidad de explicarse, aunque Malcolm sabía que ese hombre no lo conseguiría.

CATRIONA ESTABA TAN desconcertada que se acercaron a la casa de un guerrero y un mercenario, más aun del que se decía que también era un hechicero. Sin embargo, ninguna de las charlas de Ruari la había preparado para su primera mirada de cerca al hermano de su dama.

Si alguna vez había habido un hombre que intentara tentarla, ese era él. El Señor de Ravensmuir estaba bien hecho y quizás era solo una década mayor que ella. Había pensado que el señor de la fortaleza sería un guerrero empedernido, muy avanzado en años. Este Malcolm era joven y apuesto, de una edad similar a la de la Dama Vivienne.

Para su sorpresa, él se había estado esforzando, vestido sólo con sus calzas y botas. Ella vio que su cuerpo estaba tenso y era esbelto, tomando nota de ese detalle antes de que se pusiera la camisa. La camisola blanca contrastaba con el tono dorado de su piel, su color indicaba que había estado haciendo ese trabajo bajo el sol durante algunas semanas. Algo colgaba de su cuello, una prenda que atrapó la luz por un momento antes de que su camisola la ocultara de la vista.

Los dedos de Catriona se elevaron hacia el talismán que guardaba escondido debajo de su propia camisola, sorprendida de que tuviera algo en común con ese hombre.

Sin embargo, él era un guerrero, porque había una dureza en su mirada que revelaba que había visto gran parte del mundo, y no todo era bueno. Él era guapo, sin duda, aunque su nariz tenía un hueco como si se hubiera roto. Eso y la sombra oscura en su barbilla solo servían para hacerlo lucir más poderoso y masculino, por lo que no podía decir que su apariencia estuviera estropeada. Parecía un hombre que sabía lo que podía reclamar y no tenía reparos en aceptarlo.

A pesar de lo atractivo que era, la aterrorizaba, dada su reputación. Catriona no se atrevió a revelar su miedo, porque sabía que los débiles eran siempre los primeros en ser atacados. En cambio, reunió todos los restos de fuerza dentro de sí misma y fingió indiferencia.

Catriona escuchó a su compañero declarar que se llamaba Sabueso del infierno, una confesión que hizo poco para alegrarla de estar bajo su techo.

Todo esto habría sido más que suficiente para inquietarla, pero peor aún, el señor la miró con una intensidad que hizo que su corazón latiera con fuerza. Su mirada cayó a su vientre y, en todo caso, su expresión se volvió más sombría.

Estaba claro que pensaba que ella era una puta.

A Catriona se le aceleró el corazón. Podía adivinar lo que él pensaba hacerle, si se demoraba en su salón. Ella sabía cómo los guerreros trataban a las putas.

¡Tenían que ir a Kinfairlie inmediatamente!

Catriona se negó a dejar que su paso vacilara, a pesar de que temía haber sido elegida una vez más como presa. Caminó hacia su dama y le tendió a Eufemia, como si no se diera cuenta de Malcolm. Su mirada brillante podría haber sido una caricia, porque sentía que le picaba la piel y le ardía la sangre. Un rubor manchó sus mejillas, lo sabía bien, aunque no había nada que pudiera hacer para descartarlo.

"Aquí está mi querida niña, Eufemia", dijo la Dama Vivienne, como si no se diera cuenta del ceño de su hermano. Ella besó a su hija, quien acarició el cuello de su madre y volvió a dormirse.

La expresión de Malcolm no se suavizó. "Su sirvienta parece estar cerca de su término", dijo con firmeza. "¿Está su esposo en tu grupo?" Su tono reveló que conocía la respuesta y la desaprobaba.

Aquí estaba la razón. Una vez que se confirmara que no tenía marido, Catriona sabía que se la consideraría disponible para el uso del Señor de la fortaleza.

"Catriona no tiene marido, Malcolm". La voz de la Dama Vivienne bajó aún más y Catriona agradeció la protección de su dama. "No lo conviertas en un problema".

"¿Qué no lo convierta en un problema?" —repitió Malcolm, alzando la voz con incredulidad e ira. Sus ojos verdes brillaron con fuego, pero sus palabras sorprendieron a Catriona. "No lo haré, si me dices quién es el padre de su hijo."

¿Este mercenario mostraba justa indignación? Catriona estaba segura de haber entendido mal. Ella se atrevió a mirarlo directamente, solo para encontrarlo mirándola tan de cerca que un nudo se le formó en la garganta.

Parecía indignado.

¿Seguramente no en su nombre?

"¡Malcolm!" La Dama Vivienne lo regañó y luego bajó la voz a un susurro. "Déjalo estar". Su consejo tuvo precisamente el efecto contrario.

"¡No lo dejaré!" replicó Malcolm. "Incluso si no lo sabes con certeza, incluso si disimulas su acto o finges ignorarlo, no me mantendré al margen mientras este hombre..." señaló con un dedo al Señor de Blackleith "¡te deshonra una vez más!"

Catriona sintió que sus labios se abrían con sorpresa. Ciertamente, el Señor Erik no pareció menos asombrado. Tener un mercenario en desacuerdo con un señor sobre su estado, incluso por error, era tan notable que apenas podía entenderlo.

Pero el Señor de Ravensmuir no se había pronunciado. "No me importa si finalmente se convenció de casarse contigo. ¡Esto es inaceptable, Vivienne! Le sirves bastante bien como esposa, está claro, porque le das hijos en abundancia. Podría contenerse mientras le llevas otro."

La Dama Vivienne se sorprendió. "Malcolm, ¿a qué te refieres?"

"Él cree que el niño es mío", dijo su esposo brevemente.

Los ojos del Señor de Ravensmuir brillaron de ira mientras Catriona miraba con asombro. "No sería la primera vez que secuestras a una mujer para tu placer".

"Catriona llegó a nuestra puerta con un niño en el vientre", replicó el Señor de Blackleith, elevando la voz a su vez. Catriona vio que se le cerraban los puños. "Vivienne eligió darle refugio".

Los niños miraron a los dos hombres con los ojos muy abiertos.

El Señor de Ravensmuir no retrocedió. De hecho, dio un paso más hacia el Señor de Blackleith. "Apuesto a que mi hermana tiene buenas razones para mostrar compasión por esta mujer. Pero más allá de eso, su falta de consideración por su estado es inaceptable."

"¿Cómo es eso?" El Señor Erik estaba enojado, el peso de la mano de su esposa en su brazo no hacía ninguna diferencia perceptible en sus modales.

El Señor de Ravensmuir apoyó las manos en las caderas, su propia furia clara. "¿Evitarías que tu esposa viajara cuando esté embarazada, pero no a la sirvienta que lleva tu semilla? Las cosas pueden ser diferentes en las Tierras Altas, pero aquí, donde impera mi palabra, un hombre que planta su semilla se casará con la mujer que lleva a su hijo. De hecho, se casará con ella antes de tener un hijo con ella, y una vez que haga su voto, ¡la honrará como su esposa durante todos sus días y noches! Me avergüenza que quisieras llevar a tu amante embarazada a mi hermana en busca de refugio, y aún más me horroriza que obligues a esta mujer a viajar como tu sirvienta en su estado, ¡arriesgando así el bienestar de ella y de su hijo!"

Los niños más pequeños se escondieron detrás de las faldas de Catriona o de su madre, mientras Mairi miraba, paralizada.

La mano del Señor de Blackleith desenvainó su espada y su esposa se quedó sin aliento. "¡Te atreves demasiado!"

"¿Sí?" El Señor de Ravensmuir cruzó los brazos sobre el pecho y se mantuvo firme. El hecho de que no tocara su arma no lo hacía parecer vulnerable en lo más mínimo. "¡Demuéstrame que tu naturaleza ha cambiado!"

Catriona había oído suficiente. No era su lugar, pero ella no sería motivo de discusión en la familia.

Dio un paso adelante y se enfrentó al Señor de Ravensmuir. "No llevo al hijo de mi señor", dijo ella con determinación, esperando que no se pusiera en duda su palabra. "—En efecto, señor, aunque aprecio su sentido del honor, está equivocado. Me abandonaron en mi estado y me obligaron a buscar refugio en tierras desconocidas. Esta dama y el señor solo me han mostrado bondad en mi momento de necesidad. No quiero que pienses mal de ninguno de ellos, porque han sido muy buenos conmigo cuando podrían haberlo hecho fácilmente de otra manera." Sintió sus labios apretados mientras sostenía su mirada. "Juraré la verdad de esto sobre cualquier reliquia que elijas".

Él la consideró por media eternidad, esos ojos verdes brillando, mientras el resto del grupo parecía contener la respiración colectiva.

Luego la asombró de nuevo.

"Me disculpo", dijo el Señor de Ravensmuir, inclinándose en su dirección como si fuera de la realeza. Su tono era moderado, su ira se había desvanecido. Catriona parpadeó. "Me he visto obligado a presenciar muchas acciones inmundas en mi tiempo, pero no puedo tolerar que una mujer sea abusada". Sus ojos se entrecerraron levemente mientras miraba de nuevo al Señor Erik. "Nunca sucederá en mi morada".

Catriona respiró hondo, sintiendo que él no estaba dispuesto a abandonar la discusión. Ahí estaba su oportunidad de asegurarse de que no fuera vista como una presa. "Y sin embargo, escuché decir que se había convertido en un mercenario, señor", dijo ella, su tono desafiante. "Parece que ambos estamos destinados a que nuestras suposiciones sean desafiadas hoy".

El señor estaba claramente asombrado por su audacia. Su compañero de piel aceitunada sonrió y desvió la mirada. Para consternación de Catriona, sus modales y su condición parecían haber hecho poco por disminuir el interés del Señor de Ravensmuir por ella.

De hecho, dio un paso más cerca. La proximidad solo aumentó el efecto de su atención. Catriona era muy consciente de que era un hombre acostumbrado a conquistar su camino y ganarlo con fuerza cuando era necesario. Una parte traicionera de ella se preguntaba cómo sería ser el centro de sus afectos, si él realmente trataría a una mujer como había prometido. En su experiencia, hombres como este usaban a las mujeres para su placer y las dejaban a un lado.

Sabía que era mejor no dejarse seducir por una posibilidad, por muy tentadora que pudiera sonar.

De todos modos, su voz bajó como si quisiera tentarla. No podía imaginar por qué él se molestaría, o al menos no podía pensar en ninguna buena razón para que lo hiciera. Su mirada se cruzó con la de ella, como si los dos estuvieran solos en toda la cristiandad. Catriona apenas podía respirar.

"Haber sido testigo de la violencia, incluso haber participado en ella en el pasado, no necesariamente genera la voluntad de infligirla a otros en el futuro", dijo él, con palabras tan sedosas e intencionales que, un año atrás, ella podría haberle creído. "Por mi parte, la experiencia solo aumentó mi determinación de defender a los menos poderosos que yo."

Eso era mentira, tenía que serlo.

Ningún hombre de poder defendía jamás a los débiles. Los hombres usaban el poder como arma: cuando no lo hacían, eran percibidos como débiles y ellos mismos se convertían en presas.

Ella no veía ninguna razón para dejarle creer que la había convencido.

"Palabras bonitas, mi señor, aunque soy escéptica de su afirmación," dijo ella, erguida. Antes de que pudiera discutir con ella, continuó, sabiendo que su audacia era poco común y que su dama estaba horrorizada. "—También debería saber, señor, que su preocupación por mi seguridad está fuera de lugar. Fue mi petición ser incluida en este viaje. Mi señor y mi dama lo desaconsejaron, pero confieso que fui inflexible." Ella le dejó ver su determinación. "Los habría seguido a pie, si no me hubieran dado un lugar en el carruaje".

"Y con este intercambio, no me resulta difícil atribuirte tal fuerza de voluntad", dijo en ese tono suave. Para su asombro, no parecía que él lo desaprobara. "Es bueno que una mujer conozca su propia mente."

Había algo en su vigilancia que parecía hacer que las palabras salieran de sus labios, cuando Catriona supo que podría haber sido más inteligente haberse mordido la lengua. "¿Sólo una mujer, señor?"

Entonces él casi sonrió. La comisura de su boca se curvó de la manera más intrigante, haciéndola preguntarse cómo podría cambiar su rostro cuando sonreía. Pero, de repente, volvió a fruncir el ceño y ella se dio cuenta de nuevo de la violencia que podía hacer un hombre así. Ella contuvo su impulso de dar un paso atrás, o de estremecerse, pero imaginó que él lo notaba de todos modos.

"Hablas bien", dijo en voz baja, examinándola de nuevo como si fuera un misterio que estaba decidido a resolver. "Todos deben saber lo que piensan y no tener miedo de declararlo en voz alta".

Catriona se encontró deseando que él hubiera sonreído, solo para poder ver la diferencia en su comportamiento.

El señor la estudió y ella recordó demasiado tarde que debía ser recatada en su lugar. Ella bajó la mirada, pero aun así él se dirigió a ella. "Así que me corrijo en mi error y te agradezco tu audaz discurso." Había una tentadora diversión en su tono. "¿Tienes un nombre?"

"Catriona, señor."

"¿No más que eso?"

"Nada más, ni un hombre". Ella levantó la mirada hacia él, incapaz de permanecer recatada, y vio una conciencia peligrosa en sus ojos, una que envió una punzada de advertencia a través de ella. Catriona dio un paso atrás, incapaz de detenerse y levantó la barbilla.

Los labios del señor se tensaron, solo un poco, y supo que él había notado su miedo. No dijo nada al respecto, pero se volvió hacia Erik y le ofreció la mano. "Erik, me he equivocado y dejaría esta disputa atrás. ¿Entrarás en mi salón como aliado y aceptarás mi hospitalidad?"

¿Cuándo había oído Catriona a un señor de una Fortaleza disculparse? Y este hombre lo hacía dos veces en rápida sucesión. Había quienes insistían en que una disculpa era una confesión de debilidad, pero este Señor no le parecía más débil que momentos antes.

El Señor de Blackleith dudó solo un momento antes de estrechar la mano del hermano de su esposa. Catriona sabía que no imaginaba que su dama exhalara de alivio.

Tampoco imaginó que el peso de la mirada del Señor de Ravensmuir volviera a ella, sus modales pensativos. Se dijo a sí misma que era una tonta y algo más por haber llamado su atención.

De todos modos, la forma en que la miraba la hacía sentir seductora y femenina, cualidades que habían desaparecido de su vida la noche de la concepción de su hijo. Sin duda, era inofensivo saborear una medida de agradecimiento, especialmente cuando estarían fuera de ahí en unos momentos. Lo más probable es que nunca lo volviera a ver, dada la visión que tenía el señor Erik de él.

Había cosas peores que un hombre decidido a defender la dignidad de una mujer, mucho menos uno protector de una sirvienta desconocida cerca de su fecha de parto. La indignación mostrada por el Señor de Ravensmuir había estado fuera de lugar, sin duda, pero el fuego que había encendido sus ojos cuando desafiaba al marido de su hermana había hecho que el corazón de Catriona latiera con fuerza. Pocos hombres de honor habrían escatimado la preocupación por una sirvienta soltera con un hijo bastardo.

Ella no podía pensar en guerreros o mercenarios que se hubieran molestado en hacerlo.

Y eso convertía al Señor de Ravensmuir en un hombre fascinante, de hecho.

Su mirada se elevó hacia su compañero, solo para encontrarlo mirándola intensamente. Este Rafael era otro guerrero para el pensamiento de Catriona, pero uno más peligroso incluso que su anfitrión.

O tal vez eran dos compañeros, estos camaradas, y era solo Rafael cuya verdad estaba clara para ser vista. El Señor de Ravensmuir era un mercenario, y eso por elección y este detalle ella haría bien en recordarlo.

El Señor se volvió para acompañar a su hermana hacia el vestíbulo, tomándola del codo con una cortesía que Catriona podría haber encontrado atractiva en otro hombre. Quizás adoptaba la apariencia de un caballero, mejor para ser subestimado en su oscura intención.

Sí, podría ser eso.

Tan pronto como el pensamiento cruzó por su mente, el Señor de Ravensmuir habló, sus palabras enviaron un escalofrío a través de su corazón. "Quizás deberías quedarte una noche", propuso a su hermana con tono firme. "Has viajado lejos este día, y un descanso puede ser mejor para ti y para el bebé".

¿Estaba realmente preocupado por su hermana?

¿O Catriona se veía obligada a pagar un precio por haber llamado su atención?

~

ERA GENIAL, esta sirvienta de Vivienne, y tan orgullosa como una reina. Su actitud audaz no se ajustaba a su estatus, y Malcolm estaba mucho más intrigado por ella de lo que creía que debería estar. Catriona había atrapado su mirada debido a su similitud en color con Úrsula, pero las dos mujeres no podrían haber sido más diferentes. Mientras que Úrsula había sido gentil y dulce, Catriona era una mujer con acero en la espalda. Ella era intrépida y audaz, y atractiva por todo eso.

¿Quién era el padre de su hijo? Aunque ahora no tenía marido, eso no significaba que nunca lo había tenido. ¿había quedado viuda? ¿Era eso lo que la había dejado tan desamparada que se había visto obligada a trabajar como sirvienta? ¿O siempre había sido una sirvienta y la habían echado de un salón cuando concibió al hijo de ese señor? Aunque eso tenía más sentido, Malcolm tuvo dificultades para creer que una mujer de tanta belleza y gracia fuera una campesina común. Ella mostraba la misma mezcla de determinación y razón, así como la misma tendencia a ser franca que él asociaba con sus hermanas.

Malcolm apostaría que era viuda. Había visto a muchas mujeres que se habían ido para valerse por sí mismas y por sus hijos, después de que un noble marido perdiera su vida, su fortuna o ambas cosas.

Malcolm se encontró a sí mismo no solo queriendo conocer la historia de Catriona, sino también queriendo ayudarla. Incluso si ella no se hubiera parecido a Úrsula, rápidamente se habría sentido intrigado por ella. Ella le tenía miedo y estaba decidida a desafiarlo.

Aunque le preocupaba llamar su atención no dejó de dar un paso adelante y corregir sus suposiciones, solo en una cuestión de principios. Su estado vulnerable sólo hacía aflorar sus impulsos más nobles, ya que le habían enseñado desde joven a defender a las mujeres cuando se acercaban a su fecha de parto.

Úrsula le había mostrado el precio que las mujeres podían pagar, con demasiada facilidad, por traer un hijo al mundo.

Malcolm no dudaba de que una vez que Erik y Vivienne dejaran Ravensmuir, no regresarían, y no estaba preparado para ver lo último de Catriona por el momento.

Afortunadamente, estaba claro que Vivienne estaba intrigada y cansada por los cambios en su casa. Él se apartó de Catriona con un esfuerzo y centró su atención en su hermana. Malcolm sugirió que se quedaran y, como había previsto, Vivienne pareció encontrar tentadora la perspectiva.

Como Malcolm podría haber esperado, su esposo no lo hizo.

"Puedes ver el nuevo Ravensmuir, Vivienne, y todavía podemos llegar a Kinfairlie para la cena", dijo Erik.

"Pero Malcolm tiene razón. Me encuentro demasiado cansada para continuar hoy", dijo Vivienne, luego sonrió a su hermano. "Te atormentaremos con nuestra compañía esta noche antes de llevar todas tus noticias a Kinfairlie".

"Casi todas", dijo él, sospechando que Catriona escuchaba. "A un hombre se le debe permitir guardar algunos secretos propios".

"Como dónde has estado y con quién has luchado", respondió Vivienne.

"No vale la pena contar los eventos de estos años", respondió Malcolm. Él no hablaría de lo que había presenciado, y mucho menos confesaría sus propias acciones, incluso si la música de las hadas lo obligaba a recordar ambos cada noche.

"Entonces, ¿por qué has regresado ahora?"

"Porque mis días de batalla han terminado".

"Y por qué Ravensmuir..."

"Porque es mi legado".

"Y por qué reconstruyes con tanto entusiasmo".

"Porque Rafael se niega a pasar otro invierno en los establos". Malcolm bajó la voz a un susurro conspirativo. "Creo que me gustaría mantener los caballos allí, de todos modos". Vivienne se rió de eso, aunque Rafael simplemente resopló.

"¿Y tu nariz?"

"Quebrada y sana de nuevo. Allí no hay ningún cuento."

"Me molestas con un propósito, Malcolm," acusó Vivienne con risa en su voz.

Malcolm era consciente de que Catriona iba detrás del pequeño grupo mientras mostraba la nueva construcción a su hermana y su esposo. Él podría haber estado hablando con la sirvienta, tan intensamente estaba en sintonía con su respuesta. Tenía un curioso deseo de que ella pensara bien en lo que había hecho.

Sería una hazaña eliminar la sospecha de sus ojos y el miedo de sus reacciones.

"Se te debe advertir que la comida es simple y la cama aún más simple", le dijo a Vivienne, mientras pensaba en lo que podría cambiarse para acomodarlos mejor. "Solo tengo colchones de paja en el solar, aunque son bienvenidos a la relativa comodidad de esa cámara. El techo no está terminado en el lado norte y puede que llueva esta noche."

"Ah, Erik, ves que experimentaremos Ravensmuir en su mejor momento", dijo Vivienne, claramente tratando de curar la brecha entre los dos hombres. Malcolm se puso ligeramente rígido ante su suposición de que toda la familia usaría el solar.

Una cosa era dejar a su propia hermana sola cerca de la puerta cerrada de su tesoro, y otra muy distinta que su esposo estuviera allí.

Su mirada se cruzó con la de Erik y supo que ese hombre había notado su reacción.

"Yo dormiré en los establos", dijo Erik con cierto orgullo. Y te dejo el salón Ruari necesitará compañía."

Malcolm se sintió aliviado por esta sugerencia y asintió con la cabeza a Erik, dejando que se notara su alivio. Ya había insultado al esposo de su hermana y se había obligado a recordar que estos eran sus primeros invitados.

Ruari asintió ante la mirada de su señor y condujo a los caballos hacia los establos. Los caballos rozaban contentos, sin mostrar ninguna intención de tirar del carro más lejos de lo que ya lo habían hecho.

"¿Ruari?" Vivienne repitió, su tono burlón. "¿Me abandonarías por Ruari?"

"Él tenía muchos presentimientos sobre Ravensmuir", dijo Mairi a un lado de Malcolm. "Y casi asustó a Catriona con sus historias de fantasmas y la habilidad del Señor para hablar con los cuervos".

"Los cuervos ya no están en Ravensmuir", dijo Malcolm rápidamente. "Se fueron como uno solo después de que la fortaleza se derrumbó y Tynan murió". Señaló al cielo. "Rodearon el lugar donde había estado la torre, como para despedirse, y luego se marcharon al mismo tiempo".

"¿No te dijeron por qué se fueron?" Preguntó Mairi.

"No tenían que hacerlo", respondió Malcolm. "El Señor había muerto, la fortaleza se derrumbó y decidieron no quedarse".

"Pero tú te convertiste en Señor", insistió Vivienne en voz baja. "Pensaba que Melusine habría regresado para saludarte", agregó, refiriéndose a uno de los cuervos más viejos.

Malcolm se encogió de hombros. "Quizás no lo aprobaron". Erik dijo ante eso, y Malcolm supo que Alexander habría compartido su punto de vista.

Vivienne le apretó el brazo. "Cuando se complete la nueva fortaleza, regresarán."

"Quizás." Malcolm no pudo evitar lanzar una mirada hacia el cielo y supo que su hermana se dio cuenta.

"Debo asegurar el bienestar de Ruari", dijo Erik entonces, su actitud impaciente, y caminó hacia los establos.

Vivienne lo vio irse, su preocupación clara. Tocó con las yemas de los dedos el brazo de Malcolm, se disculpó y luego fue tras su esposo. Ella lo alcanzó fuera de los establos, y Malcolm no pudo encontrar nada que criticar en la forma en que Erik se volvió hacia ella y le sostuvo el brazo mientras continuaban.

Rafael y Malcolm intercambiaron una mirada, luego Rafael fue tras los invitados. Sin intercambiar una palabra, ambos sabían que los recién llegados debían mantenerse alejados del último puesto.

"¿Es cierto que hay un fantasma?" Astrid preguntó tímidamente a Malcolm.

"¿Y qué hay de las ruinas?" preguntó Mairi sin esperar respuesta a la consulta de su hermana. "Apostaría a que están llenas de pasajes secretos y tesoros".

"¡Tesoro!" repitió Catherine con asombro.

"—Y peligro" —intervino Catriona con firmeza detrás de él. "¿No notaste el seto de espinos cuando llegamos? Tales plantas son atendidas por las hadas." Malcolm miró a la criada, sorprendido por sus palabras. Ella observó a Ravensmuir con las manos apoyadas en las caderas. "Debo preguntarme si la Corte Unseelie se puede encontrar cerca de aquí".

"¡No la Corte Unseelie!" Astrid chilló, claramente encantada por los horrores de las historias que había escuchado sobre este malvado grupo de hadas. "¡Te comerán!"

"Peor aún, te harán ayudarlas en sus travesuras", contribuyó Mairi. Los ojos de Catherine estaban redondos y su puño regresó a su boca. "Te agarrarán y te arrastrarán detrás de ellos en su salvaje paseo, luego te arañarán y morderán". Se acercó a su hermana menor para hacer una demostración y Catherine chilló.

"Y nunca más te dejarán ir a casa", concluyó Astrid.

Catherine gimió y se acercó a Catriona ante las burlas de sus hermanas.

"Si te quedas cerca de mí, te mantendré a salvo", le dijo Catriona a la niña más pequeña, quien tomó su mano. Echó una mirada a las dos mayores, que parecían inclinadas a correr y buscar esta corte de las Hadas, simplemente por curiosidad. Observó el campo como si buscara orientarse, y Malcolm se preguntó si había estado antes en esas tierras. "¿Estamos cerca de Huntlie, señor?"

Malcolm entendió su referencia de inmediato. "¿Dónde conoció El Honesto Thomas a la reina de las Hadas?" preguntó, recordando que este cuento era uno de los favoritos de Vivienne. Parecía que se lo había contado a sus hijas, porque sus ojos se iluminaron. "En efecto. No está lejos en absoluto." Se puso de pie y señaló hacia el sur. "Justo al otro lado del páramo, más allá de Kinfairlie".

"—Entonces sí que existe el peligro" —concluyó Catriona con tono oscuro.

Mairi comenzó a cantar, aparentemente sin sentirse en peligro en absoluto.

"Es cierto que Thomas yacía en la orilla del Huntlie,
cuando vio a una dama de las hadas;
Esta dama era vivaz y audaz,
y ella cabalgaba hasta el árbol de Eildon.
Su falda era de seda verde hierba;
su brida de oro muy fino;
y entretejidos en la crin de su caballo,
estaban cincuenta y nueve campanas de plata."

ASTRID TOMÓ las manos de Mairi y las niñas bailaron en círculo mientras cantaban juntas las palabras. Catherine sonrió tímidamente, volvió a sacar el puño de la boca y el niño aplaudió.

"Es cierto, Thomas, se quitó el sombrero,
y lo inclinó hasta la rodilla.
¡Salve, María, poderosa Reina del Cielo!
Nunca vi a tu par en la tierra."
"Oh no, oh no, Honesto Thomas", dijo ella,

"Ese nombre no me pertenece.
Soy la reina del reino de las hadas
ven a cazar con tres galgos.

"Ahora debes viajar conmigo", dijo ella;
Honesto Thomas, debes venir conmigo;
Porque tienes que servirme siete años,
a través del bien o la aflicción como pueda ser."
Luego montó su caballo blanco como la leche,
Y montó al Honesto Thomas detrás de ella;
Con cada sonido de su brida,
su caballo corría más rápido que el viento."

CATRIONA DIO UN PASO ADELANTE, alzando su propia voz en la canción. Malcolm se sorprendió por las palabras, que había olvidado hacía mucho tiempo.

Sin embargo, había visto este reino de los hadas la noche de su llegada a Ravensmuir.

"Era una noche oscura, negra, sin luz.
Pasaron con sangre roja hasta la rodilla:
Porque toda la sangre que se derrama sobre la tierra;
corre por los ríos de la tierra de las hadas."

MALCOLM SE SOBRESALTÓ por ese detalle y se dio cuenta de que Catriona lo estaba mirando. Parecía que ella le cantaba el siguiente verso.

> *"Él vio las espinas en la colina,*
> *y oyó el mar."*

Los ojos de las niñas se agrandaron cuando Catriona señaló desde el seto de espinas hacia el mar más allá de los acantilados. "Están aquí", susurró Catherine, una vez más acercándose a Catriona.

"Pero en esta parte del cuento, ella le enseña", confió Mairi a sus hermanas, luego cantó el siguiente verso.

> *"Oh, ¿ves ese camino estrecho*
> *tan frondoso rodeado de espinas y zarzas?*
> *Ese es el camino de la justicia,*
> *aunque después de eso pocos preguntan."*

Eso era bastante cierto, según la experiencia de Malcolm con los hombres, aunque no hizo ningún comentario al respecto. Era consciente de que Catriona le cantaba directamente, como si adivinara sus pensamientos.

¿Ella tenía la vista? ¿Había adivinado la verdad de su fortaleza?

¿O simplemente contaba una historia para evitar que las niñas hicieran travesuras?

Una vez más, Astrid se unió a la canción. Ella tenía una voz fina y clara, más alta que la de Mairi y una que le recordaba a Malcolm demasiado bien las dulces voces de las hadas que había escuchado en sus canciones.

> *"¿Y ves ese camino ancho,*
> *que se encuentra al otro lado de la pequeña colina?*
> *Ese es el camino de la maldad,*
> *aunque algunos lo llaman el camino al cielo."*

Luego, Catriona volvió a cantar. Su voz era de un rico contralto, la que Malcolm encontró maravillosamente femenina y sorprendentemente cálida. Ella señaló las ruinas del antiguo torreón y el camino de hierba aplastada que los aprendices de albañil habían creado cuando recuperaban piedras.

> *"¿Y ves ese camino de flores,*
> *que serpentea por la ladera de los helechos?*
> *Ese es el camino a la corte de las hadas,*
> *adónde iremos tú y yo esta noche."*

Catriona agitó su dedo, incluso cuando el corazón de Malcolm se apretó.

> *"Pero Thomas, debes callarte,*
> *todo lo que puedas oír o ver;*
> *Porque si alguna palabra pudieras decir,*
> *nunca volverás a tu propia tierra."*

"Así es como es", Mairi informó a Malcolm solemnemente. "Si comes o bebes en la corte de las hadas, nunca podrás irte. En todos los cuentos es lo mismo, por lo que debe ser verdad."

"Sé que es verdad".

"¿Cómo lo sabes?"

"Porque lo he visto".

"¿Aquí?" Las niñas chillaron de alegría cuando Malcolm asintió, aunque los ojos de Catriona se entrecerraron levemente.

"Pero no debes haber bailado. Si bailas, bailarás durante años cuando creas que son puros momentos." le informó Astrid con la misma seriedad.

"En efecto. En primer lugar, es más prudente mantenerse alejado." Malcolm sabía más que suficiente sobre tales errores. Se ahorró la necesidad de dar más detalles cuando Catriona volvió a cantar.

> *"Ella tocó el cuerno, tomó las riendas,*
> *y al castillo cabalgaron.*
> *Ella entró directamente en el salón;*
> *Thomas la seguía a su lado.*
> *Arpa y violín allí encontraron,*
> *el gittern y el salterio.*
> *Allí sonaban el laúd y el rabel,*
> *y cantaban toda clase de juglares."*

"PARECÍA UN BUEN LUGAR", le explicó Mairi a Malcolm como si no pudiera entender la lección del cuento. "Pero era un truco de las Hadas jugando con el Honesto Thomas".

"Son engañosas", coincidió Malcolm y Mairi comenzó a cantar de nuevo.

> *"Una mañana, su señora le habló;*
> *Thomas, ya no puedes estar aquí.*
> *Apresúrate con fuerza y brío,*
> *Te llevaré al árbol de Eildon."*
> *Thomas dijo con gran alegría,*
> *"Hermosa dama, déjame quedarme,*
> *porque apenas he saboreado este lugar;*
> *simplemente siete noches y días."*

Esta vez Mairi agitó su dedo, imitando a Catriona antes de continuar.

> *"En verdad, Thomas, te digo la verdad:*
> *¡Has bailado siete años y más!*
> *No debes vivir más aquí;*
> *Por lo tanto, te llevaré a casa."*

Las niñas cantaron el último verso junto con Catriona.

> *"Él ha recibido una capa de buena tela,*
> *y zapatos de terciopelo verde,*
> *pero hasta que pasaron siete años*
> *el Honesto Thomas nunca fue visto."*

Era una historia hermosa y bien contada.

¿La había elegido Catriona a propósito para revelar que había visto la verdad?

CAPÍTULO 3

"¿*E*so es lo que te pasó?" Mairi le preguntó a Malcolm. "¿Realmente has estado en la corte Unseelie?" Esta niña mayor era claramente la más audaz de las hijas de Erik, y Malcolm podía ver en sus ojos que no era tonta. Su cabello era de un tono castaño y caía en ondas por su espalda. Astrid tenía el pelo incluso más oscuro que el de su hermana mayor, y Malcolm asumió que esto venía de su madre, porque Erik era rubio. El cabello de Catherine tendía al dorado rojizo, mientras que tanto William como Eufemia tenían el cabello de un rojo brillante.

"Primero estuve en la guerra. Fue a mi regreso a Escocia cuando escuché su música, pero no bailé", dijo, agachándose junto a Mairi. Él sintió que Catriona lo miraba y supo que se preguntaba si su historia era cierta. Bajó la voz como si les confiara un oscuro secreto a las niñas. Porque tuve una niñera tan sabia que me advirtió del peligro, cuando yo no era más grande que tu hermano William. Su Catriona les hace un gran servicio al advertirles de los peligros aquí en Ravensmuir." Malcolm señaló a las niñas con un dedo. "Por lo tanto, deben prometerme que permanecerán en el salón cuando estén solas."

"¿Y si no lo hacemos?" Preguntó Mairi. "Me gustaría correr aquí en el patio". Su mirada se deslizó hacia los albañiles y sus trabajadores, más de uno de los cuales estaba mirando al pequeño grupo de niñas. Malcolm dirigió una mirada severa a los hombres que estaban trabajando para él, y su única mirada los envió de vuelta al trabajo con entusiasmo.

"¿Mientras hay hombres afuera y se está trabajando?" Catriona reprendió, sus pensamientos habían seguido el mismo curso que los suyos. "Yo creo que no."

"Confieso que estoy de acuerdo con Catriona", dijo Malcolm. Se enderezó, elevándose sobre las niñas y haciendo todo lo posible por lucir imponente. Deben recordar que soy Señor de Ravensmuir y ustedes son invitadas en mi salón. Si desobedecen mi edicto mientras están en mi propiedad, uno hecho únicamente por su propia seguridad, te verán obligadas a ser los primeros invitados en mi mazmorra."

"¿Hay arañas?" Catherine preguntó con evidente horror.

"Bogles", respondió Catriona con autoridad tajante. Incluso Malcolm casi le creyó, habló con tanta convicción. "Todo señor de sentido común mantiene a esos duendes en sus mazmorras, porque les gusta atormentar a los mentirosos y asesinos."

Las niñas chillaron y se agruparon a su alrededor.

"¿Podemos ver?" Preguntó Mairi.

"Por supuesto. Las dejaré visitarlos para que se familiaricen mejor con los Bogles." Malcolm se encogió de hombros. "Quizás ellos tengan hambre. Confieso que todavía no los he alimentado demasiado."

"¡No!" Astrid y Catherine gritaron, luego las niñas se comprometieron a obedecer la orden de Malcolm. Él hizo un gesto hacia el gran salón, pidiéndoles que avanzaran delante de él.

"Seré la primera en ver el interior del salón", dijo Mairi, su voz se elevó en desafío, luego corrió hacia la puerta. Los demás volaron tras ella, gritándole que esperara.

Entonces Rafael salió de los establos, se detuvo para mirar a

Catriona y luego inclinó la cabeza hacia Malcolm. "Han elegido el cuarto puesto, que está vacío".

"Por favor, envía un mensajero a Kinfairlie", le ordenó Malcolm. "Quizás Alexander preste algunos cochones para garantizar mejor la comodidad de nuestros huéspedes esta noche." Especialmente porque esos invitados eran su propia hermana y familia. Malcolm frunció los labios, tratando de anticipar las necesidades prácticas. "También podría prestarnos algunas cabras lecheras". Él miró a Catriona y arqueó las cejas, y ella asintió agradecida.

"Eso sería de gran ayuda, mi señor."

Rafael asintió y se alejó, después de una prolongada mirada a Catriona. Ella lo fulminó con la mirada. Malcolm esperó en silencio, esperando que ella siguiera a los niños, pero en cambio, ella se volvió y le habló.

"Gracias, mi señor", dijo, con las manos entrelazadas de una manera que insinuaba cierta agitación. "Aprecio que no les hayas revelado mi artimaña a las niñas, pero no tenías que declarar que habías visto a los hadas tú mismo".

Malcolm no sonrió. "¿Quién dijo que lo tuyo era una artimaña?"

Ella le sonrió con frialdad. "No hay hadas, señor. No son más que material de los cuentos." Ella arqueó una ceja. "No tienes que decirme que has visitado la corte Unseelie para evitar que entre en las ruinas. Bien puedo imaginar que son inestables."

Él sostuvo su mirada, preguntándose cuánta verdad veía ella, y se sorprendió de que no quisiera ocultarle nada. "Pero si no crees en las hadas, entonces tu historia estaba destinada a engañar. ¿Sueles engañar a los niños así?"

El color de Catriona se elevó ante su elección de palabras y Malcolm admiró lo bien que le sentaba. Se veía más suave y femenina con ese rubor en sus mejillas. "No veo ningún daño en pretender que un cuento tiene algo de verdad cuando eso servirá para un bien mayor. Les ha fascinado la noción de las ruinas desde que Ruari habló de ellas. Son cuatro y son rápidos, mi señor, y no quiero que esta visita se vea estropeada por la mala suerte. Seguramente no le gustaría que les ocurriera ningún accidente."

"No me gustaría y creo que tu preocupación está bien ubicada. Aunque creo que puede haber más en este mundo de lo que reconoces, Catriona, especialmente en Ravensmuir. Él se demoró en su nombre, dejando que su mirada se aferrara a la de ella. Vio la forma en que ella contuvo el aliento, el parpadeo de sus ojos antes de que ella apretara los labios con una determinación que se estaba volviendo familiar. "¿Soy tan aterrador?" preguntó él gentilmente.

Ella respiró hondo y dio un paso atrás. "No he conocido nada bueno de los mercenarios, señor, y espero poco mejor de los guerreros con poder".

"En efecto."

Ella era cautelosa, pero continuó. "Parece que los fuertes están destinados a aprovecharse de los débiles".

"Si bien siempre me han enseñado que es responsabilidad del fuerte defender al débil".

"Eso dijiste." La mirada de Catriona era de un azul tan frío que Malcolm supo que estaba decidida. "Me temo, mi señor, que la experiencia me hace escéptica de tal afirmación".

Entonces tendrás que quedarte en Ravensmuir para reemplazar tu comprensión por la mía.

La idea claramente la preocupaba, porque negó con la cabeza y se volvió bruscamente.

"—Por favor, espérame en el salón, Catriona. Me gustaría hablar con el albañil principal."

Ella miró hacia atrás, una pregunta en su expresión. "¿Por qué me dice esto, señor?"

"Desanimaría la curiosidad en los hombres que tú y yo notamos, y deseo que sepas que se hará".

"¿Cómo, mi señor?"

Malcolm habló con determinación. "Le dejaré en claro que las raciones de cerveza se reducirán a la mitad si alguna mujer, sirvienta o niña de mi hogar sufre tanto daño como una uña rota."

Los labios de Catriona se separaron mientras lo miraba sorprendida. "¿Y este edicto se aplica también a tu camarada?"

"Se aplica a todos los hombres en mi propiedad", dijo Malcolm en voz baja, adivinando que ella temía una sorpresa en la noche mientras estaba en su morada. Estás a salvo aquí, Catriona. Te lo prometo."

Ella era lo suficientemente tentadora cuando se mostraba audaz, pero cuando sus ojos se abrieron y sus labios se abrieron con sorpresa, Malcolm la encontró realmente atractiva.

Malcolm dejó que su voz bajara a un tono confidencial. "Porque si no crees que un hombre de mérito defiende a los más débiles que él, entonces me veo obligado a demostrártelo, Catriona. Es una cuestión de principios."

Con eso, Malcolm se dio la vuelta para cumplir su palabra, sabiendo que ella lo veía irse. De hecho, él sentía un nuevo propósito en su propio paso, porque podía hacer algo bueno en este mundo. Malcolm destruiría el miedo de Catriona antes de que ella dejara su morada, sin importar el precio.

EL SEÑOR de Ravensmuir desafiaba todas sus expectativas.

Él defendería la castidad de las mujeres de su casa. Garantizaba la seguridad de los niños y se anticipaba a las necesidades de sus invitados. No era tan orgulloso como para evitar disculparse ni para negarse a pedir ayuda al hermano que desaprobaba sus elecciones.

¿Era posible que fuera un hombre de principios?

¿O era todo un engaño?

Después de todo, confesaba creer en las hadas, lo cual era un extraño signo de fantasía en personas como él.

La combinación era lo suficientemente cercana para hacerlo intrigante.

El señor de la fortaleza era un hombre atractivo, sin duda. Si Catriona no hubiera soportado todo lo que había soportado, bien podría haber sido más receptiva con él. La forma en que él decía su nombre como una caricia, la forma en que la miraba con esa atención fija, la forma en que sus ojos brillaban como si fuera a sonreír cuando les contaba a las niñas sobre los Bogles.

Por otro lado, el señor la examinaba con tanta intensidad que le recordaba a un halcón eligiendo su próxima presa.

Catriona no podía imaginar por qué debía buscar su buena opinión y desconfiaba de la facilidad con que la conjuraba. Quizás era un hechicero como había sugerido Ruari. O tal vez comprendía que ella no estaba acostumbrada a las atenciones de los hombres de poder. En su estado, ella apenas ofrecía tentación. Le dolía la espalda incluso ahora después de ese paseo en el carruaje, y se sentía tan grande y desgarbada que no podía creer que él la hubiera notado en absoluto.

¿La percibía vulnerable? Era un pensamiento demasiado razonable. Catriona se mordió el labio mientras lo veía hablar con el albañil principal. Si su interés tenía la razón más simple, no auguraba nada bueno para su noche en Ravensmuir.

Ella se apartó de él, fingiendo desinterés, y caminó hacia el torreón. Sería una locura animarlo de alguna manera.

Solo por una noche, tenía que estar alerta. Por la mañana, estarían fuera, rumbo a Kinfairlie, lejos de Ravensmuir y su seductor señor. Catriona encontraría un hogar para su hijo y luego regresaría para cumplir su promesa. Dudaba que pudiera sobrevivir a ese hecho, pero se había comprometido a hacerlo.

Ella no le debía menos a Ian.

A Catriona se le erizó el pelo en la nuca cuando estuvo a la sombra del torreón y miró hacia atrás para encontrar al señor acercándose cada vez más. Él se movía con tal poder y determinación que un rincón traicionero de su corazón deseaba haber estado en condiciones de esperar más de lo que se atrevía. Su mirada se fijó en ella y ella imaginó que sus ojos se iluminaron.

Una vez más, le recordó a un halcón de caza.

Catriona atravesó la puerta del vestíbulo con tanta rapidez que tropezó, solo para encontrar el calor maldito de las yemas de sus dedos debajo de su codo. El toque del señor de la fortaleza casi quemaba la carne, haciéndola consciente de él de la manera más desagradable. Ella agarró la cruz escondida debajo de su camisola, rezando por ayuda incluso mientras se apresuraba hacia adelante. Con el sol poniéndose y las sombras extendiéndose por más tiempo, no pudo evitar desear no haber atrapado la atención de este hombre tan intrigante.

Por la mañana se habrían ido. Solo tenía que defenderse de sus aparentes encantos por una sola noche.

Se podría hacer.

Se haría, incluso si tuviera que permanecer despierta toda la noche.

∼

MALCOLM ERA UN HOMBRE CAMBIADO.

Vivienne se encontró mirando a su hermano, tratando de identificar con precisión en qué se diferenciaba. Ciertamente era más taciturno que nunca y era mejor para ocultar sus pensamientos. De hecho, ella no tenía idea de lo que tenía en mente, al menos más allá de su desaprobación hacia Erik. Si su juicio no hubiera estado arraigado en una actitud protectora hacia ella, sabía que Erik habría dado más importancia a eso. Tal como estaban las cosas, temía que la grieta de desconfianza entre los hombres no se pudiera cerrar fácilmente.

Ella no podía luchar contra la sensación de que Malcolm le ocultaba algún secreto, uno que la preocuparía profundamente si lo supiera. Después de todo, él siempre había sido protector con sus seres queridos. Había una frialdad en su mirada y una distancia en sus modales que solo reforzaba su preocupación.

¿O era su cambio de actitud debido a lo que había hecho estos últimos años? No podía ser fácil ser un mercenario, aceptar cualquier causa a cambio de un pago, masacrar por orden. A ella le costaba imaginarse a Malcolm, que siempre había tenido tantos principios, encontrando satisfacción en ese trabajo. El hecho de que lo hubiera logrado, y lo hubiera logrado tan bien como para poder permitirse reconstruir Ravensmuir de esa manera, le hizo preguntarse si lo conocía en absoluto.

Su camarada, por el contrario, estaba evaluando de una manera que hacía creer a Vivienne que su lealtad podía comprarse fácilmente.

No había duda de que el nuevo Ravensmuir iba bien y sería mejor que el anterior. Tampoco había duda del orgullo de Malcolm por la nueva fortaleza.

Al menos su afecto por su legado no había cambiado.

El nuevo edificio tenía una forma cuadrada y un tamaño considerable. La línea del techo estaba almenada, la de la torre frontal ligeramente más alta que la línea principal del techo. El gran salón ocupaba todo el nivel principal de la estructura central, una gran habitación cuadrada dispuesta en diagonal. Una esquina sobresalía hacia el mar, la otra hacia el seto y la zanja que acordonaba la punta. Chimeneas enormes adornaban las paredes del salón que daba al mar. El techo era alto y las vigas de madera ricamente talladas.

En el punto interior, una torre cuadrada con un vestíbulo en el nivel del suelo aseguraba la entrada, un tramo de escaleras oculto en la pared entre la torre y el vestíbulo. Las niñas miraron hacia la oscuridad de la mazmorra debajo del vestíbulo. En este vestíbulo había falsos frentes, de modo que se pudiera controlar mejor la entrada al salón y defender la fortaleza con menos hombres.

Un ala se extendía hacia el norte, extendiéndose hacia los establos, con cocinas y despensas llenando la planta baja. Arriba estarían las habitaciones, aunque este era el techo que aún se estaba terminando. Las cocinas aún estaban impecables y los hogares no habían sido tocados por el fuego. Vivienne no pudo evitar notar que Malcolm y su compañero vivían dentro de la nueva fortaleza como si hubieran acampado y estuvieran preparados para moverse en cualquier momento. Había un par de cochones de paja en el suelo del gran salón y solo había una mesa de caballete colocada, solo una chimenea oscurecida por el hollín. Sus provisiones colgaban en un rincón, un par de perros durmiendo debajo de ellas, siempre vigilantes.

Subieron las escaleras, las niñas corriendo adelante. En el segundo piso de la torre había una torre de centinelas, con una escalera hasta el techo. Vivienne tuvo que escalarla para mirar por encima de Ravensmuir desde la cima. Desde esta posición ventajosa, pudo ver cómo el ala de la cocina terminaba cerca de los establos, que también se habían ampliado. Malcolm indicó dónde podría estar el huerto, dentro de un espacio amurallado de piedra de campo y más allá de las cocinas. Vivienne miró hacia Kinfairlie, a unas pocas millas al sur, y supo que tenía que asegurarse de que Malcolm tuviera un estandarte con la insignia de Ravensmuir para ondear desde esa torre antes del Yule.

De hecho, ella tenía que encontrar el bien mayor en esto. Alexander podría desaprobar las elecciones de su hermano, pero Malcolm estaba en casa y no estaba mutilado, y Vivienne lo celebraría. Él podría tener cicatrices en su corazón, pero ella vio su antiguo amor por Ravensmuir en sus ojos cuando le mostraba la nueva fortaleza, y se atrevió a creer que estar en casa podría curarlo. Ella tampoco podía lamentar que Ravensmuir se hubiera levantado en majestad de nuevo.

Los cuervos regresarían. Ella lo sabía bien. Ella misma escaneó el cielo antes de bajar la escalera de nuevo y dijo una oración en silencio por Malcolm.

El solar estaba encima del salón y sería la habitación del Señor de Ravensmuir. Ese amplio espacio estaba dividido, con una pequeña habitación en la cima de las escaleras. La pared que separaba la habitación del solar propiamente dicho era de piedra con una gran puerta. Las ventanas perforaban las paredes del solar, dando una hermosa vista del mar, y Vivienne respiró hondo el viento fresco. Había contraventanas de madera en las ventanas y varios braseros en el suelo junto con un par de colchones de paja.

Las niñas corrieron por la habitación, estirándose hasta los dedos de los pies para mirar por las ventanas, incluso mientras Catriona las miraba con atención.

Vivienne miró el montón de escombros en el borde de los acantilados que había sido el viejo Ravensmuir. Ella podía ver que había huecos, casi como portales a las ruinas, pero todo el desmoronamiento de piedra tenía que ser inestable. Ella miró a Malcolm. "Dime que nunca entras ahí", dijo.

Él desvió la mirada, proyectando una sombra sobre su corazón. "Lo haré, si eso es lo que deseas escuchar."

"¿No es peligroso?"

"El peligro es relativo, Vivienne". Su mirada se endureció cuando decía eso y Vivienne se preguntó de nuevo qué había visto.

"¿Has encontrado algo allí?"

Él se encogió de hombros. "Algunas baratijas".

Con eso, se preguntó si buscaba un premio específico. Si es así, solo podría ser una cosa. "Sabes que Isabella tiene el anillo, ¿no?"

Su mirada se clavó en ella, su interés claro. "No, no lo sabía. Es bueno saberlo."

El anillo de plata en cuestión había sido entregado primero por su abuelo Merlyn a su esposa Ysabella, y luego por Tynan a Rosamunde. Se había perdido en el derrumbe del torreón, junto con Tynan.

Malcolm frunció el ceño. "¿Cómo lo consiguió?"

Vivienne se inclinó más hacia él y bajó la voz aún más, muy consciente de los pequeños oídos que escuchaban. "Hace cinco años, cuando Isabella buscó salvar a Murdoch de las hadas. Se enfrentaron a la Reina Elphine en las ruinas, ya que se decía que era un portal a su reino."

Malcolm volvió a apartar la mirada. Una vez habría insistido en que las hadas eran extravagantes y Vivienne notó el cambio.

Dado eso, bien podría saber lo peor. "También debes saber que Isabella vio el fantasma de Tynan allí, y que le dio a Murdoch el anillo para sellar sus votos matrimoniales."

"Así que nos lo devuelven", murmuró Malcolm, aceptando esta historia más fácilmente de lo que esperaba. Era cierto, pero su hermano había sido una vez más escéptico.

"Y no es necesario que vuelvas a adentrarte en las ruinas, porque se ha encontrado el anillo", concluyó Vivienne.

Pero Malcolm solo se apartó ante su advertencia, convocando al pequeño grupo a tomar un refrigerio en su salón.

Si no era el anillo perdido lo que tentaba a Malcolm a correr ese riesgo, ¿por qué lo hacía? Vivienne miró a su hermano con preocupación, todas las viejas historias sobre Ravensmuir dando vueltas en sus pensamientos. Ella lo conocía lo suficientemente bien como para comprender que tenía una razón para hacer todo lo que hacía, y que su advertencia no había cambiado nada.

Malcolm podría estar en casa, pero aun así Vivienne no podía creer que estuviera a salvo.

EL SEÑOR de Ravensmuir tenía secretos, sin duda, y eso solo lo hacía más digno de la atención de Catriona.

¿Por qué iba a construir un hombre con tanta prisa?

¿Y con tal fortificación?

¿Ravensmuir tenía enemigos o vecinos agresivos?

¿El propio señor tenía enemigos?

También estaba claro por la conversación que había escuchado que el Señor se aventuraba a entrar en el viejo torreón derrumbado, una elección que Catriona solo podía ver como una temeridad. Ella nunca hubiera esperado que él fuera imprudente. ¿Cuánto arriesgaría él para ganar más riqueza?

¿Perseguía las riquezas a cualquier precio?

¿O no le daba ningún valor a su propia vida? Sería una elección extraña para un hombre tan rico, y mucho menos para uno tan decidido a dejar su huella en la tierra.

Lo más intrigante era que Catriona no había pasado por alto el hecho de que el solar, incluso con la adición del área administrativa del Señor de la Fortaleza en la parte superior de las escaleras, era demasiado pequeño para tener en cuenta el espacio. Sin duda, había un corredor a lo largo del lado oeste para conducir al ala norte, pero aun así, el solar era demasiado pequeño.

Se jugaban trucos al ojo, sobre todo por la ubicación de las ventanas, pero a Catriona le encantaban demasiado los acertijos como para no mirar más de cerca. Desde el interior del solar, las ventanas parecían estar en el medio de cada pared. Cuando ella entró en el patio con las niñas, estaba claro que esas ventanas estaban ligeramente desplazadas. Había un espacio del ancho del solar, al menos dos pasos de profundidad, que parecía faltar.

¿Se podría asegurar allí su tesoro? Para necesitar un espacio tan grande, debía haber tenido abundancia de riqueza, o al menos suficiente riqueza para no arriesgar su propio pellejo en busca de más.

El hecho de que se hubiera puesto rígido ante la suposición de su hermana de que toda su familia debía dormir en el solar le dijo a Catriona que había objetos de valor de algún tipo en las proximidades, y dudaba que los cofres lo tuvieran todo. No, había un tesoro escondido y se accedía desde el solar: Malcolm no confiaba en el Señor de Blackleith y no tendría a ese hombre tan cerca de sus riquezas.

Especialmente si era el medio para financiar esa fortaleza.

Aun así, Catriona no entendía su claro deseo de prisa. Quizás era simplemente para hacer el mejor uso posible de los albañiles que habían viajado a la propiedad, pero Catriona sentía que había más en el trabajo que eso.

El Señor de Ravensmuir le parecía un hombre que planeaba con cuidado.

Debía tener una razón.

Lo que la dejó deseando saber qué era y preguntándose cómo podría averiguarlo.

~

LA CENA FUE sencilla pero abundante, posiblemente gracias a la generosidad de Kinfairlie. Había una sola mesa de caballete delante del fuego con bancos a cada lado y un fuego rugiente en una enorme chimenea. Se había enviado una gran vasija de estofado de venado desde la otra torre, junto con más pan y un barril de vino, y todos eran bienvenidos. Catriona se sentó por debajo junto con Ruari y mantuvo su atención sobre las niñas, aunque sintió que el Señor de la Fortaleza la miraba más de una vez.

El Señor de Ravensmuir presidía la sencilla mesa como si se enseñoreara de un banquete mayor de lo que era. Catriona no lo encontró menos imponente con su atuendo para la noche de lo que había estado con la piel desnuda a la luz del sol de la tarde. Su abrigo oscuro contrastaba con su camisola blanca, y las mangas estaban levantadas para dejar al descubierto sus antebrazos bronceados. Su ropa no ocultaba nada de su fuerza musculosa, y ciertamente no parecía menos vital. Ella pensó que tal vez se había afeitado, porque la barba que antes había adornado su barbilla había desaparecido. La luz del fuego jugaba sobre su rostro como una caricia, haciéndolo lucir misterioso y atractivo. Ella no pudo evitar lanzarle miradas, atormentándose con la idea de que él era un hombre de honor.

Era imposible y ella lo sabía, pero había escuchado suficientes historias en su tiempo como para desear que pudiera ser verdad. A Catriona le hubiera gustado haber visto una progresión en la naturaleza de los hombres mientras viajaba hacia el sur, una que le diera esperanza sobre el otro hermano de la dama, el Señor de Kinfairlie. Ese hombre había desaprobado que este hermano desenvainara su espada por dinero, lo que era otro paso en la dirección correcta.

Catriona tocó su cruz escondida y rezó para que el Señor de

Kinfairlie pudiera compadecerse de su hijo y criarlo dentro de su casa. A ella le alegraría que su hijo supiera que la brutalidad no tiene por qué ser la expectativa de nadie.

Incluso si temía que ella misma nunca lo olvidaría.

El Señor de Ravensmuir y su compañero comieron el estofado de venado con tal entusiasmo que era evidente que habían estado subsistiendo con una comida más sencilla. Estaba delicioso, pero la incertidumbre de Catriona afectaba su apetito. El dolor de espalda tampoco ayudaba. Ella evitó el vino, sabiendo que le nublaría el ingenio cuando más lo necesitara.

"Pareces un hombre que no ha comido tan bien últimamente", le dijo la Dama Vivienne a Rafael, quien le dedicó una sonrisa lobuna.

"Bastante bien, pero sencillamente", respondió el Señor.

Su compañero hizo una mueca. "Bastante bien para un soldado", corrigió. "Las salchichas duras, el queso y las manzanas han sido nuestra comida este año", dijo Rafael, lanzando una mirada a Malcolm. "Junto con pan y cerveza de Kinfairlie. Casi olvidé el placer de una comida caliente, y mucho menos el tiempo libre para disfrutarla."

"Seguramente, Malcolm, ¿no abusas de tu amigo cuando te ayuda?" La dama fingió un horror que puso un atractivo brillo en los ojos del señor de la fortaleza.

Catriona miró hacia abajo con prisa, para que no se animara con una mirada.

"Diremos que Rafael está en deuda conmigo", dijo el Malcolm con una mirada significativa a su compañero. Rafael hizo una mueca ante el recordatorio. "Y le va bastante bien, especialmente después de las cosas que hemos visto juntos. No ha habido tiempo para cazar, Vivienne, y mucho menos para cocinar, no si la fortaleza se tiene que completar en pleno verano.

"¿Por qué tanta prisa?" Preguntó Erik, dando voz a la propia pregunta de Catriona. "Mi propia fortaleza se construyó durante años y continúa creciendo según sea necesario."

"Los albañiles se irán en dos días, el sábado, y les ha ido muy bien".

"Porque los llevaste a eso y pagaste más para que trabajaran más cada día", señaló Rafael.

El Señor y la dama de Catriona intercambiaron una mirada.

"¿Una fortaleza de piedra en medio año?" preguntó el Señor Erik. "Es una locura".

"¿Temes un asalto?" Preguntó la Dama Vivienne.

"¿Eres tan rico como eso?" Preguntó Mairi, antes de que su madre la silenciara.

"Ravensmuir siempre ha sido codiciado por otros", respondió el Señor secamente. "No lo vería perdido ahora".

Catriona sintió que esto era solo parte de la verdad. ¿Qué sospechaba que no deseaba compartir?

"Así que lo construirías para que sea un objetivo más atractivo", dijo el Señor Erik encogiéndose de hombros.

"Me aseguro de que pueda ser defendido", dijo Malcolm, con los ojos centelleantes.

"¿Por quién?" preguntó la señora, limpiándose los dedos y dejando la servilleta. ¡Ni siquiera tienes un castellano, Malcolm, ni siquiera un escudero! ¡Una fortaleza no puede ser defendida por dos hombres!"

"Incluso con la experiencia que debes poseer", contribuyó Erik.

"Admitiría que mi experiencia es de gran ayuda en esto", respondió el Señor de Ravensmuir. "Y no necesito un escudero".

"¡No hay necesidad!" Ruari protestó, pero se quedó en silencio con una mirada del Señor Erik.

"Estamos acostumbrados a dormir solo en compañía de aquellos en quienes confiamos", dijo Rafael con voz dura. "Prefiero ensillar mi propio caballo, que arriesgar la lealtad de un joven."

Era un recordatorio de que su oficio era uno en el que los hombres eran asaltados y asesinados durante la noche. Catriona se arriesgó a mirar al señor, solo para encontrarlo mirándola una vez más. La saludó con su copa y luego bebió profundamente el vino, con la mirada tan fija en ella que ella no podía apartar la mirada. Ella sintió que un rubor subía de sus pechos y su calor inundó sus mejillas. Cuando el señor bajó su copa, le sonrió levemente, la primera sonrisa genuina que había visto en sus labios con toda su sutileza.

Dios en el cielo, pero era un hombre atractivo.

Ella debería rezar para que él nunca sonriera del todo, porque podría perder el juicio. Él se veía más amable cuando sonreía, más como el hombre de honor que ella le hubiera gustado que fuera.

Sin embargo, si el señor pretendía tranquilizarla, su sonrisa hizo todo lo contrario. Catriona temía la idea que pudiera provocar esa mirada. Estaba cayendo la noche y ella era tan buena como una mercancía mientras dormía en la morada del señor. Había una sensación siniestra en Ravensmuir, una que la hacía sentir que había sido forjada para ocultar secretos.

Eso era un capricho nacido del agotamiento. Catriona intentó levantarse y recoger a los niños, pero el Señor de Ravensmuir la detuvo.

"Catriona. Cantaste muy bien para los niños este día. ¿Podríamos animarte a cantar para nosotros de nuevo esta noche?"

De nuevo él estaba tan quieto que podría haber sido un depredador hambriento. Catriona recordó su reacción a la historia del Honesto Thomas y se maravilló de nuevo. Al principio parecía sorprendido por su sugerencia de que la corte de las hadas debía estar cerca, y luego lo había confirmado. Ella podría haber imaginado que él no esperaba que ella lo supiera, pero Catriona no esperaba que él creyera que las hadas eran reales. Catriona no era de los que le daban mucha importancia a los cuentos antiguos, eran entretenimiento para los niños, pero el Señor de Ravensmuir era el último hombre del que hubiera esperado que insistiera en lo contrario.

Él la tentaba a confirmar que no se había imaginado ver su desconcierto.

"Podría cantar sobre Tam Lin", dijo y las niñas clamaron por el cuento.

La Dama Vivienne se recostó contra el costado de su marido, sonriendo con placer. "Adoro esa historia, Catriona, y la cuentas tan bien."

"No hay músico", observó el Señor Erik, evidentemente buscando pinchar a su anfitrión.

Catriona levantó las manos y las niñas se hicieron eco de su gesto. Ella aplaudió un ritmo y la imitaron, dándole suficiente acompañamiento. A diferencia de estos nobles, Catriona estaba acostumbrada a arreglárselas con menos. Ella se puso de pie, las manos aplaudiendo al ritmo, y cantó.

"Janet se ha subido la falda verde,
un poco por encima de su rodilla.
Y se ha soltado su cabello rubio,
que parece una cascada.
Y ella se dirige al salón de su padre,
tan rápido como puede ir.

Veinticuatro damas hermosas
estaban jugando al baile.
Y luego salió la bella Janet,
una flor entre todas.

Veinticuatro damas hermosas
estaban jugando al ajedrez.
Y luego salió la bella Janet,
tan verde como cualquier cristal."

EL SEÑOR de Ravensmuir se echó hacia atrás, un brillo en sus ojos hizo que Catriona se diera cuenta de que había escuchado la historia. ¿Qué le divertía? ¿Que volviera a cantar sobre las hadas? Un poco tarde, recordó otro detalle de Janet que no podía dejar de llamar la atención sobre su propio estado. Levantó la barbilla, dejando que el señor viera que no se avergonzaría, y continuó.

"Entonces habló su padre querido,
y hablaba manso y apacible.
"Y siempre, ¡ay, dulce Janet!", Dice,
"Creo que llevas un hijo."

CATRIONA SE RUBORIZÓ cuando el Señor bebió un sorbo de vino, pero continuó con vigor.

" Si llevo un hijo, padre,
Yo misma debo cargar con la culpa.
No habrá un hombre cerca de tu mano
que dé nombre al bebé.

Si mi amor fuera un caballero terrenal,
como si fuera un elfo gris,
No rendiría mi amor verdadero
por cualquier señor que nombres.

*El caballo que monta mi verdadero amor
es más ligero que el viento;
Con plata ante él,
con oro ardiente detrás."*

"¿Es así como explican tales situaciones en esta tierra?" Preguntó Rafael, riendo en su tono. "¿Un bebé sin un padre evidente es la semilla de un guerrero de las hadas en la noche?"

"No es más que un cuento", replicó Vivienne. Ella le lanzó una mirada que debería haber silenciado a cualquier hombre, pero Rafael simplemente se rió entre dientes. Catriona, con las mejillas en llamas, no pudo ni siquiera mirar al Señor de Ravensmuir, así que cantó, continuando con la confesión de Tam Lin.

*" Y una vez llegó un día,
un día muy frío y siniestro,
cuando veníamos de cazar,
que de mi caballo me caí.
La reina de las hadas me atrapó
y me llevó a sus dominios a morar.*

*Y agradable es la tierra de las hadas,
Pero es una historia espeluznante de contar,
Sí, al cabo de siete años,
debemos pagar un diezmo al infierno.
Soy tan bello y lleno de carne,
Me temo que seré yo mismo."*

PARA SORPRESA DE CATRIONA, el Señor de Ravensmuir saltó, dejó caer su copa y derramó su vino. Intercambió una mirada con su camarada que fue tan rápida que ella no lo habría visto si no hubiera estado de pie frente a ellos. Él se disculpó y limpió el vino, sus modales se volvieron sombríos después.

Claramente ella lo había asustado, porque él no estaba tan borracho. Ella había notado que había consumido poco vino; de hecho, a ella le había preocupado el presagio en eso.

¿Creía él también que esto era más que un cuento?

¿O temía que él mismo estuviera destinado a arder en el infierno? Catriona podía imaginarlo fácilmente, dado lo que debía haber hecho. Ella continuó su canción con vigor, no le gustaba haber agriado su estado de ánimo, pero esperaba que eso pudiera disminuir su interés en ella.

> *" Pero la noche es Halloween, señora,*
> *La mañana es Halloween.*
> *Entonces tómame, tómame, como quieras,*
> *pues bien quiero que lo hagas.*

> *Justo en la oscuridad y la medianoche*
> *la gente de las hadas cabalgará.*
> *Y esos que quieren ganar su verdadero amor*
> *en Miles Cross deben esperar."*

> *Pero, ¿cómo voy a reconocerte, Tam Lin?*
> *o como reconocer mi verdadero amor,*
> *entre tantos caballeros rudos,*
> *como nunca vi?"*

CATRIONA MIRÓ entre Rafael y su anfitrión, pensando que no había caballeros toscos solo en el salvaje viaje de las hadas.

Su mirada despectiva pareció mejorar el estado de ánimo del Señor.

Las niñas nunca podían dejar pasar el siguiente verso sin cantar, y esta noche no fue diferente.

"Oh, primero deja pasar al negro, señora,
y luego dejar pasar el marrón.
Pero corre rápidamente hacia el caballo blanco como la leche,
y derriba a su jinete.

Porque yo montaré en el caballo blanco como la leche,
y siempre más cerca del pueblo.
Porque yo era un caballero terrenal,
me dan este renombre.

Mi mano derecha estará enguantada, mi señora,
mi mano izquierda estará desnuda.
Arrancado será mi sombrero,
y peinados serán mis cabellos.
Y ahí están las pistas que te doy
sin duda estaré allí.

Me entregarán en tus brazos mi señora
como un áspid y una víbora.

Pero abrázame y no me temas.
Soy el padre de tu bebé.

Me convertirán en un oso muy lúgubre
y luego un león atrevido.
Pero abrázame y no me temas,
como amarás a tu hijo.

Otra vez me entregarán en tus brazos,
como una barra de hierro al rojo vivo.
Pero abrázame fuerte y no me temas
No te haré daño.

Y por último me entregarán en tus brazos,
Como tizón ardiente.
Entonces arrójame al agua del pozo,
¡Oh, tírame con rapidez!

Y entonces seré tu verdadero amor
Me convertiré en un caballero desnudo.
Entonces cúbreme con tu manto verde
y ponme fuera de la vista."

MAIRI Y ASTRID se estremecieron de placer, casi rebotando en sus lugares en la mesa. "Haría todo lo posible por mi verdadero amor", dijo Mairi.

"Como yo", afirmó Astrid.

Catherine se chupó el puño, preocupada como siempre de que las cosas pudieran salir mal.

"¿Qué es, si puedo preguntar, un tizón?" Intervino Rafael.

" —Un carbón ardiendo" —respondió el señor, luego hizo un gesto a Catriona para que continuara. "No demores las cosas, Rafael, cuando la pequeña Catherine tiene tanto miedo de que Janet pierda a su caballero".

"Sombría, sombría era la noche,
y frío era el resplandor de la luna,
Cuando la bella Janet con su manto verde
a Miles Cross fue.

Cerca de la mitad de la noche
oyó sonar las bridas.
Esta dama estaba tan contenta con eso
como cualquier cosa terrenal.

Primero dejó pasar al negro,
y luego dejó pasar el marrón.
Pero rápidamente corrió hacia el caballo blanco como la leche,
y tumbó al jinete.

Tan bien aprendió Janet lo que él dijo

que al joven Tam Lin ganó.
Ella lo cubrió con su manto verde,
Tan alegre como un pájaro en primavera.

Entonces habló la Reina de las Hadas,
de un arbusto espinos.
"La que ha conseguido al joven Tam Lin,
ha robado un mozo majestuoso."

Entonces habló la Reina de las Hadas,
y una mujer enojada era ella.
"Vergüenza aparezca en su enferma,
y de una muerte terrible que muera,
porque se ha llevado al caballero más bello,
en toda mi compañía"
"Pero si lo hubiera sabido, Tam Lin", dice,
"lo que veo esta noche
Hubiera sacado tus dos ojos grises,
y hubiera puesto dos ojos de madera."

EL SEÑOR de Ravensmuir fue el primero en dejar su copa y aplaudir, y los demás se unieron rápidamente. Catriona se sintió extraordinariamente nerviosa y supo que era solo porque su mirada se posó en su vientre antes de volver a sus ojos. Ella no se dejaría intimidar por un hombre como este.

Ella se enderezó, sosteniendo su mirada con una audacia que pareció sorprenderlo. De hecho, ella le demostraría que no era suya para que la tomara esa noche de noches, incluso si dormía en su salón.

"Mira lo oscuro que está", dijo, oyendo sus propias palabras caer en una inusual carrera. Ella hizo un gesto hacia la comida de Catherine. "Termina ese último bocado ahora que Tam Lin se ha salvado para siempre, para que todos podamos retirarnos".

"¡Catriona!" —dijo William, levantando los brazos hacia ella mientras sus párpados caían.

Ella intentó levantar al niño dormido en sus brazos, pero encontró al Señor de Ravensmuir a su lado. "Él es demasiado pesado", dijo, lanzándole una mirada ardiente.

Tal protección en un hombre podría ser realmente atractiva, si se podía confiar en ella. Catriona tragó y dio un paso atrás, poniendo distancia entre ella y el calor del Malcolm. Ella tomó a Catherine de la mano, mientras las niñas mayores huían escaleras arriba. Catriona era consciente del hombre detrás de ella y de la alegre charla de la dama Vivienne mientras se iba a la cama con Eufemia en brazos.

Se habían llevado al solar colchones de paja adicionales, junto con las mantas y los bultos necesarios para pasar la noche. Catriona miró hacia la pared del fondo y, a la luz de las linternas, que estaban proyectadas en un ángulo diferente al de la luz del sol antes, pensó que podía distinguir una línea en la mampostería. Se quedó mirando un momento demasiado largo, porque encontró al Señor mirándola.

Ella se dio vuelta ruborizada y se ocupó de encender los braseros. Ella arregló los colchones para que la familia se acurrucara junta y los amontonó con capas. Ella solo tomó uno para ella y lo colocó en lo alto de las escaleras, solo para congelarse al tocar la punta de los dedos del Señor de la fortaleza en la parte posterior de su cintura y su aliento en su oído.

"¿Para defender el rebaño de los lobos?" preguntó él, el murmullo bajo de su voz hizo que su corazón saltara.

De modo que él había anotado dónde dormiría ella.

Catriona se volvió para encontrarlo cerca, esa mirada tan intensa que podría haber leído sus propios pensamientos.

"Es mi lugar velar por su seguridad", dijo.

"¿Y la tuya?"

Catriona respiró para tranquilizarse. "No está en riesgo", dijo con toda la determinación dentro de ella, como si afirmar con tanta audacia pudiera hacerlo realidad.

"Confías de buena gana en mi palabra".

"Confío en mi propia capacidad para defenderme".

Esos ojos verdes brillaron entonces, como si luchara contra una sonrisa. "¿Hay algo más que necesites para esta noche?"

Catriona negó con la cabeza, deseando que él se fuera y anhelando que se quedara. En verdad, este bebé en su vientre la cansaba demasiado para pensar con claridad.

Su mirada recorrió su rostro, alimentando su impresión de que no tenía secretos para él. "Entonces duerme bien, Catriona."

¿Era eso una advertencia?

Malcolm cruzó la habitación, besó la mejilla de su hermana y luego bajó al salón sin decirle nada más. Catriona no pudo evitar verlo irse, ese hombre que la fascinaba y la asustaba.

Ella tenía que admitir que en su ausencia, el sol parecía más frío y mucho menos interesante que antes. Su propio cansancio se apoderó de ella mientras preparaba a los niños para la cama, aunque no pudo apartar al anfitrión de sus pensamientos.

Quizás había brujería en Ravensmuir, después de todo.

CAPÍTULO 4

"Hadas, hadas y más hadas", murmuró Rafael en el salón cuando él y Malcolm fueron los últimos sentados allí. "Tú y la puta tenéis pensamientos en común, eso es seguro. Ambos hablan de hadas en lugar de llamarlos demonios que es lo que son."

El fuego ardía poco en una chimenea, mientras que la otra se había mantenido fría ese día. Los dos camaradas estaban sentados a la luz dorada en una mesa de caballete colocada frente a la chimenea, perros durmiendo en los juncos, el viento deslizando sus dedos fríos a través de las ventanas cerradas. Malcolm inhaló profundamente el aroma del mar, un olor penetrante que siempre asociaba con el hogar, y bebió un sorbo de vino. Se estaba gestando una tormenta, pero realmente, el clima se adaptaba a su estado de ánimo.

Malcolm estaba agitado como rara vez lo estaba. Los relatos de Catriona sobre hombres perdidos por los hadas y los diezmos de las hadas pagados al Infierno se acercaban demasiado a su propia situación como para ser reconfortante. Al principio había pensado que ella tenía la visión hasta que casi se rió de él por dar crédito a simples cuentos contados para niños.

Qué extraño era que ella contara las historias sin creerlas, mientras que él nunca contaba esas historias y sabía que los hadas eran reales.

Malcolm podría haber saboreado un momento de respiro tanto de su trabajo como del tormento que despertaba cada noche con el sonido de la música de las hadas. Era como si lo perseguirían con el recuerdo de su voto y su determinación de llevárselo. Peor aún, su música desplegaba recuerdos en su mente que le impedían dormir, porque se veía a sí mismo repitiendo todas las malas acciones que había cometido. Era un recordatorio implacable y despiadado de por qué él era la elección perfecta para pagar ese diezmo al infierno.

Sin embargo, sabía que Rafael se estaba lamentando, quizás alimentado por el vino, y que tendría que calmar a su camarada.

"Porque son hadas, Rafael", insistió una vez más.

El otro hombre se mantuvo escéptico. "Viven debajo de la tierra. Aparecen y desaparecen a voluntad. Tienen poderes sacrílegos y exigen diezmos inmorales. Yo digo que son lo mismo que los demonios." Él asintió. "Y este lugar al que llamas Ravensmuir es un portal al infierno. Contra todas las expectativas, su apodo viene honestamente."

"Excepto que Hadas no están condenadas".

"¿No es así? ¿Cómo puedes creer que no visitamos el infierno? Rafael señaló con el dedo a Malcolm, quien prefirió no recordar las vistas de esa noche. "Piensa en Franz".

"Evito hacerlo".

Rafael frunció el ceño a su amigo. "Y si visitar ese lugar no fue lo suficientemente tonto, hiciste un trato con ellos".

"Tú eras el que bailaba".

"No tenías que ofrecer tu alma a cambio de la mía".

Malcolm estaba cansado de esta pelea. "¿Qué iba a hacer? ¿Abandonarte allí? Ya habías hecho agujeros en tus mejores botas y estabas completamente fascinado." Él señaló con el dedo a su amigo. "Si buscas al tonto, solo necesitas un espejo para saber la verdad".

"¿Quién podría esperar daño de la invitación a bailar de una linda doncella?" Rafael exigió exasperado.

Malcolm puso los ojos en blanco. "Cualquiera que haya escuchado un cuento en las rodillas de su niñera".

"No donde yo me crié", replicó Rafael. "Es este miserable país tuyo. Primero un frío aterrador, luego una música fascinante, luego los demonios reuniendo almas." Sacudió la cabeza. "Deberíamos habernos quedado en Francia".

"Pensabas poco bueno de Francia cuando estábamos allí".

"Ya habrían terminado la matanza".

Malcolm negó con la cabeza ante la confianza equivocada de su compañero. "Nunca terminarán la matanza allí, ni en ningún lugar".

"Es verdad", reconoció Rafael en voz baja.

"¿Por qué te quedas si te disgusta tanto?" Preguntó Malcolm. Estaba bastante seguro de la respuesta, pero le hubiera gustado que Rafael lo admitiera en voz alta. "No estás en deuda conmigo. Toma tu caballo y cabalga hacia el sur cuando lo desees."

Rafael le dirigió una mirada oscura. "Sabes que me quedo para intentar salvarte de ese diabólico trato. Hemos luchado espalda con espalda el tiempo suficiente como para no verte perder el alma."

"Quizás ya estaba perdida", respondió Malcolm.

Rafael puso los ojos en blanco ante eso. "Piensas demasiado en las cosas. Nuestro trabajo fue un simple intercambio, experiencia por dinero. Cada contrato cumplido y pagado y hecho." Dejó pesadamente su copa sobre la mesa. "Entonces, has cambiado tu alma por la mía y ambos escapamos del infierno por eso. Ellos, ya sean hadas o demonios, pretenden reclamar tu alma como un diezmo para el infierno en la víspera del solsticio de verano. ¿Dónde está escrito que debes entregarla?"

"Las hadas no pueden ser engañadas". Malcolm negó con la cabeza. "El trato está hecho".

"¡Simplemente mantente fuera de las cavernas!"

Malcolm le dirigió una mirada sombría. "Me llevarán, no importa dónde me esconda".

"Entonces deja Ravensmuir".

"¡Nunca!"

"Eres malditamente terco". Rafael se sirvió otra copa de vino.

"¿A dónde debería ir?" Demandó Malcolm. "Esta es mi propiedad. Aquí es donde siempre supe que debía morir. Si debe ser más temprano que tarde, que así sea."

Los ojos del otro hombre brillaron. "Yo digo que debería haber una manera de romper el trato."

"Entonces te invito a encontrarla".

Rafael se veía aún más sombrío, pero no se calló. "Pregúntale a la puta. Ella parece pensar que pueden ser burladas, como tú no lo piensas."

"¡Esos son solo cuentos!" Mientras Catriona hablaba de los mortales triunfando sobre los hadas, Malcolm sabía que era un capricho. Él recordó la afirmación de Vivienne de que Isabella había salvado a Murdoch de los Hadas, pero la descartó, porque no conocía los detalles de lo que había sucedido. Cualquiera de esas hermanas, con su afición por los cuentos, podría moldear la verdad para que se ajustara a sus expectativas de un final mejor.

"Y la única fuente de detalles sobre estos demonios que tengo", dijo Rafael, su tono de mal humor.

"El trato debe mantenerse. O lo hago yo o lo haces tú. Los hadas no permiten que nadie rompa su palabra." Malcolm sabía cómo respondería Rafael a eso.

"Te digo que le pidas consejo".

A Malcolm no le decepcionaba que su amigo no ofreciera su propia alma a cambio, porque no lo esperaba de él. "Yo digo que bebas tu vino y te contentes con ello".

"Sí, me alegro de eso. El primer vino que he tomado desde que viajé hacia el norte y es muy bienvenido. Congelada en invierno, y ahora, esta tierra es más calurosa que el propio Hades durante el día y tan seca que podríamos estar en los desiertos de Arabia."

"Puedes irte a cualquier hora."

"¿Y dejar tu alma indefensa? ¡Yo no!"

"Mi alma." Malcolm ya había oído bastante de las protestas de inocencia de su camarada. "Mi alma no tiene nada que ver con tu decisión de quedarte".

"¡Somos camaradas!"

"Esperarás hasta la víspera del solsticio de verano", predijo Malcolm con confianza. "Como un sabueso que espera los restos de la mesa, verás lo que puedes reclamar cuando yo pague tu deuda".

"¡Este salón que construiste difícilmente podría llamarse sobras!" Rafael se volvió hacia él con disgusto. "Esa es una gran acusación de un hombre que salvó tu lamentable pellejo…"

"Te conozco, Rafael", dijo Malcolm, interrumpiéndolo. "Te quedarás hasta la víspera del solsticio de verano y, si es posible, defenderás mi vida y mi alma". Sacudió la cabeza. "Si no es posible, y no lo será, reclamarás lo que quede en mi tesoro, como botín de guerra, y te dirigirás al sur".

Rafael pareció considerar el mérito de negar eso, luego su sonrisa brilló en concesión. "Parece que me conoces bien", dijo y Malcolm negó con la cabeza. "Pero aunque creas que es inútil, te defenderé hasta el final".

"Y así deberías, porque eres tú quien me salvó años atrás y me condenó la noche de nuestra llegada aquí".

Rafael se puso serio. "No tenías que ofrecerte a cambio de mí".

Malcolm miró a su compañero con dureza. "Te lo debía." Él arqueó una ceja. "Dime que no hubieras hecho lo mismo".

Una vez más, Rafael sonrió. "Esperaría haberlo hecho, pero sabemos lo contrario. La tuya fue una elección honorable."

"Y dicen que no hay honor entre los ladrones".

"No somos ladrones, Malcolm", dijo Rafael, con el ceño oscurecido. "Cada dinero que obteníamos se ganaba con sangre".

"Y ahora su precio se pagará con sangre", concluyó Malcolm, apurando su copa. Porque ésa era la triste verdad. Él cumpliría su palabra. No tenía elección. Y uno de los hijos de Alexander tendría en un excelente legado.

Debería haber consolado a Malcolm que Ravensmuir fuera

reconstruida, pero no estaba realmente sorprendido de que no fuera así.

~

Hamish Sewell tenía los pies doloridos cuando llegó a Ravensmuir. Sin pensar que su estómago estuviera vacío y su boca tan seca que podría haber sido un sabueso regresado de la cacería. Sólo Catriona viajaría con aquellos tan buenos como para montar a caballo, y lo haría para fastidiar su persecución, tanto si tenía idea de su presencia como si no. Finalmente la había rastreado hasta Blackleith, solo para enterarse de que el señor, su dama y su familia habían cabalgado hacia el sur. No había rastro de Catriona en Blackleith, eso suponía Hamish.

Su naturaleza era huir.

Había robado un perro viejo, que le había servido bastante mal y finalmente lo había arrojado esa mañana. Lo había dejado atrás, ahora continuaba a pie, y nunca había estado tan cansado en todos sus días y noches. Sin embargo, el premio valdría la pena. Catriona había sido una espina clavada en su costado desde su nacimiento, y se alegraría de ver que su deuda con él finalmente estaba pagada.

Ella lo había engañado y él se encargaría de que se arreglara.

A Hamish le hubiera gustado permanecer en la casa que conocía, que Catriona le sirviera como Aileen antes que ella le había servido. Esa situación no había durado después de la muerte de Aileen, como si ella lo molestara muriendo antes que él. ¿No estaba escrito que una mujer debía ser la ayudante de su marido? Pero Aileen había muerto y lo había dejado sin una mujer que pudiera satisfacer sus necesidades. Catriona había cocinado su sopa y limpiado la sencilla cabaña, pero no había satisfecho sus otras necesidades.

Él nunca habría permitido que ella se quedara, pero ella le había robado y él tenía la intención de recuperar su propiedad legítima. Se lo debía a él, esa joya, lo llamara su legado o no.

Él había intentado quebrar a Catriona mil veces a lo largo de los años, pero la niña estaba hecha de hielo. Desde que ella era pequeña, cuando él levantaba la mano, ella simplemente le devolvía la mirada. Ella era tan desafiante y fría como un lobo, sin importar lo que él le hiciera. Ella no lloraba ni suplicaba clemencia, sino que aceptaba lo que él decretaba que le correspondía.

Ella tenía un corazón de hielo, sin duda.

De hecho, sus modales le robaban la satisfacción que se podía obtener de tales intercambios.

Lo engañaba de otra manera.

Esta vez, sin embargo, a Hamish no le importaba si tenía que seguir a Catriona hasta los confines de la tierra para recibir lo que le correspondía.

Tropezó con el campamento de tiendas de campaña alrededor de este torreón en los acantilados, esperando con todo su corazón haber seguido su curso fiel. Estaba demasiado oscuro y era demasiado tarde para viajar más lejos.

"¿Sí? ¿Quién va?" preguntó un hombre rudo y corpulento, que dio un paso adelante con una mano en la empuñadura de su espada.

"Un hombre honesto", mintió Hamish. "En busca de un trabajo honesto, una comida y un lugar para dormir".

El hombre se inclinó para mirarlo y tiró de Hamish hacia la luz que salía de su tienda. "No te ves tan sano, amigo."

"Soy más fuerte de lo que parezco". Hamish sonrió. "Maldito terco, solía decir mi esposa".

El hombre sonrió un poco a cambio. "Hay mucha mano de obra aquí en Ravensmuir, pero solo durante dos días más."

"¿Cómo es eso?"

"Construimos una fortaleza con excesiva prisa para un Señor con un grueso bolso y una voluntad de hierro", confió el hombre. Nos despedirá el sábado, porque estará solo en su nueva fortaleza en la víspera del solsticio de verano. Es un capricho pero bien pagado. Debería ser tan afortunado una vez en mis días de poder permitirme ese capricho."

"Falta menos de una semana para la víspera del solsticio de verano".

"Eso es, amigo mío, eso es. No bromearé contigo. Trabajamos desde el amanecer hasta el anochecer, y muchas veces más allá, pero nos pagarán el sábado. Si tienes la determinación, damos la bienvenida a todas las manos en este momento, porque aún queda mucho por hacer."

Dos días. Hamish rara vez trabajaba, pero creía que podría sobrevivir a la terrible experiencia durante dos meros días. Sobre todo si veía cumplida su ambición y tenía alguna moneda a su nombre para variar.

"Sí, me alegraría el trabajo". Hamish dejó que el hombre le hiciera un gesto para que entrara en la tienda, y su mirada se posó inmediatamente en la olla humeante de estofado. Conejo, apostaría, el rico aroma le hacía gruñir el estómago. "Quizás el señor planea una celebración para la víspera del solsticio de verano".

"Apuesto a que sí, porque sus parientes ya han comenzado a llegar".

"¿Sus parientes?"

"Señor y Señora de Blackleith llegaron este mismo día, con sus hijos y su familia, y permanecen en el salón esta noche". El hombre hizo un gesto. "Ha habido cantos y más alegría de la que solemos escuchar de nuestro patrón".

Cantos. Hamish sonrió con tal satisfacción que la mirada del otro hombre se iluminó con sospecha.

"Qué afortunado debe ser, este señor, de tener los recursos para una buena propiedad y su propia familia tan cerca". Hamish se golpeó el pecho con el puño. "Es bueno para el corazón saber que la Dama Fortuna puede sonreírnos, si así lo desea".

"En efecto. ¿Tienes un nombre?"

"Hamish. No más que eso." Cuando le entregaron un cuenco de estofado, Hamish temió que babeara como un perro, tan grande era su hambre, pero se las arregló para sentarse y comerlo a una velocidad pausada.

Catriona estaba ahí.

En ese mismo salón.

A menos de cien pasos.

Y el bastardo tenía que estar al nacer. Habría alguna ventaja que Hamish pudiera explotar, tenía que haberla, y para el solsticio de verano, tendría lo que tanto —y durante tanto tiempo— había merecido.

～

TAN FASCINANTE COMO era el Señor de Ravensmuir, Catriona olvidó sus misterios y secretos por un momento cuando la Dama Vivienne la llevó a un lado. En un rincón del solar, con una mirada furtiva a los niños, la señora levantó el dobladillo de su camisola para que solo Catriona pudiera ver.

Había una mancha de sangre en sus muslos pálidos. "Estoy segura de que no es nada", dijo la dama, en un tono que indicaba que temía lo contrario.

Una mano fría podría haber estado apretando las entrañas de Catriona. Ella se esforzó por tranquilizar a su dama. "No es tanto, mi señora", insistió. "Simplemente, sin duda has hecho demasiado hoy y necesitas descansar".

La dama hizo una mueca. "Tal como sugirieron Malcolm y Erik. Oh, no deseo escuchar a Erik cuando sepa que tenía razón."

Catriona llevó a su dama al colchón más cercano al brasero. "Estoy segura de que estarás bien, mi señora. Solo tienes que descansar esta noche y todo irá bien mañana."

"¿Crees que sí, Catriona?"

"Mi madre era partera, mi señora, y vi mucho a su lado".

"¿De verdad? ¿Por qué nunca confesaste esto antes?" Vivienne sonrió un poco. "Solo sabía que tenías algo de habilidad con las hierbas, porque Ruari se quejó mucho menos del dolor de rodilla este invierno gracias a tu bálsamo."

Catriona se encogió de hombros, sabiendo que deliberadamente había revelado lo menos posible sobre su pasado. "No me pareció importante, mi señora", objetó ella, luego habló enérgicamente. "Te haré un remedio para asegurar que duermas, porque esa es la mejor opción ahora." Catriona siempre llevaba algunas hierbas adecuadas para aliviar las dolencias de las mujeres, aunque en ese momento pensaba que podría necesitarlas ella misma. Le dio a su dama un paño para que se limpiara y tomó su bolsa.

La dama le tomó la mano. "Prométeme, Catriona, que no le dirás nada a mi señor esposo."

"Pero..."

"Si todo sale mal, eso será otra cosa, pero si tienes razón y esto no es nada, él no tiene necesidad de saberlo." La voz de la Dama Vivienne se convirtió en una súplica. "Ahórrale esta preocupación y júramelo, Catriona. ¡Prométemelo ahora!"

Catriona miró a las niñas y luego les sonrió, porque habían notado el tono urgente de su madre. William ya estaba profundamente dormido.

"Prometo que no le diré nada", le susurró a su dama, sabiendo que hablaría si la situación empeoraba. Luego habló con los niños. "¿Alguno de ustedes necesita un remedio para dormir esta noche?" Catherine bostezó con fuerza y se acurrucó contra el costado de su madre, quedándose dormida tan rápido que su respuesta era clara. Eufemia también dormitaba, su boca trabajaba mientras soñaba con la leche.

"No, Catriona", dijo Astrid, saltando sobre el jergón junto a su madre.

"No, gracias, Catriona", dijo Mairi. Ella de alguna manera parecía consciente del estado de su madre, porque se deslizó debajo de las capas forradas de piel para acurrucarse contra esa dama con menos bullicio de lo habitual.

"Pero a mí me encantaría uno, si fueras tan amable", dijo la dama, su cansancio muy claro mientras los envolvía a todos con la capa y besaba sus cejas.

"Entonces te haré uno, mi señora." Catriona se aseguró de que los colchones estuvieran apilados y los braseros estuvieran alimentados. Sacudió un dedo a Mairi y Astrid. "Espero que estén dormidas cuando regrese."

"Sí, Catriona", respondieron al mismo tiempo.

"Yo también podría estar durmiendo", dijo la señora con un bostezo. Quizá no deberías preocuparte, Catriona.

"Pero lo haré." Ella sonrió por su dama. "Porque una vez hecho, el remedio se puede recalentar en el brasero por la noche, si es necesario. Creo que es prudente tener uno a mano esta noche."

Catriona eligió las hierbas de su bolsa y luego consideró la mejor forma de administrarlas. El vino era una mala elección y el agua una peor. La cerveza tenía sus méritos, pero la leche sería lo mejor y habían traído cabras de Kinfairlie. Los niños habían bebido leche en la mesa, pero quizás algunas se habían quedado en el salón.

Por supuesto, el Señor de Ravensmuir también estaba en el salón. Catriona se negó a considerar lo que él podría decidir que ella buscaba al dejar el solar. Se dijo a sí misma que no debía permitir que su pasado comprometiera su servicio a su dama y que este era un momento para ser valiente. De todos modos, su corazón latía con fuerza mientras descendía y esperaba que el Señor Erik todavía estuviera en la mesa.

Catriona se detuvo al pie de las escaleras cuando escuchó su propio nombre. El señor y su compañero se hablaban con tanta franqueza que el Señor Erik claramente se había ido. Ella sabía que debía revelarse de inmediato, pero sus palabras la indujeron a quedarse en las sombras un momento más.

A Catriona le habían dicho durante mucho tiempo que los que escuchaban a escondidas no escuchaban nada bueno de sí mismos, y era de poco consuelo saber que el refrán era correcto.

"LA PRIMERA MUJER en cruzar este umbral en medio año, y está a punto de dar a luz." Rafael suspiró y bebió con entusiasmo su vino.

"Es una maldita mala fortuna, sin duda. Sin pensar que es tan fría como una noche de invierno de este país abandonado. Un hombre podría perder su miembro por congelación al probarla."

El vino parecía haberle aflojado la lengua a Rafael incluso más de lo habitual, aunque él nunca había sido de los que se guardaban sus opiniones para sí mismo.

"Eres increíblemente vulgar", murmuró Malcolm.

Rafael miró a Malcolm. "¿No te recuerda a otra?"

"No", dijo Malcolm rotundamente. Era una mentira, y él sabía que Rafael escuchaba eso en su tono. "Pero entonces, a ti todas las mujeres te parecen iguales."

El otro hombre se burló. "Es más que eso, y lo sabes".

"Veo poco parecido".

"¡Ah!" Rafael se rió en voz alta. "Pero lo haces, de lo contrario no sabrías a quién me refiero".

Malcolm dirigió a su compañero una mirada severa y bebió un sorbo de vino. Él no hablaría de Úrsula, y mucho menos de su incumplimiento de su promesa. Como Tam Lin, sabía que su alma pagaría el diezmo. a diferencia de Tam Lin, creía que era porque sus pecados habían puesto su alma más allá de la redención.

Rafael claramente había bebido suficiente vino para sentirse satisfecho. "Oh, la encantadora belleza de Úrsula. Tan suave y sonrojada, y hermosa, tan ajena a la verdadera naturaleza de Franz. Cabello dorado y ojos azules, como un verdadero ángel. No viste cómo te miraba, Sabueso del infierno" —Malcolm hizo una mueca de dolor ante ese título—, "astutamente a través de sus pestañas, como un gato hambriento."

"—No lo hizo" —protestó Malcolm, aunque se preguntó si era cierto. Si era así, su fracaso al salvarla era aún más horrible.

"—Podrías haberla tenido" —susurró Rafael. "Ella habría hecho cualquier cosa por ti".

"¡Ella estaba con Franz!" Malcolm se levantó para servirse otra copa de vino.

Rafael se echó hacia atrás, su mirada se posó en el anillo que Malcolm aún usaba. "Él creía que el niño era tuyo".

"¡Mentiroso!" La voz de Malcolm se elevó como rara vez lo hacía. "Ella era suya, y no tomo lo que no es mío."

"—Podrías tener a esta sirvienta" —insistió Rafael. "Aunque es altiva y fría, te mira con tanta atención como tú la miras."

"Eso es porque le teme a los hombres". Malcolm dirigió a su compañero una mirada sombría. "Ella no confía en ninguno de nosotros."

"Y ella es sabia en eso".

"¿Cómo es eso?"

"Una puta en el salón de un hombre con sangre en las venas y una decidida falta de compañía femenina, ella es inteligente al estar alerta, no sea que entregue sus mercancías a un precio demasiado bajo."

"¡Eres vulgar!"

Rafael se rió, impenitente. "Piénsalo: el Sabueso del infierno y la puta. Quizás harían una buena pareja."

"No puedes saber que ese es su oficio. Ella dijo que fue abandonada."

"¿No son todas abandonados cuando están embarazadas?" Rafael se sirvió más vino él mismo. "Ella tiene un hijo, pero no tiene esposo ni hombre. Ella rechaza las atenciones ahora, solo porque no puede proporcionar lo que podría prometer." Los ojos oscuros de Rafael brillaron. "Dime que fue una coincidencia que ella contara esta historia de un caballero de las hadas cortejando a su dama mortal y dejándola embarazada." Él puso los ojos en blanco.

Era cierto que Catriona parecía tener un propósito al contar esa historia, pero Malcolm no podía adivinar de qué se trataba. "Ella nunca dijo que su hijo fuera de las hadas."

"¡Gracias a Dios! Ella tampoco nunca dijo que no era una puta." Rafael se apoyó en la mesa. "Apuesto a que ella te observa porque pareces tener la mayor riqueza."

"No sabes nada de su naturaleza".

"Veo que es fría hasta la médula, una mujer con hielo en las venas. Un hombre podría sangrar por el latigazo de su lengua." Rafael negó con la cabeza. "Quizás tú seas el Sabueso del infierno y el hechicero."

"Hablas tonterías".

Su compañero dio unos golpecitos en la mesa con la yema del dedo. "Unos modales tan fríos son un rasgo de las putas endurecidas con su oficio y tú lo sabes tan bien como yo."

"¿O de los mercenarios endurecidos con el suyo?"

Rafael se encogió de hombros. "Y no tiene patrona, pero ha venido recientemente a la casa de tu hermana. ¿Ella explotó la compasión de la dama? Hay un truco familiar entre aquellos que se ganan una confianza inmerecida y luego se aprovechan de una confianza tan tontamente concedida."

"Vivienne mostró su amabilidad."

"Y puede que se arrepienta cuando se entere de que hay un ladrón en su casa."

Malcolm levantó la vista de su vino ante eso. "¿Un ladrón?"

¿Un ladrón durmiendo tan cerca de su tesoro?

"Hay algo debajo de su camisola..."

"Eres peor que vulgar".

"Una pieza que ella guarda cerca, así como tú también guardas la llave de tu tesoro".

Malcolm no estaba cómodo con la referencia casual de su compañero a su tesoro y habló con brusquedad. "¿Qué diferencia hay si lo hace?"

"¡Es una joya!" Declaró Rafael. "Ella la toca cuando está agitada. La cadena es visible en su cuello y lo que sea que cuelgue de ella, brilla a pesar de su camisola y es de un buen tamaño. Es una joya, lo conozco bien."

"Porque tienes buen ojo para esas baratijas y las amas, ya que has sido un ladrón."

"Mis tendencias no tienen importancia." Rafael se inclinó hacia adelante. "¿Cómo podría una prostituta o incluso una sirvienta conseguir semejante premio, a menos que se lo hubiera robado a un patrón?"

"Podrían habérselo dado, por un buen servicio."

Su compañero se rió entre dientes, aunque Malcolm no había querido decir ese tipo de servicio. "Dudo que brinde tanta satisfacción acostada. No hay una pizca de pasión en ella." Rafael se estremeció. "Si su amante le hubiera regalado una gema, seguramente la habría protegido mientras daba a luz a su hijo." Él sacudió la cabeza. "No, nadie sabe que ella tiene un hijo, y esa gema fue robada, sin duda a alguna otra mujer noble que mostró su bondad. Ella huye de la justicia y la retribución, por lo que ella teme cualquier conexión que puedas tener. ¡Abandonado!" Rafael hizo un gesto de burla con la mano. "Todos somos abandonados por alguien en algún lugar".

Malcolm no podía dejar que las acusaciones de Rafael pasaran sin ser cuestionadas. "No conoces su historia. El padre de su hijo podría estar muerto."

"Solo puedo desear que así sea", dijo la propia Catriona con frialdad. Ambos hombres giraron sorprendidos, Rafael estuvo a punto de derramar su vino en el movimiento.

La mujer en cuestión los miró a ambos, una mano en su vientre, su postura rígida donde estaba parada al pie de las escaleras. Sus ojos brillaban y el color teñía sus mejillas, haciéndola parecer una estatua que cobraba vida. Esa frialdad se desvanecía con su ira, y Malcolm la encontró aún más atractiva que antes.

"No encontrarás ningún trabajo en este salón", dijo Rafael, vaciando su copa. "Me gusta mi miembro y mis mujeres calientes, así que es mejor que vuelvas a tu sueño".

En todo caso, el comentario casual de Rafael solo hizo que Catriona se sintiera más animada. "Entonces eres afortunado de que no tengo ninguna intención de ponerme de espaldas por ti."

"No soy tan exigente con la posición".

"¡Nunca me tocarás!"

"¿Ni siquiera por el precio correcto?"

"No hay dinero suficiente en la cristiandad para que pueda darte la bienvenida a ti o a los de tu calaña", dijo Catriona. Malcolm notó entonces que se tocaba el pecho, como si pasara las yemas de los dedos por un talismán oculto.

Entonces Rafael tenía razón.

Y Catriona estaba más asustada de lo que les había hecho adivinar.

"¿Necesitas algo?" preguntó Malcolm, su tono más amable que el de su compañero. Rafael resopló y luego tomó otra medida de vino.

"Busco una taza de leche para el remedio de mi señora", admitió Catriona. "Tenía la esperanza de que los niños hubieran dejado algo".

"No lo hicieron, aunque las cabras en los establos podrían tener más".

Ella miró hacia la pesada puerta, el indicio de su incertidumbre tan fugaz que Malcolm podría haberlo pasado por alto si no la hubiera estado observando de cerca. El patio estaba lleno de hombres, lo sabía bien, hombres que habían bebido cerveza y, como Rafael, anhelaban la compañía de las mujeres.

Otros podían no ser tan particulares como su camarada.

Y era posible que no prestaran atención a su orden anterior.

Malcolm se puso de pie sin pensarlo más. "Te acompañaré allí." Cogió una linterna y la encendió, contento de tener la excusa para dejar la compañía de Rafael.

"Mi señor, no necesita hacer eso..." Catriona dio un paso atrás, su inquietud era clara. De hecho, se estremeció cuando él se acercó a ella.

Entonces violencia. Ella había conocido la violencia de un hombre, por eso tenía miedo. Inmediatamente él sintió el deseo de reparar el daño que otro hombre había hecho.

"De hecho, podrías interferir con su oficio", declaró Rafael. "Seguramente sería rápido, dada la cantidad de hombres que viven aquí".

Los ojos de Catriona brillaron. "¡Eres un bárbaro!"

Rafael se inclinó burlonamente en su dirección. "Y no pongo

excusas ante eso. Hay algo de mérito que decir de una persona que reconoce su propia verdad." Él la saludó con su copa. "Podrías intentarlo algún día".

Los labios de Catriona se tensaron y luego dirigió una mirada furiosa a Malcolm. "No ofrezco nada a ningún hombre, mi señor, solo para que nos entendamos".

"Lo sé", dijo Malcolm mientras abría la puerta. La noche era fresca, el patio oscuro. Las nubes se arremolinaban en lo alto, pero no creía que la lluvia caería pronto.

Malcolm levantó la linterna y luego la tomó del brazo con la mano libre. Ella se apartó de él, marchando adelante, y Malcolm frunció el ceño. Considerando lo que sospechaba que era cierto sobre su pasado, mantuvo su tono moderado. "—No quiero insultarte, Catriona. Puedes caer en el patio, porque hay mucho con lo que tropezar."

Ella se volvió para examinarlo, esos ojos brillaban con fuego. "¿Por qué un hombre como usted sería amable conmigo, señor?"

Malcolm le dijo la verdad antes de pensarlo dos veces. "Porque me recuerdas al hombre en el que una vez estuve destinado a convertirme."

Entonces ella se quedó paralizada, cautelosa pero curiosa al mismo tiempo. "¿Cómo es eso?"

Malcolm inspeccionó el patio y optó por confesar más de lo que lo haría en circunstancias normales. "Hubo un tiempo en que yo estaba destinado a ser un caballero honorable. De hecho, me entrené en esta fortaleza. Y una vez que obtuve mis espuelas, debía casarme con una mujer noble, asumir la soberanía de Ravensmuir, criar hijos, defender a las mujeres y solo ir a la guerra cuando mi propiedad fuera asaltada."

"¿Pero?"

"Pero ese hombre y ese destino nunca llegaron a existir."

"Todos tomamos nuestras decisiones, señor".

"En efecto. Y yo he hecho la mía. Que me arrepienta no significa que pueda cambiar lo que he hecho."

Ella cuadró los hombros. "Pero puedes cambiar el futuro, señor. Todos podemos cambiar nuestro propio futuro, eligiendo de manera diferente a como lo hemos hecho antes."

Malcolm se sorprendió de que ella le hablara con tanta franqueza y sin miedo, pero luego vio que su mano se levantaba hacia ese talismán oculto como si buscara consuelo. Ella se giró de repente, como si temiera haber dicho demasiado, y caminó hacia los establos, con la intención de poner distancia entre ellos. Malcolm la alcanzó fácilmente y volvió a reclamar su brazo.

Ella se puso rígida, pero él habló en voz baja. "Si quisiera tenerte por la fuerza, ya podría haberlo hecho dos veces. Estamos de acuerdo en el poder de la elección, Catriona. Estás a salvo en mi compañía, quizás más segura que de otra manera." Él escuchó su fuerte inhalación y luego su postura se relajó ligeramente.

"No estoy acostumbrada a la caballerosidad, señor", dijo ella con rigidez. "No quise ofenderte".

"Y no me he ofendido."

El viento se arremolinó a su alrededor cuando cruzaron el patio, y Malcolm tomó una bocanada de bienvenida a su matiz salado. Hasta el momento, no había música que lo atormentara. De hecho, sentía una extraña compulsión por hablar más con esta valiente sirvienta, una mujer con tantos secretos como él. "¿Por qué desearías que el padre de tu hijo muriera?" preguntó él.

Catriona se sobresaltó y lo miró, luego se encogió de hombros. "¿Por qué no? No ha hecho nada para ganarse mi buena voluntad."

"De hecho, te ha dejado para que te las arregles por ti misma, en un momento muy difícil", estuvo de acuerdo Malcolm. "¿Es por eso que te preocupas tan poco por tu propio estado?"

Su columna vertebral pareció enderezarse ante eso, y él admiró de nuevo que no se dejara intimidar fácilmente. "No entiendo lo que quieres decir, señor".

Malcolm no creía eso. "Quiero decir que podrías perder al niño con el esfuerzo, pero trabajas como si fuera indiferente a su destino".

Ella lo miró con expresión pétrea de nuevo.

"¿Tu visión del padre está contaminando tu preocupación por el niño?"

"No sé a qué te refieres."

"No estás acostumbrada a la caballerosidad y deseas que el padre de tu hijo muera. Apostaría a que él levantó una mano contra ti, y tal vez temes que el niño comparta el temperamento de su padre."

Solo hubo un destello de sorpresa en sus ojos antes de que ella ocultara su reacción de él, y Malcolm sintió satisfacción por haber descubierto al menos parte de su verdad.

El Señor de Ravensmuir era malditamente perceptivo, sin duda. Catriona sabía que había confesado demasiado, porque sentía que la atención de él se agudizaba. Él ya había descubierto gran parte de su historia y ella tenía que proteger sus secretos. De todos modos, sus modales compasivos e intensidad parecían animarla a decir lo que pensaba, una combinación de lo más peligrosa.

Catriona no podía entender por qué sentía curiosidad por ella. Tenía más sentido que solo pretendiera desarmarla, alentar su confianza para poder aprovecharse de ella. Sin embargo, Catriona tenía un extraño deseo de creerle y confiar en él. Ella sentía que él estaba atormentado por su propia elección. Había habido un anhelo en sus modales cuando había hablado del hombre en el que espe-raba convertirse.

¿Era posible que un hombre pudiera cambiar tanto, de caballero a mercenario?

¿Podría él volver a cambiar?

En verdad, tenía más sentido para ella que su naturaleza nunca hubiera cambiado, que hubiera sido educado para ser un hombre de honor y principios, pero que se había visto obligado a trabajar como mercenario para asegurar su herencia. Eso explicaría el desprecio de su familia por su elección de empleo y podría ser una indicación de que buscaba volver a su verdadera naturaleza. Ser mercenario habría sido una elección, incluso un mal necesario, no una expresión de su verdadero carácter.

Ella miró su rostro severo y se preguntó si estaba tratando de ver el mérito donde no lo había. Él estaba esperando su respuesta, una respuesta que ella no deseaba darle.

Ella podría distraerlo cambiando de tema, pero ¿a qué?

La solución era evidente.

El Señor de Ravensmuir bien podría ser la mejor persona para contarle el estado de la Dama Vivienne. Catriona se había comprometido únicamente a ocultar las noticias del esposo de su dama, pero no había dicho nada sobre el hermano de la dama.

"No sé lo que quiere decir, señor", dijo secamente. "Pero tu preocupación por los no nacidos me impulsa a confiar en ti".

"¿De verdad?" Él se inclinó más cerca, como si quisiera escuchar las palabras de sus labios. Dios del cielo, pero el hombre podía hacerla sentir un cosquilleo cuando volvía su atención tan completamente sobre ella.

Catriona sintió que se sonrojaba un poco. "Debe comprender, señor, que le prometí a mi señora que ocultaría su verdad a su señor marido."

"¿Que verdad?" —preguntó Malcolm con una nueva urgencia que Catriona encontró tranquilizadora. "¿Qué le pasa a Vivienne?"

Catriona se detuvo para mirarlo y bajó la voz a un susurro. "Ella sangra, señor." Su preocupación era visible e inmediata. "No mucho, pero más de lo que debería haber en este momento".

Su frente se oscureció. "¿Y tu remedio?"

"Las hierbas deberían ser de ayuda para ella. Ciertamente, la harán dormir."

Él parecía inseguro de esto, y Catriona respetaba que él quisiera saber la plenitud de lo que ella preparara antes de que su hermana lo bebiera. Él protegía a la Dama Vivienne, lo cual era un mérito suyo.

"Mi madre era partera, señor. Aprendí hace mucho tiempo sobre las hierbas que son mejores para los problemas de las mujeres." Cuando él esperó, ella continuó. "Le daría a tu hermana hojas de frambuesa y caspa dulce. Te invito a observar, mi señor, y a oler las hierbas tú mismo si estás familiarizado con ellas."

"Lo estoy." La mirada del señor se posó en su vientre, como si tuviera un miedo repentino de cómo ella podría haber tratado de usar sus conocimientos, y se encontró apartándose de su mirada penetrante. Ella podría haber continuado hasta los establos, pero él era malditamente rápido. Su mano aterrizó en su brazo de nuevo y la detuvo.

"¿Conoces esas hierbas, Catriona?" preguntó con un calor que revelaba su desaprobación.

Catriona no pretendió malinterpretar su referencia, aunque le irritaba que un mercenario se opusiera a la posibilidad de que ella voluntariamente pudiera quitarse la vida. "Por supuesto", respondió ella, sin molestarse en ocultar su desprecio. "Se sabía que mi madre ayudaba incluso a aquellas mujeres que no deseaban tener un hijo."

Él entrecerró los ojos y no pareció respirar. "¿Y tú?"

Catriona negó con la cabeza. La bilis subió a su garganta cuando un oscuro recuerdo se agitó y sacudió la cabeza con mayor vigor. "Nunca eso", dijo con rara pasión. "He visto lo que hacen y nunca los usaré."

Ella debería haber sabido que él tomaría nota de su agitación.

Ella levantó la mirada hacia él, dejándole ver su consternación con la esperanza de que lo convenciera. "Una persona de cualquier sentido sólo tiene que presenciar los resultados de una poción de este tipo una vez para saber la plenitud de lo malvada que es."

Él la examinó y ella supo que veía más de lo que le hubiera gustado, pero la tensión desapareció de la línea de sus labios y su agarre se aflojó en su codo. Él estaba cerca delante de ella, pero extrañamente ella se sentía más protegida que acorralada. "¿Tu hijo no es deseado, Catriona?" Su voz era baja, con urgencia, su mirada inquisitiva.

"Creo que sabes que no lo es, señor". Catriona tragó saliva y se atrevió a sostener su mirada. "Puede que nazca como un monstruo, o puede que no viva para ver la luz en absoluto. Pase lo que pase, es la voluntad de Dios decidir cómo ese bebé llegue al mundo y cuándo."

Su oscura ceja se arqueó. "Incluso si te niegas a descansar".

Ella hizo una ola de reconocimiento y trató de explicar. "La Dama Vivienne se ha portado bien conmigo. Le quisiera devolver su amabilidad en todo lo que pueda, aunque es cierto que puedo olvidar mi propio estado en mi determinación de servirla bien. Sería una gran tragedia si perdiera a su hijo."

"¿Pero no si tú perdieras el tuyo?"

"Me imagino que soy más robusta que tu hermana, señor".

"Porque has tenido que serlo".

La compasión en su tono conmovió a Catriona, y ella cometió el error de mirarlo a los ojos.

"¿Cómo te las arreglarás con un niño?"

Catriona tragó. Ella había estado tan segura de su curso, pero estar sola en la noche con este hombre despertaba sus emociones y la llenaba de dudas. Ella expuso los hechos, segura de que él estaría convencido del mérito de su plan, incluso de su inevitabilidad. "—No puedo quedarme con mi hijo, señor. Sería un error obstaculizar tanto su futuro con mi situación."

"Yo digo que estaría mal que tu hijo no conociera a su madre", respondió él amablemente.

Catriona negó con la cabeza, dándose cuenta de que debería haber esperado que él tuviera la tranquila confianza de un noble en que todos los desafíos podrían resolverse. "—No es tan simple como eso, señor. No tengo hogar ni marido. No tengo dinero, ni familia, y mi empleo es más precario de lo que sería ideal."

"Mi hermana no es tan severa".

"¿Cómo podría servir bien a tu hermana con un bebé en mi cadera?" Catriona escuchó su propia frustración en su voz. "No se puede hacer, lo sé mejor que la mayoría, gracias al oficio de mi madre. Mi señora se vería obligada a tomar la decisión que yo tomaré primero." Catriona se mantuvo lo más erguida que pudo. "Independientemente de cómo venga el niño al mundo, debe encontrar un hogar con otra persona. Estoy resignada a eso, porque es un hecho."

"No veo la entrega de tu hijo como la única opción..."

"—No hay razón para debatir el asunto, señor" —lo interrumpió Catriona con impaciencia—. "De hecho, el destino de mi hijo no es de tu incumbencia".

Ella odiaba cómo su corazón anhelaba estar de acuerdo con él, pero conocía la realidad de su propia vida. El niño no conocería ninguna ventaja en su cuidado, por mucho que ella lo hubiera deseado de otra manera. Malcolm dio un paso atrás y la soltó, seguramente horrorizado por su pragmatismo. La garganta de Catriona estaba apretada, pero culpaba de su respuesta emocional al agotamiento.

"¿Es por eso que trabajas demasiado? ¿Porque sería más sencillo perder al niño?"

"¡No! ¡Simplemente me olvido de mí misma!" Catriona confesó, sintiéndose como una tonta por admitir la verdad. Ante eso, ya no podía soportar ser provocada o cuestionada por él, sin importar cuán amables fueran sus intenciones.

Su preocupación hacía que ella deseara que fuera posible alguna otra opción, y eso haría poco para ayudarla a tomar la determinación de hacer lo correcto.

"Mi señora necesita su remedio", dijo ella, escuchando un nuevo enfado en su tono. "¿Dónde están las cabras?" Sin esperar su respuesta, continuó hacia el establo, que estaba a solo una docena de pasos de distancia.

El Señor de Ravensmuir esperó sólo un momento antes de seguirla, aunque Catriona podía adivinar que no había cambiado su forma de pensar.

De hecho, tenía que preguntarse qué estaría pensando, porque el Señor de Ravensmuir parecía realmente preocupado.

CAPÍTULO 5

Era una locura.

Sin embargo, Malcolm no podía refutar la elegancia de la idea que de repente se le ocurrió cuando Catriona confesó su difícil situación. Él vio en sus ojos que no era una opción fácil para ella entregar a su hijo, aunque respetaba que ella estuviera tratando de hacer lo mejor.

Pero el camino decidido por ella no era la única posibilidad.

De hecho, él tenía la solución en sus propias manos. Malcolm construía un legado, aunque no tenía heredero. Catriona daría a luz a un hijo que no tenía padre ni hogar. Ella misma tenía pocas perspectivas de futuro, porque las conclusiones de Rafael serían reales. Pocos hombres se casarían con una mujer que ha tenido un hijo ilegítimo.

Malcolm podría casarse con Catriona y reclamar a su hijo como propio.

Seguramente eso derivaría algún valor de lo que había hecho. Quizás el hecho también podría ganar algo de misericordia para su propia alma. Él tenía la intención de dejar su propiedad a uno de los hijos de Alexander, pero en verdad, no era una elección aceptable, dadas las opiniones de Alexander sobre la fuente de la riqueza de Malcolm.

Él siguió a Catriona a los establos, pensando furiosamente. A él le gustaba Catriona. Su fuerza y convicción la servirían bien como regente. Habría quienes aspiraran a retener a Ravensmuir, pero él no dudaba de que Catriona sería incondicional en la defensa de lo que sabía que era suyo. Ella tenía principios, lo que él admiraba mucho, y seguro que tenía una manera de dispararle la sangre. Malcolm imaginaba que una vez convencida de abandonar sus miedos, sería leal y apasionada como compañera. De hecho, muchos matrimonios se construían sobre una base menos sólida que esta, y sin duda planeados para durar más que el suyo.

Por supuesto, el plan solo funcionaría si ella tuviera un hijo varón.

Era una idea impulsiva y posiblemente tonta, pero Malcolm no podía evitar su atractivo fundamental. Quizás una consideración más prolongada mostraría su debilidad. Tal vez no. Él observó cómo Catriona entraba resueltamente en el establo donde dormitaban las cabras, y se animó con la idea. Ella no tenía miedo de trabajar ni de decir lo que pensaba. Él pensó en su convicción de que el futuro podía moldearse por elección y de hecho reconoció que Catriona podría convertirse en una excelente Dama de Ravensmuir.

Por supuesto, tendría que convencerla de que él no era el monstruo que ella creía que era.

A Malcolm le gustaba creer que se podía hacer.

Él deseó haber tenido más tiempo para hacerlo.

Malcolm colgó la linterna del gancho, dejando que su luz inundara el establo. Tres cabras blancas lo miraron con ojos amarillos y las ubres de una colgando llenas de leche. Solo se habían ordeñado a dos a fondo cuando llegaron y habían tomado una medida de esta para aliviar su malestar. En un rincón había un taburete que Catriona hizo por ir a buscar.

Fue solo porque Malcolm la estaba observando de cerca que la vio hacer una mueca de dolor cuando se inclinó para levantar el taburete.

"Deja eso", le ordenó, su tono firme.

Ella miró en su dirección y él ya podía ver su protesta formándose.

Él se acercó a su lado y le quitó el taburete de la mano. Había sombras debajo de sus ojos, notó, y sus hombros estaban caídos. Dejó el taburete y lo señaló con un gesto. "Estás cansada. Siéntate."

Catriona cruzó los brazos sobre el pecho, un desafío predecible iluminó sus ojos. "No estoy tan cansada como para no poder servir a mi señora..."

"Y la servirás mejor después de un momento de descanso." Él habló en voz baja, incluso mientras sus labios se apretaban. "Admiro tu determinación, Catriona, pero no veré a ningún niño muerto en mi salón. Al día siguiente, en Kinfairlie, puedes hacer lo que desees. En este momento, quiero que te sientes."

"Yo quisiera ordeñar la cabra."

"Yo ordeñaré la cabra."

Su asombro fue claro. "¿Tú?"

"Sí, yo." Él suavizó su tono. "Por favor siéntate."

Catriona lo estudió por un momento, rebelde y escéptica, luego la línea de sus labios se suavizó. "—Quizá valga la pena observarlo" —murmuró y se dejó caer en el taburete. Malcolm no pudo dejar de notar su suspiro de alivio reprimido.

Malcolm fue a buscar un balde y luego se arrodilló junto a la cabra. La cabra masticaba lentamente, mirándolo hasta que él suavemente tomó sus ubres en sus manos. Una vez que sus manos estuvieron sobre ella, ella se relajó, probablemente recordando su toque tanto como su apariencia. La leche salpicaba en el cubo y las otras cabras continuaron dormitando en la paja.

Malcolm podía oír a los caballos, los cinco de su propiedad y de Rafael, moviendo la cola en los establos adyacentes. Oyó a los dos caballos de Blackleith y a los caballoa más abajo de los establos y el resuelto ronquido de un hombre a varios puestos de distancia. Ese, supuso, era Ruari, aunque no podía adivinar si Erik dormía o se quedaba escuchando.

Él no hablaría de Vivienne, por si acaso.

Ciertamente no pensaría en el último puesto, el que tenía la pared con barricadas, o en los eventos de esa primera noche nevada.

"—Has hecho esto antes" —dijo Catriona, con cierta sorpresa en su tono.

"¿Pensaste que mi incompetencia proporcionaría diversión?" Preguntó Malcolm. Él miró hacia atrás para ver su ceja arqueada.

"Dudo que muchos lo encuentren incompetente, señor". Ella estaba un poco más pálida de lo que Malcolm hubiera preferido, pero había poco que ganar con regañarla. Que ella tratara de cumplir con sus deberes era honorable, después de todo.

Que lo hiciera por miedo a ser expulsada decía mucho de lo que había soportado.

"Dudo que muchos esperen que muestres tal habilidad para ordeñar una cabra", continuó ella, con curiosidad en su tono. "¿No naciste en la mansión?"

"De hecho, crecí en Kinfairlie", dijo él, y no tuvo que hacer un esfuerzo para mantener su tono tranquilo. Hablar con Catriona le recordaba las conversaciones con sus hermanas, antes de que él heredara Ravensmuir. Ese intercambio de confidencias parecía haberse perdido. "Con siete hermanos y una familia numerosa, siempre había una tarea para manos dispuestas. A mi padre no le gustaba la holgazanería, ni siquiera en sus hijos."

"Pero dijiste que ibas a ser entrenado como un caballero."

"No comencé a entrenarme en armas hasta que había visto ocho veranos. Vine a Ravensmuir para completar mi entrenamiento para el título de caballero a los diecinueve. A los cinco, sin embargo, me enseñaron a ordeñar cabras. Incluso entonces teníamos un rebaño de ellas." Él frunció el ceño al recordarlo. "Y un quesero que era el más hábil."

"¿También aprendiste a hacer queso?" La idea pareció divertirla y a él le gustó la ligereza de su tono.

"No. Él no toleraba a los niños bajo sus pies en sus dominios," Malcolm asintió con un recuerdo. "Por supuesto, yo me había ganado su ira, porque a menudo estaba bajo sus pies".

"¿Tratando de aprender?"

"Tratando de robar un trozo de queso".

Catriona se rió un poco entonces, como si él la hubiera sorprendido. Se volvió y la encontró mirándolo, con los dedos sobre los labios y los ojos bailando. Ella era más atractiva cuando se divertía, tan atractiva que él quería hacerla sonreír de nuevo. "Perdóname, mi señor, pero es difícil imaginarte como un niño travieso".

Malcolm se puso serio ante el recordatorio y centró su atención en ordeñar. "Los tiempos cambian, y nosotros con eso".

"En efecto."

Su sincero asentimiento se apoderó de él. Malcolm trabajó en silencio durante unos momentos, muy consciente de que ella lo observaba incluso mientras se apoyaba contra la pared del cubículo. "¿Y tú?"

"Siempre tuvimos al menos una cabra".

"¿Tenías hermanos?"

"Eso no importa."

La respuesta fue cortante. Malcolm reconocía una historia que ella decidía no contar.

Y una que deseaba mucho conocer.

"Pero trabajaste con tu madre".

"Sí. Muchas mujeres venían en busca de su ayuda." Disimuladamente se frotó la espalda y Malcolm supuso que ella suponía que él no podía ver el gesto.

"Tienes el sonido del norte en tu voz".

El tono de Catriona se endureció cuando respondió. "No tengo casa, señor, como he dicho".

Malcolm se volvió para estudiarla, incluso mientras sus manos seguían trabajando. Ella era cautelosa, ahora, y él temía haber perdido el terreno que había ganado.

Pero ella demostró ser tan curiosa como él.

"¿Quién es Úrsula?" preguntó ella, sosteniendo su mirada como si quisiera sacarle la historia.

"Era", corrigió Malcolm, volviéndose hacia la cabra. "Ella era la mujer de un camarada". Su garganta se apretó al recordar.

"¿Cómo murió ella?"

"No hablaré de eso".

"Porque estaba embarazada, al igual que tu hermana y yo", supuso Catriona. Malcolm miró por encima del hombro para encontrarla inclinada hacia adelante. "Y crees que es inapropiado confiar en que ella murió en el nacimiento de su hijo." Sus miradas se cruzaron y se mantuvieron por un momento, su mirada firme hacia él enviando un raro calor a través de sus venas. "Lo he visto con bastante frecuencia, señor. Le presté ayuda a mi madre, después de todo." Ella sonrió, un poco triste, y su voz se suavizó. "No puede haber sido culpa tuya".

"Tú no sabes eso." Malcolm oyó que su propia voz se endurecía. "No puedes saber eso".

El silencio fue menos amigable entre ellos entonces. Por mucho que Malcolm deseara ganarse la confianza de esta mujer, no hablaría de Úrsula.

"Tu camarada cree que me parezco a ella." —Dijo Catriona, continuando la conversación cuando Malcolm pensó que ella podría haberse alegrado de su silencio.

Él se encogió de hombros. "Tú eres una mujer. Tu cabello es rubio y tienes un niño en el vientre. Rafael no mira más allá de esos simples hechos. Ha visto la semejanza de Úrsula mil veces desde su muerte."

"Entonces tal vez él fue el que se enamoró de ella".

Malcolm miró hacia arriba, porque nunca había pensado en eso.

"Eso explicaría que él se diera cuenta de que ella te observaba", continuó Catriona con tranquila convicción. "Pude ver que los celos lo hicieran más observador de lo que es su naturaleza, pero poco más."

Malcolm sabía que había muchas situaciones que hacían que

Rafael fuera más observador. El peligro era la principal de ellas, pero eso no eliminaba los celos. "Quizás."

"Y no viste ni sus celos ni su deseo, porque el deseo de ella por ti no era correspondido". Catriona no parecía esperar una respuesta a eso, por lo que Malcolm continuó ordeñando.

"Quizás tengas razón", admitió. "Daría todo el mundo por poder preguntárselo". La cabra tenía solo una medida más de leche, pero Malcolm se la sacaría toda, para asegurarse de que Catriona también tuviera un poco de leche. Él adivinaba bastante bien que, si solo había una pequeña cantidad, ella se la daría toda a Vivienne. Malcolm terminó su tarea, consciente de que Catriona lo miraba.

"¿Por qué construyes la fortaleza con tanta prisa?"

Malcolm volvió a mirar a Catriona y descubrió que ella lo estudiaba. Parecía más cómoda en su compañía de lo que se había sentido hasta ahora, y le sorprendió lo mucho que eso le agradó. Como mínimo, le debía una respuesta honesta. "Para sacar algo de mérito de lo que he hecho, y hacerlo antes de morir".

Ella frunció el ceño en confusión, su mirada bailando sobre él. "¿Estás enfermo? ¿Tienes enemigos?"

"Ningún hombre sabe cuándo será convocado", dijo Malcolm, refugiándose en un sermón, porque ella no necesitaba conocer todos los detalles. Él adoptó un tono burlón, como lo haría con una de sus hermanas. "Tienes mucha curiosidad, Catriona."

Ella se sonrojó y desvió la mirada. "—te encuentro diferente a los hombres que he conocido, señor. No es mi intención ofenderte."

Malcolm dejó el cubo a un lado y se giró para mirarla. "¿Qué clase de hombres has conocido?"

Ella se enderezó, su mirada se volvió distante y fría. "Aquellos cuyos pensamientos son en beneficio propio".

"Mercenarios y guerreros".

"Entre otros." Su disgusto era claro, su porte regio, y fue entonces cuando Malcolm se dio cuenta de la verdad.

Nueve meses antes, Inverness había sido arrasada por un ejército merodeador de mercenarios, los habitantes habían sido masacrados y abusados. Todas las tabernas que él y Rafael habían frecuentado en su viaje al norte estaban llenas de noticias: cada posadero había asumido que ellos mismos habían estado en Inverness.

Y ahí estaba sentada una mujer cuya voz transmitía la música de esa región, una mujer que estaba punto de dar a luz a un hijo, una mujer que deseaba que el padre de su hijo muriera y temía dar a luz a un monstruo.

Porque el bebé había sido forjado con violencia. Él conocía los viejos cuentos tan bien como cualquier alma.

Él estaba tan sorprendido que pronunció su conclusión en voz alta. "Fuiste violada".

Tan pronto como las palabras salieron de sus labios, Malcolm supo que debería haber guardado silencio. El terror brilló en los ojos de Catriona y ella se puso de pie de un salto. Ella giró, luego huyó de los establos, demasiado rápido para que él la detuviera. Malcolm agarró el cubo y la linterna, temiendo que ella tropezara en la oscuridad.

"¡Catriona!" gritó en un susurro ronco, no queriendo despertar a Ruari y Erik. No le sorprendió que ella no se detuviera ni respondiera.

Malcolm maldijo mientras la leche se derramaba por el costado del cubo. Él abrió la puerta con el hombro, sosteniendo la linterna en la otra mano.

Para su alivio, Catriona estaba esperando fuera del establo, con la espalda contra la pared. Un puño estaba apretado a su lado y el otro alrededor del talismán que llevaba en el cuello. Su mirada se movió rápidamente desde las tiendas de los albañiles, a través de la amplia extensión de oscuro patio hasta el portal de la fortaleza, y de regreso a Malcolm.

Ella sospechaba de nuevo.

Él miró y vio a un trío de trabajadores que hablaban juntos fuera de la tienda más cercana, pero todavía a cierta distancia, sus figuras envueltas en sombras y sus voces demasiado bajas para poder oir las palabras. Malcolm pudo sentir su conciencia de Catriona y supo que su presencia la había obligado a detenerse. Su respiración se aceleraba, su mirada se movía entre él y los tres hombres.

"Así que soy el menor de los posibles males", dijo él. "Aliento que se puede encontrar en eso."

Él le entregó la linterna e indicó el salón.

~

Había algo verdaderamente peligroso en el Señor de Ravensmuir.

Que él fuera quien adivinara su secreto había sido realmente sorprendente. Sin embargo, este señor era perceptivo más allá de lo creíble, e incluso la ligera atenuación de su guardia le había otorgado una percepción que ella no habría esperado. El destello de furia en sus ojos le había sido demasiado familiar y Catriona había salido corriendo, convencida de que él tenía la intención de participar del mismo festín de la misma manera.

Ella se sintió como una tonta después de encontrarse sola en la noche, con tres fornidos trabajadores observándola atentamente desde el campamento de albañiles.

Respiró lentamente y se obligó a revisar lo que había visto hasta ahora. Un hombre como este señor debería haber llenado de terror a Catriona, la sola visión de él le habría recordado todo lo que había soportado. En cambio, él desafiaba constantemente su creencia de que todos esos hombres eran iguales.

Más aún, había algo en sus modales que la acercaba y la hacía desear saber más de él. Catriona temía que fuera una tentación peligrosa, pero no podía negar su poder. Ella cerró los ojos y escuchó su voz.

Dios en el cielo, pero le encantaba cómo él decía su nombre. Era como una caricia en su lengua, particularmente cuando lo susurraba, su voz baja y ronca. El sonido hacía que un calor desconocido se desplegara en su vientre y despertaba un anhelo que ella nunca antes había sentido. Peor aún, era uno que deseaba explorar.

Quizás el Señor de Ravensmuir era un hechicero, después de todo. Porque era más que su vigilancia y sus hermosos rasgos, más que la forma en que sus ojos brillaban y la forma en que decía su nombre lo que debilitada su seguridad de que ella conocía su verdadera naturaleza. Catriona nunca hubiera imaginado que sería fácil hablar con un hombre de su posición, y mucho menos que se sentiría más a gusto estando a solas con él que en compañía.

Quizás había sido la familiaridad de un establo y la tranquila confianza de las cabras, tanto como los modales del propio señor. Las cabras le recordaron su propia infancia, la confesión del señor de sus travesuras la hacía sentir que tenían más en común de lo que ella había creído.

A pesar de la protesta de Catriona, cuando él miró por encima del hombro con los ojos brillantes, ella pudo verlo como un niño travieso, y mucho más como uno que podía ganar su camino con encanto.

Aunque podría ser un capricho que nunca confesaría en voz alta, le gustaba cómo las cabras confiaban en él. Según su experiencia, los animales se equivocaban con menos frecuencia con los hombres que los niños. Ella había visto a las cabras dispersarse ante los guerreros y patear a los sirvientes que eran rudos o impacientes con el ordeño. Estas cabras se sentían a gusto con este hombre, y Catriona reconoció que sus propios miedos tenían que estar, al menos en parte, equivocados.

Ella se sintió aliviada de que él la persiguiera, aunque no supo qué decir.

El señor de la fortaleza era de hecho el mal menor. Él había mostrado cierta consideración hacia las mujeres en su presencia. Estos tres hombres le eran completamente desconocidos.

Catriona dudaba que él apreciara que ella dijera eso, así que tomó la linterna y lo acompañó al salón. Se obligó a pensar en algo que decir, porque esa era la mejor manera de distraerlo de más observaciones.

"No sé qué promesa les exigiste", dijo ella, despreciando el temblor de su propia voz. "¿Verías protegidas únicamente a tus sobrinas o a todas las mujeres de tu casa?"

El señor desvió la mirada, frunciendo ligeramente el ceño. "Todas, como te dije que haría, pero no hay garantía de que me hagan caso durante la noche."

"Tú les pagas".

"Sólo en dos días." Él se encogió de hombros. "—No te mentiré, Catriona. Puede que haya quienes estén dispuestos a apostar que la queja de una sirvienta sería importante para mí."

Catriona tenía que preguntar. "¿Es verdad?"

La mirada del señor era cálida, sus palabras suaves con convicción. "Por supuesto. Defiendo a todos bajo mi mano" Él sacudió la cabeza. "Pero para entonces, cualquier maldad ya estaría hecha."

Sí, podría ser rápido.

O podría durar la mitad de la noche. Aquella noche le había parecido interminable.

Catriona tuvo que apartar la mirada de los modales intencionados del señor, su corazón latía salvajemente porque él adivinaría más de lo que ya lo había hecho. ¿Era una tonta al creer que él estaba más preocupado por su bienestar que por cualquier otro ser al que consideraba de su propiedad?

"Adivinaste mi verdad porque participaste en tales actos", dijo ella, esperando que no fuera el caso, desafiándolo bastante a que la corrigiera.

"Los he presenciado", dijo él con tal pesar que ella tuvo que mirar en su dirección de nuevo. Él la estaba mirando, esperando su mirada de reojo, y se tocó el hueco de la nariz con la yema del dedo. "Fui lo suficientemente tonto como para intentar detener un incidente así una vez".

"¿Qué pasó?"

"Eran seis y se tomaron mal mi intervención. Rafael me salvó." Él se encogió de hombros y ella sintió que había una gran cantidad de historias sin contar. La raíz, sin embargo, era importante: él había defendido a otra mujer una vez antes. "Así fue como nos conocimos."

Así que esta fue la razón por la que el otro mercenario se quedaba. "Entonces le debes una. No es poca cosa estar en deuda con otro por la vida."

"La deuda se pagará". El señor habló con una convicción que calmó el corazón de Catriona, luego la miró de nuevo. "De todos modos, sé lo que es sentirse impotente y a merced de otros empeñados en la violencia".

Catriona asintió entendiendo, su mirada se aferró a la de él. Tal vez por eso era amable con ella. Una vez más, ella sintió ese extraño consuelo en su presencia, la seguridad de que él respondería a sus preguntas. Ella decidió preguntarle la que más le preocupaba. "¿Por qué vendiste tu espada, señor?"

La diversión brilló en sus ojos. "¿Debería sentirme halagado de que creas que tuve una opción?"

"Tu familia es acomodada. Tienes una propiedad." Catriona tragó mientras elegía sus palabras. "Pareces ser un hombre con una naturaleza inadecuada para ese trabajo".

Para su alivio, él no se sintió insultado.

De hecho, se volvió y ella lo vio contemplar su propiedad. Cuando habló, su voz era sombría. "Mi fortaleza estaba arruinada, mi tesoro desnudo, mis responsabilidades eran tales que no tenía medios para cumplirlas". Él la miró con una expresión sombría, una que insinuaba el costo para él de su elección. "Vender mi espada fue la mejor de una variedad de malas decisiones".

"Tengo entendido que tu hermano no entiende eso".

"Mi hermano nunca ha estado en una situación así, y rezo para que nunca lo esté."

"¿Por qué? ¿No pelea bien?"

Los labios del señor se tensaron mientras pensaba. "Alexander no tiene el acero en su columna vertebral para hacer lo que debe hacerse para asegurar el bien mayor".

Catriona lo entendía perfectamente. "Elegir el mal menor de una pobre variedad de posibilidades."

"Es un talento poco común".

"Estoy de acuerdo."

La admiración en los ojos del señor de la fortaleza hizo que Catriona recuperara el aliento. "Sin embargo, creo que tú y yo compartimos ese rasgo, Catriona".

Quizás eso era lo que la atraía hacia él. Quizás era por eso que sentía que podía hablar con él, porque seguramente sus estatus estaban tan diferentes como era posible.

Quizás por eso él le hablaba.

La idea era emocionante y aterradora.

Catriona no pudo sostener la mirada del señor de la fortaleza, no con su corazón latiendo con tanta fuerza. No se podía negar que se sentía comprensiva con ese hombre, y tuvo que preguntarse si él tenía razón sobre sus motivos. Ella le pidió lo que debía pedir, ya no tan temerosa de su reacción. "Te ruego que no le cuentes a mi señora los orígenes de mi hijo, señor. Ella podría pensar que es vergonzoso, o su esposo podría pensarlo, y podrían despedirme de su hogar."

"Dudo que hicieran eso", dijo con una confianza que Catriona deseaba poder compartir. "Pero te lo prometo".

Una vez más, su corazón dio un brinco porque un hombre como ese le hiciera tal promesa. "¿Por qué?"

"Porque es de tanta importancia para ti. Soy hijo de mi padre para encontrar irresistible la súplica de una dama."

Catriona se ruborizó, temiendo que se burlara de ella. "No soy una dama, señor".

"¿No lo eres?" El señor le puso las yemas de los dedos debajo del codo, invitandola a que se acercara al torreón. "Aunque es posible que no hayas nacido de una mujer noble, Catriona, eres tan valiente e incondicional como una reina guerrera, y una mujer así siempre será noble ante mis ojos."

Sus mejillas ardieron ante su tono casual, y ella esperaba que fuera en serio el elogio. De cualquier manera, ella mantendría esas palabras cerca.

"Ven", dijo él, su tono suave pero teñido de mando de todos modos. "Es tarde y mi hermana no es la única que debe considerar el bienestar de un niño."

La confianza en su protección, la sólida fuerza de él junto a ella en la oscuridad de la noche, se sentía extraña y correcta. La altura de los muros de su torreón y el vigor de sus defensas hicieron que Catriona se sintiera más segura de lo que se había sentido en años.

Ahí en Ravensmuir, esa noche, ella estaría a salvo. El viento se había levantado y soplaba a su alrededor mientras caminaban, sacudiendo sus faldas. Ella podía oler el mar y la lluvia que comenzaría pronto, la humedad inquietante en las nubes del cielo.

Quizás el agotamiento tenía su parte, quizás era el silencio amistoso entre ellos, pero Catriona descubrió que una confesión brotaba de sus labios, que se habría mordido, si hubiera tenido la oportunidad. "Me temo que algo anda mal con el bebé, señor".

Se detuvo y se volvió hacia ella, con la mano todavía bajo su codo y su atención puesta en ella. Catriona miró hacia arriba para encontrar el cielo revuelto con nubes de tormenta y sus ojos se iluminaron con preocupación. "¿Más allá del capricho de mostrar la marca de su concepción?" Ella asintió con la cabeza y su voz bajó más. "¿Por qué, Catriona?"

Ella se encontró rebelde a cargarlo con sus miedos.

"Mañana te marcharás de mi fortaleza, Catriona, y probablemente no volverás a verme nunca más." Él arqueó una ceja. "Puedo soportar el peso de un pequeño miedo".

Ella bien podía creerlo. "No es tan pequeño como eso, señor." Ella frunció el ceño y miró más allá de él hacia la oscura tempestad del mar. "Pateó más salvajemente estos últimos meses, robándome el aliento con su vigor. Yo podría haber pensado que era un demonio que buscaba la liberación de su prisión, y realmente, estaba cansada de sus acciones. Antes de irnos de Blackleith, deseaba con todo mi corazón y alma que estuviera quieto."

Sonaba a una tontería, simplemente decir las palabras en voz alta, pero Catriona no pudo evadir su sentido de responsabilidad.

"¿Y?" preguntó Malcolm.

"El bebé ha estado tan quieto como una roca en mi vientre desde entonces", admitió Catriona.

"No puedes creer que algo tan frágil como un deseo de paz pueda tener la culpa", preguntó, y la forma en que lo dijo hizo que Catriona viera la locura de su razonamiento.

"Hablas con sentido común, señor", dijo ella. "No sé por qué me preocupo tanto por eso…"

"Porque estás sola y no tienes a nadie en quien confiar", interrumpió él en voz baja. "Porque trabajas más de lo que deberías y necesitas descansar. Duerme en mi salón con seguridad y todo se verá mejor por la mañana." Su voz se suavizó hasta convertirse en un gruñido áspero, uno que envió una extraña emoción a través de ella. Te lo prometo, Catriona."

Que se esforzara por tranquilizarla suavizaba aún más la resistencia de Catriona. De hecho, ella sentía que se le saltaban las lágrimas ante su amabilidad.

"Gracias, señor", dijo ella, su voz ronca por la emoción. Él la miró, como sorprendido por esa nueva nota en su voz, y Catriona se estiró impulsivamente para tocarle la mejilla con los labios. Ella lo sintió ponerse rígido, como si temiera asustarla con tan solo tomar un respiro, y sintió florecer su antigua audacia en su interior.

Había muchas cosas en el Señor de Ravensmuir que la tentaban. Él no le hablaba a su vientre ni a sus pechos. No le hablaba como si fuera una esclava o una niña lenta. La reconocía como a una igual y, hasta ahora, había hecho lo que había prometido. De hecho, la había sorprendido más de una vez y ella estaba más intrigada de lo que probablemente era sabio.

Su paciencia en ese momento alimentó la confianza de Catriona. Ella no quería pasar su vida sola y temerosa de los hombres, debido a una experiencia. Ella creía que él había intentado detener un acto de violencia contra una mujer y confiaba en que no la agrediría de esa manera.

Era hora de dejar el pasado a un lado.

Esta era una oportunidad para cambiar su propio futuro, de elegir.

Antes de que ella pudiera reconsiderar su impulso, Catriona se puso de puntillas y apretó los labios completamente contra los de él. Él esperó un momento, tal vez para ver si ella se retiraba, luego vio sus oscuras pestañas deslizarse hacia abajo mientras él cerraba los ojos.

En el mismo momento, inclinó su boca sobre la de ella y profundizó el beso, enviando una avalancha de sensaciones a través de ella. Su mano se deslizó por su brazo y hombro, luego se deslizó por su cabello. Esos dedos fuertes ahuecaron su nuca, tiernamente, aunque podría haberla aplastado, y las puntas de sus dedos perforaron su trenza. Su agarre era suave pero firme, su fuerza templada como si ella fuera una gema preciosa.

¡Y tanto placer en ese beso! Catriona nunca lo hubiera imaginado posible. El señor de la fortaleza engatusaba su respuesta, encendiendo su pasión con la misma paciencia y poder. El calor se apoderó de ella, dejándola despierta y en llamas. Ella se sentía emocionada, atesorada y más excitada de lo que hubiera creído posible.

Ella se sentía viva. Ella entendía el encanto de la caricia de un hombre por primera vez y quiso saber todo lo que se pudiera aprender al respecto.

En ese momento, el bebé pateó con un vigor que dejó sin aliento a Catriona. Ella jadeó y Malcolm apartó su boca de la de ella, sus ojos brillaban con preocupación. "¿Qué está mal?" preguntó él, sus palabras roncas.

Su mano cayó a su vientre maduro. "El bebé", susurró. "Patea".

Su sonrisa fue desterrada demasiado rápido por el placer que le dio. "Y por eso tus miedos han demostrado ser infundados," dijo él, su voz un retumbar bajo que hizo temblar a Catriona.

Ella se acarició el vientre, tan aliviada que pensaba que iba a llorar.

Y no pudo evitar pensar que el señor de la fortaleza la había despertado no solo a ella, sino a su hijo por nacer. Él había derretido algo congelado dentro de ella y renovado su fe en el futuro y sus posibilidades.

Él la miró de cerca, su mano se demoraba en su cabello, el toque de sus dedos enviaba un hormigueo a través de su cuerpo. Ella podría haberlo besado de nuevo, solo para aprender más, pero él le tocó la frente con los labios, un beso casto mucho menos que el que ahora ella ansiaba tener.

"Vete ahora, Catriona", dijo él, su voz tensa con moderación. Él le tendió el cubo de leche, con la mirada fija en ella. "Vete ahora."

Catriona miró el resplandor de sus ojos y supo que ella no era la única tan excitada. Si el señor no confiaba en sí mismo, ella seguiría su consejo. De hecho, él la protegía incluso de sí mismo, lo que la hizo sonreír de nuevo.

Él era un hombre de honor, sin duda, y un hombre así hasta la médula.

Ella tomó la leche de su mano extendida, el roce de sus dedos la llenó de nuevo deleite. Consciente de que él la observaba a cada paso, se apresuró a ir al torreón, con los labios ardiendo y la sangre zumbando.

Dios en el cielo, pero el Señor de Ravensmuir podría cambiar todo lo que Catriona sabía que era cierto.

Y gracias a un beso seductor, ella recibiría con agrado la lección.

MALCOLM NUNCA HABÍA IMAGINADO que Catriona lo tocara por su propia voluntad.

Mucho menos que su beso fuera tan dulce.

Él nunca hubiera pensado que su beso sería lo suficientemente potente como para tentarlo a tomar más de lo que le ofrecía.

Cuando ella se sobresaltó, temió que ella hubiera saboreado la magnitud del deseo que alimentaba dentro de él.

En cambio, era el niño, para su alivio.

Ella se veía tan complacida y aliviada entonces que él había estado tentado de atraerla de nuevo a su abrazo. Ella parecía una mujer bien besada, aunque Malcolm anhelaba besarla aún más, y más que eso. Él podría haber pasado la noche complaciéndola y habría agradecido la oportunidad, pero sabía que sería demasiado pronto para esa intrigante mujer.

Él tenía que ganarse su confianza en intervalos constantes.

Él besó su frente y le pidió que se fuera, saboreando cómo ella dudó por un latido.

¿Podría ser que su miedo a los hombres disminuía?

Y entonces Catriona se marchó, el cubo colgando de sus manos, su silueta recortada en la entrada del torreón. Ella no lo miró, sino que se apresuró a entrar, dejando a Malcolm solo con el viento y el sonido del mar.

Esos trabajadores habían desaparecido, sin duda se habían retirado a pasar la noche. Quizás pensaban que el señor de la fortaleza había reclamado a la sirviente para su propio placer, y eso podría asegurar que Catriona permaneciera intacta mientras estaba en Ravensmuir.

Malcolm no quería que se fuera por la mañana. ¿Podría él seguir a Kinfairlie para conocer el género de su hijo? Seguramente nacería pronto, y sabría si su loco plan tenía mérito.

Él la vio irse y deseó con todo su corazón no estar destinado a morir en unos pocos días. Porque no había duda de que Catriona podría intrigarlo durante mucho tiempo, si no para siempre. Con cada señal de las dudas que ella escondía, él solo quería saber más. Malcolm sentía un terreno común con ella que nunca antes había sentido con una mujer. Ella había enfrentado al menos una prueba y había perdido mucho, pero aun así se mantenía erguida y decidida.

Puede que no hubiera nacido de cuna noble, pero era una guerrera hasta la médula. De hecho, tenían mucho en común, esta sirvienta y él. Malcolm tuvo tiempo de saborear esa convicción antes de volver a escuchar la música de las hadas.

La música provenía del suelo debajo de sus pies, entrando en sus oídos y descubriendo secretos en su memoria que hubiera preferido olvidar. Él frunció el ceño cuando las imágenes se desplegaron en su mente, mientras los aromas lo asaltaban y las opciones lo perseguían. Vio el campo de batalla una vez más, el día en que Franz había muerto, y se sintió enfermo de nuevo por todo lo que había hecho.

Sin pensar en todo lo que había dejado sin hacer.

Él sabía que esta noche tendría pesadillas si no podía obligarse a permanecer despierto. Su alma sería el diezmo de las hadas al infierno, reunidas en la víspera de solsticio de verano para el tributo que pagaban cada siete años.

Y la música de las hadas aseguraba que él recordara todas sus acciones, convenciendo a Malcolm de que el infierno era precisamente donde pertenecía su alma lamentable.

Para permanecer despierto, él iría al único lugar donde encontraba consuelo, el lugar donde se sentía más cercano a su tío Tynan.

❧

¿Por qué había hecho tal cosa?

Besar al señor de la fortaleza había sido una locura, pero ella no podía arrepentirse.

Catriona permaneció sin dormir mucho después de que su dama se durmiera, preguntándose por su impulsividad. Nunca antes había alentado la mirada o el toque de un hombre, y verdaderamente, su estado era evidencia del peligro de atraer la atención de cualquier hombre. Ella podría haber adivinado que su impulso sería visto como una invitación por un hombre acostumbrado a reclamar todo lo que deseaba.

Y sin embargo, sin embargo, el Señor de Ravensmuir había sido el que se había apartado. Él tenía más moderación de la que ella había esperado, tal vez incluso más que ella misma cuando se enfrentaba a una tentación como su beso. Ella nunca podría haber adivinado que cualquier abrazo la dejaría anhelando más.

Y mucho menos uno de un señor mercenario.

Uno que la llamaba reina guerrera.

Ese recuerdo le dio a Catriona más placer que cualquier cumplido que le hubieran concedido. Ella sostuvo sus palabras tan cerca como el recuerdo de su beso. Había sido el primero que le había otorgado un hombre, distintivo por eso, así como por su combinación de ternura y deseo, y algo mucho mejor que cualquier beso tentativo compartido con muchachos en su pasado. El beso de Malcolm había sido apasionado, sin duda, pero no tanto infligido como persuasivo. Ella se lamió los labios y lo probó de nuevo, cerró los ojos y recordó la fuerza de su cuerpo tan cerca del suyo. Su fuerza hacía que su ternura fuera aún más seductora.

En la oscuridad del solar, mientras su dama y sus hijos dormían, Catriona admitió para sí misma que había estado tentada a entregar más que un beso al Señor de Ravensmuir. Seguramente se habría arrepentido de esa elección, pero Catriona se sorprendió al imaginar que podría haber mucho mérito en pasar una noche en su cama.

A él lo habían golpeado en un intento de defender a una mujer agredida como ella había sido.

Él había despertado a su hijo con un beso.

Catriona conocía la miseria de tener sólo malas opciones entre las que elegir. El menor de los males disponibles, de hecho. Ojalá nunca se hubiera sentido obligada a saber lo que él quería decir.

Ojalá ninguno de los dos lo hubiera sentido.

Pero claro, ella y el Señor de Ravensmuir no se habrían entendido tan bien, y Catriona nunca podría desear eso.

Ahora no.

Ella miró al techo de su solar, escuchando el ritmo del sueño. Su bebé, ahora despierto, estaba realmente activo, sus agitaciones no eran la única razón por la que ella no dormía. La Dama Vivienne y los niños compartían el colchón más grueso más cercano al brasero, mientras Catriona se envolvía en una manta cerca de la cima de las escaleras.

Ella escuchaba ronquidos en el salón de abajo y se preguntó si el Señor de la mansión dormía o si escuchaba a su compañero. Ella se preguntó si él soñaba con su beso, no menos si se preguntaba por ella tanto como ella se preguntaba por él.

Un impulso la llevó a levantarse y mirar por la ventana al ritmo del mar. Vio al hombre en el acantilado de inmediato y supo que no debería estar allí. Catriona estudió su figura, recortada contra el mar, queriendo demostrarse a sí misma que no podía ser el propio señor de la fortaleza.

Pero era él. Ella estaba segura de eso. No había ningún hombre tan alto y ancho en esa propiedad, y menos ninguno que caminara con tal propósito. Él caminaba hacia las ruinas amontonadas en el acantilado, incluso cuando la lluvia comenzaba a caer en grandes gotas.

Él no vaciló, sino que se metió en un hueco entre las piedras.

¿Se refugiaba de la tormenta? Catriona contuvo la respiración, pero el señor de la fortaleza no volvió a aparecer. Los truenos retumbaron y los relámpagos estallaron, la lluvia caía como un torrente sobre el torreón.

Catriona se paró junto a la ventana y esperó, esperando el regreso de Malcolm y temerosa de su destino. ¿Él estaba a salvo en esas ruinas? Ella no podía imaginar eso. ¿Por qué iría allí? ¿Estaba herido? No se oía más sonido que el estruendo de las olas en el acantilado y el golpeteo de la lluvia en el techo. El agua corría por el exterior de las paredes y el viento silbaba por las grietas.

El señor de la fortaleza no había pedido ayuda a gritos y nadie lo buscaba. ¿Debería ella despertar a su compañero?

Catriona no podía hacer eso. Sin embargo, tampoco podía dormir, no sin saber que Malcolm estaba sano. Sus pies se congelaron mientras estaba de pie junto a la ventana. Su bebé se tambaleó y pateó en su vientre cuando el embate de la tormenta disminuyó.

Para su alivio, el señor de la fortaleza apareció en esa oscura abertura, pero no regresó al salón. Se quedó allí, mirando el mar y luego inspeccionando el torreón, su mirada la hizo retroceder hacia las sombras.

¿Qué hacía en las ruinas?

Si ella le hiciera esa pregunta, ¿respondería él?

Después de todo, solo había una forma de descubrir eso.

Sabiendo que él estaba sano, al menos, Catriona se acurrucó en su colchón, metió los pies bajo el dobladillo de su capa, cerró los ojos y se durmió.

Catriona luchó contra su sueño. Sin embargo, estaba de nuevo en la cabaña, el fuego convertido en cenizas frías y la violencia de la noche atravesando las paredes. Ella abrazaba a Ian y le tapaba los oídos, porque era demasiado joven para escuchar las palabras que se gritaban en las calles.

Ella agarró la cruz que colgaba de una cadena alrededor de su cuello y oró por su supervivencia. Catriona había cerrado la puerta cuando los ejércitos habían llegado a la ciudad, decidida a defender a Ian con su vida. Ella escuchó el regreso de Hamish, con la esperanza de que recordara a su familia, pero sabiendo que no lo haría. Estaba oscureciendo cuando los hombres habían comenzado a saquear las calles.

Catriona no tenía idea de qué esperar de esos vándalos que parecían decididos a destruir todo lo que podían ver. Su corazón latía con fuerza de terror e Ian estaba acurrucado contra su pecho, con los ojos fuertemente cerrados. Él estaba cansado y hambriento y solo tenía tres años. Él entendía incluso menos que ella, pero había llorado todas sus lágrimas de frustración.

Los sonidos de la matanza se hicieron más fuertes en el camino más allá de la puerta y Catriona apretó su agarre sobre él. Ella le tocó los labios con la yema del dedo incluso cuando un fuerte estruendo sonó desde la calle. Se veía una llama naranja a través de las hendiduras de la ventana cerrada y él gritó de miedo.

"¡Shh!" Le aconsejó Catriona, tratando de abrazarlo con fuerza. Él le dio una patada en el estómago y en el instante en que soltó su agarre, se liberó de ella.

"¡Aquí!" gritó un hombre y algo golpeó la puerta. "¡Tal como nos dijeron!"

"¡Catriona!" gritó Ian, mientras un ariete golpeaba la puerta de madera.

"¡Ian!" Susurró Catriona, tratando de llamarlo a su lado. Sin embargo, el niño ignoró su súplica y se lanzó al otro lado de la puerta. La puerta se abrió de golpe entonces, colgando sin fuerzas de una bisagra y emitiendo el humo y el fuego de la ciudad más allá.

Un trío de hombres estaba parado en la entrada. Sus rostros estaban ennegrecidos de ceniza y sus manos estaban rojas de sangre. Eran irreconocibles, pero había una lujuria en sus ojos que hizo que Catriona se encogiera en las sombras. Uno agarró al niño, que gritó de frustración y luego de dolor.

Incluso sabiendo cómo iría, Catriona no podía quedarse callada, ni siquiera en su sueño.

"¡Ian!" gritó y los tres la miraron con una intención que casi detuvo su corazón.

CATRIONA SE DESPERTÓ con el corazón palpitante, sin saber dónde estaba. No había indicios del fuego y el humo que había olido momentos antes, no había piso de piedra debajo de su mejilla, no había sangre en su rostro y no había hombres en la puerta de su casa.

Ciertamente no había ni rastro de Ian.

Las manos de Catriona estaban tan apretadas que sus uñas se clavaban en sus palmas. Su respiración era rápida y el sudor le corría por la columna. Ella cerró los ojos, viendo a Ian como lo había visto la última vez, y probó sus propias lágrimas.

Ella le había fallado tanto a su hermano menor.

"Catriona", murmuró un hombre y sus ojos se abrieron con terror.

El Señor de Ravensmuir estaba allí, inmóvil en lo alto de las escaleras, sus ojos brillando en la oscuridad, su mano en la empuñadura de su espada.

Ella estaba en Ravensmuir.

Catriona exhaló y trató de calmar su corazón acelerado. "Solo un sueño, mi señor", susurró ella y él asintió. Esperó hasta que su respiración volvió a su estado normal, atento y cauteloso. Cuando ella asintió con la cabeza, él asintió a cambio, luego desapareció por las escaleras de nuevo.

Catriona agarró su cruz y dijo una oración por Ian, y le gustó mucho que el señor de la fortaleza hiciera guardia, incluso por ella.

¿Quién era Ian?

La pesadilla de Catriona distrajo a Malcolm de la suya. Él regresó al salón de abajo, su angustia vivida en sus pensamientos. Él la había considerado tan fría la primera vez que se habían conocido, pero estaba claro que estaba llena de pasión.

¿Quién era Ian?

¿Qué le había pasado?

¿Y por qué perseguía los sueños de Catriona?

Malcolm tenía muchas ganas de saber. Bien podía imaginar que Ian podría ser el hombre que ella había amado en verdad, el que había muerto y la había dejado sola, incluso el que la había abandonado. Cualquiera que fuera la historia, estaba claro por su angustia que Ian era un hombre al que Catriona había amado.

Para su sorpresa, esa comprensión atormentaba a Malcolm incluso más que los recuerdos despertados por las hadas.

VIERNES 18 DE JUNIO DE 1428

DÍA DE SAN MARCOS Y SAN MARCELIANO.

<h1 style="text-align:center">CAPÍTULO 6</h1>

Erik podría haber pasado sin esa estancia en Ravensmuir, por breve que pudiera ser en última instancia. De hecho, él hubiera preferido quedarse en casa, pero era difícil negarle a su amada esposa cualquier cosa que ella le pidiera con tanta pasión. Él comprendía su estrecha relación con su familia y no tenía ningún deseo de comprometer la conexión con Kinfairlie.

Ravensmuir, sin embargo, era otro asunto.

Erik creía que era un hombre moderado en la mayoría de los asuntos, pero el hecho de que el hermano de Vivienne se hubiera convertido en un mercenario no le sentaba mejor que a Alexander. Que Malcolm fuera el hermano favorito de Vivienne y que ella se inclinara a aceptar sus actos sin ni siquiera un susurro de protesta, también resultaba molesto. Que sus hijos y su esposa durmieran en el solar, donde claramente él no era bienvenido, era suficiente para mantener a Erik despierto casi toda la noche.

Él había dormido, en contra de sus propias expectativas, aunque sus sueños habían sido perturbados. Se despertó sintiéndose inquieto y más que listo para alejarse de ese lugar maldito.

Y eso fue antes de que Ruari comenzara a lamentarse.

"No saldrá nada bueno de eso", dijo ese hombre tan pronto como

Erik abrió un ojo. "Recuerda mis palabras, muchacho, nuestra noche aquí proyectará una larga sombra."

"Saldremos esta mañana, Ruari," dijo Erik. "No temas: estarás en Kinfairlie antes del mediodía con una oportunidad más que amplia para asegurarte de que los afectos de Vera no hayan cambiado antes de esta noche. Sin pensar que Alexander está seguro de haber pedido algo de esa cerveza que tanto disfrutas del cervecero de Kinfairlie."

"¿Crees que mi preocupación es por mi propio placer?" Ruari estaba más indignado de lo que Erik podría haber manejado a esa hora de la mañana. Apenas había luz, el primer toque de luz del día se deslizaba por el suelo de los establos. "¿No escuchaste la música?"

"Escuché la lluvia. Fue una gran tormenta."

"¡No es de extrañar porque había música de las hadas!" Susurró Ruari, su tono lleno de horror. "Estuvieron bailando toda la noche, divirtiéndose, tocando sus violines. ¡Con toda probabilidad, convocaron la tormenta!"

Erik le dio a su leal compañero una mirada severa, pero hizo tanta diferencia como podría haber esperado.

"No pude sacar la melodía de mis sueños, aunque puse mis dedos en mis propios oídos".

"¿De dónde venía?"

"De todos lados. ¡De ningún lugar!" Ruari extendió las manos. "Estaba debajo de la tierra, el mismo piso del establo tarareando con la melodía." Sus dedos golpearon contra su muslo, marcando la melodía que Erik ni siquiera había escuchado.

O tal vez eso fuera responsable de sus propios sueños turbulentos.

"Me considero afortunado de que no te convencieran de bailar, Ruari."

"Y así debería ser. Entonces estarías solo y yo perdido durante cien años" —dijo el hombre mayor con tono severo. "Si no para siempre." Él bajó la voz a un susurro. "¡Mira las marcas en mi brazo! Me han pellizcado en la noche esas criaturas diabólicas."

Erik no apuntó que Ruari podría simplemente haberse revolcado mientras dormía y tener los moretones, porque sabía que el hombre mayor no estaría convencido. "Entonces, el afecto parece ser mutuo".

Ruari señaló el brazo de Erik. "No soy el único en ser castigado por sus dedos ladrones".

Erik se sorprendió al ver moretones en su propia carne, como si unos dedos diminutos lo hubieran pellizcado fuerte y repetidamente. "Debo haber rodado sobre mi espada", dijo. Aunque la explicación tenía poco sentido, Erik la prefirió a la idea de que las hadas lo pellizcaran mientras dormía, sin él darse cuenta de sus bromas.

Ruari se burló. "Cree lo que necesites creer. Sé qué es qué en este lugar." El hombre mayor se dirigió hacia el trío de cabras atadas en un establo más cercano al propio torreón, y en su ausencia, Erik pudo ver mejor los moretones que crecían en su piel.

¡Estaban sobre él!

"¡Más travesuras!" Declaró Ruari. "Las cabras están secas esta mañana, aunque sus pezones deberían estar colgando llenos de leche."

"Quizás alguien ya haya venido de la fortaleza para ordeñarlas."

"Quizás creas explicaciones en lugar de enfrentarte a la verdad". Ruari regresó al establo, cruzando los brazos sobre el pecho mientras miraba a su señor. "—No podemos estar lejos de Ravensmuir lo suficientemente pronto, mi señor. Incluso con los cuervos desaparecidos, sigue siendo un lugar extraño y peligroso, donde ningún hombre de mérito debería quedarse."

A Erik le hubiera gustado haber argumentado sobre los méritos del hermano de su esposa, pero descubrió que no podía.

"Oh, el señor es lo suficientemente amable", murmuró Ruari, necesitando poco aliento para continuar una de sus quejas. "Pero, ¿qué ha hecho para acumular tanta riqueza que puede pagar por esto? Ha vendido su propia alma, en eso puedes confiar, ha cometido todo tipo de maldad, y su mancha solo ha hecho que Ravensmuir sea más siniestro que nunca. Él se giró para mirar a Erik mientras tenía un pensamiento. "Quizás es la música de las hadas lo que lo hechizó. Tal vez el sonido engañó al señor y endureció su corazón para que pudiera hacer las cosas que hizo."

"Quizás deberíamos atender los caballos, si nuestro grupo tiene la intención de partir esta mañana."

Ruari le dirigió a Erik una mirada oscura, luego hizo un sonido de disgusto cuando comenzó a acicalar los caballos. "¿Ves la travesura de las hadas? Nudos en melenas y colas, y un enredo hecho con las riendas." Eso era cierto. Las melenas y las colas de los caballos estaban tan enredadas como las riendas, y Erik sabía que no lo habían dejado así la noche anterior.

Ruari lo señaló con un dedo. "Las hadas estaban disgustadas porque no habíamos ido a bailar, eso es seguro". Se dirigió a los caballos, con el ceño fruncido cada vez más profundo. "Y mira el brillo de las pieles de estos dos. Han corrido en la noche, a menos que me equivoque, una cacería salvaje con las hadas."

"Los caballos estuvieron aquí toda la noche, Ruari".

"Eso crees, pero las hadas son malditamente engañosas. Yo digo que estos caballos han corrido y que han corrido lejos."

Las bestias parecían calurosas por el esfuerzo y la carne de su caballo tembló cuando Erik puso una mano sobre la grupa de la bestia. Había un destello en los ojos del caballo y su melena de ébano estaba llena de nudos que no habían estado allí la noche anterior.

A Erik le hubiera gustado decir que las palabras de Ruari eran tonterías, pero una vez que miró a los caballos no pudo.

¿Él no se imaginaba que las hadas, ampliamente conocidas por adorar a los buenos caballos, deberían haber elegido a esos dos caballos negros como sus monturas?

¿Eran tan buenos los caballos de la línea de Ravensmuir debido a las hadas? Un escalofrío se deslizó por la espalda de Erik ante eso. Él tenía que sacar a su familia de ese lugar a toda velocidad.

"Lo bueno es que Kinfairlie no está lejos", dijo Ruari. "Porque si tuvieras un largo viaje hoy, sería cruel presionar tanto a los caballos."

"Una cosa buena en verdad", respondió Erik, tirando de su abrigo y sus botas. Si tú ensillas los caballos y preparas el carro, Ruari, yo despertaré a mi esposa. Me gustaría estar en Kinfairlie antes de media mañana."

"Sí, muchacho, esa puede ser la decisión más sabia que jamás te he escuchado tomar".

CON UNA MIRADA por la ventana del solar, Catriona supo que el clima sería incluso menos agradable que el día anterior. El mar todavía estaba oscuro y agitado, tan oscuro como una hebilla de plata deslustrada, y las nubes en el cielo eran de un tono a juego. Aunque había llovido mucho durante la noche y había agua estancada en el suelo, los cielos parecían tener más que arrojar. El viento atravesaba las ventanas de la nueva fortaleza, enfriaba la piedra y dificultaba el encendido de un fuego en la chimenea.

Ella se preguntó si los elementos siempre eran así en Ravensmuir.

¿O era el clima un presagio de fatalidad?

Ciertamente, el bebé en su vientre se había despertado con una venganza. Entre el movimiento y su pesadilla, ella había dormido muy poco.

Inesperadamente, había sido la curiosidad por el propio señor de la fortaleza lo que había ocupado sus pensamientos mientras estaba despierta. Catriona se preguntó qué hacía él en esas ruinas, por qué entraba en ellas y con qué frecuencia.

Se preguntó si él confiaría en ella.

Se preguntó ella si se atrevería a preguntar.

Catriona dejó el solar y su dama dormida poco después del amanecer para recoger las brasas de la chimenea en el salón de abajo. Ella no pudo evitar notar la ausencia del señor en su propio salón, aunque su compañero estaba envuelto en su capa en un rincón, roncando suavemente. El barril de vino que se había abierto la noche anterior parecía estar vacío, lo que explicaba bastante bien el estado de Rafael. Ella escuchó a los trabajadores llamándose unos a otros en el patio y olió los fuegos ardiendo mientras los hombres se levantaban para trabajar de nuevo.

El Señor Erik entró en el salón con Ruari justo cuando ella estaba subiendo las escaleras. "Catriona, partiremos a toda prisa hacia Kinfairlie, díselo a mi señora. Quisiera llegar allí al mediodía."

Catriona recordó el estado de su dama y deseó poder asegurarse de que la Dama Vivienne durmiera más. "Pero los niños están durmiendo tan profundamente, mi señor."

"Pueden dormir en Kinfairlie", dijo él, golpeando sus guantes contra su palma con impaciencia por irse. "Los caballos ya están ensillados. Por favor dile a mi esposa que se apresure."

¿Qué podía hacer ella? Catriona no se atrevía a romper su promesa a su dama, pero agachó la cabeza y se apresuró a subir las escaleras. Sus pasos vacilaron cuando escuchó la voz del Señor de Ravensmuir. Ella se quedó fuera de la vista, escuchando, esperando que un señor pudiera convencer al otro.

"¿No te quedarás otra noche?" preguntó el Señor de Ravensmuir con tono cortés.

"Yo creo que no." Erik era formal hasta el punto de ser frío. "Nos esperan en Kinfairlie".

"Y ellos ya saben que se quedan aquí, porque te enviaron provisiones para tu comodidad".

"De todos modos, quisiera seguir con prisa".

"Me arrojo a tu merced, Erik", dijo el Señor de Ravensmuir, para sorpresa de Catriona. "No he visto a mi hermana favorita estos ocho años. ¿No podría saborear un día más de su compañía?"

Catriona se mordió el labio, muy contenta de que el señor de la fortaleza tratara de cumplir su palabra sin traicionar su confianza.

"No sabía que entendías mucho sobre la misericordia",

respondió el Señor Erik. "Y de verdad, no esperaría que muchos te mostraran ninguna".

El silencio del salón se cargó entonces, y Catriona temió que el señor respondiera con ira.

Cuando habló el Señor de Ravensmuir, había una quietud en su voz. Catriona supuso que sus ojos verdes brillaban, como lo hacían cuando estaba preocupado por un asunto. "Supongo que me dirás que soy bienvenido en Kinfairlie, aunque eso no es del todo cierto."

"Un hombre no puede esperar que sus hechos no arrojen sombra".

"Pero seguramente un hombre puede esperar que su propia familia le brinde la oportunidad de arrepentirse".

"Si el arrepentimiento es tu deseo, Malcolm, te sugiero que envíes a buscar un sacerdote", replicó Erik. "De hecho, no puedo dejar de notar que no hay capilla en Ravensmuir, y mucho menos un sacerdote. ¿Cuánto tiempo ha pasado desde que confesaste tus pecados?"

"Es cierto que durante bastante tiempo, aunque es por bondad que no agobio al padre Malachy con cuentos tan temibles."

Catriona oyó que el Señor Erik volvía a golpearse la palma con los guantes, un sonido que comunicaba su impaciencia. "Nos iremos tan pronto como Vivienne y los niños hayan desayunado."

"Y ninguna invitación recíproca para que visite Blackleith", dijo arrastrando las palabras el Señor de Ravensmuir. "Tus modales me sorprenden, Erik."

De nuevo hubo un silencio cargado y Catriona imaginó que los hombres se miraban fijamente. El Señor Erik estaría rígido y enojado, el Señor Malcolm aparentemente divertido, pero atento.

"Dile a Vivienne que la espero en el patio", dijo Erik.

Catriona hizo una mueca cuando él salió del salón, cerrando la puerta detrás de él. Ella saltó cuando el Señor de Ravensmuir apareció al pie de las escaleras, su mirada sobre ella de nuevo. Él se veía demacrado esa mañana, pero Catriona entonces supo que él no había dormido más que ella. La barba incipiente en su mandíbula lo hacía parecer peligroso, pero su ceja levantada le decía que estaba preocupado por su hermana. Catriona se encogió de hombros, insegura del estado de la dama. El señor frunció el ceño y asintió una vez, sus dedos tamborilearon en la pared mientras pensaba.

Catriona se atrevió a deslizarse por las escaleras de nuevo a su lado. "Ella debe decírselo", susurró. "Es el único curso posible, aunque te agradezco que no me hayas revelado."

La mirada del señor recorrió su rostro. "No dormiste."

Catriona se tocó el vientre. "Una vez despierta tampoco el niño durmió."

"¿Qué hay de tu sueño?" murmuró él.

Catriona bajó la mirada. "No fue nada. Una mera pesadilla ".

"¿Y entonces Ian?"

Ella forzó una sonrisa. "Un fantasma destinado a perseguirme", dijo ella, manteniendo su tono enérgico.

Él no sonrió a cambio. "Entonces volvemos a tener más en común, Catriona, porque a mí también me persiguen los fantasmas. Ella podría haber pedido más detalles, pero él continuó con el ceño fruncido y la oportunidad se perdió. "Trataré de cambiar la forma de pensar de Erik, pero me temo que no se puede hacer", admitió. "Si Vivienne confiara en él, sería lo mejor".

"Trataré de convencerla".

La repentina sonrisa del señor la hizo parpadear, aunque desapareció tan rápido como apareció. "Lo sé, Catriona. Mi hermana tiene la suerte de tenerte a su lado."

Sus palabras lanzaron una ola de calor dentro de ella que fue suficiente para marearla. Catriona se dio la vuelta y se apresuró a subir las escaleras, reduciendo el paso cuando él se aclaró la garganta intencionadamente. Ella miró hacia atrás para verlo agitar un dedo hacia ella, fingiendo severidad ante su velocidad, e incluso cuando su corazón dio un salto, sonrió porque él fuera consistente en su preocupación.

No era del todo malo tener un mercenario feroz defendiendo a su hijo por nacer.

~

ERA una batalla perdida y Malcolm lo sabía bien. Él no podía cambiar la forma de pensar de Erik sin que Vivienne le admitiera la verdad a su marido. El diminuto movimiento de cabeza de Catriona cuando la familia apareció en el salón dejó en claro que su hermana era inflexible.

Él, por supuesto, no podía discutir con Vivienne sobre su elección sin revelar que Catriona había compartido su secreto. Aunque Catriona no le había prometido guardar silencio, no deseaba poner en peligro su lugar en la casa de Vivienne.

Después de todo, ella podría tener una hija.

Él nunca sabría si ella tenía un hijo varón. ¿Debería arriesgarse y pedir su mano antes de que el grupo partiera esa mañana? Catriona lo consideraría loco, sin duda, al igual que toda su familia, y eso solo empeoraría si el bebé de Catriona fuera una hija. ¿Desafiaría la familia de Malcolm su propia voluntad, si Catriona fuera su esposa y su hija su heredera cuando él muriera?

Malcolm no podía decirlo y deseaba que fuera de otro modo. Un hijo varón simplificaría las cosas.

Pero, ¿cómo se enteraría él del hijo de Catriona después de que ella dejara Ravensmuir?

Malcolm se sentó con su hermana mientras ella desayunaba y trataba de convencerla de que se quedara un día más en su morada. Él usó el mismo argumento que le había presentado a Erik, recordándole cuánto tiempo había pasado desde que habían estado juntos. Vivienne se rió e inmediatamente descartó la idea, dejando en claro que se adheriría al plan de su marido.

"No puedo molestarlo todos los días, Malcolm", confió. "Erik es increíblemente indulgente, pero ha dejado más que claro su desaprobación hacia ti en los últimos años". Ella puso su mano sobre la de Malcolm y apretó sus dedos incluso mientras hacía una mueca. "Ojalá no hubieras tomado esa decisión".

Malcolm sabía que se mostraba su insatisfacción. "Eso es lo que todos dicen, pero ninguno de ustedes puede decirme dónde más habría encontrado la riqueza para administrar una casa con una fortaleza en ruinas y sin diezmos."

"¡Los caballos!"

"No viven del aire, Vivienne", respondió él con cierta impaciencia. "¿Conoces el costo de un buen forraje y heno? ¿De mozos decentes y monturas bien hechas? No hablamos de un solo caballo, sino de más de cuarenta."

Vivienne rechazó esta objeción. "Un nuevo acuerdo entre tú y todos los demás llevará tiempo, pero creo que dimos un buen primer paso anoche". Ella sonrió con confianza. "Dale tiempo, Malcolm. Quizás vayas a Kinfairlie mientras estemos allí. Sabes que voy a argumentar a tu favor."

"¿Y por qué es eso?" Preguntó Malcolm, descontento con la situación.

"Porque sé el hombre que realmente eres. Es posible que la necesidad te haya exigido que hagas una elección que otros no hubieran hecho, pero la esencia de tu naturaleza no ha cambiado." Su sonrisa no se rindió. "Incluso si frunces el ceño más ferozmente ahora".

Él tenía que preguntar. "¿Y qué hay de Catriona?"

"¿Qué hay de ella?" Vivienne pareció sorprenderse.

"¿Qué será de ella cuando tenga a su hijo?"

"Entonces, supongo que será madre." Vivienne dio un sorbo a su taza de leche. "La verdad, Malcolm, me sorprende que haya permanecido en nuestro hogar durante tanto tiempo. Pensé que volvería con alguna familia a estas alturas y daría a luz al niño entre sus propios parientes. Me he ofrecido a escribirle a cualquiera por ella, pero ella se niega."

"Quizás no tenga otra familia".

Vivienne se encogió de hombros. "No puedo ayudar cuando no se necesita mi ayuda".

"¿La mantendrías como sirvienta junto con su hijo?"

Vivienne frunció el ceño a su vez. "No soy una desalmada, Malcolm".

Apenas era la seguridad que lo habría tranquilizado. Antes de que pudiera pensar en cómo pedir noticias sobre el hijo de Catriona, Erik llegó a la puerta del salón. "Estamos listos, Vivienne", dijo, tan sombrío como lo había estado antes.

"¡Por supuesto!"

"—Al menos monta en el carro" —murmuró Malcolm. Él vio que Catriona bajaba las escaleras con bolsas y se apresuraba a hacer las maletas para su dama. Las dejó al pie de las escaleras, apoyando su mano en la parte baja de su espalda por un momento antes de volverse para buscar más. Sintió que sus ojos se estrechaban.

Vivienne se reclinó para mirarlo con sospecha. "¿Por qué me preguntas sobre el futuro de Catriona en mi casa? ¿Qué te importa?"

Catriona se enderezó en las escaleras para mirar a Malcolm con los ojos muy abiertos.

"He desarrollado una preocupación por las mujeres cercanas a su fecha de parto", admitió con brusquedad, sabiendo que ambas mujeres escuchaban.

Vivienne volvió a apretarle la mano. "¿Perdiste a tu amada, Malcolm? Puedes confiar en mí."

"No. Era la dama de un amigo" —admitió Malcolm lacónicamente. "En su lecho de muerte juré defenderla en su lugar, pero ella murió al dar a luz a su hijo."

"¿Y el niño?"

"Perdido también". Malcolm tuvo que apartar la mirada de la decepción que seguramente encontraría en los ojos de Catriona. Su sensación de fracaso se intensificaba.

"No se puede salvar a todas las mujeres que están embarazadas", regañó Vivienne en voz baja. "Y de hecho, la mayoría de nosotros no necesitamos ser salvadas". Ella terminó el último bocado de su pan y apuró su taza de leche, volviendo su atención a los niños que ahora bajaban las escaleras a su vez. Mairi llevaba a Eufemia. "¿Han comido todos? Su padre nos espera. ¿Le han dado las gracias a su tío por su hospitalidad?

"Todavía quisiera ver los Bogles", dijo Mairi, audaz a la luz de la mañana.

"¡Deberíamos dejarte encerrada en la mazmorra!" gritó Astrid, lo que provocó que Mairi la golpeara. El caos pudo haber estallado, pero Vivienne convocó a los niños a la mesa. Las niñas hicieron una reverencia ante Malcolm y le dieron las gracias. Vivienne tomó a Eufemia de los brazos de Mairi y Malcolm miró hacia arriba para encontrar a Catriona una vez más al pie de las escaleras, inclinándose para recoger esas últimas bolsas.

Malcolm se adelantó hacia las bolsas y las apartó.

"—Siempre cortés" —bromeó Vivienne mientras salía por la puerta con los niños, y Catriona se sonrojó.

"Catriona no debería estar trabajando tan duro", respondió él, pero Vivienne se había ido.

"Y tú no deberías estar trabajando como un sirviente en tu propio salón, señor", dijo Catriona, mostrando un decoro que a Anthony, el castellano de Kinfairlie, le gustaría mucho. "Deberías pensar en tener sirvientes, señor. En un salón de este tamaño, serán necesarios."

"Preferimos ser cautelosos a la hora de depositar nuestra confianza", dijo Rafael. Como solía ser el caso, ese hombre había aparecido en silencio, como si hubiera sido conjurado desde el aire.

"No es que tu confianza sea lo que me concierne," dijo Catriona apresuradamente, luego continuó hasta el carro que esperaba.

Malcolm notó la hostilidad en la expresión de Rafael. "Se van", le recordó a su camarada.

"No puedo luchar contra la sensación de que ella está evaluando tu valor", respondió Rafael, con la mirada fija en la figura de Catriona que se alejaba.

Malcolm se encogió de hombros. "No es difícil ver que tengo riqueza ahora, pero quedará muy poco una vez que se pague a los albañiles".

"No confío en ella".

Malcolm puso los ojos en blanco y tomo las bolsas. "No te fías de nadie, Rafael".

"Excepto tú."

"Tú me salvaste, pero no puedes reservar tu confianza únicamente para aquellos cuyas vidas has salvado. Te pondrías en peligro con demasiada frecuencia."

Rafael no se tranquilizó. Siguió a Malcolm al patio interior, pero permaneció apoyado en la pared junto a la puerta. Cruzó los brazos sobre el pecho, mirando al pequeño grupo mientras sus pertenencias eran puestas en el carro. "¿Crees que es casualidad que hayan llegado aquí ahora?" le murmuró a Malcolm.

"Están de camino a Kinfairlie".

"¿Pero por qué? ¿Por qué ahora? ¿Y por qué quedarse durante la noche?"

"Ves sombras donde no las hay", dijo Malcolm, su tono arrogante mientras llevaba la última de las bolsas hacia el carro.

"Mientras tú escuchas música por la noche".

Malcolm miró hacia atrás a tiempo para ver a Rafael encogerse de hombros.

"Prefiero mi aflicción a la tuya", dijo ese hombre, luego sonrió.

Consciente de que Catriona miraba desde el patio, Malcolm se tragó una réplica y siguió hacia el carro. Él deseó con repentino vigor no haber elegido pagar su deuda con Rafael esa noche de invierno, porque el tiempo no parecía ser corto, sino que se le escapaba como el aire.

¿Cómo se las arreglaría para hablar con Catriona un momento?

Malcolm besó a su hermana mientras su esposo miraba con el ceño fruncido y subió a los niños al carro, principalmente para asegurarse de que Catriona no hiciera eso. Luego juntó las manos para que Vivienne se subiera a la silla. Por supuesto, ella viajaría a caballo. Se obligó a sí mismo a aceptar que la decisión era suya.

Malcolm luego se volvió para ofrecerle a Catriona su mano para que pudiera entrar en el carro. Tan pronto como sus fríos dedos tocaron su mano extendida, la pequeña Catherine gimió.

"¡Mi muñeca! ¡Se ha ido!"

"La encontraré", dijo Catriona de inmediato. Ella tocó con la yema del dedo los labios de la niña con una dulzura que de inmediato calmó los gritos de Catherine. "No llores. Estoy segura de que sé dónde está durmiendo." Luego se apresuró a regresar al salón a un ritmo que hizo que Malcolm frunciera el ceño.

Por otro lado, ahí estaba la oportunidad que buscaba para hablar con ella a solas.

CATRIONA ENCONTRÓ la muñeca favorita de Catherine, abandonada en el banco frente a la chimenea del salón. Simplemente estaba fuera de la vista allí, por lo que se había quedado. Ella lo recogió y se detuvo un momento para recuperar el aliento.

En unos momentos estarían en camino y, dada la opinión del Señor de Blackleith sobre el hermano de su esposa, era poco probable que volviera a ver al Señor de Ravensmuir. Catriona se dijo a sí misma que no debía decepcionarse por eso. Cuando él la miraba de lleno, como si escudriñara los secretos de su corazón, Catriona descubría que el pulso le latía con fuerza y las palmas de las manos estaban húmedas. Su reacción hacia él era tan conflictiva, porque él era a la vez seductor y un aterrador recordatorio de lo que hombres de su clase le habían hecho en el pasado.

Sin embargo, él hablaba de su propio destino perdido con verdadero anhelo, y ella supuso que la condena de su familia hacia él no era tan fácil de soportar como él quería que ellos creyeran. Y cuando le contó la pérdida de la dama de su camarada y de su hijo, había sentido un dolor crudo en su voz. Debió de ser Úrsula, y vio que él se culpaba a sí mismo. Catriona no podía imaginar que un hombre con un corazón de piedra, o uno preocupado únicamente por su propia ventaja, se hubiera tomado la molestia de preocuparse.

Incluso si el Señor de Ravensmuir no era el mercenario endurecido que parecía ser, su naturaleza no importaba: Catriona se marchaba con la familia de su dama, sin duda para no volver nunca más. Era un pensamiento aleccionador, pero no menos cierto por todo eso.

Los gritos de los niños le recordaron que se había demorado demasiado. Catriona se volvió para apresurarse hacia el carro, solo para sentir un espasmo atravesar su cuerpo. Su útero se apretó y onduló, la contracción tan fuerte que la dejó atónita. Se agarró a la mesa, sabiendo lo que pasaría, pero temiendo lo contrario.

Esa no era más que la primera contracción, se recordó a sí misma cuando finalmente había pasado. No tenía nada de antinatural. La distancia no era muy lejos hasta Kinfairlie, y estaba segura de que ese trabajo de parto sería largo. Los primeros niños siempre tomaban al menos un día y una noche, muchos de ellos más que eso.

Además, Kinfairlie sería un buen lugar para el nacimiento. Su Dama Vivienne le había confiado que Eleanor, la Dama de Kinfairlie, era una curandera experta y, a menudo, hablaba con cariño de la doncella. Vera, objeto de los afectos de Ruari, había servido con la familia desde la llegada del primero de los hermanos de Vivienne, ahora Señor del propio Kinfairlie.

Incluso mientras relataba los hechos que deberían tranquilizarla, Catriona sintió una oleada de miedo. ¿Eran siempre tan violentas las primeras contracciones? Nunca se había imaginado eso.

¡Qué habría dado para tener a su madre a su lado hoy! Catriona tocó la cruz de su madre y rezó en silencio para que todo estuviera bien y que la Dama de Kinfairlie adoptara a su hijo.

Ella abrió los ojos y descubrió que el Señor de Ravensmuir estaba a unos cuatro metros de distancia, observándola de cerca.

"Lamento estar retrasando la partida. La muñeca no estaba donde la vi por última vez", dijo, cuadrando los hombros y dando un paso hacia la puerta. "Te quisiera agradecería, señor, por no revelar que te hablé del estado de mi señora, y también por tratar de retenerla aquí por más tiempo. Ella estaba mejor esta mañana, así que se negó a confiar en su esposo."

"Mis hermanas son todas mujeres tercas, sin duda". Había afecto en la voz del señor. Su mirada recorrió los rasgos de Catriona mientras ella se acercaba a él y entrecerraba los ojos. "No estás bien", dijo en voz baja. "¿Es el bebé?"

"¡Por supuesto que no!" Catriona trató de desestimar su preocupación. "Simplemente estoy cansada esta mañana, como también debes estarlo tú. ¿Por qué fuiste a las ruinas de noche?"

El señor no respondió, pero su expresión se volvió impasible. Extendió la mano para tomar su codo cuando ella se acercó a él y se emocionó con el calor de su mano. "Quisiera pedirte que me envíes un mensaje del nacimiento de tu hijo, Catriona".

Catriona lo consideró, incapaz de entender por qué preguntaba tal cosa. "¿De verdad, señor?"

"Dime de su género". Sus ojos brillaron mientras arqueaba una ceja. "Dime que no nació como su padre y mucho menos como un monstruo".

Catriona se sintió nerviosa ante el recordatorio de sus miedos. "Te agradezco tu amabilidad, señor, pero no quisiera molestarte".

"No me estarías molestando, Catriona," dijo el señor con inesperada urgencia. "Me gustaría mucho saber".

Catriona se dio cuenta de repente de que ese era el legado de la dama de su camarada, la desaparición de Úrsula y su bebé. Catriona sintió que se ablandaba aún más hacia este hombre, que mostraba tanta preocupación por una extraña.

Oh, era seductor tener un hombre como ese mirándola con tanta intensidad. El atractivo de su voz la hizo anhelar confiar en él con todos sus secretos.

Nada menos para desenterrar todos los suyos.

Sin duda, el Señor de Ravensmuir tenía mil misterios, y Catriona solo podía lamentar que no sería ella quien los aprendiera todos. "Gracias, señor. Lo haré." Habló con falsa alegría, sin intención de enviarle noticias de su destino. Ella levantó la muñeca. "Y ahora, mi señora y señor esperan".

Catriona podría haber logrado pasar a grandes zancadas junto a él, con la barbilla en alto y su dignidad intacta, pero su hijo intervino. Estaba a un paso de Malcolm cuando otra contracción apretó su útero.

Dios del cielo, ¿cómo pueden ser tan fuertes y tan seguidas?

Algo debe andar mal.

Catriona se mordió el labio para no gritar, con la esperanza de poder seguir caminando, pero sintió que Malcolm apretaba su brazo con más fuerza. Por supuesto, se había dado cuenta. El hombre notaría el más mínimo cambio en su postura. Catriona sabía que se balanceaba sobre sus pies, y maldijo su propia debilidad incluso cuando agarró la firme fuerza de su mano.

"¡Catriona!" Su miedo se hizo eco en el tono de su voz, y por un momento embriagador, sintió como si compartieran algún vínculo.

Entonces Catriona cerró los ojos avergonzada al sentir que se le rompía el agua. Estaba mortificada por haber hecho tanto desorden en su nuevo salón, aunque había poco que pudiera haber hecho al respecto.

"Mi señor, lo siento", susurró, sabiendo que no había ninguna discusión que pudiera hacer con el niño ahora. Nacería en su salón, sin importar lo que pensara del asunto. Ella miró a los ojos del señor de la fortaleza, temiendo su retribución por el desastre o la repulsión. Él miró el charco alrededor de sus pies y frunció el ceño con tanta fuerza que ella cerró los ojos.

Catriona se dijo a sí misma que él no la golpearía, incluso mientras su corazón se aceleraba. Otro hombre podría haberlo hecho con disgusto, pero Catriona se obligó a creer que este hombre no era de esa calaña. Aun así, no pudo mirarlo a los ojos y enfrentar su respuesta, aunque esta vez, no huyó de él.

Para su asombro, Malcolm la tomó en sus brazos. Catriona abrió los ojos y lo encontró cruzando el salón a grandes zancadas, llevándola hacia las escaleras mientras llamaba a gritos a su compañero. De hecho, era una maravilla que un alma le mostrara tanto cariño y se asegurara de que la trataran bien en ese momento.

Su madre solo había elogiado a los hombres que eran prácticos en un nacimiento.

Rafael apareció en la puerta y la comprensión amaneció rápidamente en su expresión. "El bebé viene", murmuró, su mirada oscura se dirigió rápidamente a Catriona. "¿Ella provocó que llegara ahora?"

Catriona jadeó porque él sugiriera tal cosa, pero Malcolm no aminoró el paso. "Dudo que una mujer sensata se apresure en este momento", dijo, con un tono breve.

"Es un truco de parteras", replicó Rafael.

"¡No de esta!" Catriona protestó.

"Catriona no irá a Kinfairlie este día", continuó Malcolm en un tono que no permitía discusión. "Te ruego que le pidas a mi hermana que se quede y ayude en el nacimiento del niño. Quizás Erik pueda enviar a Eleanor e incluso a Vera desde Kinfairlie una vez que llegue allí."

"—Por supuesto" —dijo Rafael, más dócil de lo que Catriona le había oído jamás.

"Necesitaremos agua caliente, mantas y fuego", dijo Malcolm mientras subía las escaleras, como si hiciera una lista para sí mismo.

"Pero mi señor, no puedo tener a mi hijo ahora", protestó Catriona. "Debo acompañar a mi dama a Kinfairlie y...."

"Al niño no le importa tu horario", respondió. "Él o ella entrará al mundo en Ravensmuir, independientemente de tus sentimientos al respecto".

"Pero..." Ella protestó porque sintió que debería hacerlo, aunque sabía que él tenía razón.

"Guarda tus fuerzas, Catriona", le aconsejó, la tensión corría por debajo de sus palabras. La línea de su boca era sombría. "Este día será largo para ti, y quizás también la noche".

Catriona lo estudió, sorprendida por la agitación que intentaba ocultar. "No es mi intención morir, mi señor."

"—Ni yo te lo permitiré —respondió él, su mirada fija en la de ella mientras la dejaba en el grueso colchón que su hermana había usado la noche anterior.

Catriona intentó ponerse de pie. "Gracias, mi señor, pero no es tu responsabilidad ver a mi hijo nacer en tu salón", comenzó, luego apretó los dientes cuando el dolor floreció a un nivel que la hizo jadear.

Malcolm no la dejó, sino que se aferró a su mano, dejándola agarrarlo a cambio. Ella tenía los nudillos blancos y se escuchó gritar, pero él no se inmutó. Él era una roca en la que podía confiar, y se encontró aferrándose a su fuerza, incluso cuando el dolor la dejaba temblando. Abrió los ojos para encontrarlo mirándola, con esa cálida compasión en sus ojos.

"Mi señor, lo siento..."

"Me haces un gran honor en esto, Catriona," dijo, interrumpiéndola con firmeza. "El tuyo será el primer hijo que nazca en el nuevo salón de Ravensmuir", continuó. "Mi propio padre fue el último nacido en el viejo salón, y no puede haber mejor presagio para el futuro de Ravensmuir que la llegada de un bebé sano".

Catriona agradeció que él intentara hacerla sentir cómoda con una situación que no podía cambiar. "Haré lo mejor que pueda, mi señor."

"Como todos nosotros", dijo y sonrió un poco. Para su asombro, él le guiñó un ojo. "Supongo que debería agradecerte por idear una manera de evitar que mi hermana montara a caballo hoy, pero desearía que se hubiera logrado más fácilmente."

La suya era una sonrisa cautelosa y aún más dulce por su rareza. Catriona sintió que la expresión desaparecía demasiado pronto.

Porque la hermana del señor de Ravensmuir subió corriendo las escaleras, su preocupación muy clara. "¡Catriona! No tengas miedo. He hecho esto antes y lo harás bien."

"¿Y qué piensas para subir corriendo las escaleras?" preguntó Malcolm.

La dama desestimó sus preocupaciones con un gesto que hizo que sus ojos brillaran.

El vigor de la siguiente contracción fue mayor que el de las anteriores. Catriona se sorprendió por la vehemencia de su trabajo de parto y la rapidez con que se apoderaba de ella. El miedo que había tratado de controlar crecía más allá de su control.

¿Estaba su útero rechazando al bebé porque era un monstruo?

¿O estaba muerto?

En este momento, los viejos cuentos y rumores parecían tener una nueva potencia.

"Los dolores son muy seguidos", dijo la dama Vivienne. "Tu bebé simplemente tiene prisa por ver el mundo". Ella sonrió para darle aliento. "Eso es bueno para ti, ya que la prueba puede ser más corta. No tengas miedo, Catriona. No te dejaré."

"No puedo tener miedo con la ayuda que ofreces, mi señora".

"Bien." La dama Vivienne le apretó la mano.

Pero Catriona tenía miedo, y vio en los ojos del Señor de Ravensmuir, incluso cuando dio un paso atrás, que sabía la verdad. Notó la rápida mirada que intercambiaron hermano y hermana, luego el señor de Ravensmuir cruzó el solar y saltó escaleras abajo.

"Ahora, déjame quitarte la kirtle", murmuró la dama, alcanzando los cordones de Catriona. "Te sentirás más cómoda solo con tu camisola".

"Y habrá menos para lavar", susurró Catriona.

La dama sonrió. "También existe esa consideración. Siempre eres pragmática, Catriona. Ese rasgo te servirá bien como madre."

Ella levantó el kirtle por encima de la cabeza de Catriona y se detuvo un momento para mirar la cruz enjoyada cuando fue revelada.

"Mi madre me lo dio en su lecho de muerte", dijo Catriona, sonrojándose ante el asombro de su dama. Parecía poco probable, aunque era la verdad. La dama Vivienne había sorprendido a Catriona. Ella sabía que su rubor la hacía parecer culpable, pero no podía evitarlo.

"Y es una buena muestra", dijo la dama Vivienne mientras doblaba el kirtle. Algo cambió en su actitud, sin embargo, al ver el tesoro secreto de Catriona, y eso envió una punzada de miedo a través de Catriona.

La dama pensaba que era una ladrona.

Su trabajo podría no estar seguro.

Ella tenía que encontrar un buen hogar para su hijo.

Cuando el dolor comenzó a aumentar una vez más, Catriona agarró la cruz, la escondió en su mano y comenzó a orar.

VERA NO PODÍA LLEGAR lo suficientemente rápido, a juicio de Malcolm. Catriona gritó de dolor antes de que Erik y Ruari despejaran el hueco en el seto, lo que le hizo temer que la criada con tanta experiencia en sacar a los niños a la luz llegara demasiado tarde. Él tenía un mal presentimiento, uno del que no podía deshacerse, y no se debía exclusivamente al recuerdo. Él ya sabía que Catriona era serena, y que ella mostrase tanta angustia tan pronto no podía ser nada bueno.

De hecho, él había anticipado una pelea más de ella sobre su permanencia en Ravensmuir.

Malcolm sabía que Vivienne necesitaba agua caliente y paños limpios y elogió su buena suerte de que incluso su hermana estuviera en Ravensmuir. Rafael asumió la dirección del equipo de trabajo, entendiendo sin decir una palabra que Malcolm no estaría disponible hasta que llegara el niño.

"Viene tan rápido", le dijo a Vivienne, cuando trajo el agua. Catriona ya vestía sólo su camisola y se apoyaba en los codos, con las rodillas separadas. Jadeaba, su rostro enrojecido por el esfuerzo, una sábana limpia cubriendo su parte inferior del cuerpo. Apretaba algo en su puño, ese talismán que colgaba de una cadena alrededor de su cuello. Vivienne estaba entre los tobillos de Catriona y, aunque sus manos estaban escondidas debajo de la tela, Malcolm sabía dónde debían estar.

"Muy rápido," convino Vivienne en voz baja, luego sonrió a

Catriona. Malcolm no pasó por alto el indicio de la preocupación de su hermana, aunque ella le habló con confianza a Catriona. "Pero eso solo significa que tu parto será corto".

"Dudo que sea tan buena suerte, mi señora", dijo Catriona, haciendo una mueca de dolor cuando otra contracción claramente se apoderó de su cuerpo.

"¿A qué te refieres?" Preguntó Vivienne, aunque Malcolm podía oír en su voz que estaba preocupada. "Todo estará bien."

Catriona cerró la boca con fuerza y negó con la cabeza. "No, es demasiado rápido y demasiado feroz".

"No debes preocuparte en este momento por esos miedos," dijo Vivienne con dulzura, pero Malcolm sabía que Catriona había sido testigo de muchos nacimientos.

"¿Qué crees que está mal?" preguntó, y ella le lanzó una mirada, como si no supiera si expresar su miedo en voz alta. Él asintió una vez y ella tragó antes de hablar.

"Me temo que está muerto", dijo Catriona. "Y mi vientre lo vomita para limpiarse a toda prisa".

Vivienne estaba claramente conmovida por esas palabras, pero trató de ocultar su reacción. "Debes pensar bien en el resultado", dijo. "Debes creer en la bondad de Dios y del mundo..."

"Sé poco de esa bondad, mi señora", dijo Catriona, interrumpiéndola. "Solo la maldad puede provenir de la concepción de este niño".

Vivienne se volvió hacia Malcolm con horror y él se encontró arrodillado junto a Catriona. Una vez más le tomó la mano, aunque ella contuvo el aliento ante su toque. "Digo que estás equivocada, que todos los bebés son inocentes cuando ven la luz por primera vez".

Su mirada voló hacia la de él, incluso mientras jadeaba, como si quisiera que su pensamiento cambiara.

"Dijiste que anoche el bebé estaba agitado", le recordó. "Quizás es simplemente impaciente con su confinamiento".

La tensión en los rasgos de Catriona disminuyó ligeramente. "Rezo para que tengas razón, mi señor."

"Sé que la tengo".

Ella lo miró fijamente, como si extrajera fuerzas de su convicción. Luego contuvo un grito cuando otra contracción recorrió su cuerpo. Esta era más larga y feroz, dejándola respirando rápidamente. Vivienne murmuró algo en aliento y se secó la frente. Catriona comenzó a rezar en voz alta, su miedo obvio aterrorizaba a Malcolm.

Eso estaba demasiado cerca de lo que él había presenciado antes. En ese momento, Úrsula había entendido el resultado del día, mucho antes de que sucediera, y no había aceptado ninguna garantía de que sobreviviría. Malcolm también se encontró rezando y sintiéndose tan inútil como siempre. Él sostuvo la mano de Catriona cuando ella se lo permitió. Cuando ella rechazó su toque, él se paseó y miró por la ventana, razonando que debería permanecer en el solar porque su altura le otorgaba una mejor vista del camino.

¿Por qué el grupo de Kinfairlie tardaba tanto?

Malcolm iba a buscar y llevaba como requería Vivienne, la mañana parecía arrastrarse a paso de tortuga. Él hacía una mueca de dolor con cada grito que Catriona emitía y se maravilló de que las mujeres sobrevivieran a semejante prueba. Malcolm encendió el fuego del brasero y regresó a la ventana una y otra vez, impaciente por la velocidad de los que venían a ayudar. Oró como nunca antes lo había hecho. Era más de mediodía cuando creyó ver dos caballos cabalgando hacia Ravensmuir desde Kinfairlie.

"Creo que viene Eleanor", dijo, pero su hermana se mostró despectiva.

"¡Veo al niño!" Vivienne frunció el ceño y le lanzó una mirada. Vio la urgencia en sus modales de inmediato y se acercó a ella.

Evidentemente, Catriona también lo había notado. "¿Qué está mal?" exigió.

"Eleanor llegará en unos momentos..." dijo Malcolm, hablando con calma.

"Y llegará demasiado tarde", susurró Vivienne. "Este niño es impaciente, Catriona. No temas."

"¿Qué puedo hacer?" Preguntó Malcolm, sin comprender. Él miró entre las mujeres, temiendo que el pasado se repitiera, temiendo que Catriona compartiera el destino de Úrsula.

"Nada," dijo Vivienne, sus manos claramente moviéndose. Hizo una mueca y negó con la cabeza.

"Vivienne, quisiera ser de ayuda", insistió, incapaz de simplemente mirar.

"—Úrsula" —susurró Catriona, y su mirada voló para encontrarse con la de ella.

Malcolm asintió minuciosamente.

"Entonces lávate las manos", dijo Catriona enérgicamente. "Puedes ser de ayuda, señor."

"¡No!" Vivienne jadeó horrorizada.

Catriona, sin embargo, miró a Malcolm a los ojos, su resolución muy clara. "—El niño debe estar enredado en el cordón, señor, y tus manos son las más fuertes. Te pediría que salvases a mi hijo a toda prisa."

"¡Catriona!" Vivienne murmuró, su sorpresa más que clara.

"Debemos dar a luz a este niño, Vivienne, independientemente de tus nociones de convenciones". Malcolm dijo firmemente mientras se lavaba las manos. "Dime qué hacer, Catriona".

Esta vez, él no se haría a un lado y dejaría morir a un niño.

Esta vez, vería sobrevivir tanto al niño como a la madre.

Esta vez, seguiría el consejo de Catriona y elegiría actuar de manera diferente a como lo había hecho antes.

CAPÍTULO 7

Había algo que decir de un hombre que no tenía miedo de hacer lo que fuera necesario.

Más aun de uno que pudiera elegir el mejor curso entre una variedad de opciones pobres. Incluso con su ayuda, la situación de ese bebé podría no terminar bien. Una visión de la agitación de Malcolm le había dejado todo claro a Catriona: así era como había muerto Úrsula, demasiado tiempo en trabajo de parto, quizás por la misma razón.

Catriona había temido que el Señor de Ravensmuir se resistiera a su petición, pero él apenas parpadeó antes de aceptar. Ella había sentido que el niño estaba retenido por algo, porque el vigor de sus contracciones debería haberlo sacado ya. Ella sabía que la dama Vivienne intentaba mover algo y comprendió que tenía que ser el cordón. También sabía que el niño había estado en el canal de parto demasiado tiempo.

Si Malcolm no podía ayudarla, el bebé moriría.

Catriona se dio cuenta de que no estaba lista para dejar todo en manos de Dios. El señor de Ravensmuir estaba presente y ella decidió creer que era un designio divino.

El bebé podría morir aun así, pero lo intentarían.

Por supuesto, Malcolm sabría poco sobre el nacimiento de los niños. Entre la nobleza, a un hombre no se le permitía presenciar un nacimiento. Catriona lo sabía, así que la reacción de su dama no la sorprendió. Que este hombre hubiera asistido a un parto era raro y probablemente se debía a circunstancias de guerra. Sin embargo, su historia significaba que no se sorprendería ni se sentiría aprensivo, y Catriona lo agradecía.

"Supongo que el cordón está alrededor del cuello del bebé", dijo, levantándose hasta los codos.

"Sí, así es", convino Vivienne. "Pero Malcolm..."

Catriona ignoró la protesta de su dama, y le gustó que él también la ignorara.

"¿Y entonces?" preguntó, arrodillándose debajo de ella.

"Debes meter la mano y apartar el cordón", dijo Catriona, y le gustó que él no se inmutara. No era una tarea para los mansos, o para aquellos a los que no les gustaba la sangre, pero ella apostaba que él no lo era. De hecho, él no vaciló, porque ella sintió el calor de sus manos sobre ella. "El tiempo es importante, señor", le recordó para que no se detuviera.

Él se movió rápida y suavemente. Catriona miró su rostro de cerca, buscando alguna señal de lo que encontraba. Otra contracción comenzó a acumularse dentro de ella, pero apretó los dientes y respiró constantemente, tratando de darle el mayor tiempo posible. Su mirada se movió rápidamente hacia ella y la línea de sus labios se tensó, haciéndola pensar que él entendía. Jadeó incluso mientras su útero se ondulaba.

"Lo tengo", dijo, frunciendo el ceño. "Pero es tan apretado y resbaladizo, como una serpiente mojada".

"¿Puedes poner un dedo debajo de él?" Preguntó Catriona. "A veces eso marca la diferencia".

Él frunció el ceño y movió las manos. "¡Allí! Mi pulgar está debajo." Él hizo una mueca mientras buscaba moverlo. En ese mismo momento, el dolor creció, redoblando cuando su útero trató de forzar al niño a salir. "Casi. Yo tengo el hombro."

Catriona se mordió el labio, tratando de contener su llanto, incluso mientras miraba a Malcolm.

"Y se está moviendo, muy lentamente. Solo un momento más, Catriona."

La dama se santiguó.

Catriona jadeó. Justo cuando pensaba que no podía contenerse más, él le lanzó una mirada triunfante. "¡Hecho!"

Catriona gritó mientras dejaba que la contracción se apoderara de ella y empujaba con todas sus fuerzas.

"¡Ajá!" dijo Malcolm con tal satisfacción que Catriona sólo podía esperar lo mejor. La siguiente contracción se produjo rápidamente, tan rápidamente que apenas tuvo tiempo de recuperar el aliento. Para su alivio, sintió que el niño se derramaba.

La dama se inclinó y Catriona supo que había limpiado la mucosidad de la cara del niño. Ella contuvo la respiración, todavía temiendo que el niño estuviera muerto.

Entonces el bebé gritó con vigor y la hermosa sonrisa de Malcolm dejó sin aliento a Catriona. "¡Un varón, Catriona!" le dijo, con tal orgullo que el niño podría haber sido suyo. Él sostuvo su mirada, como si quisiera que aceptara la verdad. "Un varón perfecto."

Catriona se apoyó en el colchón con alivio. Luchó contra el impulso de llorar de alegría. Ella quería abrazar a su hijo y admirar su belleza, pero sabía que eso solo haría que la rendición de él fuera más difícil de soportar. Su corazón estaba desgarrado por tener que entregarlo, y temía que si lo miraba, no sería capaz de hacer lo que sabía que era correcto para él.

Aun así, un niño y alguien tan sano como para hacer sonreír al Señor de Ravensmuir. Eso era una hazaña, de hecho.

Hubo un ruido de cascos en el patio, pero el grupo de Kinfairlie había llegado demasiado tarde.

"Míralo. ¡Él es hermoso!" Vivienne colocó al bebé sobre el

vientre de Catriona con cuidado y luego fue a buscar un paño para terminar de lavarlo.

Catriona levantó una mano para tomar la parte de atrás de la cabeza de su hijo, el sudor de su rostro se mezclaba con lágrimas de alivio. Ella era rebelde incluso a tocar a su propio hijo, pero no podía evitar hacerlo.

"Alabado sea Dios", murmuró, luego miró a Malcolm. Sus ojos brillaron con un placer que hizo que su corazón latiera de nuevo. "Te doy las gracias, mi señor."

"De nada, Catriona".

Él parecía guardar algún secreto cerca, su mirada se dirigió a su hermana y luego a la fiesta que surgía desde lo alto de las escaleras.

"Aun vendrá la placenta", dijo la Dama Vivienne. "Descansa, Catriona, tu tarea está terminada."

Pero no estaba terminada. Ella tenía que encontrar un refugio para su hijo antes de poder descansar.

EL PRIMER BEBÉ nacido en Ravensmuir en décadas y un niño varón. Nada menos, el niño solo había sobrevivido porque Malcolm había ayudado en el parto. Tenía que ser una señal. Él luchó contra el impulso de buscar a los cuervos que regresaban, incluso cuando el sonido del grupo que llegaba se podía escuchar en las escaleras.

¿Y si su alma lamentable pudiera salvarse?

"¡Llegamos muy tarde!" Gritó Eleanor, corriendo por la habitación para ver al niño. Ella asintió con la cabeza hacia Malcolm, luego levantó al niño de sus brazos. "¡Es realmente guapo!"

"¡Tú ni siquiera deberías estar en esta habitación!" Vera lo regañó con cariñoso mal humor. Pellizcó el brazo de Malcolm y su sonrisa demostró que se alegraba de que estuviera de nuevo en casa. "Tales asuntos no son para que los hombres los sepan".

"Estoy más que contento de haberlo hecho", respondió Malcolm con firmeza. Hizo un gesto con la cabeza a Catriona. Y me alegré aún más de que Catriona no tuviera miedo de pedir mi ayuda.

Eleanor y Vera intercambiaron miradas de desconcierto.

"Malcolm liberó al niño del cordón", añadió Vivienne. "Yo no pude hacerlo."

Vera se santiguó. Si hubiera tenido un taburete cerca de ella, sin duda se habría sentado. En cambio, ella vaciló sobre sus pies. "¿Ella pidió tu ayuda?" repitió ella.

"De hecho, Catriona es una mujer de un sentido notable", dijo Malcolm. "Y una que piensa rápido en esos momentos". Él sonrió a la mujer en cuestión, sabiendo que ella le sentaría bien como esposa, por el tiempo que pudiera permanecer a su lado. "Alabada sea." Hizo una reverencia y luego dejó a las mujeres en el solar. Hubo un silencio detrás de él, luego Vera comenzó a organizar los asuntos como mejor le convenía.

A Malcolm le hubiera gustado quedarse con Catriona, y no solo para defenderla de los edictos de Vera, pero había que hacer arreglos para sus invitados recién llegados. Envió a Rafael a cazar cualquier cosa que pudiera atrapar y luchó contra un impulso casi olvidado de silbar. Los albañiles tenían preguntas para él y había que avivar el fuego de la chimenea y, por primera vez desde su regreso, deseó tener algunos sirvientes en el salón.

Catriona tenía razón.

Había llegado el momento de aumentar su hogar.

Malcolm estaba debatiendo el mérito de pedirle consejo al castellano de Kinfairlie, Anthony, en la búsqueda de algunos sirvientes para el salón cuando Eleanor y Vivienne bajaron juntas las escaleras. Se puso de pie para saludarlas. "¿Cómo está Catriona?" preguntó e intercambiaron una mirada.

"Está dormida", dijo Eleanor.

"Y merecido su descanso", asintió Vivienne. "Nunca había visto a un niño nacer con tanta prisa".

"Y tampoco es pequeño", dijo Eleanor.

"Alabado sea que Malcolm estuvo con nosotros y todo terminó bien".

"Anthony envió suministros con nosotros", le dijo Eleanor a Malcolm. "No podía soportar la perspectiva de que subsistiéramos en Ravensmuir sin una comida caliente, ni siquiera durante parte de un día".

"Debes mostrarle a Eleanor todo lo que has hecho", dijo Vivienne. "El nuevo Ravensmuir es magnífico y será realmente maravilloso cuando esté completo".

"Primero haré un remedio para Catriona", dijo Eleanor, metiendo la mano en una de las bolsas que había traído y sacando algunas hierbas secas. "También la hará dormir". Puso un mortero sobre la mesa y comenzó a moler hierbas en su interior, su aroma llenó el salón. Cualesquiera que fueran las plantas que había traído, Malcolm encontraba el aroma reconfortante y estimulante.

"En verdad, he estado pensando que es hora de tener algunos sirvientes en el salón", le dijo Malcolm a Eleanor. "¿Alexander se preocuparía si le pidiera ayuda a Anthony en esta tarea?"

Ella sonrió. "Ambos agradecerían la oportunidad. Están más que curiosos sobre lo que has hecho aquí y lo que planeas, aunque el orgullo ha mantenido a Alexander en casa."

"Sé que él desaprueba..."

"Y sé que eres su hermano". Eleanor le dio a Malcolm un beso en la mejilla. "Sólo necesita una invitación para volver a ser tu aliado, Malcolm. No imagines que es de otra manera. Él casi lloró de alivio de que hubieras vuelto sano y salvo."

Malcolm no creía que el asunto entre él y Alexander fuera tan simple, pero seguiría el consejo de la esposa de su hermano. "Entonces le enviaré un mensaje de inmediato y le pediré su ayuda".

"Mejor, lo tomaré por ti y le suplicaré en tu nombre".

"Te doy las gracias, Eleanor." Malcolm sabía que no podía encontrar un aliado más fuerte que la propia esposa de Alexander.

Antes de que Eleanor pudiera decir más, Vera apareció al pie de las escaleras, con el niño envuelta en pañales en sus brazos. "Tiene un corazón de piedra", resopló y miró fijamente a Malcolm, como si cualquier cosa que ella encontrara inaceptable fuera su culpa. "No es natural, mi señor, eso es seguro". El bebé lloró en sus brazos, aparentemente inconsolable.

"¿Qué está mal?" Preguntó Malcolm.

"Necesitamos esas cabras", dijo Vera con gravedad. "Ella rechaza al niño, mi señor."

"¿Ella no lo amamantará?" preguntó Vivienne con sorpresa.

"Catriona tiene la intención de entregar al niño", dijo Eleanor, su tono era natural. "Ella me rogó que lo tomara y lo criara como si fuera mío." Puso una olla con agua sobre el fuego y luego vertió el contenido de su mortero en una taza.

"¿Por qué haría ella tal cosa? ¡Es tan encantador!" protestó Vivienne. Le quitó el bebé a Vera, quien agarró un cubo y se apresuró a ir a los establos a ordeñar las cabras. Vivienne caminó por el salón, meciendo al bebé, que lloraba desconsoladamente.

"El niño le recuerda al padre, supongo", dijo Eleanor.

"Ahora que lo pienso, ella lo rechazó desde el principio", dijo Vivienne con un movimiento de cabeza.

"No es lo primero", protestó Malcolm. Él nunca olvidaría la alegría que había inundado los rasgos de Catriona cuando supo que el bebé estaba sano. "Ella teme amarlo, porque cree que es mejor que lo entregue en adopción."

"¿Sabías de esto?" Vivienne preguntó con asombro.

"Ella me contó su plan". Dijo Malcolm. "No estaba seguro de si estaba realmente resuelta".

"Parece que lo está", dijo Eleanor.

"¿Pero por qué?" Preguntó Vivienne.

Eleanor se encogió de hombros mientras vertía agua caliente en la taza y agitaba el remedio que había hecho. El aroma de las hierbas era aún más fuerte, cálido y sabroso. "Apostaría a que piensa que el niño está mejor sin ella. ¿Qué oportunidad le puede dar ella? ¿Qué seguridad? Sin un marido, sus recursos son limitados, pero pocos hombres reclamarán una esposa que ya tiene un hijo con otro hombre." Eleanor negó con la cabeza. "Catriona es joven y rubia. Quizás a ella también le irá mejor sin el niño."

Ambas mujeres miraron a Malcolm, quien solo pudo asentir con la cabeza. "Creo que este es su razonamiento".

"¿Te lo llevarás?" Vivienne le preguntó a Eleanor.

"Si se trata de eso, supongo que lo haré". Eleanor frunció el ceño. "Pero preferiría que se quedara con su propia madre."

"¿Por qué no me preguntó a mí?" Dijo Vivienne. "Si el niño estuviera en la aldea de Blackleith, podría verlo más a menudo".

"Quizás ese es el punto", intervino Malcolm.

Las mujeres asintieron con tristeza de acuerdo, luego Eleanor habló. "Hay muchos niños en Kinfairlie, aunque supongo que podría haber una pareja sin hijos en el pueblo feliz de agregarlo a su familia. Si ella se mantiene firme, veré qué puedo hacer."

Malcolm no pudo soportar más esta discusión. "¿Eso es para Catriona?" preguntó, señalando la taza humeante y Eleanor asintió. "Yo se lo llevaré". Vivienne abrió los labios para protestar, pero Malcolm la hizo callar con una mirada. "No me digas que un hombre no debería estar en esa habitación. Si yo no hubiera estado allí, esta historia habría terminado muy mal."

"Puede que todavía no termine bien", dijo Eleanor en voz baja.

"Veremos acerca de eso", dijo Malcolm, sus palabras claramente desconcertaron a las mujeres. Cogió el remedio humeante y subió las escaleras hasta su propio solar, sabiendo exactamente lo que debía hacer.

CATRIONA SE DESPERTÓ para encontrar la luz del sol de la tarde entrando por las ventanas del solar. Luego vio al Señor de Ravensmuir, de pie en lo alto de las escaleras y mirándola en silencio. Estaba de pie justo como lo había hecho durante la noche cuando ella se despertó de su pesadilla, pero su mano no estaba en la empuñadura de su espada. Tenía una taza humeante en la mano y su expresión era inescrutable, aunque ella no tenía idea de cuánto tiempo había estado allí.

"Mi señor", dijo y trató de sentarse. "No deberías esperar por mí".

"Y no debes levantarte de esa cama antes de la mañana. Si acaso." Malcolm se acercó a ella y le ofreció la taza. "Eleanor dice que esto te hará dormir. No le pregunté qué hierbas contenía."

Catriona olió el aroma y sonrió. "Las mismos que yo hubiera elegido."

"¿Prefieres sentarte?" A su asentimiento, él la ayudó a sentarse, luego apoyó las almohadas contra un taburete resistente detrás de su espalda. Avivó las brasas del brasero para que brillaran más y luego se sentó en otro taburete junto a ella.

Mirando.

Catriona bebió un sorbo del remedio, mirándolo furtivamente a través de sus pestañas, su curiosidad venciendo lentamente su vergüenza. "No es necesario que te quedes, mi señor."

"Pero lo hago, porque quisiera hablarte de esta elección que has hecho."

"Es lo único bueno que puedo hacer por él..."

"No, Catriona, hay otra opción, una que creo que es mejor."

Catriona guardó silencio, incapaz de imaginarse a qué se refería. Sus ojos brillaban y ella supo que Malcolm encontraba satisfacción con su idea.

¿Él se ofrecería a llevarse a su hijo?

¿Cómo podía decirle que ella encontraría mal ese arreglo? Ella quería que su hijo no solo tuviera ventajas, sino que también tuviera dos padres.

Parecía que era más codiciosa por él de lo que esperaba.

"Cásate conmigo", invitó Malcolm, antes de que pudiera pensar más. "Cásate conmigo, Catriona, y criaré a tu hijo como el próximo Señor de Ravensmuir".

Catriona estaba asombrada.

Ella estaba medio segura de que él había hecho una broma, pero el Señor de Ravensmuir le sostenía la mirada con firmeza. Como solía pasar con él, solo sus ojos revelaban alguna emoción: en ese momento, su tonalidad era vívida y él no parpadeaba. Ella entendió que su determinación era fuerte en este asunto, aunque no podía imaginar por qué.

Y ella no se casaría con él sin conocer sus motivos. ¿Qué clase de tonta tendría que ser para ponerse bajo el mando de un hombre, y mucho menos de uno al que conocía tan poco?

¿Cómo reaccionaría él cuando ella rechazara su oferta?

Catriona eligió sus palabras con cuidado. "Me haces un gran honor, señor, aunque tu razonamiento no me queda claro".

"¿Importa?"

"¡Sí!" Ella levantó la barbilla. "Sabría la razón por la que me has elegido. No tengo título, ni riqueza, ni conexiones familiares que puedan traerte ventaja..."

"Tienes un hijo varón."

"Seguramente, mi señor, usted también tendrá hijos, una vez que tenga una esposa. No eres viejo ni desagradable a la vista."

Él parecía divertido, aunque no sonrió. El humor no era más que un destello en sus ojos, y uno lo descartaba rápidamente. "Te agradezco ese respaldo, Catriona. Sin embargo, veo un mérito en tener un hijo más temprano que tarde."

Él no sería el primero en pensar de manera similar.

Se inclinó más cerca y bajó la voz a un timbre seductor. "Entiéndeme, Catriona. Este debe ser un matrimonio de verdad."

Ella tragó incluso cuando su corazón dio un salto. Esperaría que ella se encontrara con él en la cama. ¿Podría ella encontrarse voluntariamente con cualquier hombre en la cama, dado su pasado? ¿Podría ella rodar sobre su espalda y aceptar fácilmente lo que una vez le habían infligido? Catriona no podía imaginar que pudiera. Catriona se obligó a mantener la calma en la voz. "Entiendo, mi señor." Ella tragó. "¿Qué le pasaría a mi hijo si tuvieras hijos de tu propia sangre?"

"Te juro, Catriona, que él seguirá siendo mi heredero".

Aunque Malcolm parecía muy decidido, su oferta era demasiado generosa para creerse.

¿La engañaba? Su misma seguridad alimentaba sus dudas, al igual que su propia convicción de que le había dicho la verdad. Si no podía distinguir una mentira de la verdad cuando salía de sus labios, ¿cómo podía estar segura de su verdad?

Catriona miró alrededor del solar, todavía amueblado con sencillez, sabiendo que él la observaba mientras esperaba su respuesta. Su oferta era un cambio tan grande de sus propios planes para el futuro, que ella tenía que pensar por un momento. Era sorprendentemente tentador aceptar tal seguridad, más aún la oportunidad de tener cerca a su propio hijo. Pero, ¿cómo podía aceptar al Señor de Ravensmuir, sabiendo tan poco de su persona? ¿Cómo podía confiar en sus instintos en un asunto de tanta importancia? Ella podría estar tan equivocada y su situación sería mucho peor que antes.

Ella se pondría completamente bajo su control, una perspectiva temible sin importar quién fuera el hombre. ¿Qué cambiaría después de que ella pusiera su mano en la de él?

Y si aceptaba al hombre, ¿cómo mantendría su promesa de vengar a Ian?

"No estoy sin fortuna, Catriona", dijo, evidentemente confundiendo el motivo de su vacilación. "Ravensmuir estará bien cuando se reconstruya, y habrá dinero de los caballos".

"¿Los caballos?" Catriona se habría ocupado de cualquier tema para retrasar el momento de su respuesta. Sus pensamientos daban vueltas, sus preguntas se multiplicaban a una velocidad vertiginosa.

"Mi familia siempre ha criado caballos, un orgulloso linaje de caballos tan negros como la medianoche. Se les busca por su fuerza y valor."

Catriona recordó los hermosos caballos montados por su señor y su dama. Sabía poco de caballos, pero esos dos eran extraordinariamente grandes y hermosos.

Pensó en las cabras y en su tranquilidad cuando él las había ordeñado, luego deseó haberlo visto con los caballos. "Pero aquí no hay caballos así, señor", dijo, buscando tiempo con la esperanza de que su incertidumbre disminuyese.

Ella no debería haberse sentido tentada por su oferta en absoluto. Su respuesta debería haber sido absolutamente clara.

Pero no lo era.

"Mi hermano se hizo cargo de ellos en Kinfairlie mientras yo no estaba, junto con el sello de Ravensmuir." Levantó la mano, indicando el anillo de sello en su dedo. "Cuando todo esté reparado, serán criados aquí una vez más".

Catriona frunció el ceño. "Pero el establo está en buen estado, mi señor."

Su voz se endureció. "¿Crees que te engaño, Catriona?"

Catriona escuchó el cambio de tono y vio el brillo en sus ojos, un recordatorio revelador de cómo se había ganado su riqueza y de su propia ignorancia de su verdadera naturaleza. Su elección se tomó en ese momento. "No, mi señor. Simplemente no lo entiendo."

"Y no es necesario que lo hagas para poder dar tu respuesta". La impaciencia brillaba en sus ojos, sin duda porque no estaba ganando fácilmente lo que buscaba. También era una advertencia, a la que Catriona prestaría atención.

Ella supuso que se había excedido al interrogarlo. ¿Qué haría él una vez casados, si ella lo irritaba y todo el poder de la ley estaba de su lado?

Catriona habló rápidamente, antes de que pudiera considerar la sabiduría de lo que necesitaba decir. "Mi señor, parece que estás molesto conmigo por hacerte preguntas. Está en mi naturaleza preguntar por todo lo que no entiendo, y si este rasgo no te agrada, sería mejor que reconsideres tu amable oferta."

Él la miró en silencio durante un largo momento. "¿Me rechazas, Catriona?"

Ella habló con cuidado. "No quiero que un hombre de tu status se arrepienta de una elección impulsiva".

"Entonces somos uno en eso, porque no quiero que te arrepientas de la tuya." Él arqueó una ceja, nuevamente mirándola con cuidado. "¿Deberías hacer una?"

Era un aviso y ella lo sabía. Catriona respiró hondo. "Tu generosidad me abruma, mi señor, pero no puedo poner mi mano en la tuya. No estaría bien,"

Algo parpadeó en las profundidades de sus ojos y una vez más temió su reacción. "¿Es por Ian?" preguntó él y ella se sobresaltó.

¿Cómo podía saber de su promesa?

"—Sí —admitió Catriona, sin ver ninguna razón para mentir. "Lo es."

Ella pensó que él podría haber pedido más detalles, pero la única respuesta del Señor de Ravensmuir fue ponerse de pie. La línea de sus labios era sombría y sus ojos se entrecerraron levemente, por lo que supo que estaba disgustado.

"Entonces será mejor que te bebas tu remedio", dijo, inclinando la cabeza como si ella fuera una gran dama. "Pido disculpas por molestarte tanto con mi propuesta. Fue bien intencionada y honorablemente."

Catriona observó con asombro cómo el Señor de Ravensmuir giraba sobre sus talones y se alejaba, dejándola en su propio solar.

Ella se mordió el labio, golpeada por la abrumadora sensación de que se había equivocado.

Vera nunca había oído semejantes tonterías en todos sus días.

Estaba subiendo las escaleras para darle a la nueva madre una taza de leche de cabra tibia, decidida a alentar la leche de la propia Catriona sin importar lo que esa mujer obstinada pensara del asunto, cuando escuchó la propuesta de Malcolm. Ella sonrió y detuvo su curso, apoyándose contra la pared con satisfacción mientras escuchaba a escondidas.

Oh, Vera podía leer los pensamientos de un hombre bastante bien, estaba claro, y Malcolm había sido honesto y veraz desde el principio. Se había convertido en un hombre así, y aunque el Señor Alexander no aprobaba las elecciones de su hermano menor, Vera no había visto qué otra opción había tenido Malcolm. Y ahora había regresado, había hecho su fortuna y reconstruía Ravensmuir como debería ser. Era incluso mejor ver nacer a un bebé en este nuevo salón, y mucho más a un niño tan sano como este y con una madre tan bonita. Era cierto que Catriona no había nacido con cuna noble, pero Vera se preocupaba menos por esos asuntos que por otros. A sus ojos, esta pareja estaba bien equilibrada en temperamento y carácter, y la forma en que se miraban era un buen augurio para su futuro, independientemente de su pasado. Aunque el niño no era el propio hijo de Malcolm, tenía el mismo pelo oscuro que ella recordaba del nacimiento de Malcolm. Criado por él, el niño sería tan bueno como su propia sangre.

Y entonces la criada sonrió con placer al escuchar a Malcolm argumentar su propio caso, y estaba segura de que el resultado era inevitable.

Casi dejó caer la taza cuando Catriona lo rechazó.

¡Ella rechazó al Señor de Ravensmuir!

Vera escuchó las pisadas de las botas de Malcolm y se las arregló para parecer como si estuviera subiendo las escaleras, componiendo sus rasgos en algo parecido a la inocencia. Malcolm apenas le dirigió una mirada, su insatisfacción más que clara, y ella se apartó para dejarlo pasar. Él no se detuvo en el salón, sino que marchó directamente hacia el patio y ella lo escuchó gritar una corrección a los hombres que estaban construyendo el torreón.

Estaba molesto y no era de extrañar. La muchacha era una tonta, pero Vera la aclararía.

Ese debía haber sido el propósito de Dios al enviarla ahí, aunque había llegado demasiado tarde para ayudar en el parto.

Vera entró en el solar y se detuvo ante la nueva madre que bebía tranquilamente su remedio. Ella casi tiró la taza de leche sobre ella. "¿Y cómo es que esperas una oferta mejor que esa?" exigió.

Catriona miró hacia arriba con sorpresa, pero Vera no le dio un momento para discutir.

"Un hombre tan bueno como mi señor Malcolm, y además Señor de Ravensmuir. Un hombre joven y apuesto, hábil con la espada y que necesita una esposa, que te trata con todo el honor y la cortesía y, sin embargo, tú, tú, una simple sirvienta, y una cuya virginidad claramente ha desaparecido, debo agregar, ¡Te atreves a desdeñar lo que fue ofrecido tan gentilmente! ¿Te guardas para el rey en persona?"

"No, no lo hago" Los labios de Catriona se tensaron y un brillo desafiante iluminó sus ojos.

¡Oh, ella era terca!

"¿Quién te imaginas que te aceptará cuando tienes un hijo y lo has entregado?"

"Ningún hombre, apostaría." La muchacha no se arrepentía, otra señal de que tenía un corazón de piedra.

"Entonces, ¿adónde irás? ¿Eliges convertirte en una puta o morir de hambre en algún rincón del mundo en lugar de honrar la propuesta de mi señor Malcolm? ¿Qué clase de tonta eres, niña?"

La otra mujer apretó visiblemente la mandíbula, mostrando un temple no muy diferente al del hombre al que había rechazado. "Una que hizo una promesa".

"Una promesa", se burló Vera. "¿Qué promesa de algún mérito te haría rechazar a tu propio hijo? ¿Qué promesa no podría cumplirse mejor con un hombre y un guerrero a tu lado? Eres dos veces tonta si crees que puedes cumplir mejor una promesa sola."

El color ardía en las mejillas de Catriona, pero no bajó la mirada. "No conozco su valor, Vera".

"¡Entonces yo te lo contaré! Nunca ha habido un hombre de tanto mérito como mi señor Malcolm." Señaló con un dedo hacia la ventana. "Nunca hubo un niño tan preocupado por el honor, el deber y la justicia. Nunca hubo un niño que cumpliera su palabra con tanta fidelidad como él, y tratara a los más débiles que él con tanta amabilidad."

Catriona bajó la mirada a su taza, ocultando sus pensamientos mientras su tono se volvía pensativo. "Sin embargo, se convirtió en mercenario".

Vera suspiró. "Había perdido todo lo que quería, o eso pensaba. Su tío murió. Ravensmuir estaba arruinado. Cuando los cuervos se fueron, pensó que lo encontraban mal como amo."

"—Los cuervos" —repitió Catriona—. "¿Los que decían que hablaban con el señor de Ravensmuir en persona?"

"Los mismísimo. Se fueron todos a la vez un día, dando vueltas alrededor del antiguo torreón antes de desaparecer para siempre. El corazón de mi señor estaba roto. Él no podría quedarse aquí sin los cuervos."

"Pero regresó". Ahora había curiosidad en los ojos de la doncella, y Vera lo tomó como una buena señal.

"Sí. Y apostaría a que él espera su regreso."

Catriona frunció el ceño. "Eso es un capricho para un guerrero empedernido".

"Pero no para uno de los Lammergeier. Son hombres que saben que hay más en el mundo de lo que parece. De hecho, apostaría a que mi señor Malcolm vio de ti más de lo que esperabas."

"Sí, es perspicaz". Catriona se mordió el labio y pareció considerarlo.

Vera se atrevió a creer que había progresado. Cogió un taburete y se sentó junto a la mujer más joven. "—No me refiero a tus secretos, Catriona. Me refiero a tu promesa." Catriona miró hacia arriba y Vera se inclinó más cerca, bajando la voz. "Quiero decir que un hombre como Malcolm no ofrece un anillo ociosamente a ninguna mujer que necesite un esposo y defensor. Y creo que tú, con tu promesa, no podrías encontrar mejor hombre para ayudarte a cumplir tu palabra que el que acabas de rechazar. Mil mujeres habrían alabado a Dios por su buena suerte de tener ese hijo y esa propuesta, más aún los dos en un día, pero tú has sido lo suficientemente tonta como para rechazarlos a ambos. Te compadezco por ser tan ciega, y solo me pregunto qué tan pronto te arrepentirás de tus elecciones."

Ella dejó la taza junto a la otra mujer con un golpe. "Y ahí tienes mi consejo junto con tu leche. Descansa, Catriona. Mañana habrá trabajo que hacer, y si me respondes, puedes estar segura de que no le mostraré buena fortuna a alguien que ni siquiera puede ver la diferencia."

Con eso, Vera dejó a la doncella atónita, contenta de que su tarea estaba bien hecha.

~

Catriona lo había rechazado.

Malcolm estaba sorprendido.

Y era por Ian, el hombre que perseguía sus sueños.

No era razonable que él sintiera celos de otro hombre, particularmente de uno de quien conocía tan poco, pero a Malcolm le desagradaba intensamente este Ian, incluso sabiendo poco sobre él. Si el respeto de Catriona por él era devuelto, ¿por qué no estaba él a su lado?

¿Seguramente no era el hijo de Ian al que había dado a luz? Catriona había dicho que el niño había sido concebido violentamente, pero Malcolm no podía creer que ella fuera el tipo de mujer que pensaba que era aceptable que un hombre la maltratara. Ciertamente, ella no habría sentido ningún cariño por un hombre que la había violado.

Quizás se había vuelto vulnerable a la violencia de los demás debido a la ausencia de Ian.

O incluso su muerte.

Quizás nunca amaría a otro, porque había amado a Ian más que a nadie.

Malcolm no podía culparla por ser honesta en eso, incluso si eso significaba su propia decepción. Él podría haberse ofrecido a tomar al niño y adoptarlo, incluso sin Catriona, pero sin una esposa, y mucho menos una viuda para defender los intereses del niño, no tendría mucho sentido. No, Malcolm se casaría con Catriona y adoptaría a su hijo.

Quizás después de que Catriona durmiera, vería la ventaja para su hijo en aceptar a Malcolm.

Quizás todavía podría hablar con ella antes de que ella continuara hacia Kinfairlie y discutiera su propio caso de nuevo.

Malcolm esperaba que su propuesta no estuviera destinada al fracaso, porque cuanto más sabía de Catriona, más convencido estaba de que su herencia estaría bien cuidada en sus manos.

Pero por el momento, tenía invitados y una inspección final del trabajo de los albañiles antes de que se les concedieran los pagos al día siguiente. Malcolm tenía trabajo más que suficiente para ocuparlo.

Aunque los pensamientos de la mujer durmiendo en su solar, y el recuerdo de su dulce beso, triunfarían sobre todos ellos.

Catriona estaba exhausta, pero no podía dormir.

Su hijo estaba llorando en el salón de abajo, las mujeres intentaban consolarlo sin éxito. El sonido de su hambre desgarraba su corazón y la hizo temer que encontrara una razón para rechazar a Malcolm cuando no había ninguna.

Era llamado Sabueso del infierno.

Ella se mordió el labio, indecisa como rara vez lo estaba.

Catriona cerró los ojos y se obligó a dormir, calificándolo como debilidad por el sonido de la voz de Malcolm.

Los sirvientes entendían la verdadera naturaleza de aquellos a quienes servían y Catriona lo sabía bien. No podía haber secretos para aquellos que vivían íntimamente en la casa de uno, y mucho menos para aquellos que a menudo pasaban desapercibidos. Que Vera defendiera al Señor de Ravensmuir tan fuertemente sólo podía significar que su naturaleza era tan honorable como insistía la mujer mayor. Ella lo conocía de toda la vida, después de todo. Si se había vuelto en contra de su propio carácter para asegurar su futuro, entonces Catriona tenía que creer que podía elegir volver a ser honorable.

De hecho, él la trataba con una cortesía inesperada.

Sin pensar en que su experiencia pudiera ser de ayuda para ella. Vera tenía más razón en eso de lo que podía imaginar. Catriona había jurado vengarse por el bien de su hermano, y no podía pensar en una venganza mejor que la muerte del villano que los había traicionado a ambos. Un mercenario preparado para hacer violencia a pedido era precisamente el hombre que mejor podía ayudar en eso.

Incluso la reacción del hombre ante su rechazo hablaba a su favor. Ella lo había rechazado, en su propia casa, no, en su propia habitación. Él podría haberla tomado de mala gana o haberla mantenido cautiva en Ravensmuir, si la lujuria fuera la raíz de su propuesta.

En cambio, él aceptó su negativa y evidentemente la dejaría continuar su camino.

Un hombre de honor.

Catriona se levantó del colchón con cierto esfuerzo, terminó su remedio y se paró junto a la ventana. Su mirada se posó, como era de esperar, en el propio Malcolm, quien discutía algún asunto con el albañil principal. Los trabajadores debían estar cerca del final de su jornada laboral y parecía que había surgido alguna complicación. El albañil gesticulaba, mientras el señor de la fortaleza estaba completamente quieto. Catriona no tenía ninguna duda de que escuchaba con atención, que estaba considerando todos los aspectos de la cuestión, que sus ojos eran de un verde intenso.

Como habían sido cada vez que él había prometido su seguridad en su salón.

Como lo habían sido cuando él argumentó el mérito de su propuesta.

El albañil terminó lo que tenía que decir y extendió las manos con frustración. Malcolm miró a izquierda y derecha, caminó a cierta distancia, señaló la nueva ala e hizo una sola pregunta. Catriona no tenía ninguna duda de que su tono era razonable y su juicio justo. El albañil se mostró escéptico ante la sugerencia, pero Malcolm persistió y explicó con mayor detalle. El albañil miró, caminó, consideró, luego hizo una pregunta, su visible emoción hizo sonreír a Catriona. En unos momentos, la pareja se dio la mano, se decidió un nuevo rumbo y el albañil regresó feliz a sus hombres.

Ese era un hombre que veía un problema resuelto, y para su satisfacción, antes de seguir adelante.

Ella simplemente tenía que ser audaz y elegir su camino. Casarse con este hombre podría ser peligroso, pero también parecía la mejor oportunidad tanto para cumplir su promesa como para darle a su hijo un futuro mejor del que ella podría haber imaginado.

Catriona se casaría con él.

Como si hubiera adivinado su resolución, Malcolm miró hacia la ventana. Quizás tenía tales poderes que conocía sus propios pensamientos. Catriona se quedó paralizada, el corazón le latía con fuerza por la audacia de lo que pretendía hacer. Él no apartó la mirada, así que ella levantó una mano y le hizo una seña.

Qué descaro tenía, una simple sirvienta, convocar al señor de la fortaleza a su propia habitación, especialmente porque no tenía la intención de renunciar a lo que muchos hombres supondrían que ofrecía. Él la miró por un momento, como si estuviera considerando su cambio de actitud, y ella temió que rechazara su invitación.

Catriona no se atrevió a respirar.

Luego él caminó hacia el salón con su propósito habitual.

¡Él venía! Catriona se apartó de la ventana, jubilosa y emocionada. Tomó su kirtle y se lo puso de nuevo, queriendo ser una esposa lo más presentable posible. Luego esperó, con las manos juntas y el corazón latiendo con fuerza.

No tuvo que esperar mucho.

~

MALCOLM MIRÓ hacia arriba después de un intercambio con el albañil principal sobre un último detalle para encontrar a Catriona en la ventana del solar. Él habría esperado que ella estuviera dormida, pero ella se quedó allí, observándolo abiertamente. Cuando ella levantó la mano y le hizo una seña, él no podía creer su buena suerte. No sería tan tonto como para dejar pasar esta oportunidad, cualquiera que fuera.

Catriona lo esperaba en el solar, de pie y vestida de nuevo con su kirtle. Parecía cansada y pálida, y su cabello se había soltado de la trenza. Tenía los pies descalzos y le temblaban las manos. Malcolm se detuvo en el umbral, sin saber cómo proceder cuando ella se veía inusualmente vulnerable, pero ella levantó la barbilla con esa resolución que él ya había llegado a reconocer.

"Reconsideraría mi respuesta, señor, si me lo permitieras".

Malcolm estaba intrigado. Se apoyó en la puerta, mirándola. "¿Por qué no debería permitirlo?"

"Puede que te enojes conmigo", dijo ella. "Podrías pensar, como hacen otros, que debería verme obligada a vivir con los resultados de mi locura."

¿Otros? Tardíamente, Malcolm recordó haberse cruzado con Vera en las escaleras y se preguntó qué podría haberle dicho a Catriona. "¿Quieres decirme que Vera presentó un caso más convincente que yo mismo?"

"—Los sirvientes saben más de lo que la mayoría imagina de aquellos a quienes sirven, señor. Yo no estaba seguro de tu naturaleza, pero Vera fue elocuente en cuanto a que mi conocimiento de ti hasta ahora es verdadero."

"En efecto."

Catriona respiró temblorosamente, pero continuó con una convicción que él admiraba. "—Si aún deseas casarte, señor, sería para ti la mejor esposa que sé cómo ser, y aprendería todo lo que pudiera para cumplir mejor con esas obligaciones. Entregaría a mi hijo para que fuera tu heredero y me esforzaría por darte al menos un hijo de sangre en poco tiempo."

Su mirada era inquebrantable, fija en la suya. Malcolm sintió que se le aceleraba el pulso, porque ella se aseguraba de que él supiera que aceptaba la plenitud de sus términos. Estaba asombrado de que ella jurara eso, dada su historia, y estaba más que un poco halagado.

"¿Y qué hay de Ian?" Él tenía que preguntar.

Ella frunció el ceño y él notó el dolor que atravesó sus ojos. "Ian es la razón por la que le haría una solicitud, mi señor."

Malcolm se preguntó por esto, pero antes de que pudiera hablar, otra voz intervino.

"¡Una solicitud!"

Parecía que Vera estaba escuchando una vez más en las escaleras. Malcolm se frotó la frente con exasperación y luego consideró que la criada lo ayudaba en su indignación. Entonces se mordió la lengua, dejando que Vera le diera la palabra.

Vera entró en el solar, su desaprobación más que clara mientras miraba a Catriona con el ceño fruncido. "¿Qué derecho tienes a pedirle al hombre que críe a tu hijo, te dé un hogar y una cama cálida, un matrimonio honorable y además seguridad? Eres una moza ingrata, eso está muy claro..."

Malcolm levantó la mano y Vera balbuceó en silencio. "Dime", preguntó con no poca curiosidad.

Independientemente de lo que Malcolm hubiera esperado que dijera Catriona, nunca podría haberse preparado para lo que ella diría.

La resolución se encendió en sus ojos y apretó la mandíbula. "Deseo saber cómo matar a un hombre, y cómo hacerlo tan rápido y con tanta seguridad que no haya posibilidad de que sobreviva".

Se hizo el silencio en el solar, el silencio de la conmoción y el asombro.

¿No era Ian el amado de Catriona? Malcolm no podía entender por qué Catriona gritaría el nombre de Ian con tanto dolor a menos que lo hubiera amado.

Quizás Ian la había engañado.

Quizás él le había hecho daño.

O tal vez quería vengar su muerte.

De cualquier manera, la solicitud era una que él cumpliría, pero quería saber la verdad.

"¿Matarías a este Ian que persigue tus sueños?" Preguntó Malcolm.

Catriona negó con la cabeza con vigor. "Yo vengaría su muerte, porque fue inmerecida y perversa."

Malcolm sabía que no debería haberse sentido aliviado de que Ian estuviera muerto, porque si Catriona tenía la memoria de ese hombre firme en su corazón, su fallecimiento no importaba. Notó la determinación en la postura de Catriona y adivinó su razón. Ella creía que no sobreviviría a ese acto de venganza que se proponía emprender.

Pero ella sabía que era justo.

Malcolm entendía esa perspectiva completamente.

"No necesitas aprender tal habilidad. Yo podría hacer la tarea por ti ", le ofreció a Catriona. "Cualquier hombre de mérito haría lo mismo por su esposa".

La sorpresa de Catriona fue evidente, pero luego negó con la cabeza. "Debo hacerlo yo mismo, señor. Solo eso sería correcto."

Él comprendía por qué ella no le permitiría tomar su venganza por ella, aunque estaba decidido a ver el asunto resuelto y su seguridad afirmada. Una vez más, sintió que el tiempo se deslizaba entre sus dedos y sabía que tendría que lograrlo él o preparar para que se hiciera.

En cuanto a su petición, él se contentaba con cumplirla. En verdad, a Catriona le vendría bien en el futuro saber cómo defenderse y defender sus intereses.

"¿Correcto?" gritó Vera. "¿Cómo es posible que el asesinato sea correcto? ¿Y el asesinato a manos de una mujer? Es indignante y escandaloso y...."

"Acepto tus condiciones, señora mía", dijo Malcolm, sintiendo una oportunidad que no deseaba perder. "Nos casaremos por la mañana, después de que hayas dormido".

"—Sí, señor, eso me vendría bien" —convino Catriona.

"¡Es una locura!" gritó Vera. "¡Esto es una locura! ¡Mi señora Eleanor y dama Vivienne, por favor, vengan y detengan a su hermano de su locura!"

Catriona se debilitó entonces, solo un poco, y Malcolm supo que era alivio. Él tomó su mano entre las suyas y le apretó los dedos, muy complacido de haberla entendido. Que pensaran de manera similar le parecía a él un buen presagio para su futuro compartido.

Por cuanto durara ese futuro.

Malcolm besó los dedos de Catriona, dejando que sus labios permanecieran sobre su piel hasta que sus ojos se abrieron e inhaló bruscamente. Luego se volvió hacia el grupo ahora reunido en la parte superior de las escaleras, sus expresiones iban desde la consternación de Vera hasta la sorpresa de Eleanor y la satisfacción de Vivienne. Eleanor abrazaba al niño recién nacido y él lloraba a pesar de que ella lo mecía. Malcolm sintió que Catriona temblaba ante el sonido de la inquietud de su hijo.

"No quiere tomar la leche de cabra", dijo Eleanor, pero Malcolm dio un paso al frente.

"Ya no tiene importancia, porque tendrá la de su madre". El bebé hipó hasta quedarse en silencio cuando Malcolm lo levantó de los brazos de Eleanor. Malcolm había sentido asombro por el nacimiento del niño, pero sintió una nueva maravilla mientras sostenía su ligero peso. Lo meció por un momento, luego se volvió hacia Catriona, solo para encontrar sus ojos encendidos. "Necesitará un nombre, señora mía".

Catriona se sonrojó, pero a Malcolm le gustó tanto el cariño como su respuesta. "Sólo un apellido es suficiente, mi señor", dijo, tomando al niño y acunándolo contra ella. La boca del bebé se movió y Catriona se desató la camisola.

"¿No es Ian?" sugirió, pero Catriona negó con la cabeza.

"Un nombre de Lammergeier".

"Mi padre era Roland", dijo Malcolm, complacido por su elección. "Mis hermanos son Alexander y Ross".

"¿Qué hay de los antiguos Señores de Ravensmuir?"

"Mi tío y señor antes que yo fue Tynan." Él vio que ninguno de los nombres le llamaba la atención, así que continuó. "Mi abuelo era Merlyn, su hermano Gawain y su padre Avery. Recuerdo que fue Avery quien construyó el torreón de Ravensmuir, porque el primero había sido arrasado. Fue el primero de los Lammergeier en reclamar la propiedad."

"—Avery" —repitió Catriona, probando el nombre con la lengua. "Me gusta mucho".

"Entonces será Avery".

"Un buen nombre para un buen niño", intervino Vera con aprobación. "Ahora, mi señora, Avery necesita su leche".

Pero Catriona permaneció junto a Malcolm por un momento, levantando su mirada hacia la de él. Nunca podría dudar de que había cumplido su deseo, no cuando había tales estrellas en sus ojos. "Gracias, mi señor," susurró ella con voz ronca. "Por todo lo que me concedes. Haré todo lo posible para servirte bien."

"Malcolm", dijo en voz baja. "Ahora debes llamarme Malcolm".

"—Malcolm" —repitió ella, ya Malcolm le gustó mucho el sonido de su nombre en sus labios. "Te agradezco, de nuevo, señor."

Siguiendo un impulso, Malcolm se inclinó y la besó en la mejilla, dejando que sus labios se posaran sobre su oído. "Señora mía", susurró y ella se estremeció, dándole la esperanza de que la suya fuera una reacción nacida del placer.

Él no pudo decirlo con certeza cuando se apartó para mirarla. En verdad, se apresuró a sentarse en un taburete y le dio la espalda, murmurando al bebé mientras lo ponía en su pecho.

Malcolm dejó a Catriona en el solar con las mujeres y Avery, y bajó al salón, muy satisfecho con todo lo que había hecho. Ignoró la sonrisa de Rafael, demasiado complacido para preguntar por las opiniones de ese hombre. Tenía un hijo y un heredero, una nueva fortaleza surgiendo de la tierra y una esposa seductora para llamar suya. Se aseguraría de que Catriona supiera lo que deseaba saber, y cuando cumpliera su promesa en la víspera de solsticio de verano, Ravensmuir estaría en buenas manos.

Ella sería una tigresa en defensa de los derechos de su hijo, Malcolm lo sabía bien. Aun así, en los días y noches que le quedaban, Malcolm apilaría tantas probabilidades a favor de Catriona como pudiera.

SÁBADO, 19 DE JUNIO DE 1428

DÍA DE SANTA JULIANA FALCONIERI Y SAN
ROMUALDO DE RÁVENA.

CAPÍTULO 8

Una vez más, había llovido durante la noche. En esa mañana, el aire estaba en calma y la niebla espesa a lo largo del suelo. Incluso el sonido del mar parecía acallado y Malcolm solo supo que había llegado la mañana porque la niebla se iluminaba con el tono de una perla.

El fuego tardó en prenderse en la chimenea y la leña humeó intensamente una vez encendida. Él estaba húmedo y helado hasta los huesos, porque había pasado demasiado tiempo en las ruinas la noche anterior.

Él no quería escuchar la música la noche anterior a sus nupcias.

Mucho menos recordar todos los hechos que había hecho.

Una vez que se hubo afeitado y vestido, Malcolm se paseó por el salón, impaciente porque las mujeres tardaban tanto. También olió los fuegos de leña del campamento mientras los hombres preparaban sus comidas. Los hombres dejaban de trabajar temprano, porque se les pagaría al mediodía. Por una vez, no hubo golpes en la torre. Cuatro jóvenes al servicio de Alexander habían acompañado a Eleanor y Vera desde Kinfairlie el día anterior y el cervecero traería la última ración de cerveza a primera hora de la tarde. Todo el grupo podría regresar a Kinfairlie con el cervecero, llegando a salvo antes del anochecer.

Rafael holgazaneaba frente al fuego, mirando divertido a Malcolm. "Has perdido el juicio".

"Te doy las gracias por ello."

"No es demasiado tarde para cambiar de opinión".

"No cambiaré de opinión, pero espero que Catriona no haya cambiado la suya".

"—Ella ha probado el sabor de la opulencia, amigo. Me sorprende que ella se demore un poco en aprovechar el consuelo que se le ofrece."

"Una noche no es demora".

"Ella podría haberse casado contigo y haberse acostado contigo anoche, no fuera que la oportunidad se desvaneciera ante sus ojos."

"¡Ella tuvo un hijo!"

"Quizá intente engañarte en cuanto a sus verdaderas intenciones."

Malcolm dirigió una mirada severa a su camarada. "Aprenderás a hablar más amablemente de mi esposa".

"Cuando ella sea tu esposa", dijo Rafael, su tono severo. "Todavía tengo la esperanza de que este cuento tenga un final correcto".

"Ya dije que haría al niño mi heredero".

"Entonces quédate con él. Ella tenía la intención de entregarlo de todos modos. Sin duda, ella estaría encantada de entregártelo por completo." Rafael hizo una mueca. "Simplemente cuestiono la sabiduría de tomar a una mujer así por esposa".

"Continúas menospreciando su naturaleza, sin pruebas que respalden tus acusaciones. Has visto demasiada maldad, Rafael, para confiar en lo que parece bueno."

"Mientras tú ves lo bueno en todos.".

"Difícilmente."

Los ojos del otro hombre se entrecerraron. "¿Has revisado tu tesoro desde que ella durmió en sus habitaciones el día pasado?"

Malcolm se volvió fríamente hacia su amigo, incluso cuando su pulso se aceleró. Él sabía que Catriona había notado la ubicación del tesoro y las palabras de Rafael le hicieron darse cuenta de cuánto tiempo había estado sola en el solar. Él confiaba en ella y lo sabía, pero Rafael tenía el don de encontrar una pequeña duda y hacerla parecer más grande. "Arriesgas mucho con esas palabras".

"Nunca salió nada bueno de la boda fuera de la propia clase".

"Al menos reconoces que algo bueno puede salir de la boda".

Rafael se rió. "Aunque la mayor parte de ese bien se puede obtener sin el intercambio de votos". Ese hombre extendió una mano. "Muy bien: ella es bonita. Acuéstate con ella. Mantenla como tu puta. Móntala todas las noches por lo que importa, ¿pero casarte con ella?"

"¿Cuál es la diferencia?"

"Toda la diferencia del mundo y lo sabes bien. Una puta puede ser arrojada fuera de las puertas sin explicación. Es mucho más difícil deshacerse de una esposa."

"Si solo necesito una mujer, no tendré necesidad de deshacerme de ella."

"Recuerda que no sabes nada de esta, excepto que desea saber cómo matar a un hombre." Cuando Malcolm se giró para mirarlo sorprendido, Rafael sonrió. "Sí, lo sé. La doncella regordeta no puede guardar silencio ni para salvar su alma, sobre todo cuando la historia la irrita." Malcolm se dio la vuelta, sabiendo que eso era cierto en el caso de Vera. "Tu nueva esposa podría masacrarte en tu cama", dijo Rafael arrastrando las palabras, sin duda viendo que había encontrado una preocupación.

"¿Si bien ella no podría hacer eso si simplemente fuera mi puta?"

"Ningún hombre sensato se acuesta con una puta. ¡Pero una esposa! Rafael se pasó la mano por el pelo. "No puedo creer que fueras tan impulsivo".

"No puedo creer que te importe tanto".

"Sabes que esto es una farsa".

"Sé que la gran mayoría de los matrimonios son arreglos muy similares a este".

"¡Ella no tiene ninguna ventaja que traerte!"

"Ella tiene un hijo. Yo necesito un hijo, Ella necesita protección. Yo tengo una fortaleza. El intercambio es simple y racional." Le dio la espalda a su amigo y miró hacia las escaleras, luchando contra el impulso de caminar.

"Se parece demasiado a Úrsula". Las palabras de Rafael fueron bajas, pronunciadas con tal convicción que Malcolm se puso rígido.

"No sé a qué te refieres."

"Sabes exactamente a qué me refiero. Este capricho no es racional en absoluto. Está forjado por el sentimiento y se volverá malo."

"No sabía que se podía ver el futuro".

"Cualquier hombre sensato podría predecir esto", replicó Rafael.

"¿Y qué importa si me acuesto con una esposa o una puta las pocas noches que me quedan?" Malcolm dijo con frustración y luego cambió de tema porque podía adivinar la respuesta. Una esposa podía reclamar sus pertenencias, y una que aprendiera a defenderse podía frustrar las ambiciones de Rafael por el contenido de la tesorería de Malcolm. "A los albañiles se les pagará al mediodía", le dijo con severidad a su compañero. "Si no deseas presenciar el intercambio de mis votos matrimoniales, puedes asegurarte de que se forme una fila fuera del salón de manera ordenada".

Rafael resopló y salió del salón, finalmente abandonando a Malcolm a sus propios pensamientos. Malcolm paseó por el salón varias veces, hasta que escuchó a las mujeres en las escaleras y se volvió para esperar a la dama a la que tomaría por esposa.

CATRIONA SE DESPERTÓ en el solar para encontrar a las otras mujeres que ya estaban haciendo los preparativos. Vera volvió a traer a Avery, como había hecho varias veces durante la noche, y observó con aprobación mientras Catriona lo alimentaba.

"Tu leche sale ahora", dijo Vera con satisfacción. "Es lo mejor para él".

"Te pediría que buscaras una nodriza, por favor, Vera", dijo Catriona y la mujer mayor la miró con sorpresa. "Preferiría alimentarlo yo mismo, pero honraría a mi señor esposo con un hijo de su propia sangre a toda velocidad."

Vera sonrió con aprobación. "Ahora ese es un pensamiento sólido." Palmeó el hombro de Catriona. "Solo necesitabas dormir una noche para encontrar el sentido".

Catriona había asumido que habría tareas que preparar para la boda y estaba decidida a hacer su parte. Pero para cuando ella había sacado un poco de leche de sus pechos para Avery y se lavó, las dos damas habían revisado las pertenencias de la dama Vivienne y habían elegido un nuevo atuendo para ella para el día.

Para sorpresa y deleite de Catriona, la dama Vivienne le ofreció un kirtle, así como una camisola y medias. Aunque ninguno era nuevo, y tanto la camisola como el kirtle eran un poco cortos, todos eran de mejor calidad que los mejores de Catriona. El kirtle era azul, de un tono tan oscuro que Catriona supo que se había mezclado con otra tela. El dobladillo y los puños lucían una sencilla línea de bordados dorados, un adorno mucho más allá de los medios de Catriona.

"Favorecerá mejor tu color", declaró la dama Vivienne. "Y una mujer debe lucir lo mejor posible en su día nupcial".

Las damas peinaron y trenzaron el cabello de Catriona, por encima de su protesta. Era muy extraño tener dos mujeres nobles cuidando de ella, mientras Vera mecía a Avery para que se durmiera. Además, esta solidaridad con la ropa era maravillosa y nueva para Catriona. Las dos damas hablaban y recordaban, contándole sobre sus propias bodas y las de las otras hermanas de Vivienne. Era una maravilla simplemente sentarse y disfrutar del cuidado de su persona. Ella y su madre siempre habían tenido prisa, necesitando hacer una tarea u otra, por lo que tomarse el tiempo para vestirse parecía un lujo extraño. Sin embargo, era claramente familiar para las damas, y Catriona decidió aprender todo lo que pudiera de ellas.

Después de todo, tenía que cumplir con las expectativas que tenía su marido de una esposa.

¿Podría ella alguna vez llamarlo por su nombre con facilidad?

Señora mía. Su saludo hacía eco en sus oídos, haciéndola sentirse extraordinariamente nerviosa. Sus ojos habían brillado con ese verde vibrante cuando la miró y su susurro fue lanzado para hacerla temblar. Él le había dado todo lo que ella podría haber deseado, si hubiera sido lo suficientemente valiente como para desearlo, y solo hubiera pedido más hijos.

Ella le daría eso y más.

Aún mejor, su hijo se había calmado en sus brazos, como si quisiera dar su consentimiento. ¿Y por qué no? El Señor de Ravensmuir se había asegurado de que su hijo sobreviviera a su nacimiento. De hecho, el Señor de Ravensmuir le había dado vida a su hijo en su útero, cuando ella pensaba que el bebé se había perdido. ¿Tenía él poderes mágicos o había sido simplemente una coincidencia? Puede que hubiera quienes encontraran ese talento muy impío, pero si su esposo usaba sus poderes para el bien de este hijo y de otros, Catriona no podría quejarse. Ella decidió hacer todo lo posible por su señor esposo.

Quizás podría convencerlo de que permaneciera fuera de las ruinas, o convencerlo de que ningún tesoro que pudiera encontrar allí valía la pena arriesgar su propio bienestar. Esa no era una perspectiva que esperaría de un mercenario, pero el hombre con el que se casaría desafiaba las expectativas una y otra vez.

Su hermana era extraordinariamente amable con ella con esos regalos. Las nuevas medias de Catriona eran más finas que las que había tenido antes, y muy bonitas, aunque difícilmente estarían lo suficientemente calientes en invierno. Todavía tenía problemas para agacharse, aunque le pareció incorrecto que la dama Vivienne le abrochara las medias y le calzara los zapatos. Aunque no eran de su talla, le quedaban como no le habrían quedado a la dama Vienne.

Cuando las damas se manifestaron satisfechas con el trenzado de su cabello, habiéndolo enrollado alrededor de su cabeza como una corona, Catriona se sintió como una mujer transformada. Los lados del kirtle estaban atados sin apretar y un velo transparente había sido colocado sobre su cabeza. La dama Eleanor colocó el aro más simple de la dama Vivienne en la cabeza de Catriona, sonriéndole a la joven.

"¡Pareces una princesa, Catriona!" declaró Vivienne.

"Todo gracias a tu generosidad". Catriona hizo una profunda reverencia. "Gracias, mi señora."

"Una mujer necesita un vestido nuevo para el día de su boda", dijo la dama Vivienne con una sonrisa. "Aunque sin duda pronto tendrás mejores."

"Este kirtle siempre será especial para mí", dijo Catriona, sintiendo cada palabra.

"Y debes llamarme Vivienne, ahora, porque somos como hermanas."

"Sí, mi señora", asintió Catriona y todas las mujeres se rieron juntas.

Vivienne apretó los dedos de Catriona en su emoción. "¡Serás la Dama de Ravensmuir, Catriona!"

La perspectiva era desalentadora, porque lo que Catriona sabía de la vida de un noble había sido presenciado desde el lado de los sirvientes, y nunca había estado en un salón tan grandioso como Ravensmuir. Ella captó la mirada de la dama Eleanor sobre ella cuando se dio cuenta de que podría fallarle a su señor esposo.

"¿Sabes algo sobre cómo llevar una casa, Catriona?" Preguntó la Dama Eleanor, su actitud cautelosa como si temiera ofender.

Catriona negó con la cabeza y confesó la verdad. "Sé más de servir en una, y nunca una tan buena como Ravensmuir lo será. No quisiera defraudar las expectativas de mi esposo, pero en verdad, podría equivocarme sin saber por qué."

"Yo te podría enseñar, si quisieras aprender".

"Yo estaría estar muy agradecida, Dama Eleanor", dijo Catriona y decía en serio cada palabra.

Vivienne sonrió. "¡Lo sabía! Todo saldrá bien al final, como en los mejores cuentos. ¡Es perfecto! Estoy muy contenta por este matrimonio," Ella besó las mejillas de Catriona a su vez y su naturaleza generosa casi abruma a Catriona. "Bienvenida a nuestra familia."

Eleanor sonrió a Catriona y también la besó en las mejillas. "Que sepas que puedes pedirme ayuda en cualquier momento".

"Les agradezco a las dos".

Vera se secó una lágrima, incluso mientras mecía a Avery. "Una boda y un hijo con apellido. Todo viene bien en Ravensmuir."

"¿Te gustaría que Vera se quedara contigo unos días?" Ofreció Eleanor. "Es bueno tener un par de manos extra con un bebé nuevo en el salón".

"Si Vera quisiera quedarse, ciertamente agradecería su ayuda."

"Por supuesto que me quedaré", dijo Vera con verdadero placer. "Este niño, como todos los niños Lammergeier, apenas podría soportar sus primeras semanas sin mí. Hay una habitación entre el solar y las escaleras que reclamaré como guardería." Ella le dio un amplio guiño. "Una pareja de recién casados debe tener su privacidad." "Catriona acaba de tener un hijo, Vera", protestó Vivienne.

"Hay otras formas de intimidad", respondió la criada con altivez. "Como estoy segura de que conoces tú misma."

Eleanor y Vivienne intercambiaron una mirada divertida.

"Sin embargo, aquí en Ravensmuir te quedarías tú, mientras que Ruari finalmente está en Kinfairlie", bromeó Vivienne.

Por la forma en que la criada se sonrojó, Catriona supuso que había algo de cariño entre la pareja. "¡No es tan lejos!" Vera protestó. "Estoy ocupada con mi señor Avery, pero si Ruari desea hablar conmigo, puede encontrar el camino a Ravensmuir lo suficientemente bien." Ella levantó la barbilla. "Me atrevería a decir que el Señor Malcolm le permitiría dormir en los establos".

"Me atrevería a decir que lo haría", dijo Vivienne, la alegría haciendo que sus ojos bailaran.

Mientras tanto, Eleanor dio una última mirada a las mejores galas de Catriona, ajustando su velo para que colgara más uniformemente. "Es una pena que no tengas una joya", dijo, con un tono filosófico. "Sería un buen toque en este día".

Vivienne contuvo el aliento y Catriona se dio cuenta de que su talismán ya no era un secreto. Metió la mano en su camisola y sacó la cruz, dejándola en la parte delantera de la falda.

"Mi error en eso". Eleanor murmuró, sus ojos se agrandaron por la sorpresa.

"Era de mi madre", explicó Catriona. "Lo he mantenido oculto porque siempre temí que se lo robaran o lo perdiera".

Vivienne sonrió un poco. "Podrías haberlo vendido para garantizar tu comodidad".

Los dedos de Catriona se cerraron sobre él. "Nunca podría hacer eso. Es todo lo que tengo de mi madre y no tiene precio para mí."

Eleanor sonrió y metió los dedos en su propia camisola. Sacó una cruz un poco más grande, aunque la suya estaba tachonada de ámbar. "Esto era de mi madre y de la de ella antes, y estaba destinado a que lo usara el día de mi boda." Pasó el pulgar por las piedras. "Entiendo tu forma de pensar, Catriona. No tenía este tesoro en mi poder cuando Alexander y yo intercambiamos nuestros votos, pero Alexander más tarde lo recuperó para mí."

Y había un cuento ahí, sin duda. Catriona notó la forma en que el color tocó las mejillas de Eleanor cuando habló de ese incidente y la luz en sus ojos cuando decía el nombre de su esposo. "Parece que ambos hermanos muestran mucha cortesía con las mujeres", aventuró.

"Es lo que les enseñaron, simple y llanamente", dijo Eleanor sin dudarlo. "Yo sabía muy poco de los hombres antes de venir a Kinfairlie esa Nochebuena, pero realmente Alexander y sus parientes cambiaron mi vida." Ella le sonrió a Catriona y Catriona le devolvió la sonrisa a la mujer.

De hecho, parecía que tenían más en común que una cruz con joyas.

Y así fue como Catriona descendió al nuevo salón de Ravensmuir, llena de nuevas esperanzas para el futuro. Le habían concedido todos los obsequios por la gracia del hombre que sería su señor marido, y con la ayuda de Eleanor, esperaba estar a la altura de sus expectativas.

El Señor de Ravensmuir la esperaba ante la única chimenea donde se había encendido un fuego. Su camisola blanca hacía que su bronceado pareciera de un dorado más rico, mientras que su abrigo oscuro y sus calzas mostraban lo finamente labrado que estaba. Se había lustrado sus botas altas y oscuras, tenía el pelo mojado y la barbilla recién afeitada. Sus ojos brillaban con una anticipación que hizo que el corazón de Catriona saltara. Ella se atrevió a creer que todo saldría bien, que él era el hombre que ella esperaba que fuera, que su matrimonio podría ser feliz, y luego se adelantó para poner su mano en la de él.

Esta ceremonia y el futuro eran más, mucho más, de lo que jamás había esperado hacer suyo, y no traicionaría tal oportunidad.

CATRIONA SE HABÍA TRANSFORMADO.

Ella realmente parecía ser una reina guerrera. Con el pelo recogido y un vestido nuevo, estaba radiante para Malcolm. Ella le sonrió, sus ojos brillaban y la imagen era suficiente para dejarlo sin aliento. Él cruzó la habitación para tomar su mano. Se lo llevó a los labios y luego se quedó mirando fijamente.

Porque la cruz que él había tomado del cadáver de Úrsula brillaba en el pecho de la dama a la que tomaría por esposa.

Seguro que Rafael no tenía razón.

Seguramente Catriona no era una ladrona.

Malcolm se disculpó y se lanzó al solar, subiendo las escaleras de tres en tres. Sintió la sorpresa del grupo que había dejado atrás, pero no le importó. Ese secreto lo tenía que saber antes de hacer sus votos matrimoniales.

Abrió su tesoro con temible velocidad. Encendió una leña y encendió la linterna que había junto a la puerta, sabiendo exactamente dónde encontrar lo que buscaba.

Todo el tiempo, sus pensamientos daban vueltas. Nunca le había entregado la llave a nadie, ni por un momento. Solo había una clave. ¿Cómo había podido Catriona entrar en la tesorería sin su conocimiento?

Ella había dormido en el solar y se había quedado sola allí en varias ocasiones. ¿Era fácil abrir la cerradura del tesoro? Malcolm no lo podía creer. Él la había traído del continente, había encargado que se hiciera precisamente para ese propósito. No le había dado su nombre al fabricante y había disfrazado su acento. Nadie, ni siquiera Rafael, conocía entonces su origen. Nadie lo había seguido a casa.

Pero, ¿cómo podía ella tener la gema?

Él desenterró la caja donde había estado la cruz, recordando demasiado bien el dolor del padre de Úrsula. Ulrik había insistido en que Malcolm se quedara con el talismán él mismo, porque no podía soportar mirarlo.

Malcolm abrió la caja con un gesto salvaje.

La cruz todavía estaba dentro. La mitad de la longitud de su mano y tachonada de gemas de color aguamarina, tenía un grupo de amatistas alrededor del centro. Era la gemela idéntica de la que llevaba Catriona, incluso hasta el grosor de la cadena de oro.

Malcolm miró hacia la puerta. Nunca hubiera creído que pudiera haber dos tesoros de ese tipo en todo el mundo, pero él tenía la prueba en la mano.

Catriona no era una ladrona.

Pero tampoco era una sirvienta de origen humilde. Si la gema no le hubiera sido robada a otra mujer, si era suya, entonces él podría casarse con una mujer nada común en absoluto.

Una vez más, Malcolm se quedó con más preguntas que respuestas cuando se trataba del pasado de Catriona.

Una vez más, había demostrado que sus sospechas estaban equivocadas.

Demasiado tarde, se dio cuenta de que la había abandonado justo antes del intercambio planeado de sus votos y que su acto podía malinterpretarse.

Malcolm metió la mano en otra caja, conociendo la baratija que buscaba, e ideó una explicación para su huida.

Luego devolvió la cruz a la caja donde había estado esos últimos años, apagó la linterna, cerró la puerta de su tesoro y regresó a su boda.

En todo caso, estaba aún más intrigado por la dama a la que tomaría por esposa que momentos antes. ¿Quién era Catriona en verdad?

¿Y cómo podría averiguarlo Malcolm?

Decidió que era hora de escribirle a Ulrik y decirle su paradero.

~

¿QUÉ HABÍA HECHO ELLA?

Catriona observó consternada cómo la expresión de Malcolm cambiaba y su admiración se convertía en un ceño más feroz que cualquiera que hubiera visto nunca. Él dejó caer su mano como si hubiera algo feo en ella y dio un paso atrás. Se disculpó y se apresuró a subir las escaleras hacia el solar.

Tal como había temido, ella se había equivocado y no sabía por qué.

Mucho menos cómo se podría arreglar el error.

¿Sería ésa la melodía de su vida a partir de este día?

"¿Qué está mal?" Preguntó Vivienne, mientras todas las mujeres buscaban a Malcolm.

¿Qué había hecho Catriona?

¿Qué no había hecho ella?

Catriona sintió que la confusión recorría el pequeño grupo, seguida rápidamente por la consternación. ¿Malcolm se negaría a casarse con ella ahora? ¿Qué sería de Avery? ¿Él también rechazaría a su hijo?

Afortunadamente, solo tuvo unos momentos para preocuparse por el asunto. En poco tiempo, Malcolm reapareció, su semblante tranquilo de nuevo. Todo lo que le había molestado había sido descartado. Caminó hacia ella con determinación y se inclinó ante ella. "Pido disculpas por mi partida apresurada, Catriona", dijo. "Al ver tu gema, me di cuenta de mi propia omisión."

Levantó un anillo de oro, uno engastado con un grupo de amatistas y granates en un lado.

"Toda novia necesita un anillo de bodas", murmuró, luego tomó su mano entre las suyas de nuevo.

Vivienne se rió de su descuido y Eleanor sonrió, pero Catriona temía que le dijera la mitad de la verdad. Él evadía su mirada demasiado para que su explicación fuera toda la historia. Tan aliviada como estaba de que él hubiera vuelto a su lado y de buen humor, deseaba también saber toda la verdad.

Pero él tomó su mano derecha en la suya, y luego su mano izquierda en la suya, la fuerza de su agarre hizo que su boca se secara. Él la miró a los ojos y luego pronunció el voto que ella había llegado a temer que nunca intercambiaría con otro.

Y mucho menos con un señor de una fortaleza como esta, uno que alguna vez había sido un mercenario.

Catriona parpadeó para contener las lágrimas, deseando que su madre hubiera sido testigo de ese día.

Después de que se intercambiaron sus votos y se les concedieron las felicitaciones, Malcolm se volvió hacia sus invitados. "Es un pobre festín el que podríamos ofrecerles este día para celebrar este matrimonio."

"Debemos regresar a Kinfairlie antes de que Alexander empiece a temer por nuestro destino", dijo Eleanor, tan amable como siempre.

"Y dado que el matrimonio se organizó rápidamente, podríamos celebrar otro día", sugirió Vivienne. "Antes de que Erik y yo regresemos a Blackleith".

Malcolm se volvió hacia Catriona y le dio a elegir. "Reunámonos dentro de una semana", dijo. "Porque los albañiles se van hoy, y tendremos tiempo para arreglar todo".

"¿Deseas la ayuda de Anthony?" Preguntó Eleanor a Malcolm.

"Sí, si él supiera de un castellano y un cocinero adecuados, estaría muy en deuda".

"Una nodriza, mi señora", dijo Vera en un susurro que todos oyeron.

Eleanor levantó las manos. "Veré qué puedo hacer, y Vera permanecerá esta semana para ayudar".

"Te agradezco tú generosidad", dijo Catriona con una reverencia.

Malcolm la miró con una sonrisa. "Y ahora actuarás como Dama de Ravensmuir por primera vez. Los albañiles deben cobrar. Contaré el dinero y tú llevarás el libro de cuentas."

"No sé leer, señor". Catriona se sonrojó ante su confesión.

"Pero puedes dejar una marca. Te mostraré dónde y cómo, y tal vez aprendas algo de lectura incluso en hoy."

"Si no el mantenimiento de libros de contabilidad", dijo Eleanor con diversión. "Es el mayor dolor de Alexander". Su expresión se volvió juguetona. "No dejes que te pase esta tarea, Catriona."

Los ojos de Catriona bailaron de la manera más prometedora mientras miraba entre Malcolm y Eleanor. "No, no lo haré".

El grupo partió hacia Kinfairlie con muchos buenos deseos, luego el salón se organizó como Malcolm deseaba. Él y Catriona estaban sentados en una sola mesa, de espaldas a las chimeneas y la única pared que no tenía puerta. Encendió los fuegos y dejó antorchas al lado de ambos.

"Si nos asaltan, señora mía, estas son buenas armas".

Los ojos de Catriona se abrieron un poco, pero no titubeó. "Quemarles el cabello", dijo ella.

"Al igual que la ropa". Malcolm se encogió de hombros. "Pero directamente en la cara puede ser la opción más efectiva cuando se enfrenta a un villano".

"Sí, mi señor."

Él arqueó una ceja y ella sonrió un poco antes de corregirse.

"Malcolm".

Él cogió el primer baúl de monedas de oro y las contó en pilas. Catriona lo ayudó en eso y siguió sus instrucciones para ordenar el dinero. Él le abrió el libro de cuentas y le dio la pluma y la tinta.

La tesorería estaba cerrada. La llave estaba escondida bajo su camisola. Rafael estaba en la puerta, su mano en su espada. Vera estaba en un rincón, vigilante mientras sostenía al bebé.

Malcolm asintió con la cabeza y el primero de los albañiles entró solo, venía a recibir lo que le correspondía.

Elizabeth estaba en la ventana de la habitación de Alexander en Kinfairlie, observando el movimiento a través de la tierra y el aire. Desde todas las direcciones, las hadas se movían hacia Ravensmuir, convergiendo en ese lugar con creciente prisa.

Así era cada año. Cada víspera de solsticio de verano, las hadas celebraban en Ravensmuir y cada víspera de solsticio de verano, el anhelo de Elizabeth de compartir sus festividades se hacía más fuerte. En el fondo, era la invitación de Finvarra, y ella lo sabía: había sido engañada por el rey de las hadas.

Un día, bella Elizabeth, vendrás a verme. Ya me impaciento.

Elizabeth se mordió el labio, mirando a las hadas aladas volar hacia el norte mientras recordaba las palabras de Finvarra. Él se contentaba con dejar que ella eligiera el momento ella misma. Elizabeth luchaba contra el impulso, incluso cuando se hacía más potente, sabiendo que nunca volvería a abandonar el reino de las hadas una vez que entrara en él.

Las hadas voladoras se reían y retozaban por el aire de la noche, jubilosas en anticipación de su reunión más grande del año. ¿Valdría la pena el sacrificio para unirse a ella? Elizabeth perdería el contacto con su familia y sus seres queridos, pero saborearía la inmortalidad. Elizabeth suspiró, sintiéndose incluso más sola que el año anterior. De todos sus parientes, ella era la única que podía ver a las hadas. Desde las palabras murmuradas de Finvarra, ella también era la única que podía ver la muerte en quienes la rodeaban.

Era, por decir lo mínimo, desconcertante, conocer a un pretendiente elegible y saber que se iría del mundo en un año. La triste verdad era que la mayoría de los hombres en edad de casarse también tenían la edad para ir a la guerra, y la mayoría no regresaba a casa. La visión de carne podrida colgando de los huesos de los que pronto iban a morir tenía una tendencia a influir en su comportamiento en las reuniones y festividades de la corte. El olor a cadáveres enconados que emanaba del hombre que compartía su plato afectaba su apetito en la mesa. En los últimos años, Elizabeth se había ganado la reputación de ser una doncella extraña y de ser fácilmente disgustada.

Había menos pretendientes para su mano en esos días, y aunque anhelaba compañía y bebés propios, no podía pensar en llamar la atención de un hombre mortal, tan teñido de muerte pendiente. Ella no podía contarle esto a ninguno de sus hermanos, porque no podían ver lo que ella veía. Una vez cuando trató de confiar en Eleanor, esa mujer le dijo que estaba demasiado preocupada por su futuro.

Era más que eso, mucho más. En algunos momentos, como en la víspera del solsticio de verano, la ilusión se hacía más fuerte y todos los mortales la miraban como si ya estuvieran muertos. Entonces, era horrible estar incluso entre su propia familia, así que Elizabeth se había vuelto más solitaria. Ella sabía que había perdido peso y color, así como el vigor por la vida que había sido suyo durante mucho tiempo. Parecía que solo las hadas estaban realmente vivas y que su vitalidad era la única cosa de mérito en el mundo.

Quizás estaba muerta mientras no respondiera a la llamada de Finvarra.

Ella observaba y anhelaba unirse al baile que comenzaría en solo tres días.

A sus espaldas, su familia se reunía, prestándole poca atención mientras Eleanor y Vivienne confiaban las noticias de Ravensmuir a sus esposos. Ella podría haber estado perdida para ellos, a pesar de todo el deseo que sentía de unirse a su conversación. De hecho, Elizabeth sentía a veces que vivía dentro de una niebla, una que la congelaba hasta la médula.

"¿Malcolm se casó con la criada de Vivienne y reclamó a su bastardo como su heredero?" Alexander repitió las palabras de Eleanor, claramente incrédulo. "Esperaba escuchar sobre el nacimiento del hijo de la sirvienta y su género, recé por la buena salud de la madre y el niño, pero nunca imaginé que oiría hablar de nupcias".

Sin embargo, Eleanor asintió con la cabeza. "Fui testigo del intercambio de votos, Alexander".

"¡Una boda sin sacerdote! ¿Qué hay en la mente de Malcolm? Alexander se pasó una mano por el pelo y caminó a lo ancho de su habitación, incapaz de contener su agitación. "No puedo creer que desafíe tanto las convenciones y las expectativas".

Elizabeth miró por encima del hombro, las noticias de Malcolm despertaban su interés. Ella nunca hubiera imaginado que él podría hacer algo tan impredecible.

¿Había realmente más en los Señores de Ravensmuir que en los otros hombres? Hacía mucho tiempo que había rumores, y aunque ella y Malcolm nunca habían sido tan cercanos como él y Vivienne, se preguntaba si él, de todos sus hermanos, sabría cómo ayudarla.

"No puedo imaginarme por qué no," respondió Erik, su actitud adusta. El marido de Vivienne se apoyó contra la pared, con los brazos cruzados sobre el pecho. "Todo lo que ha hecho es desafiar desde que heredó Ravensmuir".

"¿Por qué?" exigió Alexander.

"—Quizá sea por caballerosidad" —sugirió Eleanor. "Ella me pidió que me llevara al niño, porque sabía que no podía darle futuro al bebé."

"Malcolm vio el deseo de su corazón", contribuyó Vivienne.

"¡Pero una sirvienta! La Dama de Ravensmuir debería ser la hija de un noble, una mujer de alta cuna, bien preparada para su papel."

"¿Y qué nobles casarían a una de sus hijas con el Señor de Ravensmuir?" Preguntó Eleanor en voz baja. "¿Sabiendo que ha pasado estos últimos años luchando como mercenario?"

Alexander tenía que reconocer la verdad en eso. "Ningún hombre permitiría que una mujer bajo su cuidado se casara con un mercenario. Ningún hombre de mérito en cualquier caso."

Elizabeth miró a sus hermanos, tomando nota de los lazos entre ellos. Solo ella podía ver la evidencia de un matrimonio por amor, sin duda otra faceta de su capacidad para ver a las hadas. Esos lazos le aparecían como cintas. Las cintas de Eleanor y Alexander estaban fuertemente anudadas, mientras que las de Vivienne y Erik estaban igualmente entrelazadas. Ella se volvió hacia la ventana, pero la distancia era demasiado grande para ver si Malcolm y la sirvienta que había tomado por esposa tenían esos lazos.

De hecho, tantas cintas enredadas emanaban de la torre de Kinfairlie —porque Elizabeth había ayudado a menudo a los amantes a empezar— que se sintió enjaulada en su vida.

Ella podría haber esperado que su verdadero amor fuera un príncipe de las hadas, pero Finvarra había roto su cinta, ante sus propios ojos. Ella se estremeció al recordarlo.

Vivienne se aclaró la garganta. "Pensaba que el clan Douglas había esperado una vez que Tynan se casara con una de sus hijas".

"De hecho, pero se han callado desde sus pérdidas en Verneuil".

"El conde, su hijo y la esposa de su hija", coincidió Erik. "Es mucho para una familia perder en una batalla".

"Su influencia y poder han disminuido mucho", coincidió Alexander. "Más aún, ahora que el rey ha regresado a Escocia".

"Eso puede cambiar una vez que se enteren del nuevo Ravensmuir", dijo Eleanor. "No menos lo rápido que se está construyendo. Malcolm muestra su riqueza en esto, y habrá quienes encuentren atractiva su fortuna.".

"¿Él está preparado para el ataque?" Preguntó Alexander. Su esposa se encogió de hombros y él caminó con mayor vigor. "Debería haberse casado bien, para hacer una alianza", murmuró. "¿Por qué no una novia de Douglas, al menos para brindar seguridad?"

"¡Creo que es un cuento maravilloso!" Vivienne contribuyó. "Catriona ha encontrado un hombre que la aprecia como es, y Malcolm no podría haber encontrado una esposa más práctica. Sin duda, el matrimonio será bendecido."

Elizabeth se volvió para mirar a Vivienne con el ceño fruncido y luego intercambiaron una mirada.

"Al menos tiene un heredero de esta manera, y la sucesión está asegurada", dijo Erik, aparentemente tratando de encontrar lo bueno en la situación.

"¿El bastardo de otro hombre es su heredero? ¡Es inaceptable!" Alexander negó con la cabeza. "Y un intercambio de votos en lugar de nupcias bendecidas por un sacerdote. ¿Por qué haría tal cosa?"

"Creo que fue simplemente conveniente", contribuyó Eleanor.

"Quizás él piensa dejarla a un lado después de un año y un día", sugirió Erik.

"¡Él no lo haría!" Declaró Vivienne.

Elizabeth vio la duda de Alexander. Se encontró con la mirada de Eleanor, como si creyera que ella sabía más de lo que había admitido hasta ahora.

"Una sirvienta", murmuró. "¿Sabemos más que eso de esta Catriona?"

"Ella es leal y práctica, una mujer que trabaja duro sin quejarse", dijo Vivienne, sus sentimientos tan claros como siempre. "Ella solo ha estado con nosotros estos seis meses y ya me pregunto cómo me las arreglaré sin ella". Ella miró a Erik.

"Ella es competente", reconoció. "Si me inclino a ser franco".

Elizabeth sonrió. Ella pensaba que podría gustarle esta Catriona.

"No hay nada malo en la pasión por la justicia", señaló Vivienne. "Ella te defendió de la suposición de Malcolm".

Erik inclinó la cabeza en señal de acuerdo. "Solo noto que si tu hermano pensó que había encontrado una esposa dócil, es probable que esté equivocado".

"Ningún hombre necesita una esposa dócil, independientemente de tus pensamientos sobre el asunto", bromeó Vivienne, y nuevamente los dos hombres intercambiaron una mirada, esta vez una de camaradería. "Creo que es del norte, porque su acento es fuerte".

"Es un país difícil", dijo Eleanor. "Eso podría explicar su pragmatismo".

Vivienne asintió. "Su madre era partera, eso dijo Catriona, y sabe mucho de asuntos de mujeres. Ella sabía que su hijo estaba enredado en el cordón, lo cual yo temía decirle, y también que no podía liberarlo. Yo no quería asustarla, pero ella fue muy sensata. Ella fue quien le pidió ayuda a Malcolm."

Alexander se volvió hacia su hermana con evidente horror. "¿Malcolm ayudó en el parto del niño?"

"Él lo salvó", respondió Vivienne.

"Y a petición suya." Confirmó Eleanor. Vivienne asintió incluso cuando Alexander intercambió una mirada de asombro con su esposa.

Elizabeth resolvió en ese momento que tenía que ir a Ravensmuir. Ella temía haber inventado una excusa para ir allí ahora, cuando las hadas se estaban reuniendo, y esperaba no estar tentada a unirse a su baile. Pero quería ver a Malcolm y descubrir el motivo de sus impredecibles elecciones. ¿Podía él también ahora ver más de lo que se veía a simple vista?

¿Y su nueva esposa? Elizabeth sabía que había videntes en el norte, y deseaba tener a alguien en quien poder confiar sobre las hadas, alguien más que pudiera verlas.

"Hay más en la historia, sin duda, Alexander, y más en esta Catriona de lo que imaginamos", dijo Eleanor. "Ella rechazó a Malcolm primero cuando él le pidió su mano, luego lo aceptó con la condición de que le enseñara a matar a un hombre."

Erik y Alexander se enderezaron. "¿No?" dijeron como uno, claramente temiendo que fuera así.

"Sí", Eleanor se aclaró la garganta como si fuera a hacer una cita. "Rápidamente y sin posibilidad de que sobreviva." Los hombres intercambiaron una mirada muy preocupada. Vera lo escuchó todo y me lo confió. Ella siente un cariño creciente por la nueva novia, por lo que sea que valga." Eleanor sostuvo la mirada de Alexander. "El hecho de que Malcolm estuviera de acuerdo con su condición me insinúa que él sabe más de la dama que tomó por esposa que nosotros".

"Sin pensar en esa cruz", dijo Vivienne.

"¿Qué es eso?" Preguntó Alexander.

"Hace mucho tiempo noté que llevaba un talismán, colgado de una cadena alrededor de su cuello, pero siempre lo mantenía escondido debajo de sus prendas", agregó Vivienne. "Lo vi por primera vez cuando ella se esforzó por dar a luz a su hijo, porque lo mantuvo firme para orar."

"Lo usó abiertamente para sus nupcias, quizás por primera vez", dijo Eleanor. Ella sacó la cruz tachonada de ámbar que le había dejado su propia madre de su camisola y la acunó en la palma de la mano. "Es muy parecido a esta, pero un poco más pequeña, y las gemas son aguamarinas y amatistas."

Alexander estaba visiblemente asombrado una vez más. "Pero una gema así valdría el rescate de un rey".

"No del todo", respondió su esposa. "Pero es un tesoro muy rico".

"Especialmente para una sirvienta", dijo Erik. "Espero que se lo hayan dado a ella". Un silencio incómodo siguió a sus palabras.

Alexander frunció el ceño. "¿Por qué se quedaría con una gema así cuando la necesitaba? Ella podría haberla vendido para ver su futuro asegurado."

Eleanor sonrió. "Porque no es solo una joya." Ella metió su propia cruz de nuevo en su camisola. "Atesoro la mía más allá de su valor, porque es la única muestra de mi madre". Un fuego predecible iluminó sus ojos. "Sería muy difícil, Alexander, cambiar mi voluntad de morir con esta cruz en la mano y mi anillo de bodas en el dedo".

Alexander no lo dudaba. Estudió a su esposa y reconoció lo que ella no había dicho. "Te agrada", acusó con una sonrisa, porque era el mejor argumento hasta ahora a favor de Catriona, en su opinión.

"Mucho", dijo Eleanor con un vigor que animó a Elizabeth. "Ella pareció abrumada por un momento por la tarea que tenía ante sí, pero no se desanimó, así que me ofrecí a enseñarle a manejar una fortaleza. Ella fue amable y agradecida, no orgullosa en absoluto." Los labios de Eleanor se tensaron. "Admiro a una persona con el ingenio para admitir lo que no sabe y aceptar la tutela".

"Así es", asintió Alexander.

Eleanor se acercó a su lado, su actitud insinuaba que le pediría algún favor. "Por eso te pido que le des a tu hermano la oportunidad de volver a mostrarte afecto".

"¡Me quedo con sus caballos!"

Su esposa negó con la cabeza. "Malcolm gasta mucho dinero para reconstruir Ravensmuir en solo medio año, y ahora se casa para tener un hijo a toda prisa. Algo está en marcha. Tú mismo me has dicho que los Señores de Ravensmuir a menudo han tenido el poder de ver más que la mayoría. ¿Qué teme Malcolm que suceda?"

"¿Retribución por lo que ha hecho?" Sugirió Erik.

"Teme su propia desaparición, y teme que sea pronto", dijo Alexander cuando comprendió. Él se preguntó si no lo había percibido antes. "Pone todo en orden para que Ravensmuir no se caiga de nuevo."

"¡No!" Vivienne protestó.

Elizabeth sabía por la tensión en la habitación que todos habían reconocido la verdad cuando la escucharon.

"Ayúdalo, Alexander", pidió Eleanor. "Perdónalo y une fuerzas con él".

"Todos deberíamos ayudarlo", dijo Vivienne con entusiasmo. "Haría mi parte para asegurar que esta historia tenga el mejor final posible".

Alexander tamborileó con los dedos sobre la mesa donde guardaba sus libros de contabilidad, teniendo en cuenta el consejo de su esposa. "De acuerdo", dijo finalmente.

"Ella nos invitó a regresar en una semana, para celebrar su boda con un banquete", dijo Eleanor.

"Iremos y llevaremos a Malcolm y Catriona un regalo nupcial como expresión de buena voluntad". Alexander sabía exactamente cuál sería la mejor opción. Llamó al castellano y Anthony apareció tan rápido que podría haber estado escuchando a escondidas.

"¿Mi señor?"

"Te pediría que mandes un mensaje a la aldea, Anthony, porque quisiera hablar con el carpintero de inmediato".

"Por supuesto señor."

"Dentro de una semana, viajaremos a Ravensmuir para celebrar las nupcias de Malcolm. Si tienes la bondad de informarle al padre Malachy de que también necesitaremos su presencia."

"Por supuesto, mi señor."

"¿Qué les llevarás?" Vivienne preguntó con evidente entusiasmo. "¿Vino? No hay nada en su salón." Ella arrugó la nariz. "Creo que él va a las ruinas, aunque no quiso hablarme de eso. Le dije que Isabella tenía el anillo, porque temí que lo buscara, pero no estoy segura de que importara."

¿A las ruinas?

¿Malcolm se había vuelto más atrevido o imprudente? ¿Sabía más de las ruinas que el resto de ellos, o no le importaba su pellejo?

Elizabeth recordó fácilmente que a las hadas les gustaban esas cavernas y no podía reprimir su emoción. Las hadas eran responsables de alguna manera del cambio en su hermano, y Elizabeth estaba decidida a descubrir cuál podría ser ese cambio.

"Yo iré y hablaré con él", ofreció Elizabeth, dando un paso adelante incluso cuando su familia se sobresaltó por sus palabras. "Si él va a las ruinas, podría sentirse amenazado por las hadas".

"Y sólo tú puedes verlas", dijo Alexander asintiendo. "Por supuesto, vendrás con nosotros en una semana".

"¡No!" Elizabeth habló con una pasión que se había vuelto rara para ella. "Debo ir mañana, antes de la víspera del solsticio de verano." Ella vio a los demás intercambiar miradas de asombro y Eleanor presionó el brazo de Alexander para alentarlo a aceptar.

Alexander la consideró y ella sostuvo su mirada, esperando que él no le preguntara qué sentía o veía, porque había poco que pudiera decirle. Ella tenía un presentimiento, no era más que eso, y una urgencia alimentada por su propio anhelo de unirse a las hadas.

"Te acompañaré allí, después de la misa de la mañana y te esperaré en las fronteras", dijo y ella sonrió con anticipación. Alexander la estudió por un momento, como sorprendido al verla, luego sonrió también.

"¿No vendrás al salón conmigo?" Preguntó Elizabeth, pero los ojos de Alexander se entrecerraron levemente.

"Siento que querrías hablar con Malcolm a solas", dijo. "Yo veré a Malcolm y su esposa en una semana."

"¡Gracias, Alexander!" Elizabeth dijo, sin ocultar su placer.

Su hermano mayor sonrió. "—Has pedido tan poco estos últimos años, Elizabeth. Me alegro de verte apasionada por algún asunto, ya que alguna vez fue tan característico de ti."

Los demás le sonrieron con afecto y Elizabeth se ruborizó, el calor de su respuesta ahuyentaba algo del escalofrío.

CAPÍTULO 9

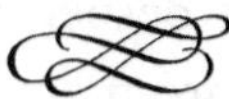

Catriona estaba temerosa como pocas veces lo había estado. Ella esperaba en el solar, incapaz de descansar a pesar de estar acostada. Era tarde. Su señor marido aún no había acudido a ella. Ella tenía la boca seca y las manos temblando, y parecía que la noche duraría para siempre.

Vera había llevado a Avery para que lo amamantara, luego lo había llevado a la otra habitación, insistiendo en que una pareja debía estar sola en su noche de bodas. Por más irritante que pudiera ser la charla de la mujer mayor, Catriona encontraba peor el silencio.

Le daba tiempo a sus miedos para reproducirse.

A los albañiles se les había pagado ese día y todo había ido bien. Los albañiles habían bebido la cerveza cuando había llegado de Kinfairlie y saludaron a su anfitrión. Se intercambiaron cumplidos, luego la mayoría de ellos cargó sus carros y se fue.

Ravensmuir parecía extrañamente silencioso sin el sonido de su campamento, y los campos parecían desnudos sin sus tiendas. Catriona tenía la extraña sensación de que no era la única que esperaba algo en la noche.

Entonces escuchó unos pasos en las escaleras y se escondió

debajo de las mantas. Ella se sentía cobarde cuando fingió dormir, pero no sabía qué más hacer. Oyó que su marido le deseaba buenas noches a Vera y luego entró en el solar. No traía luz. Se quitó las botas justo dentro de la puerta y Catriona luchó por hacer que su respiración sonara lenta y regular.

Ella no podía imaginar por qué se preocupaba. Si él la deseaba, seguramente simplemente la despertaría. O tal vez simplemente tomaría lo que deseaba. Ella oró pidiendo fuerza en este momento, sabiendo que el futuro de su hijo dependía de que cumpliera las expectativas de Malcolm. Cualquier boda podría dejarse de lado, si el matrimonio no se consumaba. ¿Qué pasaría con Avery entonces?

Ella escuchó a su marido despojarse de sus ropas, de su abrigo y, sin duda, de sus calzas. Escuchó el susurro del colchón de paja cuando su peso se posó sobre él, y escuchó su respiración cerca de ella. Ella cerró los ojos con fuerza mientras su mano se deslizaba por debajo de las mantas y aterrizaba en su cintura.

"Sé que estás despierta, Catriona", murmuró él, atrayéndola hacia su calor. Catriona le dejó hacer lo que quisiera, aunque todo su cuerpo estaba tan tenso que él no podía ignorarlo. "Y debes saber que solo te pediría dos cosas esta noche".

Ella se volvió para mirarlo, insegura.

Él levantó dos dedos. "Primero una respuesta".

Eso sonaba bastante simple. Aunque Catriona temía lo que pudiera preguntarle, asintió.

Él señaló su cruz. "Me sorprendió este tesoro hoy, porque pensaba que no tenías un centavo o que estabas cerca de la riqueza". El pecho de Catriona se apretó cuando la miró a los ojos. "¿Cómo lo conseguiste?"

"Me lo dio mi madre". Catriona frunció el ceño. "Ella me lo puso en la mano cuando estaba en su lecho de muerte".

"¿Era una mujer noble además de partera?"

Catriona frunció el ceño, porque ella misma se lo había preguntado. "No que yo sepa. Me sorprendió saber que ella poseía una gema así, y creo que tenía la intención de contarme más, pero no tuvo tiempo para hacerlo." Ella hizo una mueca. "Desearía que al menos me lo hubiera mostrado antes, porque me hubiera gustado haber aprendido más de su vida en épocas anteriores".

Su mirada recorrió sus rasgos y ella pensó que buscaba las partes de la historia que ella no contaba. Sin embargo, cuando habló, no pidió más detalles de su infancia, como ella esperaba. "Sin embargo, no lo vendiste, ni siquiera para asegurar el futuro de tu bebé."

Catriona negó con la cabeza. "Temí ser engañada, porque sé poco de su valor". Ella lo tocó y le lanzó una sonrisa. "Pero la verdad, es todo lo que tengo de mi madre, y no podría haberlo entregado por ningún precio".

"Me alegro que no lo hayas hecho". Trazó la línea de la cadena con la yema del dedo. "¿Lo quieres usar siempre, o prefieres que lo guarde en la tesorería?"

"Preferiría ponérmelo".

"Entonces lo harás." Él le sonrió. "¿Fue tan difícil?"

Catriona sonrió a su vez y negó con la cabeza. "No, señor."

Él volvió a levantar esa ceja.

"Malcolm", se corrigió a sí misma, sintiendo que era más audaz que ella se dirigiera a él así, a pesar de que era su marido.

"Esposo."

Malcolm sonrió y se reclinó a su lado. Estaba maravillosamente cálido y el peso de su mano sobre su cintura no era desagradable. Su pulgar se movió contra su piel en una caricia que hizo que su pulso se acelerara.

"¿Y la segunda cosa?" se encontró preguntando, sus palabras sin aliento.

Esa mirada hirviente aterrizó en su boca. "Un beso, Catriona, nada más."

"Puedes tomar todo lo que desee de mí, mi señor." A su mirada, ella se corrigió. "Malcolm".

"No, Catriona, tú me quitarás ese beso". Entonces se recostó, esos ojos brillando como estrellas en la noche, y esperó. Una vez más, tuvo la sensación de que él era tan ágil como un depredador, pero esta vez, sabía que buscaba ganarse su confianza. Puede que nunca la diera por completo, pero tenía que encontrarse con él a mitad de camino.

"Tengo poca habilidad en esto", admitió ella.

La comisura de su boca se curvó. "Sin embargo, estoy seguro de que uno siempre puede elegir cambiar el futuro con sus actos".

Él estaba en lo correcto. Ella no tenía ningún deseo de pasar toda su vida temiendo la intimidad, simplemente debido a una noche horrible. Si tenía la intención de ir más allá de su pasado, tenía que elegir hacerlo.

Y ahí estaba la mejor oportunidad.

Ella lo había besado una vez.

Podría hacerlo de nuevo.

De hecho, él era caballeroso al invitarla así, en lugar de simplemente reclamar lo que le correspondía. Catriona volvió a sentir que se había casado bien, contra toda expectativa.

Ella se dio la vuelta para enfrentarlo y colocó su mano sobre su pecho. Malcolm solo esperó. Ella se inclinó sobre él y tocó sus labios rápidamente con los de él, tan rápidamente que solo tuvo el más mínimo sabor de la cerveza. Ella se retiró, temerosa de su reacción.

Aun así, Malcolm no se movió.

"Pido disculpas", susurró. "Esa fue una mala excusa para un beso".

"No me quejé", murmuró, sus palabras retumbaron en su pecho debajo de su palma.

Catriona se acercó más, sintiéndose más audaz, y le llevó la mano a la mandíbula. El músculo estaba tenso allí, una señal de cómo se controlaba.

Y lo hacía por ella.

Ella se dio cuenta del regalo que él le daba con su paciencia y supo que debía ser recompensado bien por tal hecho. Ella le daría un beso digno de una noche de bodas.

Catriona se inclinó sobre Malcolm, dejando que su cabello se derramara alrededor de ellos. Ella le sonrió, sintiendo cómo se le aceleraba el pulso bajo su mano. Esa señal de su respuesta, que ambos saboreaban eso, era todo el aliento que ella necesitaba. Ella se inclinó y trató de besarlo como él la había besado esa noche en los establos. Ella inclinó su boca sobre la de él, como para persuadirlo de que le besara, luego deslizó su lengua sobre su boca. Se obligó a besarlo con tranquilidad, como si tuvieran todo el tiempo del mundo.

Malcolm suspiró. Colocó una mano en la parte baja de su espalda, sujetándola tanto como la sostenía, su pulgar todavía se movía en esa lenta caricia. Su otra mano se deslizó por su brazo y cuello, sus dedos atravesando su cabello en su nuca. La abrazó con exquisita ternura, dejándola besarlo como quisiera.

Él era de ella para mandar, este hombre poderoso, y era una comprensión embriagadora de hecho. Catriona se encontró profundizando el beso, atreviéndose a confiar en él, incluso mientras se aventuraba más. Sus dedos se flexionaron y ella lo sintió estremecerse de deseo, pero no la obligó a acercarse. Su cuerpo se puso tenso y un nuevo calor emanó de él, pero el juego de sus labios y lenguas estaba bajo sus órdenes.

Era un regalo digno de hacer llorar a Catriona. Si bien el de ella no era un beso tan bueno como el que Malcolm le había dado, hacía que su corazón se acelerara de una manera nueva. Ella sintió un calor extraño y desanimado desplegarse dentro de ella, y cuando finalmente levantó la cabeza, había satisfacción en la sonrisa de su marido. Él apartó el cabello de su mejilla con un suave dedo, luego le quitó la mano de la mandíbula y le besó la palma, su mirada se aferró a la de ella.

Dios en el cielo, pero ella podría llegar a amar a ese hombre.

Esa fue una revelación suficiente para hacerla parpadear.

"—Bien hecho, señora mía —murmuró él y Catriona sintió una oleada de placer. La invitó a volver a su lado y envolvió su calor alrededor de ella, ese brazo todavía alrededor de su cintura. "Creo que estamos bien emparejados", susurró, la forma en que su aliento se enredaba en su cabello enviando un estremecimiento a través de ella.

Catriona se relajó contra su calor, luego se congeló cuando sus nalgas chocaron con la evidencia de su excitación.

Malcolm contuvo el aliento y luego le dio un beso en el hombro. Duerme, Catriona. Estás a salvo en mi salón, incluso conmigo. Sus palabras fueron roncas y ella escuchó la tensión de su control. "Te lo juro".

Catriona cerró los ojos, recordando su propia promesa de ser la mejor esposa que pudiera ser. Se quedó dormida, a gusto en el abrazo de un hombre como nunca había imaginado que podría estar. Pero también se sentía segura, un estado que nunca había esperado volver a sentir.

En verdad, el Señor de Ravensmuir le daba mucho.

MALCOLM ESCUCHÓ LA MELODÍA PRIMERO, tal como lo había hecho antes.

Era una melodía alegre, una melodía animada sacada de un violín y una destinada a poner cada pie a moverse. Era seductora, esa melodía, una que parecía familiar a pesar de toda su maravilla. Una vez que llegaba a los oídos de un hombre, era casi imposible negar la tentación de bailar.

Y ahí estaba el peligro.

Malcolm estaba en el establo, aunque sabía que estaba en el nuevo salón de Ravensmuir. Hacía un maldito frío y había nieve en sus botas, las puntas de sus dedos enguantados aún estaban heladas. Él sabía que estaba en el solar, en la cama con Catriona, pero la vista ante sus ojos no cambiaba a pesar de su convicción. La luz dorada que lo rodeaba era aún más incomprensible, porque sabía que había atravesado el agujero en la pared del último puesto del establo.

Sin embargo, todavía estaba de pie, Rafael un paso detrás de él, y miraba hacia las cavernas que todavía surcaban el acantilado donde Ravensmuir estaba encaramado.

Él volvió a mirar a Rafael, solo para encontrar a ese hombre que vestía las prendas de su viaje hacia el norte. Escuchó el viento invernal silbando por los recovecos y se dio cuenta de que estaba soñando de nuevo con esa noche, en ese momento antes de que pasaran por el portal.

Entonces Rafael lo empujó a su lado, tal como lo había hecho esa noche, atraído por la alegre melodía.

Incluso sabiendo que no debería hacerlo, Malcolm se encontró haciendo lo que había hecho esa noche, siguiendo a Rafael por el pasadizo que se extendía hacia la tierra. Incluso como había hecho antes, la luz se apagó cuando dieron una docena de pasos. La música continuó, como lo había hecho entonces, pero a Malcolm le pareció más inquietante.

Más traicionera.

Tal como lo había hecho esa noche, Rafael saltó hacia adelante.

Malcolm gritó, pero su amigo lo ignoró. Se abalanzó sobre su compañero, temiendo lo peor, pero no lo alcanzó antes de que la luz parpadeante de su linterna se perdiera de vista.

Y Malcolm estaba perdido en la oscuridad, solo la melodía del violín lo guiaba.

Parecía menos una tentación en la oscuridad y más una advertencia. Aun así, persiguió a Rafael y la música, sabiendo que tenía una deuda con su antiguo camarada.

Malcolm no había ido muy lejos cuando tropezó con algo, y luego con otra cosa. Todo lo que se cruzaba en su camino era pesado y suave, aunque no tan alto como sus rodillas. El olor le dio una pista de lo que pasaba, porque olía sangre y excrementos, suciedad y descomposición.

¿Cómo había regresado a un campo de batalla? ¿Cómo se podían encontrar los cadáveres del continente debajo de Ravensmuir? No tenía sentido, pero al igual que lo había hecho en diciembre, Malcolm sabía que era así. Tuvo que buscar su equilibrio con cuidado, aun sabiendo que Rafael lo estaba dejando muy atrás. Una antorcha parpadeó muy abajo, arrojando una luz naranja vívida. Aunque Malcolm no sabía si era un señuelo o una salvación, se dirigió hacia allí.

Desde su luz, vio a los muertos. Estaban caídos por todos lados, el suelo de la caverna estaba pegajoso por la sangre derramada. Él reclamó la antorcha de la abrazadera de la pared y la levantó en alto, sin querer considerar quién se la había encendido. Esa música lo volvería loco con su incesante invitación.

Había cadáveres apilados con abandono por todos lados y el aire estaba cargado de olor a podredumbre. Algunos hombres estaban atados y otros encadenados. A algunos les habían sacado los ojos o les habían cortado las orejas. Algunos tenían gargantas cortadas y a otros les faltaban manos o pies. Varios habían sido destripados, el olor era suficiente para hacer que Malcolm fuera un desgraciado. Todos estaban ensangrentados y golpeados, y todos estaban muertos.

A muchos de ellos los reconoció como hombres a los que él mismo había matado. Que ellos le hubieran quitado la vida si él no hubiera acabado con la de ellos primero no era un consuelo. La música se burlaba de él con todas las matanzas que había cometido.

Este lugar, este lugar extraño y horrible, era incluso peor que el mundo que Malcolm había querido dejar atrás para siempre. Tropezó hacia adelante detrás de Rafael, maldiciendo los rápidos pasos de ese hombre. Rafael era atraído siempre hacia abajo por la música.

Malcolm no se sorprendió cuando una luz más brillante iluminó el camino. Era dorada como había sido el primer resplandor en los establos, pero parecía latir al compás de la música. Escuchó risas y aplausos, señales de los vivos que había después de recorrer este pasaje lleno de muertos. Se apresuró, saltando por encima de los cadáveres en su camino, resbaló en la piedra ensangrentada y finalmente entró en una gran caverna.

Él recordaba ese lugar. Era la caverna más grande de los túneles de la colina debajo de Ravensmuir. Comprendió que estaba derrumbada, pero permaneció dentro de ella. Malcolm nunca había ido allí desde los establos, aunque sabía que era posible. Siempre había bajado desde el propio salón a esa caverna, aunque no la había visitado con frecuencia. Cuando eran niños, se les había prohibido entrar solos a las cavernas, y mucho después se había enterado de que en este salón se había almacenado el gran tesoro de reliquias.

Había una grieta en el suelo donde la piedra estaba rota, y una niebla se elevaba de ella, lo que indica que había agua dentro. Esa caverna se abría al mar, donde Rosamunde y su padre Gawain antes que ella había atracado una vez el barco que había llevado reliquias cerca y lejos. La caverna era más pequeña y más baja que antes, y el gran montón de escombros que ocultaba al menos la mitad mostraba la razón del colapso de Ravensmuir. Malcolm vio que no quedaba ningún pasaje hacia la antigua fortaleza.

Más allá de eso, la caverna le era completamente ajena. Estaba llena no solo de luz dorada y el sonido de esa música, sino de miles de hadas. Aleteaban y bailaban, comían y bebían, coqueteaban y revoloteaban.

Había un trono en un extremo de la caverna, y un hombre con una larga barba oscura estaba sentado sobre él, los anillos en sus dedos brillaban mientras mantenía la melodía. Un círculo de hadas de todos los tamaños y formas se arremolinaba alrededor del violinista solitario, algunas en vuelo y otras bailando tan rápido que bien podrían haber volado. El violinista estaba casi oscurecido por el brillo de alas, zapatos y gemas, la música casi oscurecida por la risa de las hadas en la caverna.

En medio de ellas estaba Rafael, bailando como si hubiera perdido el juicio. Giraba, pateaba, reía y aplaudía, más alegre de lo que Malcolm le había visto nunca, aunque había un aire salvaje en sus ojos.

Él estaba atrapado.

Cuando una dama salió de detrás del trono, con su oscura mirada fija en Rafael, Malcolm temió lo peor. Ella descendió al círculo, esta dama con cabello tan oscuro como la medianoche. La piel de la dama era tan pálida como la luna pero trazada con espirales oscuros y telarañas, sus labios estaban tan rojos como la sangre y su sonrisa era tan hambrienta como la de un lobo. Atravesó el círculo de hadas danzantes y alcanzó a Rafael, pero Malcolm no pudo permanecer en silencio.

"¡Déjalo en paz!" gritó él. "Él no sabe nada de tus caminos".

La música se detuvo.

La dama volvió su mirada hambrienta hacia él, sus labios apretados con desaprobación.

El rey, porque seguramente eso era lo que era, se levantó de su trono, su frente como un trueno.

Cuando la dama levantó la mano, como para golpearlo, Malcolm se despertó sobresaltado.

Su corazón latía con fuerza y el recuerdo de su promesa ardía en su mente. Estaba en el gran salón de Ravensmuir, en el torreón que no existía cuando él y Rafael habían bajado a las cavernas. El fuego de la chimenea se había reducido a brasas incandescentes. Junto a la puerta, Rafael dormía completamente vestido y Malcolm sabía que también había una espada en la mano de su compañero.

Desde ese ángulo, podía ver los agujeros en las suelas de las botas de Rafael y la vista era escalofriante. Botas tan resistentes, hechas de buen cuero español, deberían haber aguantado toda la vida, pero Rafael había bailado hasta gastar las suelas esa noche, y luego durmió una semana después. Malcolm se obligó a tomar un respiro para calmarse al darse cuenta de que su nueva esposa, Catriona, dormía en el solar en lo alto de las escaleras, con el anillo en el dedo. Él no la había conocido durante el invierno, pero ya no podía evitar pensar que si lo hubiera hecho, podría haber tomado una decisión diferente.

Fue en ese momento que Malcolm volvió a escuchar la música maldita. La música de las hadas llegó a sus oídos, enredó su corazón y temió que lo volviera loco.

Quizás esa era la intención de las hadas.

Entonces recordó la canción de Catriona, la que acababa de escuchar ese día.

"Era una noche oscura, oscura, sin luz;
Vadearon con sangre roja hasta la rodilla:
Porque toda la sangre que se derrama sobre la tierra;
Corre por los ríos de la tierra de las hadas."

MALCOLM NO PODÍA SENTARSE y soportar el tormento de la música, sin tener en cuenta los recuerdos que le despertaba. Aunque no tenía intención de dejar sola a Catriona la noche de sus nupcias, una vez más, eligió entre una pobre variedad de opciones.

Salió del salón y se internó en la niebla inmóvil de la noche. Se dirigió a las ruinas y exhaló un suspiro mientras se sentaba dentro.

Se sentía cercano a su tío solo ahí.

Se sentía realmente cuerdo, solo ahí.

Malcolm se pasó una mano por el pelo y deseó con todo su corazón no tener que morir dentro de tres noches. Sin embargo, sabía que solo en los cuentos las hadas renunciaban a su derecho a los mortales. Aunque él deseaba lo contrario, no habría escapatoria para él en la víspera del solsticio de verano.

CATRIONA SE DESPERTÓ SOBRESALTADA. Por un momento, no estaba segura de dónde estaba, luego Avery lloró y la leche comenzó a gotear de sus pechos. Ella estaba en el solar de Ravensmuir en medio de la noche, aunque el colchón estaba frío a su lado. Malcolm la había dejado después de su beso simbólico, por lo que su partida no fue lo que la despertó.

Siguiendo el instinto, Catriona se levantó y miró por la ventana. Su corazón se hundió al ver la silueta de su señor esposo acercándose a las ruinas en el acantilado. Cuando volvió a desaparecer en la enorme caverna, ella escuchó a Vera en la habitación contigua. Catriona golpeó una yesca y encendió una linterna, incluso mientras pensaba.

¿Por qué iba allí? ¿Qué buscaba?

Vera entró en el solar en ese momento, meciendo al bebé mientras lloraba. Catriona se volvió para tomar a su hijo, muy consciente de cómo la mirada de la mujer mayor revoloteaba por la habitación.

"¡Se fue!" Vera susurró. "¡Y en su noche nupcial!" Se volvió hacia Catriona con sospecha y desaprobación. "¿Qué has hecho, niña?"

"Nada…" comenzó Catriona, pero Vera no la dejó terminar.

"¡Sí, nada! Ahí está la verdad." Ella chasqueó la lengua y negó con la cabeza. Catriona se sentó en un taburete para amamantar a su hijo, incluso mientras Vera avivaba las brasas del brasero.

"Nada", murmuró la mujer mayor de nuevo. "Todo el mundo te ha sido concedido y no haces nada por conseguirlo".

"Vera, ayer tuve un hijo. No puedo darle placer a mi señor esposo todavía ".

"Hay otras formas de ver el placer de un hombre", respondió la mujer mayor. "Es tu noche nupcial. Él te da todo, niña, y podría esperar alguna acción a cambio."

Catriona sabía que Vera no se refería a ese beso embriagador, pero su propia falta de experiencia no le daba idea de qué más podría haber hecho. "Mi señor fue muy amable…"

"Y él se ha ido". Vera estaba de pie en la ventana opuesta, con las manos apoyadas en las caderas mientras miraba el patio vacío. Sus ojos se entrecerraron. "¿Había putas en ese campamento de hombres? ¿Se las llevaron con ellos?

"No sabría." Catriona no le confesaría el paradero de Malcolm a Vera, no antes de preguntarle a él primero.

Vera resopló. "Difícilmente te hablarían de eso". Acercó un taburete y se sentó junto a Catriona. "Muchacha, no conozco la totalidad de tu historia y no deseo escucharla. Pero tienes la oportunidad en este momento de asegurarte un futuro para ti y para tu hijo."

"Lo sé bien y que soy afortunada en esto..."

"¡Entonces asegúrate de que no te lo puedan quitar!"

Catriona asintió con sentido común. "Deseo darle a mi señor esposo un hijo de sangre con toda prisa."

La mujer mayor sonrió y palmeó la rodilla de Catriona. "Este es un buen plan. Pero hay días, si no semanas, en los que todo podría perderse." Ella se inclinó más cerca y susurró. "Un hombre no puede esperar un mes para celebrar sus nupcias."

Esta mujer le había dado buenos consejos, por lo que Catriona se atrevió a pedir más. "Sé poco de esos asuntos, Vera".

"¡Tienes un niño!"

"Él se apoderó de mí en una noche, y tuve poca alegría en eso. Esa noche es la suma de mi experiencia en la cama."

Vera se recostó para considerarla, comprensiva en sus ojos. "Y mi Señor Malcolm lo sabe, ¿no es así?"

Catriona asintió, eligiendo no confesar que Malcolm había adivinado solo una parte de la verdad. "Lo vería complacido y su paciencia recompensada, pero no sé cómo empezar".

La criada miró a derecha e izquierda y luego se inclinó hacia Catriona. Tienes manos, muchacha. Pregúntale qué le gustaría más que hicieras con ellas."

Catriona no podía imaginar lo que Vera quería decir más de lo que podía imaginar tener una discusión así con su esposo. "¿Preguntarle?"

"Con tus manos, niña." Vera se echó hacia atrás y puso su mano sobre su propio pecho, su palma plana y los dedos extendidos. "Comience aquí y mueva lentamente la mano hacia abajo." Ella le guiñó un ojo, viéndose repentinamente traviesa y mucho más joven. "Antes de que llegues a lo que ambos sabemos que está allí, él te dirá su deseo." Vera asintió sabiamente. "Confía en mí en esto".

"Tócalo con valentía y déjalo guiar tu curso."

Ella podría hacer esto.

Tenía que hacerlo.

Catriona acercó a Avery a su otro pecho, esperando que Vera hablara bien.

MALCOLM NUNCA HABÍA TENIDO la intención de dejar a su esposa la noche de sus nupcias, pero la música solo podía ser ignorada en las ruinas. Allí sentía como si Tynan lo cuidara, como un espíritu protector. Aunque era un capricho, aunque tenía que serlo, la idea le permitía a Malcolm aferrarse a su cordura. Era solo después de que las hadas cesaron sus alboroto que podía pensar con claridad, solo en el frío antes del amanecer era que podía alejarse de la fortaleza en ruinas y regresar al solar de Ravensmuir.

Estaba tan silencioso como la tumba sin los albañiles.

Malcolm se quedó un momento fuera del salón, creyendo que escuchaba un sonido. Los ruidos llegaban muy lejos en la niebla, aunque no siempre se podía ver su origen. Se quedó de pie, escuchando durante un largo rato, pero solo escuchó el estallido de las olas en la orilla muy abajo.

Incluso ese sonido parecía silenciado en esa hora.

Estaba demasiado cansado para escuchar siquiera con certeza. Sacudió la cabeza y entró en la nueva fortaleza.

Rafael seguía durmiendo, o al menos parecía hacerlo, cuando Malcolm atravesó el salón. Malcolm deseó con repentino vigor no haber cambiado su alma por la de su camarada, porque deseaba más que nada vivir su vida en Ravensmuir con Catriona. Parecía que finalmente había logrado algo que deseaba defender, pero en pocos días, se vería obligado a abandonarlo todo.

De todos modos, no podía romper su palabra.

No imaginaba que las hadas volvieran a negociar con él.

Malcolm empezó a subir las escaleras, convencido de que si la mano de Catriona hubiera estado dentro de la suya seis meses atrás, tal vez no habría saldado su deuda con Rafael.

Él tenía que preguntarse cómo sería el futuro de Ravensmuir. ¿Catriona prosperaría ahí? ¿Sobrevivirían sus planes? ¿Avery llegaría a la edad adulta y gobernaría Ravensmuir en lugar de Malcolm? Él quería creer que todo iría bien, que Alexander y Eleanor defenderían a su nueva esposa y heredera, que sacaría el mérito de los últimos días que había pasado en esta tierra.

Era humano desear no tener que partir tan pronto.

No se oía ningún sonido en la cámara que Vera había reclamado como guardería, solo el sonido de la respiración de Catriona en el solar. Los braseros estaban fríos, el viento helado, y Catriona estaba acurrucada en medio del colchón, envuelta en una capa. Si ella se enfermaba, su plan podría fracasar. ¿Quién la cuidaría en su ausencia? Él se quitó la capa y el abrigo, y también se quitó las botas antes de cruzar al colchón. No había querido despertar a Catriona, pero el brillo de sus ojos reveló que estaba completamente despierta.

Esperando.

Plenamente consciente de que se había ido.

"¿Por qué?" preguntó, la palabra no fue más que un suspiro.

"No tengo otra opción."

Su dama arqueó una hermosa ceja, recordándole su convicción de que siempre hay que tomar una decisión. Malcolm negó con la cabeza. "Es una especie de hechizo". Hizo un gesto hacia la puerta mientras ella lo miraba en silencio. "Te dejaré."

Para su sorpresa, Catriona bajó las sábanas. "Te pediría que pasaras más de nuestra noche de bodas en la cama conmigo".

Para que él no dudara de su invitación, se sentó y se quitó la capa. Su camisola Estaba abierta al frente, dándole una vista tentadora de sus pechos llenos.

Su mirada volvió a encontrarse con la de él. "No soy una doncella, señor, y en este día, tengo menos que ofrecer de lo que pronto podré dar, pero soy tuya".

Malcolm se hundió en el colchón y se llevó una mano a la barbilla. "No puedes decir esto".

"No puedo querer decir lo contrario". Ella desvió la mirada por un momento, luego lo miró a través de sus pestañas, una expresión tan tímida y diferente a la de su atrevida esposa que a Malcolm le sorprendió su incertidumbre. "—Sé poco de esos asuntos, Malcolm, pero estoy informada... Sus mejillas se pusieron rosadas antes de continuar. "—Me han dicho de buena fe que me aconsejarás cuál es la mejor manera de usar mis manos."

Él no necesitaba más invitación. De hecho, no podría haberla resistido a ningún precio.

Tampoco le daría la oportunidad de reconsiderarlo.

Malcolm se quitó la camisola y las calzas y luego se reunió con su esposa en la cama. Se puso de rodillas y levantó las manos. Él tomó una en cada mano, plantando un beso en cada palma, luego colocó las manos de ella sobre sus hombros.

"Comencemos aquí", murmuró, antes de rozar con los labios su frente. "Pronto verás lo que me da placer". Se inclinó más cerca y le besó el lóbulo de la oreja. "Pero ten en cuenta que también tengo la intención de aprender qué es lo que te da placer, señora mía".

Su señor esposo era un hechicero.

De hecho, el cambio en la actitud de Malcolm era fascinante. Catriona pensaba que sus ojos habían brillado antes y que sus modales habían sido intensos en cada uno de sus intercambios. Sin embargo, cuando ella hizo su oferta, el aire podría haber crujido entre ellos. Ella podría haber sido chamuscada por el calor en sus ojos, su atención haciéndola sentir un cosquilleo con una nueva conciencia.

Era vertiginosa, esta sensación de emoción. Dejó su carne

ardiendo y sus pensamientos se llenaron con el recuerdo de cada uno de sus besos.

Aún más notable, la hacía anhelar otro. ¿Qué poder tenía ese hombre para hacerle olvidar lo que había soportado lo suficiente como para encontrarse con él en la cama, después de dos dulces besos y una caricia? Catriona descubrió que realmente no le importaba.

Ella simplemente ardía por más.

Cuando Malcolm se quitó la ropa, sin avergonzarse de su desnudez, ella tuvo que admitir que su cuerpo era espléndido. Él también era claramente poderoso y ella se asombró nuevamente de que él hubiera sido tan gentil en sus caricias hasta el momento. Su mirada se había posado en su erección, pero cuando tragó saliva alarmada por su tamaño, él tomó sus manos entre las suyas. Se movió lentamente, tranquilizándola con sus modales mientras besaba sus palmas. El roce de sus labios contra su piel era algo maravilloso, una caricia a la vez delicada y excitante. Catriona sentía que se le aceleraba el pulso y reconoció la posibilidad de que pudiera encontrar placer en el acto entre hombre y mujer.

Y luego, su esposo prometía mostrárselo, una vez más, dándole la sensación de que él le leía la mente.

Si él lanzaba un hechizo, ella estaba más que preparada para estar encantada.

Se arrodillaron uno frente al otro. Las manos de Catriona estaban sobre los hombros de Malcolm, sus palmas contra su suave piel y sus dedos extendidos. Él observó como siempre, tan inmóvil como siempre, esperando a que ella decidiera qué hacer. Catriona sentía que él esperaría hasta el Día del Juicio Final, si era necesario, y eso la tranquilizaba poderosamente. Había un destello de humor en sus ojos y eso fue lo que le dio a Catriona la audacia para comenzar.

Ella movió sus manos hacia abajo, sintiendo su carne incrementándose a intervalos. Su piel era suave y podía sentir sus músculos. Ella siguió la curva de su pecho, dejando que sus pulgares se deslizaran en la maraña de cabello oscuro en el medio de su pecho. Sus pezones eran planos y oscuros, y ella trazó la punta de un dedo alrededor de uno, preguntándose si eran tan sensibles como los suyos. Él contuvo el aliento, pero ella no detuvo su exploración.

Su erección parecía haberse hecho más grande y más dura, la mejor señal de su placer. Ella tragó y bajó aún más las manos, donde el cabello se alisaba y quedaba suave contra su vientre plano, donde sus costillas acechaban debajo del músculo. Ella le tocó el ombligo con el pulgar, sonriendo al recordar que Ian había sentido cosquillas allí, y Malcolm se sobresaltó. Su carne se onduló y ella supo que él compartía la debilidad de Ian.

Que tuviera tal debilidad alimentaba su confianza. Ella se inclinó por un capricho y le sopló el ombligo, solo para que él soltara una carcajada y la tomara en sus brazos. Se encontró de espaldas, su marido se cernía sobre ella, con los ojos encendidos. Por un momento, ella se asustó y él debió haberlo visto, porque rodó sobre su espalda, esperando su toque.

"Tienes cosquillas", dijo ella en voz baja.

Hizo una mueca. "Y ahora conoces mi secreto".

"Apuesto a que tienes más que eso", respondió ella y su sonrisa fue rápida.

"No estoy solo en eso, señora mía". Levantó una mano. "Te invito a descubrirlos todos".

Catriona se sentó, nuevamente resuelta. Ella se acercó más a él y puso su mano sobre su vientre, mirando su virilidad. Ella extendió la mano y tocó su erección, se sorprendió cuando se elevó bajo su mano. La piel estaba tersa y tensa. Ella pasó las yemas de los dedos a lo largo y él inhaló bruscamente. Cuando ella miró, sus ojos estaban en llamas.

"¿Qué puedo hacer para complacerte mejor?" preguntó y él cruzó su mano sobre la suya. Él invitó a sus dedos a enroscarse alrededor de su fuerza y luego le mostró cómo mover su mano hacia arriba y hacia abajo a lo largo de él. Catriona siguió su indicación y él apartó la mano, recostándose y dejando que ella lo acariciara.

Echó la cabeza hacia atrás y cerró los ojos, apretando los dientes cuando ella lo tocó con mayor audacia. Observó sus reacciones, notando lo que más le agradaba, amando que se rindiera por completo a ella.

"No tan rápido", dijo él una vez, su voz más tensa de lo que ella lo había escuchado. "Es mejor hacer que la fiesta dure". Su mirada chisporroteaba de pasión cuando la miró de nuevo. "Casi a la cima, luego retírate y comienza el asalto de nuevo".

"¿Cuantas veces?"

La comisura de su boca se curvó, una visión que hizo que el corazón de Catriona latiera con algo más que miedo. "Tantas veces como sea posible".

Catriona se encontró sonriéndole. "¿Me desafías, esposo?" Ella le dio un pequeño apretón y observó cuán bruscamente inhalaba. Aún permanecía ante ella, completamente esclavizado por ella. La emoción de Catriona aumentó junto con su confianza.

"—Quizá debería hacerlo" —murmuró él y Catriona cambió la presión de sus dedos, atormentándolo de nuevo. Su quietud la hacía sentir tan audaz con él como antes era con todo el mundo. Ella lo acariciaba y lo provocaba, mirándolo con avidez mientras lo atormentaba con placer. Él alcanzó el final de su trenza en un punto, tocando las puntas rizadas de su cabello. La admiración en sus ojos la hacía sentir una belleza, aunque pocas veces se había sentido así antes. Luego se desabrochó la camisola y se deshizo el cabello, sacudiéndolo para que quedara suelto sobre sus hombros. Cayó a sus caderas en ondas creadas por la trenza, pero la forma en que la miró con asombro hizo que el corazón de Catriona latiera a toda velocidad.

"Ojalá fuera una doncella todavía", confesó ella en voz baja. Ella no se avergonzaba de su cuerpo, pero dar a luz a su hijo le había costado la tensa fuerza que una vez había sido suya. Deseó que él la hubiera visto entonces. "Para que pueda mostrarte una vista más atractiva".

"Esta vista que concedes es más atractiva que cualquier otra que haya conocido", murmuró él en respuesta y ella se atrevió a creerle. Ella dejó que su cabello se deslizara sobre su cuerpo y él gimió un poco, enrollando un dedo alrededor de un zarcillo y frotándolo entre el índice y el pulgar. "Como oro hilado", dijo. "Pero un premio más rico, sin duda".

Que ese hombre pudiera pensar en ella como un tesoro era una idea tentadora. Catriona lo tocó y lo provocó. Era más que gratitud en el trabajo, más que la promesa que había hecho de ser una buena esposa: ella quería que él la mirara todos los días de su vida como lo hacía esta mañana. Ella persuadía su respuesta lo mejor que podía, aprendiendo mejor con cada momento que pasaba, sintiendo que la conexión se hacía más vigorosa entre ellos con cada movimiento de sus dedos.

Y cuando Malcolm finalmente susurró su nombre y apretó los puños a su lado, supo que ya había soportado suficiente. Catriona no alteró su caricia, sino que lo provocó una y otra vez hasta que él se estremeció con notable moderación. Ella le dio un golpecito con la yema del dedo en un gesto juguetón y él rugió con el repentino vigor de su liberación.

Ella se sentó para mirarlo, sintiendo una satisfacción no pequeña por lo que había hecho.

Malcolm parpadeó varias veces y contuvo el aliento, luego limpió su semilla derramada con su camisola. Se dio la vuelta para mirarla, apoyándose en un codo y le hizo un gesto de invitación con un dedo. Su voz retumbó bajo, un tono que despertó perfectamente un zumbido entre sus muslos. "Ven aquí, señora mía. Es tu turno de ser atormentado con placer."

A Catriona le sorprendió la disposición con que se movió a su lado.

No menos por la anticipación que le hacía cantar la sangre.

～

MALCOLM ESTABA ASOMBRADO POR CATRIONA. Él había esperado que le tomara más tiempo descartar su miedo natural a la intimidad, pero ella parecía tan decidida a abandonar su pasado como él a ayudar en esa tarea. La encontró particularmente atractiva, sus mejillas enrojecidas y su expresión suave. Su mirada parecía soñadora como rara vez lo era durante el día, y nunca había estado tan tentado por una mujer. Le habría costado muy caro evitar la tentación que ella le ofrecía, pero lo habría hecho.

Que ella se hubiera ofrecido a tocarlo había superado todas las expectativas.

Él nunca podría haber imaginado que ella aprendería tan rápidamente la mejor manera de encender su deseo, y al mismo tiempo mantenerlo ardiendo. La sensación de las yemas de sus dedos deslizándose sobre su piel, explorando su cuerpo, había sido un tormento exquisito, uno que había esperado poder soportar. Su caricia era suave y firme a la vez, y cuando él le enseñó a cambiar su caricia, Catriona aprendió a leerlo tan bien que casi lamentó el consejo.

Pero Malcolm nunca podría arrepentirse de tal placer.

Cuando ella sacudió su cabello, él había estado fascinado por la vista. El roce de su cabello contra su piel era glorioso, y la deseaba con todas sus fuerzas. Había sido demasiado fácil imaginarlos moviéndose juntos, su calor rodeándolo, su aliento en su oído y ese glorioso cabello esparcido por su rostro. La sola idea lo había empujado al límite, y se había quedado temblando después de su poderosa liberación.

Y ahora, era el momento de la recompensa de la dama. Ella se acercó a él de inmediato, lo que hizo que el corazón de Malcolm latiera con fuerza. La invitó a que se acostara a su lado, luego le tocó la barbilla con las yemas de los dedos antes de besarla. Como antes, comenzó gentilmente, prestando atención a su reacción, dejando que ella le respondiera. La sintió recuperar el aliento. Vio el aleteo de su pulso. Pero en lugar de retirarse, Catriona extendió la mano para acunar la parte posterior de su cabeza y deslizó sus dedos por su cabello. Ella abrió la boca para él, invitándolo a profundizar su beso y Malcolm solo pudo obedecer.

Había una dulzura en su pasión, una inocencia que le hacía sentir un agudo sentido de responsabilidad. Él deseaba poder sobrevivir al trato con las hadas, poder regresar de alguna manera a Ravensmuir y tener años para hacer el amor con su esposa.

Tal como estaban las cosas, podría tener solo unas pocas oportunidades para mostrarle placer.

Él las haría contar. Malcolm puso su mano sobre su rodilla, dejándola acostumbrarse a su peso mientras continuaba el beso. Pasó los dedos por debajo del dobladillo de su camisola, su corazón se apretó ante la suavidad de su muslo. Catriona inhaló cuando él deslizó los dedos hacia arriba, pero no se apartó.

De hecho, separó los muslos para permitirle el acceso, aunque él la sintió temblar de incertidumbre. Él rompió el beso y le sonrió. "No tomo nada en este día", susurró. "Solo tienes que recibir".

Sus maravillosos ojos se entrecerraron levemente, luego sus labios se separaron mientras él la acariciaba con la yema de un dedo gentil. Para su deleite, ella estaba empapada con una excitación en respuesta, y él puso su mano sobre ella. Sus dedos estaban atrapados en la maraña de cabello allí, lo que le hizo preguntarse si era rojo, dorado o marrón. Sin embargo, ella estaba preocupada por el aspecto de su cuerpo, así que él no miraría ese día. Su dedo medio se deslizó entre los pliegues para encontrar la cuenta de su deseo, luego acarició esa perla con una lenta seguridad que hizo que los ojos de Catriona se abrieran con sorpresa. Sus labios se separaron y un rubor se apoderó de sus mejillas mientras susurraba su nombre.

Como él le había enseñado, la acarició con diferentes velocidades, primero más rápido y luego más lento, primero con firmeza y luego con suavidad, primero a través del pico y luego alrededor de él. Él se tomó su tiempo, dejándola saborear lo que debía ser una nueva sensación, y en unos momentos, pudo oler su excitación. Eso le hizo anhelar poseerla por completo, pero Malcolm moderó su reacción, centrándose en el placer de su dama. Ella se retorció a su lado, luego se aferró a sus hombros cuando sintió que el temblor comenzaba profundamente dentro de ella.

Él se retiró, como le había enseñado a ella, y ella gritó de angustia por que le negaran la liberación. Sin embargo, sus ojos brillaron e intentó tirar de él para darle un beso.

"Fue tu desafío", le recordó. "Solo trato de satisfacer".

"¡Me torturas!" susurró ella, con los ojos bailando de una manera que le iluminó el corazón. "¿Cómo pude no saber de esto?"

Él movió su mano más abajo, para que su pulgar pudiera acariciar esa perla escondida y ella gimió en voz alta.

"¡Malcolm!" susurró ella, su voz sin aliento. "No me obligues a soportar más".

"Valdrá la pena", le prometió. "Y debo vengarme del tormento que me diste."

Ella se estremecía y se agitaba, arqueando la espalda y jadeando en voz alta bajo su caricia. Malcolm le sonrió, su encantadora y tentadora esposa, y la complació aún más. Ella le agarró la cabeza y tiró de él para darle un beso que le hizo preguntarse quién atormentaba a quién. Él se tragó sus jadeos de placer y resolvió darle esa preciosa liberación. Sintió que se le aceleraba la respiración y se le aceleraba el pulso. Sintió que los temblores se volvían más fuertes en su interior mientras esa gota de deseo se apretaba hasta convertirse en un nudo más duro. Él deslizó su otro brazo por debajo de sus hombros y la abrazó más cerca, amando cómo ella besaba su boca, su mejilla, su cuello. Ella susurró su nombre repetidamente mientras el frenesí crecía dentro de ella y le clavaba las uñas en los hombros. Ella lo rozó con los dientes, luego se puso rígida y gritó de placer, su cuerpo tembló cuando encontró su liberación. Ella apoyó la frente contra su pecho, su respiración se aceleró y el corazón le latía con fuerza, y Malcolm le dio un beso en el pelo.

"Es sólo el comienzo, señora mía", dijo en voz baja.

"Entonces me temo que es un viaje que no sobreviviré", respondió ella, con los ojos brillantes mientras lo miraba. "Aunque no puedo imaginar que ningún alma se arrepienta de tal desaparición".

"Ni yo" Malcolm estuvo de acuerdo, luego se inclinó y capturó sus labios bajo los de él, saboreando la forma en que ella se levantaba para abrazarlo. Escuchó un movimiento en la antecámara y el grito de Avery, y supo que este intervalo debía terminar.

"Vera, sin duda, espera escuchar el éxito de su consejo", susurró Catriona mientras Avery lloraba aún más fuerte. La leche comenzó a gotear de sus pechos con el sonido, y se sonrojó ante la mancha de humedad en su camisola.

"Te traeré un poco de agua caliente para que te laves", dijo Malcolm, levantándose con desgana del colchón. Le ofreció la mano a Catriona y ella aceptó su ayuda sin dudarlo. "Y luego, señora mía, comenzarán tus lecciones para garantizar la desaparición de un hombre."

DOMINGO 20 DE JUNIO DE 1428

DÍA DE SAN ALBANO Y SAN EDUARDO.

CAPÍTULO 10

Alexander se agitó en sueños cuando escuchó las campanas de la mañana sonar desde la capilla de Kinfairlie. Escuchó, se dio cuenta de que no eran más que las primeras campanas de la mañana y se deslizó más profundamente bajo las sábanas. Eleanor dormía a su lado, la pequeña Melissande acurrucada contra el costado de su madre. Él sabía que solo podía contar con unos momentos más de sueño pacífico, porque el cielo ya se aclaraba y los otros niños saltarían sobre la cama antes de que el sol saliera del horizonte.

Pero esa mañana, Alexander no iba a dormir más.

"¿Mi señor?" Anthony susurró desde más allá de las cortinas de la cama.

Los ojos de Alexander se abrieron de par en par ante el trasfondo de preocupación en su tono castellano. Anthony resolvía todas las crisis sin mostrar emoción alguna. ¿Qué pudo haber salido tan mal tan temprano en el día para preocuparlo?

"Buenos días", respondió Alexander, levantándose rápidamente de la cama. Corrió las cortinas para cerrarlas detrás de él, con la esperanza de que Eleanor durmiera más. Sintió el cambio en su respiración y no dudó que ella escuchaba.

"Me temo que podría no ser así, señor." Anthony parecía haberse vestido con prisa y con menos cuidado de lo habitual.

Alexander echó un vistazo y se puso sus calzas y botas. "¿Qué ha sucedido?"

"No sucedido nada todavía, señor, pero hay un pequeño ejército acercándose a Kinfairlie."

Alexander se volvió hacia su castellano. "¿De quién?"

"—No conozco sus insignias, señor. Los centinelas esperaban que pudieras conocerlas. Parecen tener más experiencia en la guerra, y de ninguna manera es seguro que lleguen en paz."

"¡Pero es domingo!"

"Tengo entendido, señor, que algunos guerreros, en particular aquellos cuyos servicios se pueden comprar, no respetan la tradición de santificar el día del Señor."

¡Mercenarios!

Solo podía haber una persona detrás de su llegada. Alexander se puso el abrigo y subió a la habitación más alta de la torre de Kinfairlie, subiendo las escaleras de tres en tres. Cogió su telescopio, un regalo de Rosamunde en su última visita a su salón, y nunca antes se había sentido tan feliz por el regalo.

Una compañía acababa de salir del bosque de Kinfairlie, en el camino que conducía a las puertas de Alexander. Su corazón se hundió ante su número, porque si todos tomaran las armas contra sus fuerzas, el intercambio sería más igualado de lo que él prefería.

Había más de veinte hombres en el grupo, completamente armados y cabalgando hacia sus puertas. Cada uno de ellos debía tener dos o incluso tres caballos, porque la compañía parecía más grande incluso de lo que era, y también había escuderos con ellos. Aunque llevaban su cota de malla, no parecían llevar sus yelmos ni tener sus espadas preparadas. Incluso a la distancia, podía oírlos cantar, y eso le consoló.

Era posible que no cabalgaran para la batalla.

Todavía.

Ciertamente no se apresuraban. Si no hubiera sido por su

número y su armadura, podría haberlos considerado una compañía pacífica y pasajera. Llevaban un estandarte, su tono del negro más profundo, pero por lo demás, parecía que cada uno usaba sus propios colores. También llevaban una cantidad de animales cazados, y los labios de Alexander se afinaron porque probablemente habían sido saqueados de su bosque.

Pero, ¿quién desafiaría a un grupo así por los faisanes?

Le entregó el telescopio a Anthony, que lo había seguido y esperó pacientemente detrás de él.

"¡Mercenarios!" ese hombre concluyó con disgusto.

"¿Pero en el empleo de quién?" Alexander frunció el ceño, luchando contra la respuesta obvia. Seguramente su propio hermano no contrataría hombres para reclamar a Kinfairlie como suya. ¿Seguramente Malcolm no había cambiado tanto? "La influencia de los Black Douglas ha disminuido mucho desde la muerte de Archibald the Tyneman en la derrota escocesa en Verneuil".

"Y su hijo, James, y su yerno, Buchan. Fue un gran golpe para su familia."

"Lo que explica la determinación del heredero de ser el perro faldero de nuestro rey que ha regresado." Alexander volvió a tomar el telescopio y examinó sus propias torres. Aunque los muros que rodeaban a Kinfairlie no estaban completos ni eran formidables, ya que había estado en paz durante muchos años, las torres estaban armadas con centinelas y soldados. Los veía enfurecerse ahora, su atención fija en el ejército, sus armaduras captando el sol de la mañana.

Entonces, Kinfairlie estaba preparada. Observó al ejército, incapaz de deshacerse de su sensación de que no se movían con el propósito que uno esperaría de un grupo guerrero. "Sería diferente al Rey James usar fuerzas como estas".

"No, es más parecido a que arresten a un hombre y luego se aseguren de que nunca vuelva a ver la luz".

Era bastante cierto y Alexander no podía reprender a su castellano por decir la verdad. James había aprendido mucho durante su cautiverio en la corte inglesa acerca de cómo mantener y afirmar la autoridad real, y ahora de regreso en Escocia en su trono, no tenía miedo de poner en práctica esas lecciones.

"—No, no creo que Archibald, el quinto conde de Douglas, esté detrás de esto. Podría ser muchas cosas, pero no atacaría los domingos, y tampoco revelaría su intención llegando el domingo con tiempo libre para golpear a la mañana siguiente."

Mientras Alexander hablaba, la compañía que se acercaba llegó a la última bifurcación del camino. A medio camino entre el bosque de Kinfairlie y la puerta de Kinfairlie había un sendero que conducía a Ravensmuir. Había otro camino más ancho al otro lado del bosque, pero para sorpresa de Alexander, esta compañía tomó el sendero. Su corazón se hundió mientras cabalgaban por él en una sola fila, todavía cantando, su risa fuerte, su compañía extendiendo un dedo largo por la tierra.

"¿Señor?"

Me quedaré aquí hasta que se pierdan de vista, Anthony. Te pediría que invitaras a Ruari a unirse a mí. Quisiera enviar un hombre a Ravensmuir, para descubrir la verdad de esto, Ruari podría ser la mejor excusa."

"¿Señor?"

Alexander miró a su castellano. "—Él desprecia el sur, Anthony, pero vino para ver a Vera."

La comprensión se iluminó en los ojos de Anthony. "Pero Vera se quedó en Ravensmuir con el nuevo hijo".

"En efecto." Alexander dio unos golpecitos con el telescopio en la mano. "Me imagino que está preocupado por su bienestar, o al menos deseoso de su compañía". Alexander recordó un detalle y se volvió de nuevo hacia su castellano. "Y, por favor, pídale a Elizabeth que venga a verme cuando esté lista para ir a misa. No la llevaré a Ravensmuir este día, no con un ejército de mercenarios en marcha."

"Muy bien, mi señor." Anthony salió de la habitación para hacer las órdenes de Alexander, pero Alexander se demoró para observar el progreso de ese pequeño ejército. Para su alivio, continuaron su camino hacia Ravensmuir, sin mirar atrás.

De hecho, observó su progreso con tanta atención que no vio al segundo grupo más pequeño cabalgando hacia Kinfairlie hasta que ya estaba en sus puertas.

~

CATRIONA SE DESPERTÓ con el calor de su marido a sus espaldas. Su mano estaba debajo de su camisola, cálida contra su piel mientras trazaba un círculo con el pulgar.

Entonces, Malcolm estaba despierto. No había sonidos de Vera o de Avery, aunque el cielo estaba teñido de rosa sobre el océano.

"¿Dónde es un hombre más débil?" preguntó en voz baja, evidentemente consciente de que ella también estaba despierta.

Catriona se dio la vuelta para encontrar a Malcolm mirándola, su expresión inescrutable una vez más. "Allí." Ella lanzó una mirada hacia abajo a su erección, sonrojándose un poco por cómo lo había complacido en las primeras horas de la mañana.

"¿Dónde más?" Él se quitó la ropa de cama y se echó hacia atrás, invitándola con un gesto a observar su desnudez. "Si quieres matar, debes elegir el objetivo correcto".

Catriona sintió un escalofrío de que tuviera la intención de cumplir su palabra.

"Allí." Ella tocó la mitad de su pecho, su dedo presionando contra el hueso.

"¿Por qué?"

"Porque el corazón está ahí".

"Y está bien atrincherado". Él tomó su mano debajo de la suya, aplanándola sobre su carne. Movió su mano, su mirada fija en la de ella, obligándola a sentir su esternón y costillas. "Se necesita una fuerza feroz para clavar una espada en el pecho de un hombre." Guió su mano hacia abajo, hacia su vientre, y Catriona tragó. "Aquí hay menos hueso. ¿Sientes la diferencia?

Ella asintió.

"Pero un hombre muere lentamente cuando se lesiona aquí, incluso si sus tripas se derraman." Él sacudió la cabeza minuciosamente. "No es la solución que deseas".

"No, no lo es. Haría que el asunto estuviera terminado y resuelto."

Mantuvo su mano atrapada debajo de la suya, su apretón suave pero firme. "¿Alguna vez ha matado a un ser vivo, señora mía?" preguntó en ese bajo estruendo que hizo que su sangre palpitara.

"Pollos", admitió ella. Una vez un gallo. Ratones que quedaron mutilados por el gato."

"¿Y cómo los mataste?"

"A los ratones siempre los aplasté con una piedra. El gallo requería de dos de nosotros, porque era ligero y fuerte. Mi madre lo agarró y yo empuñé el hacha del vecino."

"¿Para golpear dónde?"

"Le corté la cabeza".

"¿Y las gallinas?"

Ella apartó la mano del peso desconcertante de la de él, aliviada de que él la dejara hacerlo, e imitó el gesto. "Les retorcimos el cuello".

"¡Exactamente!" Entonces se apoyó en su codo, elevándose sobre ella, levantando el otro dedo para trazar una línea a través de la parte delantera de su garganta. "Porque esto también es un punto débil. Siéntelo."

Catriona extendió la mano y le pasó los dedos por la garganta. "Sin embargo, no todo es suave".

"No, pero si cortas aquí" "—él inclinó la cabeza hacia atrás, permitiéndole ver la barbilla y trazó una línea de oreja a oreja—, "un hombre no sobrevivirá mucho tiempo." Él arqueó una ceja cuando ella no pudo evitar estremecerse al recordar la noche en que su hijo había sido concebido. Malcolm continuó, tal vez considerándola delicada, y Catriona no le confió el motivo de su reacción.

"Quizás lo más importante es que tu víctima podrá hacer poco en el tiempo necesario para que muera".

"¿No es así siempre después de que un hombre ha sido gravemente herido?"

"He visto a un hombre cortado de lado a lado, con las tripas derramadas como salchichas, las recoge y sigue luchando. He visto a un hombre perder una mano y simplemente cambiar su espada a la otra. La pérdida de un ojo escasamente retrasa a un hombre entrenado para la batalla." Catriona miró a su esposo, impresionada y horrorizada de que Malcolm pudiera hablar de tales asuntos con tanta calma. Él sacudió la cabeza. "No, quieres la garganta, así que un solo golpe hará que el asunto se resuelva. También se puede romper, pero dudo que tengas la fuerza en tus manos." Él levantó una mano. "Retuerce mi muñeca tan fuerte como puedas".

Catriona hizo lo que le ordenó, apretando y girando con todas sus fuerzas.

Sacudió la cabeza. "No, solo herirás a un hombre o lo molestarás".

"Esa no puede ser una buena estrategia", estuvo de acuerdo y él le guiñó un ojo.

"No. Un buen golpe, rápido y letal, es tu mejor plan. Cortar la garganta será."

Catriona frunció el ceño a su vez. "Pero seguramente, si esa es la mejor manera, ¿todos los guerreros están preparados para tal ataque?"

Seguro que lo están. Por eso debes aprender a luchar antes de realizar ese ataque." Se puso de pie con gracia atlética, apoyando los pies contra el suelo mientras la confrontaba. "Asáltame", la invitó, haciéndola señas con las manos. Estaba espléndidamente desnudo, su cuerpo todo músculo, su cabello revuelto y su mirada llena de convicción.

Catriona se sentó, insegura por sus modales. "Creo que sería un mal comienzo de nuestro matrimonio si yo te lastimara".

La sonrisa de Malcolm brilló, arrogante en su confianza. "Te reto a que hagas lo mismo, señora mía". Sus ojos brillaron. "¿O tienes miedo de perder?"

Catriona no necesitaba oír más sobre semejante desafío. Ella se puso de pie en un momento. Se trenzó el pelo rápidamente y se echó la trenza por encima del hombro. Entonces se enfrentó a él, con los pies descalzos y la camisola lo suficientemente corta y ancha como para poder moverse. Dudaba que le llevara mucho tiempo demostrarle su locura, porque sabía dónde atacar.

"—Cuando quieras, Catriona" —murmuró, como para provocarla a que se moviera.

Él lo hizo. Catriona se lanzó hacia él, alcanzando una mano hacia su garganta mientras pateaba sus genitales. Él se movió tan rápido que la tomó por sorpresa, agachándose bajo su mano y agarrándola por la cintura. Se encontró de espaldas en el colchón, su esposo sonriéndole mientras sostenía esa muñeca con firmeza.

"No lo suficientemente bueno", dijo. "Debes distraerme de tu intención de tener éxito".

La determinación de Catriona se redobló. Tan pronto como la soltó, ella se lanzó hacia él, golpeando la palma de su mano en la base de su nariz. Él se tambaleó hacia atrás cuando su nariz comenzó a sangrar, una línea carmesí avanzando hacia su boca.

Catriona estaba horrorizada por lo que había hecho y se quedó paralizada, segura de que él tomaría represalias. De hecho, estaba lista para huir cuando él habló.

"¡Excelente!" Malcolm declaró con una sonrisa, como si el triunfo hubiera sido suyo. Se movió como un rayo de nuevo, agarrando sus muñecas con sus manos y atrapándola entre su cuerpo y la pared. Ella se agitó e intentó morderlo, pero él le agarró las muñecas con una mano y le tapó la boca con la otra. "Pero hiciste una pausa para saborear tu victoria", murmuró en su oído. "Debes terminar el asunto antes de detenerte".

Una yesca se encendió en la mente de Catriona. Ella estaba atrapada de nuevo, cautiva por un hombre que la dominaba con pura fuerza. Ella sería abusada de nuevo, se le enseñaría una lección que no se merecía.

"Nunca lo dudes", instruyó Malcolm con firmeza. "Nunca retrocedas antes de estar seguro de tu triunfo. Y nunca asumas que tendrás otra oportunidad."

Entonces la soltó, alejándose y manteniendo las manos abiertas en señal de invitación. Catriona se volvió hacia él, furiosa, asustada y decidida a lograrlo.

"—Otra vez" —ordenó con un chasquido de dedos, y Catriona no le dio oportunidad de decir más.

Atacó a su marido con todo lo que tenía, alimentada por el terror que había vuelto a despertar. Ella apuntó otra patada a sus genitales, pero él se apartó y su talón le rozó el muslo. Mientras ella estaba desequilibrada, él la agarró por el tobillo y se lo torció, como para obligarla a caer al suelo. "Demasiado obvio", criticó, su manera tranquila sólo la puso más lívida.

Catriona rugió de frustración y una nueva desesperación por ganar. Ella giró con un grito, retorciéndose para liberarse de su agarre y vió su sorpresa. Ella le dio una patada en el estómago con el otro pie antes de que él esperara eso, sin controlar su golpe en lo más mínimo. ¡Él lo había pedido, después de todo!

Aunque su vientre estaba duro como una roca, vaciló un poco después del golpe. Entonces sus ojos brillaron y se abalanzó sobre ella, claramente esperando que ella se retirara. Catriona saltó hacia adelante en lugar de hacia atrás. Ella le cortó la cara con los dedos extendidos y empujó la rodilla hacia arriba con todas sus fuerzas. Sus uñas se arrastraron por su mejilla, murmuró un juramento cuando su rodilla se estrelló contra él. Luego la agarró por la cintura y la levantó, manteniéndola cautiva contra su pecho incluso mientras ella se agitaba de nuevo.

"Bien hecho, señora mía", le murmuró al oído y ella escuchó un humor inesperado en su tono. "Planeaste con anticipación, luego luchaste con todo".

Él no estaba enojado con ella. El aliento dejó a Catriona apresurada, dejándole las rodillas débiles.

De hecho, Malcolm la besó como recompensa. Fue un beso rápido, un ligero roce de sus labios sobre los de ella, una muestra de admiración que hizo que su corazón latiera con fuerza y que su ira se derritiera.

Y ella sintió una extraña y nueva sensación de poder. Su marido no era un hombre débil, fácil de vencer, sino un guerrero más grande que ella. Dudaba que él hubiera luchado con todo, pero lo había sorprendido.

Catriona soltó un suspiro tembloroso, luego vio que la sangre goteaba sobre su camisola blanca. Su nariz todavía sangraba, al igual que los tres largos rasguños que le había hecho desde el ojo izquierdo hasta la mandíbula.

Pero Malcolm le sonrió, con tal placer en sus ojos que su corazón latió con fuerza. "Aprende con rapidez, señora mía". Él arqueó una ceja, su expresión era malvada. "Pero después de este día, creo que usaré mi yelmo cuando estés entrenando". La soltó y dio un paso atrás, pellizcando la parte delantera de su garganta entre su dedo índice y pulgar. "De nuevo. Esta vez, debes aprovechar aquí cuando puedas"

Catriona se subió las mangas y se echó la trenza por encima del hombro. La anticipación la inundó mientras consideraba la mejor manera de sorprender a su esposo nuevamente.

MALCOLM PODRÍA HABER estado contento si no hubiera sabido que solo tenía unos días para vivir con Catriona así. Tal como estaba, la situación lo irritaba enormemente por la misma razón por la que le agradaba.

Disfrutaba estar con su esposa.

Malcolm se limpió las botas en el solar mientras ella amamantaba a Avery. Llovía, un suave golpeteo sobre el techo.

Ravensmuir estaba tranquilo como no lo había estado hasta ahora.

Malcolm saboreaba el cambio, no solo en su fortaleza sino también en su esposa. Ella había luchado bien, una vez que había superado su miedo de que él la maltratara. Sus ojos brillaban con nueva confianza y él se alegró de haber alentado esa luz. Rafael lo llamaría tonto por haberle dado su mejor cuchillo, pero Malcolm sabía que estaba en buenas manos.

Deseó haber tenido más tiempo en su compañía, al menos poder vengarla del hombre al que pretendía matar. Malcolm tenía que adivinar que era el padre de su hijo y, mientras pulía sus botas, se preguntó cómo podría ver su venganza asegurada en su ausencia.

Al menos sabía, por la forma en que Catriona tocaba repetidamente la empuñadura con dedos suaves, que estaba asombrada por su confianza. "Es demasiado bueno como para regalarlo", dijo de nuevo, mirando hacia abajo con admiración una vez más.

"Siempre debes tener las mejores armas que puedas pagar", respondió. "Y siempre debes cuidarlas bien".

Su mirada se posó en sus botas y asintió.

"¿Me dirás el nombre del hombre al que deseas matar?"

Catriona negó con la cabeza. "La venganza debe ser mía". Ella lo miró con los ojos brillantes. "—No te ofrezcas a hacerlo por mí, Malcolm. Juré venganza y la cumpliré."

"Te quisiera ver a salvo".

Ella sonrió. "Hazlo con tus lecciones", dijo ella con una confianza que Malcolm no sentía, luego se inclinó sobre su hijo con tal placer que él no quiso volver a sacar el tema.

Al menos no todavía.

"¿Sabes cómo afilar una espada?" Malcolm preguntó cuando Avery estaba eructando en su hombro.

"—Un cuchillo de cocina" —respondió Catriona, y sus dedos cayeron sobre la hoja envainada que ahora colgaba de su cinturón. "Un cuchillo para comer. No es un arma como esta. Me gustaría saber mejor cómo cuidarla."

"Entonces te enseñaré". Malcolm había notado que las acciones más simples le daban a su esposa un gran placer, y sus rasgos se iluminaron ante esa pequeña promesa de él. Él cogió el acero de sus pertenencias y se sentó en un taburete junto a ella mientras tomaba su propio cuchillo en la mano.

"El tuyo no es tan bueno como el que me diste", señaló, mirándolo.

"No tienes nada más que una daga, señora mía. Debería ser mi mejor daga."

"¿Por qué?"

Él le sonrió, dudando que ella creyera en sus palabras a pesar de que sabía que eran la verdad. "Porque defenderás mi mayor tesoro".

Catriona se ruborizó y bajó la mirada, y se preocupó con el bebé para cubrir su desconcierto. Avery eructó con tanta fuerza que ambos sonrieron y Malcolm volvió a captar su mirada. Cuando lo miró como lo hacía en ese momento, con los ojos muy abiertos y luminosos, los labios ligeramente entreabiertos, no pudo pensar en nada más que en tenerla cerca. Extendió una mano y colocó un mechón de cabello detrás de su oreja, feliz por el hecho de que ella no se inmutara en todo ese tiempo.

Ella había llegado a confiar en él, que era el regalo más preciado de todos.

"¡Escuché la convocatoria de mi señor Avery!" Dijo Vera, entrando en el solar para levantar al niño de los brazos de Catriona. Ella lo rebotó y lo obligó a eructar de nuevo, lo abrazó y luego miró a Malcolm con el ceño fruncido como si volviera a tener cinco veranos. "¿Qué es esto? ¿Trabajas en el día del Señor?"

"El trabajo no se hace solo, Vera, no importa el día."

Ella apoyó una mano en su cadera, el bebé en la otra y movía el pie. "¿Y cuándo planeas construir una nueva capilla en Ravensmuir? Deberías estar allí, de rodillas en este día."

Malcolm encontró a Catriona mirándolo, su curiosidad clara. "Pero no ha habido una capilla en Ravensmuir desde que las cavernas se derrumbaron y la antigua capilla cayó al mar. Aun así, cuando entrené aquí con el tío Tynan, fuimos a la capilla de Kinfairlie para recibir servicios."

Vera miró de un lado a otro. "Y, sin embargo, no veo ninguna indicación de que tengas la intención de viajar allí en este día."

"—No puedo salir del salón indefenso, Vera. Seguro que lo sabes."

"Pero si no caes de rodillas un día pronto y le ruegas al Señor que tenga misericordia, bien podrías perder la oportunidad", respondió ella. Avery se retorció y ella arrugó la nariz, sacándolo del solar mientras le hablaba. "Y usted, señor, necesita un lavado…"

"Quizás haya una conexión entre la reputación de Ravensmuir y su falta de capilla," sugirió Catriona. Ella habló con cuidado, como si no estuviera segura de si él se enojaría.

Que ella hablara en absoluto y con tanta preocupación le decía a Malcolm que él la ayudaba a eliminar sus ideas preconcebidas.

¿Sentaría las bases para que otro hombre se ganara el amor de Catriona, una vez que Malcolm estuviera muerto y desaparecido? La idea misma era preocupante.

Malcolm se obligó a considerar su sugerencia. "Quizás haya una conexión". Y tal vez por eso las hadas se reunieron en este lugar en tal número. "¿Dónde construirías una capilla? ¿Dentro del propio salón?"

"No, debería diferenciarse. Eso da la mejor indicación de que el señor de Ravensmuir no se entromete en asuntos que debería dejar en paz." Catriona se levantó y se acercó a la ventana. "Ahí, en ese punto. Creo que sería un sitio muy apropiado."

Malcolm asintió. "la anterior estaba en esa misma extensión de tierra, pero más lejos del torreón, donde el acantilado ahora cae hacia el mar. Allí se defendería una nueva del ataque y no hay buen acceso desde el mar. La capilla realmente podría ser un santuario."

Catriona le devolvió la mirada. "Quizás los albañiles podrían haberse quedado el tiempo suficiente para al menos establecer una base. Pueden que no hayan viajado muy lejos en solo un día."

Malcolm negó con la cabeza. "Fueron contratados hasta ayer,

con la intención de que el torreón estuviera completo para la víspera del solsticio de verano. Tales eran los términos de nuestro acuerdo."

"Estoy seguro de que algunos regresarían si se les pidiera y se les pagara por hacerlo".

"Sin embargo, no les preguntaré".

Catriona se giró para mirarlo de frente y cruzó los brazos sobre el pecho. Por primera vez, Malcolm vio la desventaja de su nueva confianza en su presencia; no tenía la intención de permitir que esto sucediera. "¿Por qué reconstruiste con tanta prisa? La mayoría de los hombres tardaría una década en construir lo que han construido hasta ahora, y la mayoría se quedaría con los albañiles durante toda la temporada, en lugar de despacharlos tan pronto."

"No soy la mayoría de los hombres".

"Claramente. Y tú tampoco eres caprichoso." Aunque Malcolm había vuelto su atención a su espada y acero, Catriona no abandonó el asunto. Ella se sentó a su lado, obligándolo a mirarla a los ojos. "Tienes una razón, Malcolm. Solo te pido que lo compartas conmigo."

Malcolm, aunque tentado, negó con la cabeza. "No lo haré."

"¿Cuál es la importancia de la víspera de solsticio de verano?"

"Lo sabrás muy pronto, porque solo faltan unos días. Desenvaina tu cuchillo y déjanos examinar la hoja."

Ella apretó los labios con disgusto, pero hizo lo que le pedía, sosteniendo la empuñadura en una mano y balanceando la hoja en la otra. "Tiene una empuñadura elegante".

"Fue elaborado por un maestro. Mira, aquí está su marca, en la base de la hoja. Es el acero de Toledo, lo mejor que se puede comprar con dinero, y será necesario pulirlo con menos frecuencia que la mayoría."

"Sin embargo, me lo das".

"Yo quisiera asegurar tu bienestar lo mejor que pueda, señora mía, y cada guerrero ataca más seguro con las mejores armas." Ella estaba complacida con eso, vio, pero todavía tenía curiosidad. Sin embargo, ella lo observó y escuchó sus instrucciones, aprendiendo rápidamente cómo realizar esta tarea.

Una vez que la había puesto a afilar la hoja, ella le dedicó una mirada. "¿Por qué lustras tus botas y afilas tus espadas este día? ¿Qué esperas?"

"Nada más de lo habitual".

"¿Es un hábito, entonces?"

Malcolm asintió. "El único día en el que es ilegal luchar es el domingo, por lo que es el único día en el que un hombre puede estar seguro de que no será atacado."

"Y eso hace que sea un buen día para cuidar sus armas".

"Exactamente así".

"¿Cuánto tiempo ha pasado desde que fuiste a la capilla?"

"No puedo recordar."

Ella lo miró, pero era curiosidad en sus ojos, no condenación. "¿No temes por tu alma inmortal?"

Malcolm negó con la cabeza y habló sin pensar. "No, porque sé que está perdida."

"¡No!" Catriona se cubrió las manos con las suyas. "No puede ser."

Él vaciló, luego supo que debía prepararla para la verdad. "Lo será, Catriona. Lo sé bien."

Sus ojos brillaron y se puso de pie, paseando por la habitación con una agitación que lo fascinaba. "¡No puede ser así! Para que estés condenado con certeza, tendrías que tener un corazón más negro que el negro, pero me has mostrado bondad y has adoptado a mi hijo como tuyo. Diste mano de obra a estos albañiles y les pagaste honestamente, y confías este legado a mi hijo. ¡Estas no son las obras de un impío!"

Ella lo defendía. Ella creía bien de él. Era suficiente para calentar a Malcolm hasta los dedos de los pies.

De todos modos, negó con la cabeza. "Pero he cometido malas acciones, Catriona. He matado y lo he hecho más de una vez."

"Y la penitencia se puede pagar por cada pecado", respondió ella rápidamente. "La redención se puede ganar. Creo que ves tu situación como más sombría de lo que es en realidad." Ella hizo un gesto hacia la ventana. Lo haces bien aquí en Ravensmuir, y si no puedes verlo tú mismo, te lo diré."

"Dejo una marca aquí en Ravensmuir, que es vanidad. ¿No es eso un pecado?"

"¿Cómo es eso?"

"Dejo pruebas de que estuve aquí, que fui señor de esta tierra, que logré algo en todos mis días."

"¡Apenas estás muerto todavía, señor!"

Malcolm bajó la mirada hacia su espada y la afiló firmemente con el acero. No se oía ningún sonido en el sol, salvo el acero en la hoja, aunque Malcolm podría haber jurado que escuchaba el rápido pensamiento de su esposa.

"No estás enfermo".

"No."

En un abrir y cerrar de ojos, Catriona cayó de rodillas ante él. "¿Quién te busca?"

"Nadie a quien se pueda detener."

"No lo creo."

"Lo harás."

Ella entrecerró los ojos y se inclinó hacia atrás, estudiando sus rasgos. "Alguien llega en la víspera del solsticio de verano. Te preparas para una confrontación y una que esperas perder. Qué hay de mí ¿Qué hay de Avery? ¿Cómo nos irá en tu ausencia?"

"Cuando me haya ido, te quedarás con Ravensmuir para consolarte".

Ella estaba horrorizada, Malcolm podía verlo todo, pero no se atrevió a decirle más. "Preferiría tener un marido", resopló ella y se dirigió a la ventana. Él observó sus dedos tamborileando en el alféizar y supo que no olvidaría el asunto. De hecho, era una sensación agradable que tener a alguien más pensando en su futuro y mostrando tanta preocupación por él.

Malcolm lamentó no tener más tiempo con Catriona.

Deseó que hubiera alguna forma de cumplir su promesa sin sacrificar su propia alma.

"¿Por qué tus campos están en sin arar?" preguntó ella abruptamente.

Malcolm miró hacia arriba. "Siempre han sido así en Ravensmuir".

"No, no es así", dijo ella, señalando mientras lo corregía. "Los surcos se pueden ver desde aquí. Esta tierra fue labrada una vez."

Curioso, Malcolm se puso de pie detrás de ella. Él tomó sus hombros entre sus manos y la atrajo hacia él, gustándole que solo le tomara un momento relajarse y apoyarse en él. Él no quería discutir con ella, y por la forma en que Catriona se inclinó contra él, reconoció que ella tampoco quería pelear. Él apoyó la barbilla en su cabeza, viendo entonces lo que debería haber sido obvio para él durante mucho tiempo. "Tienes razón, pero nunca he visto cultivos sembrados aquí".

Ella lo miró. "¿Cuánto tiempo has venido aquí?"

"Toda mi vida."

"Entonces, ¿cuál era la fuente de ingresos de Ravensmuir?"

"Un comercio de reliquias religiosas, que fue abandonado por Merlyn, mi abuelo y el padre de mi tío Tynan. Merlyn fue quien inició la cría de caballos aquí. El hermano de Merlyn, Gawain, continuó el comercio de forma encubierta, luego Rosamunde lo siguió, luego mi tío Tynan las vendió todas."

Catriona volvió a mirarlo. "Entonces, ¿nunca hubo una aldea?"

"Quizás alguna vez, pero no en mi memoria".

"¿Qué pasa con el forraje para los caballos?"

Malcolm se encogió de hombros. "Quizás Merlyn cultivó los campos durante algunos años. También sostuvo el sello de Kinfairlie hasta que mi padre alcanzó la mayoría de edad, así que quizás los hombres venían de la aldea de Kinfairlie para cultivar los campos. Confieso que no lo sé."

"Debería haber una aldea y los campos deberían cultivarse". Catriona hablaba como si fuera una conclusión obvia y simplemente un problema por resolver. "Independientemente del suelo, al menos debería haber forraje para los caballos que se cultivara aquí, si no grano para el pan en el salón."

"Si se pudiera inducir a la gente a residir aquí, podría haber una aldea", cedió Malcolm. "El herrero en el campamento ya ha preguntado acerca de permanecer en Ravensmuir y podría usar su ayuda con los caballos cuando regresen."

Era notable la claridad con la que podía ver el futuro de su propiedad, ahora que ya no sería parte de ella. Una vez, se había sentido abrumado por los deberes que debía asumir y las responsabilidades que debía cumplir. Ahora, con su tesoro lleno y una mujer práctica a su lado, todo parecía posible y el éxito inevitable.

Malcolm deseó haber conocido a Catriona antes de llegar a casa en Ravensmuir. Quizás entonces no se habría apresurado a salvar el pellejo de Rafael. Quizás entonces, podría haber pensado que valía la pena salvar su propia vida.

"Si hubiera una capilla, se les podría animar a hacerlo", dijo Catriona y Malcolm sonrió ante su determinación. Ella se volvió en su abrazo. "Si hubiera una capilla, podrías arrepentirte y orar antes de la víspera del solsticio de verano".

"—Te cedo otra victoria, señora mía. Rezaré contigo este día."

Catriona lo besó con una satisfacción que hizo que a Malcolm se le encogiera el pecho.

Luego miró a través de los campos, su mirada atrapada por un pequeño movimiento, y todo dentro de él se apretó.

Un pequeño ejército cabalgaba por el camino, su salón era el único destino posible.

No, era una banda de mercenarios y podía oír su risa grosera incluso a esa distancia. Un par de banderines sucios se sostenían ante el grupo y el corazón de Malcolm se hundió ante la familiaridad de la insignia.

La Liga de los Sables.

Sus antiguos camaradas habían cabalgado hacia el norte para

visitar su morada. ¿Cómo habían sabido encontrarlo en ese lugar? Malcolm pudo adivinar fácilmente.

Conocía a esa compañía de mercenarios lo suficientemente bien como para adivinar que solo habían hecho eso porque no tenían contrato que cumplir.

Lo que significaba que venían en busca de guerra, riquezas, mujeres, comida y refugio, no necesariamente en ese orden, y no necesariamente ganado.

"¿Quién llega?" Preguntó Catriona, siguiendo su mirada.

Malcolm no le respondió directamente.

"Quédate en el solar con Vera y Avery", le ordenó. "Echa el cerrojo a la puerta y solo abre cuando toque este sonido." Golpeó un ritmo en la mano de Catriona, eligiendo tres golpes cortos, dos largos y tres cortos de nuevo. "Tócala de nuevo para mí", le ordenó, ofreciéndole la mano y asintiendo con la cabeza cuando ella lo hizo.

"¿Pero quiénes son?"

"Mis antiguos camaradas", dijo, poniéndose las botas y luego poniéndose el cinturón. Metió su espada en la vaina de un lado y su afilada daga en el otro.

"Pero si son amigos..."

"Camaradas, Catriona," corrigió Malcolm mientras cruzaba la habitación. Él se detuvo en la puerta y se giró para mirarla. "Ellos hacen que Rafael se vea como un ángel. Busca a Vera y al bebé, luego cierra la puerta y no dejes entrar a nadie excepto a mí."

Él espero en el otro lado hasta que escuchó a Catriona obedecer, luego bajó a recibir a sus huéspedes inesperados.

Era la peor pesadilla de Catriona.

El salón de Ravensmuir estaba lleno de mercenarios. Tenía que haber dos docenas de ellos, bebiendo, comiendo y cantando, dos docenas de hombres de mala reputación. Después de haber visto su acercamiento desde la ventana solar y haber notado su sucio estado, no tenía ninguna duda de que sus hábitos personales eran aún más repugnantes.

"Puedo olerlos", se quejó con Vera, paseando por el solar por enésima vez.

"Y yo puedo oírlos", dijo la mujer mayor con desagrado. "No soy una doncella mansa, pero esas canciones son lo suficientemente crudas como para impactarme hasta la médula." Le hizo cosquillas a Avery debajo de la barbilla. "No deseo escuchar lo que canten después de haberse hartado de cerveza."

Catriona caminaba más rápido, fácilmente capaz de imaginar lo ruidosos que se volverían más tarde. "Supongo que no se irán antes de mañana".

"Si acaso entonces, ¿debería mi señor mostrarles hospitalidad?"

"No puedo creer que lo haga tanto, pero eran sus camaradas".

"No puedo creer que luchó junto a hombres como esos", gimió Vera. "¿Por qué, oh por qué, dejó a Ravensmuir para vender su espada?"

Catriona se volvió hacia la mujer mayor. "Porque trató de tomar la mejor decisión entre una variedad de opciones pobres. No todos estamos siempre en condiciones de hacer lo contrario." Ella extendió una mano. "Debido a que lo hizo, ha podido reconstruir el salón, lo cual no es poca cosa. ¿Qué le habría hecho hacer su hermano antes que eso?"

"Casarse con una heredera", sugirió Vera, duda en su tono.

"¿Quién vendría de buena gana a un salón de oscura reputación, que se había derrumbado en ruinas, para casarse con un hombre con un tesoro vacío? Creo que es una solución poco probable, Vera."

La mujer mayor asintió de mala gana. Volvió a mirar hacia la puerta e hizo una mueca. "No me gustan, de todos modos. Es malo para Avery aprender tan joven que tales hombres existen."

La preocupación de Catriona no era del todo por Avery, pero se le ahorró la oportunidad de responder con un patrón distintivo de golpes en la puerta. "¿Malcolm?" preguntó, pero no pudo escuchar una respuesta sobre el coro de la canción para beber que se elevaba desde el salón de abajo. Ella sacó su cuchillo, consciente de su lección, y abrió la puerta. Vera había retrocedido y abrazado a Avery con tanta fuerza que él empezó a quejarse.

Era Malcolm, para gran alivio de Catriona. Entró en el solar y dejó la bandeja que había traído antes de volver a trabar la puerta. Sobre la bandeja había una comida: una jarra de cerveza, dos tazas, un poco de pan y estofado, así como una taza de leche de cabra.

Si bien apreciaba que él recordara su presencia y buscaba asegurarse de que comiera, eso no era suficiente. Catriona se enderezó y miró a su marido a los ojos. "¿No soy ahora la Dama de Ravensmuir?"

Él la miró con recelo, como si sintiera su furia, pero no pudiese nombrar su causa. "En efecto."

"¿Y sin embargo, voy a estar encerrada en el solar, como una prisionera, simplemente porque tus camaradas de mala reputación han elegido visitarme?"

Malcolm frunció el ceño. "Son hombres rudos, Catriona. Estás más segura aquí..."

"¿Los invitaste?" ¿Habían traído ellos la batalla que él había insinuado que estaba por delante?

Su marido negó con la cabeza. "No. No tienen patrón, por lo que viajan en busca de uno. Siempre fue así. Rafael, parece que le escribió a uno de ellos para compartir las nuevas de mi legado una vez que él y yo llegamos a Ravensmuir. No lo creyeron, así que vinieron a verlo por sí mismos." Malcolm se pasó la mano por el pelo, luciendo tan molesto como ella lo había visto nunca. "Y ahora han llegado, y no sé cuándo se irán". Hizo una mueca. "Sin duda esperan que les pague para que se vayan, pero no lo haré."

Entonces hay que animarlos a que se vayan. No tenemos comida para ellos."

"Ellos trajeron la suya". Malcolm la miró a los ojos y ella supo que había más en ese detalle de lo que él confesaba. "Siempre son emprendedores, Catriona".

"Y como Rafael, se han ganado tu buena voluntad lo suficiente como para que no puedas echarlos por la puerta".

"Luchamos juntos, Catriona. Perdí la cuenta de cuántas veces acudió cada uno en mi ayuda y cuántas veces ayudé a cada uno de ellos."

"Entonces depende de mí".

"¡Catriona! Sé tu opinión sobre los mercenarios..."

Catriona sabía lo que tenía que hacer, aunque la perspectiva la aterrorizaba. "Pero no seré una prisionera en mi propia casa. Como Dama de Ravensmuir, debo marcar la pauta."

"Escucha, escucha", dijo Vera, con la mirada brillante mientras observaba el intercambio.

"No es improbable que tales hombres encuentren mi tono poco acogedor". Catriona se encontró con la mirada de Malcolm. "Me llevarás al vestíbulo, por favor, y me presentarás a nuestros invitados".

"Bromeas", dijo él, aparentemente sorprendido.

"No."

Vera asintió con aprobación cuando Malcolm la miró. "Es lo correcto. Cualquier dama de mérito haría lo mismo."

"No, no dejaré que te vean..."

Catriona admiraba que él la protegiera, pero no siempre se sentiría como en casa en el salón. Habría momentos en los que tendría que enfrentarse a otros, y era mejor que empezara. "No siempre estarás presente para defenderme, Malcolm", reprendió Catriona, sorprendida cuando él palideció ante un reconocimiento más razonable. "Tendrás que negociar con los vecinos y visitar la corte del rey, y cabalgar para cazar. Es la forma de vida de un noble, por lo que escuché."

"De hecho, lo es", coincidió Vera con entusiasmo.

Malcolm cruzó los brazos sobre el pecho. "Aun así, quiero que permanezcas escondida, señora mía".

Catriona sonrió, tratando de parecer más valiente de lo que se sentía. "Entonces diles que se vayan de inmediato". Hizo un gesto hacia la bandeja. "Comeré esta comida en el salón o no comeré".

"Y si la señora del torreón está en casa pero no está presente, nadie debe comer en el salón", contribuyó Vera. "Yo también comeré en el salón, señor".

Malcolm miró entre las dos como si no pudiera creer lo que oía, luego abandonó la discusión, para sorpresa de Catriona.

"Quizás seas una buena influencia", dijo, antes de acompañarla hasta la puerta en la cima de las escaleras. Él la miró con expresión sombría. "Pero estaré detrás de ti, señora mía, por si acaso."

Catriona se estiró y lo besó en la mejilla, agradecida por eso más allá de todo lo demás.

MALCOLM ESTABA seguro de que su esposa se retiraría.

Una mirada a sus antiguos camaradas habría bastado para desmayar a cualquiera de sus hermanas, por lo que había esperado que una sola mirada le mostrara a Catriona la sabiduría de su consejo. Pero Catriona no había sido criada con tanta gentileza como sus hermanas, y ella estaba decidida a defender lo que ahora veía como suyo.

En verdad, él se alegraría de verla lograr eso, porque sería demasiado pronto para que no pudiera defenderla.

La vio detenerse a mitad de camino por las escaleras para observar el caos que había estallado en su salón, y supo que ese era el momento en el que ella elegiría.

En verdad, la vista era espantosa. En tan solo una hora, su salón se había convertido en una taberna o burdel de mala reputación, tan sucia como cualquiera que se hubiera visto obligado a patrocinar durante la guerra. Dos docenas de hombres rudos en varios estados de suciedad comían y bebían con entusiasmo en su mesa. Parecían de mala reputación y eran más peligrosos de lo que parecían, siempre dispuestos a resolver un conflicto con un cuchillo o una espada. Sus espadas estaban perfectamente mantenidas, su armadura era una mezcolanza de estilos, sus habilidades ferozmente perfeccionadas. Eran hombres que habían sobrevivido gracias a su ingenio y sus espadas, hombres valientes en la batalla y sin remordimientos.

Sus modales en la mesa eran algo menos que corteses. Comían con las manos sucias y con tierra debajo de las uñas, usando sus dagas para dividir las porciones. Sus perros tenían patas sobre la mesa y robaban comida cuando podían. Su risa era estridente y más de uno vomitaba comida cuando reía.

Malcolm había olvidado lo rudos que eran y se preguntó si él había sido igual en los últimos años. Sus caballos estaban en los establos, siendo atendidos por sus escuderos.

La ropa de sus compañeros estaba menos limpia de lo que hubiera sido ideal, y todos lucían barba, porque eso era más simple que afeitarse. Olían a hombres sucios que vivían al aire libre, y eso ya llenaba el salón. Estaban acostumbrados a vivir en campamentos toscos, plantados rápidamente, y su salón se había convertido en un campamento en un abrir y cerrar de ojos. Estaba seguro de que no solo los perros llevaban alimañas, y el volumen del ruido era uno que también había olvidado.

Sin duda, habían traído sus dados y sus putas, y una gran cantidad de caza, sin duda sacada del bosque de Kinfairlie, a través del cual tendrían que haber pasado. Malcolm no deseaba pensar en lo que estaba diciendo su hermano, incluso ahora.

Por mucho que no quisiera a esos hombres en su salón, sentía cierta lealtad hacia ellos. Él había peleado con Ranulfo, por ejemplo, durante seis años, casi tanto como con Rafael. Habían compartido momentos terribles y aterradores, así como buenos momentos. Los dos no podían separarse, aunque ambos eran de su pasado.

También había un cambio en sus modales ahí. Más de uno de ellos lo miraba con nuevo respeto y, de hecho, otros lo miraban con una medida de envidia. Malcolm miró alrededor del salón que había construido y la mujer a la que había tomado por esposa, y reconoció que había logrado lo que pocos de ellos lograban. El ciclo de vivir como mercenario era interminable, porque el dinero ganado a menudo se jugaba y se perdía o se lo robaban, lo que requería otro contrato y otro viaje a la guerra. Malcolm se había liberado de eso y supuso que a algunos de sus camaradas les hubiera gustado haber hecho lo mismo.

Él esperó a que vieran a su esposa, curioso por sus reacciones.

Por su parte, Catriona parecía haber sido tallada en la piedra al pie de las escaleras. Ella miraba fríamente hacia el salón, y él supo que había notado el par de conejos asándose sobre el fuego, la sangre en el piso donde habían sido destripados, los perros peleando por las tripas encima de una mesa. Uno de sus propios perros estaba siendo vencido por un perro sarnoso recién llegado. Otro par de perros luchaba en el rincón más alejado, mientras tres hombres apostaban por el vencedor. Giorgio abrazaba a su puta con su pasión habitual —aunque esa mujer no le resultaba familiar a Malcolm—, sus gemidos de fingido deleite se mezclaban con los estridentes cantos y gritos.

Ranulfo fue el primero en sentir que algo había cambiado. Miró hacia arriba y investigó el salón, su mirada aterrizó inmediatamente en Catriona. Era un gran oso de hombre, pelirrojo y feroz en la batalla, pero la miró con una expresión como la de un niño sorprendido en una mala acción. Catriona lo fulminó con la mirada, su columna vertebral de acero y su mirada como hielo. Ranulfo tosió y se inclinó ante ella, su movimiento llamó la atención de los demás.

Todo pareció detenerse en el tiempo, congelado bajo el disgusto de Catriona.

"Quisiera presentar a mi esposa", dijo Malcolm. Él sintió que la sorpresa recorría la compañía, luego Catriona se sacudió las faldas y descendió majestuosamente al salón. Llevaba el kirtle que le habían regalado el día de su boda y probablemente se veía más elegante que cualquier mujer que cualquiera de sus camaradas hubiera visto en la memoria reciente. A él le gustó la admiración en sus ojos y su incertidumbre sobre cómo proceder en presencia de una dama.

"¿Qué clase de bárbaros son para convertir la casa de tu anfitrión en nada mejor que un burdel?" Preguntó Catriona. "¿No tienen vergüenza?"

Malcolm no sabía qué harían sus antiguos camaradas cuando fueran desafiados. Rafael se puso de pie, su manera de ser burlona, y supo que debería haber anticipado la reacción de ese hombre. "¿Quieres enseñarnos nuestros modales?" Dijo Rafael en desafío. "Estos son viejos amigos y son más que bienvenidos aquí".

Catriona se acercó a él sin dejarse intimidar por las risitas de sus antiguos compañeros. Ella clavó un dedo en el pecho de Rafael. "Eres como una serpiente en el jardín", siseó, el salón estaba tan silencioso por la conmoción que sus palabras se entendieron fácilmente. "Tú has sido un invitado durante muchos meses y te han tratado con toda cortesía, pero ahora desprecias la generosidad de mi esposo y profanarías su salón."

"¿Profanar?" Rafael la miró fijamente, sus ojos brillaban de ira. Malcolm dio un paso adelante, con la mano en la empuñadura de su propia espada, pensando que podría tener que intervenir. Pero le daría a Catriona el liderazgo, solo para ver qué haría.

"Profanar", repitió ella con disgusto. "Sangre en el piso, carne en la chimenea que nunca fue destinada a cocinar, perros haciendo lo que sea. Es espantoso." Ella miró a los hombres a su vez y varios bajaron la mirada. "Si tienen la intención de quedarse, deben comportarse de manera adecuada".

"¿De una manera adecuada?" Repitió Rafael.

"Una cosa es que me insultes, Rafael, pero no insultarás a mi señor esposo sin lamentarlo", continuó Catriona.

Rafael sonrió con frialdad y Malcolm sabía que era mejor no confiar en él. "¿Es eso así?"

"Lo es." Volvió a fijar la mirada en Rafael. "¿Nos entendemos?"

"Oh, nos entendemos muy bien," murmuró Rafael, su tono oscuro y sedoso.

Catriona bajó la mano y dio un paso atrás. Le dio la espalda a Rafael, pero antes de que Malcolm pudiera decir una advertencia, ese hombre tomó su daga.

CAPÍTULO 11

Catriona se movió tan rápido que Malcolm quedó impresionado. Ella tuvo el cuchillo que él le había dado en la mano y su hoja en la garganta de Rafael en un santiamén, su mirada se clavaba en la de su viejo amigo. La punta de la hoja hizo sangrar ese punto más sensible.

"Entrégale esa espada a mi señor esposo, o márchate," dijo ella, su voz se escuchó claramente a través del silencioso salón.

Malcolm reprimió sus ganas de aplaudir.

Rafael miró a Malcolm, su mirada se posó en la mano de Malcolm, agarrando la empuñadura de su propia espada. Él se inclinó ante Catriona y enfundó su espada, luego le entregó la hoja y la vaina a Malcolm con una reverencia exagerada. Probablemente esperaba que Malcolm no la aceptara, pero Malcolm lo hizo.

Él apoyaría el argumento de su dama. Malcolm sintió el cambio en el ambiente del salón y vio a varios de sus antiguos compañeros intercambiar miradas.

Los ojos de su dama brillaban con triunfo.

Fue Ranulf quien dio un paso adelante primero y se inclinó profundamente. "Malcolm es realmente afortunado en su elección de esposa", dijo, mostrando más refinamiento en su discurso de lo que Malcolm hubiera creído posible. "Soy Ranulf, señora, y me complace mucho conocerla".

"Bienvenido, Ranulf". Catriona inclinó la cabeza, cortés como una reina.

Bertrand, con el pelo de ébano desordenado, fue el siguiente en inclinarse, mientras todos los demás miraban en silencio. Tristán empujó a los perros fuera de la mesa y Georgio se apartó de su puta.

Catriona se quedó de pie y esperó, su expectativa era visible.

Y efectivamente, como uno solo, todos se inclinaron ante ella, incluso Rafael. Los perros cayeron de cuclillas al suelo, atentos, y Catriona cruzó el salón con una determinación y una certeza de su posición que enorgulleció a Malcolm. Ella miró a Ranulf de arriba abajo, lo que obligó a ese hombre a arreglarse la camisola y tratar secretamente de lustrar las puntas de las botas en la parte posterior de las pantorrillas. Bertrand se pasó la mano por el pelo.

Catriona se detuvo junto a las hierbas esparcidas y manchadas por la limpieza de los conejos, su disgusto era tan claro que Louis hizo una mueca de dolor. "¿Haces esto en casa de tu madre?" le preguntó, y él balbuceó una respuesta incoherente.

Catriona hizo un gesto. "Quiero desayunar en el salón, después de decir mis oraciones. Confío en que todo estará limpio a mi regreso."

"Sí, mi señora."

"La carne se puede limpiar en los acantilados detrás de las cocinas, los despojos se dejan allí para los perros y la carne se cuelga en la cocina para que se cure." Ella le sonrió a Louis. "Quizás no sepan el día, pero es domingo y no se consumirá carne en el salón hoy. Los conejos serán un buen guiso para el día siguiente."

"Sí, mi señora." Louis y Reynaud se inclinaron y luego se apresuraron a hacer lo que se les ordenaba.

Catriona miró las perdices, así como las plumas que ya se amontonaban en el suelo. Amaury los había estado desplumando con su habitual forma desordenada —una consecuencia inevitable de que probara la cerveza mientras trabajaba— y uno de los perros había arrastrado un pájaro hasta la esquina.

"¿Seguramente una tarea como esta también se puede hacer detrás de las cocinas?" le preguntó a Amaury. El hombre tenía que ser dos pies más alto que ella y pesar el doble, pero la parte posterior de su cuello se enrojeció cuando reunió a los faisanes para seguir a Louis y Reynaud.

"Recogeré los dados", le dijo a Gunter de camino a la puerta. Ese soldado marchito le puso dócilmente la taza en la mano, como si no supiera qué más podía hacer. "Para salvarte de la tentación de pecar hoy".

"Gracias, mi señora", dijo Gunter con una reverencia.

"Los invitamos a unirse a nosotros en oración", dijo Catriona desde el umbral. "Aunque todavía no tenemos sacerdote ni capilla en Ravensmuir, siempre me enseñaron que el Señor escucha todas las oraciones."

Malcolm reprimió una sonrisa mientras conducía a su dama fuera del salón. "Bien hecho", dijo entre dientes y ella le dedicó una sonrisa traviesa.

"¡Estaba aterrada!" confesó en un susurro.

"Sin embargo, nadie hubiera adivinado eso. Los has avergonzado para que se comporten bien."

"Y ya era hora para eso", dijo Vera detrás de ellos. "Están atrasados por una palabra severa, eso es seguro. Mi señora, demuestra su temple cada día que pasa."

Malcolm solo pudo estar de acuerdo.

"He tenido un buen tutor", dijo Catriona en voz baja y Malcolm miró hacia abajo para encontrar sus ojos brillantes. "No imaginé que tendría una segunda oportunidad para sorprender a Rafael."

Malcolm no pudo evitar reírse de eso.

Condujo a Catriona al terreno que había elegido para el emplazamiento de la capilla de Ravensmuir. La hierba estaba mojada por la lluvia, pero el aguacero se había detenido desde que habían llegado los hombres. Mientras todos se dirigían al lugar, el sol salió de detrás de las nubes. Catriona sacó la cruz de su camisola y la rodeó con las manos, arrodillándose para rezar. Malcolm se arrodilló a su lado y Vera hizo lo mismo por detrás. Catriona comenzó a recitar el Padrenuestro en voz alta y Malcolm agregó su voz a la de ella.

Cuando llegaron al final, eran más de tres. Sus antiguos camaradas se habían enderezado los abrigos y pulido las botas, y estaban de rodillas detrás de su dama, sumando sus oraciones a las de ella.

Malcolm vió el cielo en busca de cuervos, solo porque sentía que algo había cambiado. El cielo estaba nublado, pero sin pájaros, pero por primera vez, Malcolm creyó que vendrían.

RUARI HABÍA VISTO muchas cosas en su tiempo, pero ese día vio la maravilla más notable de todas. Tenía un mal presentimiento cuando se despertó y solo se hizo más intenso.

Primero, el señor envió un mensaje de que Ruari debía ir a Ravensmuir, un recado que no deseaba hacer pero que no podía rechazar.

Su sensación de aprensión no se quitó cuando la Dama Elizabeth se acercó a él en los establos para decirle que el señor le había sugerido que viajara a Ravensmuir con Ruari. A Ruari le pareció que el señor Alexander le habría dado ese comando él mismo, o al menos lo habría enviado a través de su castellano, pero la dama Elizabeth había insistido.

La dama Elizabeth no era la doncella que había sido la primera vez que la había conocido, cuando su señor Erik cortejaba a su dama Vivienne, eso era seguro. Ella se había convertido en una mera sombra de su antiguo yo. Ella había sido una vez hermosa y alegre, una doncella que había esperado que se casara joven y se casara bien. En estos días, estaba pálida y tranquila, con sombras debajo de los ojos. Ella le recordaba a un fantasma y muchas veces se estremecía en su presencia.

Su entusiasmo esa mañana era un cambio bienvenido, y Ruari se dijo a sí mismo que no le importaría tener compañía en un viaje como ese. Quizás el cambio de escenario le vendría bien. Hizo que la doncella montara su caballo favorito, incluso cuando le pedía al castellano que confirmara que esa era la elección del señor.

Anthony llegó él mismo a los establos, justo cuando se preparaban para irse. Tomó las riendas del caballo de la dama Elizabeth con expresión severa. "Ya te he dicho esta mañana, dama Elizabeth, que el señor ha elegido no cabalgar hasta Ravensmuir", dijo con tono amable. "¿Lo has olvidado?"

"¡Pero debo ir allí!" La dama Elizabeth protestó. "¡Yo debo ir!"

"Quizás mañana el señor Alexander te acompañe allí", dijo Anthony, y los ojos de la doncella brillaron con un desafío que ahora era raro en ella.

Ella cedió su agarre sobre el caballo con desgana, y fue solo después de echar una mirada evaluadora sobre el número de mozos y escuderos en los establos. Ella se fue sin decir nada más, y Ruari no dejó pasar que la Elizabeth que había conocido originalmente quizás encontraría otra manera de lograr su objetivo.

"Ella ha cambiado mucho", le dijo a Anthony, quien negó con la cabeza.

"Me temo que no se encuentra bien", murmuró el castellano. "Aunque desearía que fuera de otra manera".

Ruari asintió con la cabeza, con el corazón apesadumbrado de acuerdo, luego se marchó.

Llegó a Ravensmuir y encontró el patio vacío.

Condujo al caballo a los establos, solo para descubrir que también estaba desprovisto de hombres. Los establos estaban llenos de caballos, todos ellos cepillados y atendidos y agitando el rabo, pero ni un alma respondió a su llamado. Sabía que no había mozos de cuadra en Ravensmuir, pero la falta de hombres solo aumentaba su consternación.

Dejó su caballo atado en el último establo y se dirigió al gran salón. También estaba desprovisto de hombres, aunque parecía que había sido ocupado recientemente. Había sangre en el suelo junto a una chimenea, lo que no era la vista más consoladora que podía haber encontrado.

Subió sigilosamente las escaleras hasta el solar, buscando alguna señal de los ocupantes de la fortaleza. Encontró la puerta sin cerrojo y las habitaciones vacías.

Pero fue allí, en el solar de Ravensmuir, donde Ruari vio la maravilla. Se arriesgó a mirar por una de las ventanas, porque el único lugar al que podían haber ido era hacia el mar. Y allí, en la punta de tierra que se extendía como un dedo hacia el sol naciente, encontró a todos los hombres que buscaba.

De rodillas en oración.

El Señor Malcolm y su nueva esposa Catriona estaban al frente, y él vio a Vera con el bebé justo detrás de ellos. Después de eso, los mercenarios que habían pasado por Kinfairlie se alineaban en filas, como en una iglesia y no en una loma cubierta de hierba. Detrás de ellos había escuderos y muchachos, con la cabeza descubierta a la luz del sol de la mañana mientras ellos también rezaban. Incluso había algunas mujeres con los escuderos, mujeres cuya ocupación Ruari podía adivinar fácilmente, todas de rodillas.

Ruari se frotó los ojos y volvió a mirar, medio seguro de que era un truco.

Pero no, la vista permaneció como había sido.

"Bueno, Dios está en su cielo y todo está bien en el mundo", murmuró. Se persignó porque parecía lo correcto en presencia de un milagro, luego descendió del solar para buscar a su anfitrión.

Cuando surgiera la oportunidad, le hablaría a Vera de la locura de quedarse ahí.

Ruari tenía la esperanza de ver ese momento pronto. No deseaba pasar la noche en Ravensmuir.

～

CATRIONA SE SENTÓ al lado de Malcolm, más complacida con el estado del salón de lo que había estado. Su corazón todavía estaba acelerado y sus palmas seguían húmedas, porque no confiaba en estos hombres más de lo que podía arrojar a alguno de ellos.

Sin embargo, habían cedido ante ella y eso tenía que ser un progreso. Ella notó que Rafael estaba disgustado y que había sido uno de los pocos que no se había unido a ellos en oración esa mañana. Lo sintió observándola durante todo el día, evaluándola, y supo que no le agradaba el cambio de circunstancias.

O quizás era el cambio en la lealtad de su amigo.

Preguntó si alguno de los soldados pescaría para poder mantener el día de ayuno correctamente. Tanto Tristán como Reynaud habían llevado a los perros al río entre Ravensmuir y Kinfairlie, una vez que Malcolm les habló sobre el río, y regresaron con dos docenas de salmones gordos. Los habían limpiado junto al acantilado sin que ella se lo pidiera, y Ranulf los había asado al fuego en la cocina sin que ella hiciera tal sugerencia. Los sabuesos habían devorado colas, cabezas y entrañas en el patio trasero de la cocina, y luego se acurrucaban en las esquinas del salón para dormir. La cena había sido deliciosa, aunque a Catriona le preocupaba la cantidad de cerveza. El cervecero debía venir al día siguiente de Kinfairlie con un nuevo lote. Los hombres terminaron lo que había y se declararon saciados, aunque Catriona vio que se pasaban odres por el salón.

"Es probable que sea eau-de-vie", le dijo Malcolm. "Todos llevamos al menos una parte".

"¿Para que siempre tuvieran algo de beber?"

Él negó con la cabeza, sonriéndole levemente. "Para que un hombre caído pueda revivir. Así es como recibe su nombre." Pasaron un odre a la mesa alta y él sirvió un poco en su copa. Catriona lo olió y retrocedió ante el vigor del olor. "La idea es que un hombre debe estar muerto sin moverse para ponerle esto en la boca".

"De hecho", asintió Catriona, devolviéndole la taza a su marido sin probarla.

"¡Una melodía o un cuento!" gritó Bertrand y la compañía refunfuñó.

Para sorpresa de Catriona, fue Rafael quien se puso de pie y carraspeó.

"Me gustaría contaría un cuento llamado Bisclavret, aunque a veces se lo conoce como Garwaf".

Ranulf golpeó la mesa con el puño. "¡Un buen cuento y el más apropiado!" Dijo con entusiasmo, lo que se ganó una sonrisa de Rafael.

"De hecho", dijo ese hombre, su mirada deslizándose hacia Catriona. "Porque es la historia de un noble caballero que ganó su fortuna, reclamó su posesión y luego tomó a una dama por esposa".

Catriona se preguntó qué tan mal terminaría esa historia para la esposa.

"Él hace travesuras", murmuró Malcolm, sus palabras eran tan suaves que solo ella podía discernirlas. "No lo dignifiques con una reacción".

"Suena muy apropiado", dijo Catriona. "Por favor, compártelo con nosotros, Rafael".

Rafael hizo una reverencia, luego se paró en medio del salón, con las manos detrás de la espalda mientras se dirigía a la mesa alta. "La historia comienza después de que este caballero y esta dama se comprometieron entre sí y regresaron felices a su morada. Hay que decir que este caballero Bisclavret tenía riquezas incalculables. Era valiente en la batalla y sus vecinos y hasta el propio rey confiaban en su consejo. Se decía que era mejor amigo que enemigo, y sus fronteras eran muy respetada." Los hombres rugieron aprobando esta noción. "Sin embargo, a pesar de todo eso, era un guerrero severo y uno que parecía reservado para muchos que lo conocían."

"¡No hay similitud ahí!" gritó un hombre. "¿Quién de nosotros adivinó que Malcolm era el Señor de Ravensmuir?"

Golpearon la mesa con los puños de acuerdo, y los odres se

movieron más rápidamente entre las mesas. Vera apretó los labios y llevó a Avery escaleras arriba, deteniéndose para darle a Catriona una mirada significativa.

Pero ella no se iría antes de que terminara la historia de Rafael.

Rafael negó con la cabeza. "Es triste decirlo, la esposa no era retenida con tanto cariño en la casa de Bisclavret. Los sirvientes murmuraban que ella no amaba de verdad a su señor esposo, pero que se había casado con él solo por su riqueza." Catriona se enderezó ante eso. "De hecho, su nombre había estado ligado durante mucho tiempo al de otro caballero, un hombre sin propiedad ni fortuna. Había abandonado a su favorito una vez que llamado la atención de Bisclavret. Aunque ella insistía que era porque lo amaba de verdad, había quienes se preguntaban si fingía su afecto debido a la riqueza del tesoro de Bisclavret."

Catriona sintió que Malcolm se tensaba ligeramente y puso su mano sobre la de él.

"Y así fue como la pareja vivió junta en aparente felicidad. La esposa, sin embargo, no dejó de notar que su esposo no siempre compartía su cama en toda la noche. Aunque él estaba con ella cuando se dormía, y muchas veces allí por la mañana, si ella se despertaba por la noche, podría encontrarse sola."

¿Cómo sabía Rafael ese detalle?

¿Sabía él que Malcolm se iba a las ruinas?

¿Sabía él por qué?

"Al principio, ella pensó poco en el asunto, pero con el tiempo, sintió curiosidad. Una noche cuando él se había ido, ella lo buscó. Lo buscó con sus libros, en su salón, en las cocinas, y nunca encontró ni rastro de él. Después de eso, prestó aún más atención a sus acciones. Ella notó que la mañana siguiente a su desaparición, a menudo estaba cansado, pero nunca lograba presenciar su partida o regreso. Ella empezó a temer que su marido hubiera tomado una amante, de hecho, que su amante estuviera escondida dentro de su propio salón, y que él abandonara su cama cada noche por el calor de otra. Ella no le había dado un hijo de su propia sangre, y temía por su posición, que era la más cómoda."

Malcolm giró su mano para que su palma estuviera contra la de ella y sus dedos se enredaran. Catriona le devolvió el agarre, sabiendo que le estaba mostrando su apoyo como su esposa. Era una sensación de lo más bienvenida.

Rafael continuó. "Una noche, ella desafió a su esposo, exigiendo saber la verdad de adónde iba. Ella no era una mujer que se callara." Hizo una mueca ante esto y los hombres se rieron. Catriona sintió que se le subía un poco el color. "Aunque se había preparado para lo que creía que era la peor respuesta posible, se enteró de que todavía había una peor. Bisclavret confesó que era un monstruo. De hecho, era condenado a transformarse en lobo cuando la luna brillaba a través de las ventanas del solar. En esas noches, salía de su salón para cazar en el bosque y regresaba solo cuando la luz de la luna se desvanecía. La esposa había oído hablar de criaturas tan malvadas y se horrorizó al saber que se había casado con una, aunque sin saberlo. Entonces temió que pudiera dar a luz un monstruo si la semilla de su marido echaba raíces y que ella misma podría ser condenada al infierno por hacerlo." Rafael le dio a Catriona una mirada dura. "Enterarse de la verdad de su marido la volvió completamente contra él, pero ella era lo suficientemente engañosa como para disfrazar sus verdaderos sentimientos".

Los hombres se quejaron de la falta de fe de la esposa, llamándola más de algunos nombres que Catriona no deseaba escuchar.

"Bisclavret le hizo jurar a su esposa que mantendría su secreto, y ella se comprometió a hacerlo, aunque durante todo ese tiempo se preguntó cómo podría deshacerse de un marido que creía que era un demonio. Él siempre la había tratado con cortesía, pero ella decidió con esa confesión que debía deshacerse de él. Ella recordó al caballero que había amado, el que no tenía fortuna ni posesión, y decidió hacer una vida con él, aunque con la fortuna de Bisclavret."

Los nombres de la esposa se volvieron más ásperos y más ruidosos. Malcolm apretó la mano de Catriona con más fuerza. "No es más que un cuento", dijo, pero esta vez no mantuvo la voz tan baja. "Y una advertencia para aquellos que se quieran casar con mujeres indignas de confianza" Él besó la sien de Catriona, demostrando que no la creía de ese tipo.

Ranulf les sonrió a los dos y saludó a Catriona con el odre que sostenía.

Rafael continuó. "Ella planeó deshacerse de su esposo. Sin él, podría casarse de nuevo, conservando todo lo que había ganado y asegurando su propia felicidad. Ella le hacía preguntas a su esposo por la noche en la privacidad de su cama, preguntas sobre su maldición y la terrible experiencia. Bisclavret, creyendo que el amor de su esposa era verdadero, le confió gran parte de lo que sabía, con la esperanza de que ella pudiera percibir una forma de poner fin a la maldición. En verdad, ella buscaba una debilidad y una noche, sin saberlo, él se la concedió."

"¡Tonto!" murmuró Tristán y los demás asintieron con la cabeza.

"Nunca confieses una debilidad, no a ningún ser viviente", dijo Bertrand y bebieron al mismo tiempo con ese sentimiento.

Rafael tragó, luego volvió a levantar la voz. "La esposa de Bisclavret preguntó cómo era posible que sus finas prendas no se arruinaran ni se rasgaran por haber corrido por el bosque durante toda la noche. Bisclavret confesó que se quitaba la ropa cuando se transformaba en lobo. Su esposa le preguntó dónde hacía eso y él se rió, admitiendo que no se atrevía a decirle esa verdad a un alma viviente. Cuando ella lo presionó, le confió que si le faltaba la ropa cuando la luna se desvanecía, no podría volver a convertirse en un hombre. Con eso, la esposa conoció su debilidad e hizo su plan."

Los hombres se inclinaron hacia adelante, concentrados en la historia.

"La esposa envió un mensaje a su amante, contándole lo que sabía y llamándolo al bosque en la propiedad de Bisclavret. El caballero tenía un corazón tan oscuro como la dama que amaba y no tenía escrúpulos en robar la fortuna de un demonio. Se escondió en el bosque fuera de la fortaleza de Bisclavret y esperó. Una noche en la que la luna brillaba intensamente, siguió a Bisclavret al interior del bosque. Aunque Bisclavret se detuvo varias veces, como para escuchar, no pudo detener el inicio de la maldición bajo la brillante luz de la luna. Cambió de forma a un lobo, justo ante los ojos del caballero. El caballero se acercó sigilosamente para robar la ropa y el lobo se volvió hacia él para defender su premio. El caballero lanzó sus perros sobre el lobo, luego agarró la ropa y corrió como si un Sabueso del infierno lo persiguiera en verdad."

Catriona contuvo el aliento, sabiendo que la referencia había sido deliberada.

"El caballero llegó a la fortaleza a salvo y le dio la ropa a la esposa de Bisclavret, según lo acordado. Ella las encerró en un baúl en el solar, temiendo destruirlas para que los sirvientes no la acusaran de robo. A la mañana siguiente, Bisclavret no apareció en el dormitorio, aunque la esposa permaneció despierta toda la noche, temiendo su regreso y su venganza. Al mediodía, se sintió más confiada y envió sirvientes a cazar a su amo por todo el torreón y sus tierras. Con cada día que pasaba sin noticias de Bisclavret o señales de él, ella estaba más segura de que lo había hecho bien y de que todo iría bien. Ella dio todas las apariencias de luto por su esposo, pero después de tres meses, se casó con el caballero que tenía su corazón. Ese hombre asumió la soberanía de la propiedad de Bisclavret, y la pareja estaba feliz en su domicilio robado."

"Alimañas", declaró Ranulf.

"Piratas y ladrones", asintió Amaury, y bebieron por eso.

"Mientras tanto, el rey se enteró de la desaparición de Bisclavret, un hombre al que había favorecido, y estaba preocupado por estas noticias. Envió grupos de hombres a buscar a su leal caballero en los bosques de su morada, porque se decía que Bisclavret había desaparecido en el bosque y el rey temía que los bandidos lo hubieran apresado. No hubo noticias y lamentó la pérdida de su amigo y caballero."

Rafael hizo una pausa y un grito se elevó de los hombres. "¡Esto no puede ser el final!"

"—No, no lo es, aunque podría haberlo sido. Porque un día, el rey estaba cazando en un bosque no lejos de la morada de Bisclavret y los perros percibieron el olor de un lobo. Persiguieron vigorosamente al lobo durante todo el día y la noche, y el rey alentó la caza porque sabía que los lobos eran un problema para su pueblo y sus rebaños. Al final del día, los perros y los cazadores habían rodeado al lobo exhausto, y el rey se acercó para ver la matanza. Para su asombro, el lobo pareció darse cuenta de su presencia y corrió directamente hacia él. La bestia se movió tan rápida e inesperadamente que se deslizó entre las filas de perros y cazadores, y el rey tuvo miedo. Pero el lobo lamió la bota del rey en su estribo, luego se acostó en el suelo, como si se sometiera a la voluntad del rey. El rey se maravilló de esto y desmontó, extendiendo una mano hacia el lobo. La bestia lamió su anillo de sello, más como un sabueso fiel que como un depredador, y tocó con su frente la mano del rey como un hombre que rinde homenaje."

"¡Ajá!" gritó Reynaud.

"El rey llamó a sus hombres y les ordenó que dejaran en paz al lobo. Tomó a la bestia bajo su protección, porque la consideró poco común en su inteligencia. El lobo se convirtió en su compañero más leal y el rey pronto se negó a separarse de él. Hablaba a menudo de la comprensión de la criatura, de cómo la escuchaba cuando hablaba con sus caballeros y de cómo parecía decidido a defender al rey a toda costa. La casa del rey se encariñó tanto con el lobo como el rey, ya que se mostró amable y leal al rey y feroz solo en la defensa de ese hombre."

"Porque no era simplemente un lobo", aconsejó Bertrand a los demás, su voz atravesando el salón.

"Llegó el momento de que el rey hablara con sus barones y caballeros, y los convocó a reunirse en su castillo. Mantuvo al lobo a su lado, porque como se mencionó, había llegado a confiar en su percepción. Entre los caballeros reunidos estaba el que se había casado con la esposa de Bisclavret y había tomado su fortuna como suya. Ese hombre solo había puesto un pie dentro de la sala del consejo cuando el lobo lo atacó, para sorpresa de todas las almas presentes. De hecho, el lobo intentó morder a este caballero dos veces más ese día, aunque nunca había mordido a ninguna persona en la casa del rey."

"La venganza llega", murmuró un hombre cuyo nombre Catriona no podía recordar.

La compañía bebió por eso.

"Hubo quienes pidieron la destrucción del lobo, dada su violencia, y sin duda, el caballero fue el primero en esa compañía, sin embargo, el mayordomo del rey creía que había más en la historia. Había crecido escuchando los cuentos de su abuela y sabía que había más en el mundo de lo que la mayoría de los hombres sabían. El mayordomo le recordó al rey que durante años, el lobo había sido amable y leal y, de hecho, se consideraba que tenía el razonamiento de un hombre. El mayordomo sugirió que este caballero debió haber hecho algún daño al lobo, y que el lobo lo recordaba bien, una opinión que el rey consideró muy razonable. El parlamento terminó sin que el rey cambiara de opinión sobre el lobo, y el caballero fue uno de los primeros en irse."

Rafael se aclaró la garganta. "El rey, siguiendo el consejo de su mayordomo, resolvió desenterrar la verdad. Envió un mensaje al caballero que había reclamado la posesión de Bisclavret de que visitaría a su corte. Tenía más sentido viajar allí para descubrir la disputa entre el caballero y el lobo. La esposa y su esposo no podían negar al rey, aunque el caballero temía otro intercambio con el lobo favorito del rey."

Ranulf se frotó las manos con anticipación.

Pero cuando llegó el grupo del rey, el lobo atacó a la esposa del caballero, y lo hizo con tal salvajismo que le mordió la nariz. El rey supo entonces que esta pareja de alguna manera había hecho daño al lobo que le había servido con tanto cariño, y que el lobo culpaba sobre todo a la esposa. A sugerencia del mayordomo, el rey hizo que ambos fueran encarcelados y la esposa fue torturada por la plenitud de la historia. Estaba tan asustada por el lobo que confesó todo lo que sabía." Rafael bajó la voz. "Hubo quienes dijeron que ella nunca esperó que le creyeran la historia. Ella no había confiado en el mayordomo, y mucho menos en la consideración del rey debido al consejo de ese hombre."

"¡Pero no podía seguir siendo un lobo!" protestó otro hombre.

"No, no lo hizo", coincidió Rafael. "Una vez que se contó la historia, el rey pidió la ropa de Bisclavret. Se abrió el baúl en el solar donde se habían guardado las ropas del antiguo señor, y esa vestimenta fue llevada al lobo. Esa bestia se sentó majestuosamente ante el rey, sin moverse hacia las vestiduras, pero sosteniendo la mirada del rey. El mayordomo se aclaró la garganta, susurrando al rey que el lobo nunca podría cambiar de forma delante de otros, y que tenía que quedarse solo en una habitación con las prendas. El rey encerró al lobo en el solar con la ropa y esperó con impaciencia."

"No tuvo que esperar mucho antes de que se escuchara un golpe desde el interior, la voz de un hombre exigiendo su liberación. La puerta se abrió y el rey se alegró de encontrar a Bisclavret nuevamente en su compañía, un hombre de nuevo y vestido con su elegante atuendo. Solo entonces pudo dar testimonio del engaño de su esposa, y lo hizo ante el rey. Su engañosa esposa fue desterrada por decreto del rey, junto con el hombre al que por error había tomado como marido. Se dice que no tuvieron descanso, esa miserable pareja, y que todos los hijos que dieron a luz nacieron sin narices." Bisclavret, por el contrario, siguió siendo el consejero más leal y confiable al rey, y le dio la bienvenida a su señor feudal con frecuencia como su invitado en la propiedad que le fue devuelta."

Hubo un momento de silencio, luego Ranulf inició los aplausos. Catriona no se unió. Rafael le sonrió mientras se inclinaba hacia la mesa principal. Trataba de advertirle de lo que elegía ver como la verdadera naturaleza de Malcolm, pero Catriona conocía mejor que él tipo de hombre con el que se había casado.

Ella no se sentiría intimidada por el hecho de que Malcolm hubiera luchado con esos hombres para asegurar su futuro, sin importar lo que hubiera hecho. En realidad, no era un Sabueso del infierno, sino un hombre criado para ser un buen señor para Ravensmuir. Él estaba de nuevo en casa y regresaba a ser el hombre como el que se había criado.

"Yo también quisiera compartir una historia", dijo Catriona, poniéndose de pie como si aceptara un desafío de Rafael. "Es la historia de dos amigos, dos hombres que creían saber todo lo que se podía saber el uno del otro."

"¡Jaja!" Ranulf dijo con regocijo, aplaudiendo. "Conocemos mucho de esos hombres, ¿no es así?" Los hombres rugieron en señal de asentimiento y apuraron el último aguardiente de sus odres mientras Catriona elegía la mejor forma de comenzar su relato.

～

VERA ESTABA DESTROZADA.

Ella quería escuchar la historia que Catriona contaría, porque amaba una historia más que la mayoría. También se había dado cuenta de que la mujer que Malcolm había tomado por esposa no era tonta. De hecho, parecía que los viejos rumores sobre los Señores de Ravensmuir podían tener una verdad en el fondo, porque Malcolm había descubierto rápidamente el mérito de Catriona.

Por otro lado, Avery estaba más que listo para la comodidad de su propia cuna. Aunque era un niño afectuoso que toleraba bastante bien los abrazos, también mostraba cierta independencia. Nunca pasaba mucho tiempo antes de que se retorciera y se quejara, deseando estar libre del toque y la atención de los demás. Compartía ese rasgo con Malcolm, quien siempre había sido un niño dispuesto a emprender el camino por su cuenta, a explorar el mundo sin escolta y regresar a su propio ritmo.

Supuso que eso no había cambiado. Y aunque Avery no era de la semilla de Malcolm, les iría bien juntos.

¿Malcolm también había visto eso?

Si Vera hubiera tenido una tercera mano, habría reconocido a

Ruari como la principal distracción para ella esa noche. Ella podría haber elegido bastante bien entre el cuento y las necesidades del bebé, pero la compañía de Ruari era una tentación y una que rara vez se ofrecía. Ella no podía dejar al bebé solo en el solar. No podía entregárselo a su madre mientras ella contaba un cuento. Sin embargo, pensó que era inapropiado sentarse en la compañía con el heredero del señor, dada la naturaleza de esa compañía. Ella sabía que Ruari había esperado que se sentara con él, pero sabía lo que era correcto para su cargo, y sus propios anhelos eran menos importantes que su deber.

Ella llevó a Avery a su cama, luego se sentó en la cima de las escaleras, donde podía escuchar tanto al niño como el cuento. Tuvo tiempo para pensar que era un escaso compromiso antes de que el propio Ruari subiera las escaleras para inclinarse ante ella.

"Debes saber que vine a verte", dijo, más brusco que nunca. Vera estaba segura de que se debía a las miradas que lo habían seguido y a las especulaciones que estallaban en el salón de abajo. De hecho, la nuca de Ruari se puso roja, aunque se mantuvo firme.

"No lo sabía", dijo ella, porque sabía que reuniría su valor al ser desafiado. De hecho, apenas me hablaste en Kinfairlie antes de que la dama Eleanor y yo viniéramos aquí.

Ruari extendió las manos. "¿Y en qué tiempo, mujer? Llegamos, te marchaste, había provisiones que recoger y caballos que ensillar, además de las propias bestias de mi señor que cuidar. ¡Te fuiste en un abrir y cerrar de ojos!"

"Es posible que nos hubieras seguido. O nos hubieras acompañado."

"Te sigo ahora".

"Sí, y me encontrarás ahora. Catriona quiere contar una historia y yo quiero oírla, así que di lo que quieras, Ruari, para que no me lo pierda."

"Vine a pedirte la mano, Vera," dijo él, fijando su mirada en ella.

Vera estaba asombrada. "Yo no soy una doncella y tú no eres un joven. ¿Qué locura es esta?"

"El matrimonio no es solo para los jóvenes o los ricos. No es solo para tener hijos, Vera, sino también para tener compañía." Él frunció el ceño en medio de esa confesión y juntó sus robustas manos. "Disfruto de tu compañía, Vera. Tendría más que unos pocos días al año o dos, según lo permitan nuestras situaciones."

"¡Pero matrimonio!" Vera había abandonado hacía mucho tiempo la noción de matrimonio. En Kinfairlie sentía consuelo y afecto, y aunque no eran sus propios hijos, pensaba en la familia como si fuera suya. Una vez había esperado tener un marido y un hogar propio, pero con la desaparición de su capacidad para tener un heredero, había abandonado tal expectativa. Su vida era buena y tenía la suerte de tenerla.

"¡Sí, matrimonio!" replicó Ruari, su tono se volvió terco como solía pasar cuando ella desafiaba sus expectativas. "Te pido la mano, Vera, y sería estupendo que no te horrorizaras."

Vera se rió a pesar de sí misma y se sintió notablemente más joven de lo que era. "No estoy horrorizada, simplemente sorprendida."

"¿Y por qué es eso? Sabes que busco tu compañía siempre que estamos en la misma región. Sabes que nos hacemos reír, y no me engaño al pensar que haya habido afecto entre nosotros."

"Más que afecto", señaló ella, su sonrisa provocando la suya propia.

"Sí, más que afecto" Él se sentó en el escalón debajo de ella y tomó su mano entre las suyas. "—Cásate conmigo, Vera. He hablado con el Señor Erik y me ha concedido una cabaña en el pueblo de Blackleith. Podemos..."

"¡Blackleith!" Vera apartó la mano. "No tengo ningún deseo de vivir en Blackleith."

Ruari parpadeó. "Pero es mi casa, y es apropiado que un hombre lleve a su novia a su casa."

"No", dijo Vera, sacudiendo la cabeza. "Sería apropiado para ti y para mí comenzar de nuevo". Ella se inclinó hacia él. "No podría abandonar a mi familia, Ruari, porque todos los niños nacidos en

Kinfairlie podrían ser de mi propia familia. Los quiero y sería parte de sus vidas, ya sea que me case o no."

Ruari se reclinó. "Podría hablar con el Señor Alexander..."

"No, Ruari, quisiera empezar de nuevo aquí, en Ravensmuir".

Él la miró horrorizado. "¿Ravensmuir? La casa de hechiceros y pájaros diabólicos y quién sabe qué otros problemas."

Vera sonrió. "La propiedad del Señor Malcolm, quien comienza de nuevo y hace mucho bien en este lugar. También me agrada su esposa, porque es práctica y amable. Quieren construir un pueblo, les oí hablar juntos..."

"Escuchaste cuando no debías haberlo hecho," bromeó Ruari con una sonrisa.

"Escuché cuando no podía hacer nada más. Es la única forma de saber cualquier cosa que valga la pena saber en una fortaleza." Vera se enderezó. "Los campos se labrarán, los caballos volverán y el herrero se quedará. Ella pidió una capilla y él se comprometió a hacerla. Ella tiene la intención de darle hijos y él tiene la intención de reconstruir Ravensmuir a una nueva gloria. Yo quisiera ver eso, Ruari. De hecho, quisiera ayudar en eso."

Ruari suspiró y desvió la mirada. "Pero Ravensmuir." Él volvió a mirarla. "¿Debe ser Ravensmuir?"

Vera asintió. "Creo que ningún otro lugar nos vendría bien."

"Ravensmuir." Ruari negó con la cabeza. "—Debo hablar con el Señor Erik y también con el Señor Malcolm antes de poder prometer esto, Vera. Aunque soy un hombre libre, quisiera tener su consentimiento."

Vera sonrió y se inclinó para besar la mejilla de Ruari. "Por supuesto que debes hacerlo, pero no te decepciones demasiado cuando ambos estén de acuerdo."

Ante eso, apareció su sonrisa y la miró cálidamente. "Es cierto, entonces, que un hombre se mostrará como un tonto por el amor de una dama", murmuró, pero no había ira en su queja.

Catriona levantó la voz para comenzar su relato y Vera tocó con un dedo los labios de Ruari para silenciarlo. Él le besó la yema del dedo, su mano luego se cerró alrededor de la suya, y ella sonrió, segura de que se adaptarían muy bien el uno al otro.

~

A Malcolm no le gustaba que Rafael intentara crear problemas. Conocía al otro hombre lo suficiente como para comprender que era taimado a la hora de asegurarse su propia ventaja. Claramente, Rafael veía a Catriona como una amenaza.

Y debería hacerlo, ya que era un hombre sensato. Al casarse con Catriona y convertir a Avery en su heredero, Malcolm creaba una sucesión de las riquezas que quedaban en su tesoro en la víspera del solsticio de verano. Él no creía que Rafael lastimaría a una mujer, mucho menos a la esposa de su camarada, pero intentaría asustar a Catriona para que se fuera por su propia voluntad.

Malcolm quería defender a su esposa, pero no sabía cómo hacerlo. Un cuento era una forma astuta de introducir dudas, y otro cuento sería la mejor respuesta a la provocación de Rafael. Lamentablemente, tenía poca habilidad para contar cuentos y menos en la selección oportuna de uno.

Pero Catriona aceptó el desafío de inmediato.

"Esta es la historia de un Caballero Elfo", dijo ella cuando se paró a su lado. "Pero realmente es la historia de los dos amigos. Nunca ha habido dos hombres tan unidos en la amistad y sin embargo cada uno tan diferente del otro. Compartían la habilidad de atraer la atención de una doncella, y ambos también eran valientes guerreros, pero uno estaba impulsado por la razón y el otro por la pasión. Durante años, cada uno hizo lo que pensaba correcto, pero cada uno creía que la tendencia del otro era inofensiva. Esto cambió cuando conocieron al Caballero Elfo."

Ella hizo una pausa y consideró la compañía absorta. "En la historia que escuché, los hombres no tenían nombres, pero démosles nombres. Llamemos al sobrio por el nombre de Malcolm, y al otro por el nombre de Rafael."

Malcolm tuvo que mirar hacia abajo para ocultar su sonrisa. En verdad, Catriona era audaz en esto, pero los hombres se rieron y se dieron codazos entre sí, tomándolo como una broma. Rafael se puso serio, sin duda no le gustaba la sugerencia de que lo impulsaba más la pasión que el sentido común.

Como antes, Malcolm se sentó y dejó que la historia se desarrollara, observando todo el tiempo.

Catriona levantó una mano pidiendo silencio antes de continuar. "El hombre guiado por la razón había heredado una propiedad cercana a un páramo que era vasto y solitario".

"¡Sí, ese sería Malcolm!" gritó uno de los mercenarios. Malcolm miró a su esposa, preguntándose por la coincidencia entre su historia y su vida.

"Y él había crecido cerca de esta fortaleza", continuó, tan a gusto con la atención de la compañía como lo había estado en su primera noche en el salón de Ravensmuir. "Toda su vida, Malcolm había oído hablar del Caballero Elfo, a quien rara vez se veía en el páramo, pero que cada vez que lo veían, un hombre de una aldea vecina desaparecía. Había otras desapariciones de personas que elegían cruzar el páramo solas, sin importar la hora o la temporada, que nunca llegaban al otro lado. De hecho, nunca más se supo de ellos. Cuando Malcolm heredó esta propiedad, el páramo estaba realmente solo, porque la gente temía estar allí en cualquier momento. Las criaturas salvajes, sin embargo, no compartían su preocupación, y se habían multiplicado tanto que el páramo estaba lleno de caza."

"Suena como un buen lugar", dijo Louis y Amaury asintió.

"Y así, cuando el amigo del hombre, Rafael, vino a visitarlo, solo vio la diversión y descartó esta fantástica historia del Caballero Elfo. Insistió en que cazaran en el páramo, porque las criaturas salvajes también eran casi dóciles y variadas. Dijo que podrían llenar la despensa de Malcolm hasta estallar en un día y luego tomarse su tiempo libre en el salón. Incluso cuando se le advirtió de la historia, Rafael se rió y desafió a su amigo a cazar con él."

"Ningún hombre podría resistir tal burla", dijo Ranulf, cruzando los brazos sobre su considerable masa para mirar a Catriona con satisfacción.

"La pareja estuvo de acuerdo, pero Malcolm tomó precauciones antes de partir. Recordó que su madre le había dicho que ningún ser malvado podría tenerlo esclavizado si llevaba la marca de la Trinidad. Cogió un trébol del prado y se lo ató al brazo, siguiendo el consejo de su madre. Trajo un segundo trébol para su amigo, pero Rafael se rió de él. Dijo que un poco de trébol no lo defendería tan bien como su arco y flecha, y su espada, luego se burló del capricho de su amigo. Y así, diferentes en otro sentido, salieron a cazar al páramo."

Catriona respiró hondo antes de continuar. Malcolm pudo ver que ella se divertía, porque había un brillo en sus ojos. También notó que Vera había venido a sentarse en lo alto de las escaleras, para escuchar mejor. "La cacería era tan variada y atrevida como se esperaba, y cazaron con gran éxito durante la mañana y pasado el mediodía. Malcolm estaba a punto de sugerir que se detuvieran, cuando un caballo y un jinete se cruzaron repentinamente en su camino. Iba todo de verde, el caballero que vieron, con sus telas y su abrigo tan verdes como un nuevo brote en primavera. Su caballo era lo suficientemente blanco y brillante como para hacer que un hombre entrecerrara los ojos, y había campanillas de plata atadas en su melena blanca y fluida."

"¡El Caballero Elfo!" rugió la mitad de la compañía con satisfacción.

"Se quedaron mirando asombrados, adivinando que no era otro que el mismo Caballero Elfo. Pero ahí terminó la similitud entre ellos, ya que Rafael insistió en que perseguiría al Caballero Elfo para ver dónde vivía. Él supuso que el Caballero Elfo debía tener riquezas en abundancia y que podría hacer suyas algunas de ellas."

Hubo risas ante esto, porque era absolutamente característico de Rafael pensar así.

"Malcolm desaconsejó severamente esto, porque los consideró

afortunados de que el Caballero Elfo los hubiera pasado de largo. Creía que el precio de tal riqueza sería demasiado alto. Sin embargo, Rafael no le hizo caso, sino que espoleó a su caballo y persiguió al Caballero Elfo. Y así fue que Malcolm se dio cuenta de que el Caballero Elfo había hechizado a su amigo con una mirada, tentándolo con éxito porque Rafael no estaba defendido por el trébol atado contra su brazo. Malcolm juró hacer lo correcto por su amigo y siguió a los caballos que huían."

Bertrand y Ranulf brindaron juntos, saludando este impulso del Malcolm en el cuento. Poco sabían lo cerca que estaba de la verdad.

"Rafael, por su parte, no podía creer lo veloz que resultó ser el caballo del Caballero Elfo. Su propio caballo era fino y de andar rápido, pero nunca pudo alcanzar al hermoso caballo blanco. Rafael podría haber imaginado que la criatura volaba en lugar de galopar sobre la tierra, pero aun así la persiguió. El sol se hundió y las sombras se alargaron y el Caballero Elfo siguió corriendo, y Rafael siguió persiguiéndolo. El viento se volvió frío y salieron las estrellas, y el Caballero Elfo siguió corriendo, y Rafael siguió persiguiéndolo. El páramo había desaparecido hacía mucho tiempo, las colinas se elevaban bajo sus pies y volvían a caer, y un prado interminable los rodeaba. Aun así, el Caballero Elfo siguió corriendo, y Rafael siguió persiguiéndolo. Justo cuando él temía que su caballo desfalleciera, el Caballero Elfo detuvo su caballo."

"Rafael saltó de su caballo donde se había reunido una compañía, justo en medio del prado. Vio que había un círculo en el suelo, un círculo de flores blancas que podrían haber sido forjadas por la escarcha. Esta gran compañía bailaba dentro del círculo, cantando y haciendo música tan alegre que él anheló unirse a sus fiestas. La música que tocaban hacía que le picaran los pies por bailar."

Malcolm miró este detalle, incapaz de ocultar completamente su sorpresa. Miró a Rafael, solo para encontrar a ese hombre inusualmente pálido.

¿Cómo sabía Catriona lo que había sucedido en el invierno?

atriona no pareció darse cuenta de la reacción de Malcolm, pues continuó su relato sin pausa. "Cuando el Caballero Elfo entró en el círculo y desapareció entre la multitud, Rafael no dudó en seguirlo. Sin embargo, en el borde del círculo, cuando dio el último paso al borde de él, un hombre pequeño y torcido se interpuso en su camino. Ese hombre se agachó, como para recoger un objeto caído, y habló con Rafael. Le advirtió que no se metiera en el círculo, no fuera a perderse para siempre. Rafael se rió y le dijo al hombre que no le tenía miedo a ningún baile y que mantendría su promesa de seguir al Caballero Elfo. Y así, entró en el círculo y se unió al baile:"

Malcolm miró sus manos, sorprendido de que Catriona contara una historia tan similar a la experiencia que él y Rafael habían tenido su primera noche en Ravensmuir. ¿Sabía ella la verdad? ¿Lo había adivinado? ¿O era simplemente un cuento?

"Rafael había bailado apenas un abrir y cerrar de ojos cuando las hadas —porque esos eran los bailarines— lo guiaron hacia el Caballero Elfo, quien estaba sentado en un gran trono dorado para ver la celebración. El Caballero Elfo le ofreció su copa a Rafael, y la vista de la cerveza de brezo espumeando dentro de esa copa dorada, tan ricamente tachonada de esmeraldas y rubíes, llenó a Rafael de sed y codicia. Él tenía la idea de que podría arreglárselas para llevarse el cáliz, como prueba de lo que había visto, pero tan pronto como la cerveza de brezo tocó sus labios, olvidó todo lo que sabía del mundo mortal. Solo estaban las hadas, su cerveza de brezo y su baile y su música, y nada más podía importarle de nuevo. Bebió profundamente, bebió tanto como pudo, luego cayó ante el Caballero Elfo como un hombre muerto a golpes."

"Esto no es un buen augurio", informó Tristán a Nigel, quien negó con la cabeza.

"Con el tiempo, Malcolm llegó al círculo de las hadas y las hadas lo invitaron a entrar también. Él vio a Rafael y pensó en salvarlo, pero justo antes de entrar al círculo, el mismo hombrecito torcido se acercó al borde y trató de advertirle. Sin embargo, a diferencia de Rafael, Malcolm escuchó el consejo y le preguntó al hombre quién era. Resultó ser un hombre que, como Rafael, había seguido al Caballero Elfo, había entrado en el círculo para bailar y había bebido una cerveza de brezo. Como resultado, había quedado atrapado para siempre, al igual que una docena de personas que habían bailado en ese círculo."

El corazón de Malcolm latía con fuerza mientras Catriona continuaba su relato. ¿Se sacrificaría también el Malcolm del cuento?

"Malcolm le pidió consejo al hombre torcido sobre cómo salvar a los mortales, porque pensó que ese hombre lo sabría. Y así lo hizo, porque le dio a Malcolm una severa instrucción. Le pidió que se quedara quieto, en el lugar preciso donde estaba, hasta que el sol saliera por el horizonte. Las hadas, le advirtió el hombre, tratarían de provocarlo, pero él debía permanecer completamente quieto. Y luego, una vez que el sol saliera, Malcolm debía caminar nueve veces alrededor del círculo, asegurándose de completar su último recorrido. Después de eso, debía caminar hacia el Caballero Elfo y tomar el cáliz dorado, el que rebosaba de cerveza de brezo y estaba tachonado de esmeraldas y rubíes. Debía volver sobre sus pasos con precisión y, una vez fuera del círculo, arrojar el cáliz. Y así se rompería el hechizo, pero si fallaba, también sería capturado."

Malcolm miró hacia arriba, encontrando la mirada de Rafael fija en él, los ojos de ese hombre brillantes. ¿Podría romperse el hechizo que se le había impuesto? Su pulso se aceleró. ¿Cómo podía descubrir la verdad?

Lo último que quería hacer era acercarse a las hadas bailarinas de nuevo, pero si hacerlo proporcionaba la clave, valdría la pena.

Toda una vida con Catriona era más premio de lo que podría haber esperado.

"Y así Malcolm se quedó esperando el amanecer, sin moverse nunca de su lugar. Las hadas lo pellizcaron y lo pincharon, se burlaron de él y trataron de provocarlo, pero él se mantuvo firme y su pose era perfecta. Cuando salió el sol, las hadas parecieron desvanecerse en sombras fantasmales, aunque no se fueron. Incluso cuando el sol estaba libre del horizonte, él aún podía verlas. Luego caminó alrededor del círculo, teniendo cuidado de no entrar en él, y completando todos sus recorridos. Comenzó un estruendo, como un trueno distante, y vio por la agitación dentro del círculo que eran las hadas, que buscaban distraerlo. Cuando hubo dado la vuelta al círculo nueve veces, se hizo el silencio. El círculo parecía haberse llenado de escarcha y hielo, porque todo era blanco por dentro y las propias hadas estaban congeladas y erizadas de escarcha. Podrían haber estado talladas en piedra, pero sus ojos aún se movían, y él sabía que lo observaban."

Los hombres se inclinaron hacia delante, cautivados.

"Las botas de Malcolm crujieron sobre el suelo helado mientras caminaba hacia el Caballero Elfo. A pesar de la tentación de asegurarse de la salud de su amigo, recordó el consejo del hombre torcido. Los únicos seres vivos dentro del círculo eran dos cuervos grandes, que parecían vigilar el cáliz dorado."

Cuervos. El hielo corría por las venas de Malcolm.

"Cuando Malcolm tomó el cáliz en sus manos, un escalofrío recorrió la compañía de hadas congeladas. El hielo cayó al suelo, como si se hubiera hecho añicos. Más importante aún, los cuervos lo agarraron para recuperar su tesoro. Aterrizaron sobre sus hombros y lo agredieron. Gritaron y lo arañaron, como si ellos también quisieran obligarlo a errar en su tarea. Pero Malcolm se aferró al cáliz y volvió sobre sus pasos perfectamente, sin atreverse apenas a respirar hasta que estuvo fuera del círculo. El ruido crecía con cada paso, un rugido de trueno que era la furia de las hadas, porque temían que él escaparía. Su rugido fue puntuado por los graznidos de los cuervos. Cuando Malcolm salió del círculo, arrojó el cáliz tan lejos como pudo y lo escuchó crujir contra el suelo. Hubo un grito de dolor, luego un silencio total." Catriona se llevó un dedo a los labios.

El salón estaba tan silencioso que los ronquidos de uno de los perros parecían inusualmente fuertes.

Ella esperó un momento y luego bajó el dedo. "Malcolm se dio la vuelta, sin saber qué vería. Pero estaba el páramo detrás de él, su caballo y el de Rafael pastando a unos metros de distancia. Una docena de hombres parecían estar despertando de un largo sueño, frotándose los ojos y mirando a su alrededor con asombro. El propio Rafael se desperezó y bostezó, y no creyó la historia que le contó Malcolm. Malcolm buscó el cáliz dorado para ofrecérselo como prueba. Todo lo que encontró fue un trozo de piedra con forma de taza con una gota de rocío dentro. Y así fue que Rafael nunca creyó que lo habían salvado de las hadas, pero Malcolm nunca volvió a cazar con su imprudente amigo."

Ranulf empezó a aplaudir con entusiasmo, luego se puso de pie radiante. "¡Ese es un cuento y uno bien contado! ¡Has capturado una gema en esta esposa, Malcolm!" Los otros siguieron su ejemplo, gritando, pateando y silbando de alegría. Incluso Rafael aplaudió lentamente y luego se inclinó ante Catriona como si estuviera admirado. Ella se volvió hacia Malcolm con ojos brillantes y se inclinó para besarle la mejilla. "Iré con Avery", susurró.

Malcolm se llevó la mano a los labios y le besó la palma. "Cierra la puerta, señora mía", murmuró en voz baja. "Por si acaso." Su mirada recorrió sus rasgos y la preocupación se iluminó en sus ojos, como si tomara nota de su cautela. Pero ella asintió con la cabeza, luego cruzó el salón con orgullo y confianza. Los hombres la aplaudieron hasta que desapareció de la vista.

"¡Saludos, Señora de Ravensmuir!" Ranulf gritó, poniéndose de pie con la taza en la mano.

"¡Todos alaben!" La compañía hizo eco, muchos de ellos de pie mientras saludaban a la esposa de Malcolm.

Su esposa era una maravilla. No solo había encantado a esta compañía, sino que le había hecho ver su situación desde una nueva perspectiva.

Malcolm la defendería hasta su último aliento. Era razonable para él desear que no fuera tan pronto como temía.

Pero, ¿cómo romper el hechizo? Instintivamente pensó que debería visitar las ruinas, donde se sentía más cerca de Tynan y donde la música de las hadas no despertaba sus recuerdos. Quizás allí pudiera pensar con claridad.

Porque el tiempo era esencial: solo faltaban dos días para la víspera del solsticio de verano.

Bueno, era una situación feliz la que su desdichada hija había encontrado por sí misma, eso era seguro. Hamish se acurrucó bajo el seto de espinas, con frío hasta la médula y se sintió profundamente resentido por su situación. El albañil que le había ofrecido trabajo le había pagado menos de lo que Hamish había anticipado, porque había dicho que Hamish no había hecho el trabajo para merecer la paga. Era un tramposo y un mentiroso, en opinión de Hamish. No se podía esperar que un hombre nuevo en el trabajo como él manejara más que unos pocos momentos de esfuerzo. Aun así, pensaba que debería haber tenido el dinero.

El dinero que le habían pagado había pasado rápidamente al cervecero, su primer sorbo de cerveza dulce en días le hizo tener sed de otra y otra más. Se había quedado dormido con los albañiles divirtiéndose a su alrededor, incluso cuando sus muchachos empacaban sus carritos y se despertaban solos.

Podía escuchar el canto en el salón de Ravensmuir y no dudaba que su maldita hija comería bien y luego dormiría en una cama tibia. Ella no le mostraba tanta amabilidad, aunque él la había visto alimentada y protegida durante años, al menos en su propia memoria de los acontecimientos. Hamish siempre era mejor para los demás en su propio recuerdo que en la realidad. Esa noche, tenía que admitir que Catriona no tenía conocimiento de su presencia.

Incluso si lo hubiera hecho, no le habría mostrado bondad. Ella era fría, esa muchacha, fría y cruel. Solo se haría justicia cuando él reclamara lo que le correspondía.

Las nubes oscuras se acumularon en lo alto, lo que indicaba que se avecinaba otra tormenta. Hamish no quería volver a empaparse, porque el viento era frío en ese lugar. Había visto llegar a la compañía de mercenarios y, como resultado, había evitado el salón, pero ahora se preguntaba por cuantos eran. Sus escuderos estarían en los establos, y tal vez él podría mezclarse con seguridad en su compañía.

O evadir la atención por completo.

Se arrastró hacia el salón cuando cayó la noche, manteniéndose agachado contra el suelo para evitar ser detectado. ¿Quién sabía quién miraba desde esa alta torre? Había llegado a la sombra junto a los establos cuando lo asaltaron por detrás.

Hamish giró y luchó, pero no tuvo ninguna posibilidad. Eran dos, más grandes y más fuertes que él, y casi con seguridad también más jóvenes. Sin embargo, para sorpresa de Hamish, simplemente lo sujetaron, con una mano sobre su boca para asegurar su silencio.

"No queremos hacerte daño", susurró un hombre y Hamish podría haber argumentado ese punto. "Solo buscamos aprender lo que sabes de este salón. Si prometes no gritar ni huir, te soltaré."

La capa de este hombre era fina, tejida con lana gruesa y forrada de piel. El otro estaba igualmente bien vestido, y Hamish pensó que parecían caballeros. Entonces eran ricos, o al menos su patrón lo sería, y bien podrían dar una moneda a quien lo ayudara. Hamish asintió y fue liberado. La pareja lo sentó entre ellos, manteniéndolo cautivo incluso mientras permanecían en las sombras.

"Es Ravensmuir", susurró. "Reconstruido por el señor cuando regresó hace seis meses. Dicen que podría haber sido construido por las hadas, tan rápido se levantó de la nada."

Un hombre miró la torre de principal, el otro observaba a Hamish tan de cerca que podría haber temido un engaño.

Hamish continuó. "Pero había albañiles, cientos de ellos, pagados y despachados, pero ayer".

"¿Así que la fortaleza está completa?" preguntó el primero.

"Tan completa como parece ser", dijo Hamish. Observó a los hombres intercambiar un asentimiento. Parecía que iban a marcharse entonces, pero Hamish quería esa moneda. "También se ha llevado una esposa a la cama".

"¿Una esposa?" Ambos hombres volvieron miradas escrutadoras hacia Hamish.

"¿Quién es ella?" exigió el segundo. "¿Una mujer noble?"

"Una puta", dijo Hamish con satisfacción. "Una puta sin ningún linaje".

"Se casa con una puta", dijo el primer hombre con evidente disgusto, luego escupió al suelo. "Eso dice el mérito de la palabra de un mercenario".

"Ella es bonita", reconoció Hamish. "Por una moneda, podría asegurarme de que ella te dé la bienvenida..."

"No necesitamos tu ayuda en tales negociaciones", dijo el primer hombre con desdén.

"Si es que debería haber alguna", añadió el segundo, y Hamish supo que no planeaban nada bueno para Catriona. Eso le sentaba bastante bien, pero no había recorrido todo este camino para marcharse sin su merecido.

"Ella me debe una deuda", comenzó Hamish, pero los hombres lo silenciaron con miradas severas.

"Y tú eliges", dijo el primero, su voz oscura y peligrosa. "Una moneda ahora por tu ayuda, o una promesa de que recordaremos la deuda de la puta contigo, si se puede hacer".

Hamish sabía que era mejor no hablarles de la joya y también reconoció que tal promesa podría olvidarse fácilmente. Extendió la mano. "La moneda."

Se dejó caer medio centavo de plata en la palma de su mano, pero cuando Hamish habría protestado, encontró la punta de una espada en su garganta.

"La otra mitad será tuya el día del solsticio de verano, en caso de que mantengas tu silencio sobre nosotros durante tanto tiempo."

Era un trato pobre, pero el único que probablemente tendría. Hamish observó cómo la otra mitad de la moneda de plata desaparecía en el bolso del segundo hombre y no pudo ocultar su disgusto.

El primer hombre se rió y se levantó el dobladillo de su capa. "No necesitaré esto más esta noche", dijo. "Háblame de las defensas de la fortaleza y será tuya."

Oh, sería una dulce victoria si esos hombres lideraran un asalto a la fortaleza que Catriona había elegido para convertir en su hogar. Hamish esperaba que se redujera a cenizas y ella pagaría un precio en sus manos.

"Formidable", dijo él. "Los albañiles decían que el señor era un mercenario, y parece que aprendió de ese oficio. Dicen que se puede defender con media docena de hombres."

"De hecho", murmuró el segundo hombre.

"Puertas bloqueadas cada noche, códigos de entrada." Hamish se entusiasmó con su historia. "Y una compañía de mercenarios llegó ese día, al menos dos docenas de ellos".

"La esposa debe ser eliminada", dijo el primero en voz baja, luego arrojó su manto a Hamish.

Mientras se maravillaba de su buena suerte, la pareja asintió sombríamente el uno al otro. Uno se arrastró hacia el torreón de Ravensmuir, y el otro avanzó silenciosamente hacia el lejano bosque de Kinfairlie.

Hamish se envolvió en la capa y miró hasta que ya no pudo distinguir a ningún hombre. Las nubes se juntaron con nuevo vigor y no deseaba que le lloviera encima.

Los escuderos se reían dentro de los establos, claramente habiendo saboreado un poco de cerveza ellos mismos. Él no podría pasar desapercibido si estuvieran despiertos. Se deslizó a lo largo del edificio, notando dónde estaba en silencio. Los caballos estaban todos en los establos más cercanos al salón, pero el edificio era tan extenso que continuaba a una distancia considerable.

En el extremo más alejado de ese edificio a oscuras, había otra puerta. Hamish logró abrirla en silencio y deslizarse dentro, justo antes de que comenzaran a caer las primeras gotas de lluvia. Dentro estaba oscuro y silencioso, los niños a una buena distancia. Se arrastró hasta el último cubículo, notando que la pared tenía una curiosa barricada a lo largo de ella. A Hamish le importaban poco esos detalles, pero se acurrucó en el heno con su nuevo premio de capa. Maldijo a su ingrata hija una vez más por negarle lo que le correspondía, porque la culparía si la joya se le escapaba incluso ahora, y luego se quedó dormido.

CATRIONA ESPERABA que Malcolm viniera al solar. Ella quería preguntarle por qué se había mostrado tan sorprendido por su historia. Había sido solo un cuento, pero parecía que él creía que las hadas eran reales. Ella sabía que él tenía la intención de quedarse en el salón hasta que los hombres se durmieran, pero esperó en la cama, con el corazón lleno de esperanza.

Avery dormía.

Vera dormía.

El salón de abajo se quedó en silencio mientras los hombres dormían.

Pero Malcolm no golpeó la puerta como ella esperaba. Pasaron los momentos y Catriona se preguntó si él creía que necesitaba quedarse en el salón. Se levantó de la cama para remover las brasas del brasero y luego se paseó por el frío suelo. Miró hacia el mar y se quedó inmóvil cuando vio al hombre que se dirigía a grandes zancadas hacia las ruinas del viejo Ravensmuir. Ella contuvo el aliento, ya que tanto su paso como su silueta le resultaban familiares.

Malcolm.

Él volvía a meterse en los escombros de piedra caídos.

¿Por qué arriesgaba tanto su bienestar? ¿No tenía suficiente riqueza para satisfacerlo? ¿Qué esperaba encontrar allí? Catriona se quedó en la ventana, su mente llena de preguntas, pero Malcolm no reapareció.

~

Algo había cambiado.

Por lo general, Malcolm encontraba un respiro de los recuerdos despertados por las hadas cuando se sentaba dentro de las ruinas de Ravensmuir. A menudo se sentía como si Tynan estuviera allí, tal vez porque su tío había muerto allí, y se preguntaba si era la influencia protectora de su tío lo que le daba alivio. Malcolm extrañaba a Tynan, su presencia constante y sus consejos, su paciencia y su sabiduría, y se habría alegrado de haber vuelto a hablar con su tío.

Esa noche, sin embargo, Malcolm se vio asaltado por los recuerdos de Tynan, o tal vez por sus propios recuerdos de los últimos días de su tío.

Malcolm recordó cuando Tynan y Rosamunde habían decidido vender las reliquias que se habían almacenado en esas cavernas, eligiendo comenzar de nuevo. Recordó la audacia de Rosamunde y la actitud vigilante de Tynan, el deseo entre ellos tan ardiente que una persona tendría que estar muerta para perdérselo.

Recordó la rabia de Rosamunde cuando Tynan admitió que no tenía intención de casarse con ella, porque se sentía obligado a tomar una novia de la familia Douglas para mantener la paz en la tierra.

Recordó la devastación de Tynan cuando Rosamunde lo dejó, declarando que sería para siempre. Esa había sido la única vez que Malcolm había visto a su tío abandonar su templanza. Lo había encontrado, borracho en el salón, en medio de la noche. Aunque Tynan tenía el mismo aspecto y sonaba igual, algo se había roto dentro de él desde ese día en adelante.

Malcolm cerró los ojos y volvió a oír la voz de su tío. "No hay nada más precioso que el amor de tu único deseo, Malcolm", había dicho, arrastrando las palabras. Entonces había sostenido el anillo de plata, girándolo a la luz de la linterna, y los nombres de los tres reyes grabados en él parecían brillar con fuego interior. "Sin embargo, yo fui lo suficientemente tonto como para desechar el mejor premio. Pensaba que no podía perderla, pero estaba equivocado." Entonces había mirado hacia arriba. "No repitas mi error, Malcolm. No des por sentado que el amor no necesita alimento una vez encontrado."

Malcolm se estremeció entonces, como si un viento helado lo hubiera golpeado. O quizás alguien había cruzado su tumba. Sintió que se le ponía la piel de gallina y se le erizaba el pelo en la nuca. Volvió a mirar el torreón y se preguntó si daba por sentada la valentía de Catriona.

No repitas mi error.

Catriona despreciaba a los mercenarios y su salón estaba lleno de ellos. Ella había dado a luz a un hijo forzada con violencia, y él había adivinado que una violación era la raíz de su opinión sobre los mercenarios.

Ese viento sopló en su oído y pudo ver el solar como debe ser en este momento. Vio a Catriona, inquieta mientras dormía, y supuso que esta noche tendría miedo. ¿Por qué había decidido contar esa historia? ¿Cuánto había adivinado ella de su situación?

Luego, un susurro llegó a su oído de nuevo, un susurro con una voz tan familiar que se sobresaltó.

Catriona tiene la clave.

Por supuesto. Ahora le resultaba tan evidente. Un matrimonio solo podía hacerse si los dos unían fuerzas, si él usaba el ingenio de Catriona para ayudarlo y ella usaba su poder para verse defendida. Debería estar al lado de su esposa esa noche, y en ningún otro lugar.

De hecho, debería estar a su lado todas las noches. Malcolm se giró y regresó a la fortaleza con determinación.

Él no distinguió el fantasma de Tynan, tan insustancial como la niebla que se elevaba desde los campos. No vio que ese espectro asentía con aprobación, al igual que no había visto al fantasma soplar en su oído y luego susurrar un consejo.

Malcolm, sin embargo, miró hacia atrás más de una vez, incapaz de reprimir la sensación de que lo estaban observando.

EL GOLPE en la puerta del solar fue amortiguado y no con el patrón correcto, pero a Catriona no le importó.

Vera se movió, pero Catriona se arrojó del colchón y se apresuró a abrir la puerta a su marido. Ella buscó a tientas el cerrojo, sus manos aún temblaban, pero finalmente logró abrir el cerrojo.

No era Malcolm.

De hecho, ella no conocía a ese hombre. Llevaba una capucha para que ella no pudiera ver su rostro por completo, pero la línea de sus labios era cruel y sus ojos brillaban con violencia.

Verlo envió terror a través de ella.

Se lanzó a través de la puerta, sin darle oportunidad de gritar. Catriona lo miró a los ojos, recordando lo que Malcolm le había enseñado. Escuchó a Vera jadear y supo que esa mujer defendería a Avery hasta su último aliento.

Metió los dedos en los ojos del hombre y él maldijo, arrojándola a través del solar. Era malditamente grande y fuerte, y Catriona estaba a la vez conmocionada y asustada. De alguna manera, tenía que sorprenderlo. Ella yacía en el suelo donde la habían arrojado, como si estuviera gravemente herida y esperara su acercamiento. Recordó el atuendo del hombre lo mejor que pudo, buscando algún punto de debilidad. Llevaba una camisa de cuero hervido y unas calzas, guantes gruesos y botas.

Su garganta estaba expuesta donde estaba sujeta su capa.

Tardó media eternidad en cruzar la habitación. Ella escuchó el ahogado sollozo de consternación de Vera y esperó que Avery no se despertara. Escuchó al atacante desenvainar su espada y supo que ella era su objetivo. Sacó su propio cuchillo pequeño de su cinturón y lo apretó en su mano, manteniéndolo escondido debajo de ella.

Nunca asumas que tendrás otra oportunidad.

Sí, el consejo de Malcolm era bueno. La palma de Catriona estaba resbaladiza, pero se aferró al cuchillo. Su corazón se aceleró, pero creía que podía hacer ese hecho.

Ella tenía que hacer esa hazaña.

Cuando vio la sombra de las botas de su agresor y escuchó el crujido del suelo cuando se inclinó hacia ella, se puso de pie de un salto. Ella se dio la vuelta, vio la sorpresa en sus ojos y luego lo golpeó directamente en la garganta. Él dio un paso atrás, evadiendo el golpe, y su cuchillo solo rozó la piel. Catriona maldijo y él la golpeó en la cara con el dorso de la mano. Ella tropezó, saboreando la sangre en su propio labio, y él la persiguió con furia en sus ojos. Intentó coger su cuchillo, pero ella se lo pasó a la otra mano.

Él esperaría que ella volviera a atacar su rostro. Ella fijó la mirada en sus ojos, como si ese fuera su plan, y él levantó un poco el brazo para defenderse. Catriona saltó hacia adelante y hundió la hoja en su muslo, justo al lado de la bragueta. Él rugió de dolor y la habría cortado por la mitad, pero una sombra se movió repentinamente detrás de él.

Catriona contuvo un grito, temiendo que un segundo hombre de la sala se uniera a la batalla.

Pero fue Malcolm quien apareció detrás de su atacante, Malcolm quien agarró la cabeza de ese hombre, Malcolm quien le rompió el cuello con un solo movimiento rápido. El crujido fue fuerte, luego Malcolm soltó a su enemigo y el hombre cayó al suelo.

No volvió a moverse.

"Así se hace, señora mía", dijo Malcolm, su tono oscuro.

Catriona contuvo el aliento, impresionada por la eficiencia de su marido y aliviada de que hubiera llegado a tiempo. Él arrastró el cadáver del hombre hacia las escaleras y lo dejó caer desde la cima, enviándolo rodando hacia el salón con una patada de su bota.

"¿Es así como se paga mi hospitalidad?" gritó. "Uno de mis propios invitados ataca a mi esposa. ¡Lo que Nigel ha intentado, ninguno de ustedes lo intentará en el futuro!"

El silencio reinó en el salón de abajo, luego un alma se agitó.

Malcolm estaba en lo alto de las escaleras y Catriona podía sentir su furia. Aunque él la había advertido a sus compañeros, ella sabía que se sentía traicionado. "Todos se irán de inmediato", comenzó.

"Pero él no es Nigel", dijo Ranulf, interrumpiendo a Malcolm.

Catriona fue al lado de Malcolm, incluso cuando bajaba un escalón de las escaleras.

"Lleva el atuendo de Nigel y esta capucha, pero no es Nigel".

Malcolm contuvo el aliento. "¿Quién vio a Nigel por última vez?"

"Buscaba una letrina hace algún tiempo y salió del salón", respondió Amaury. "Estaba muy borracho".

"¿No mantuviste la puerta bloqueada, como te dije?"

"—Sí, Malcolm. Regresó justo antes que tú y se durmió en un rincón." Amaury señaló y Catriona pudo ver que no había ningún hombre en ese rincón. "Le presté poca atención después de eso. Una vez que regresaste, vi que la puerta se cerrara con llave y también dormí."

Malcolm bajó las escaleras y le quitó la capucha al hombre. Ranulfo colocó una linterna sobre él para iluminar sus rasgos. Catriona vio a Malcolm fruncir el ceño y luego negar con la cabeza.

Los demás se encogieron de hombros, claramente sin conocer la identidad de este hombre. "Échenlo afuera", dijo Malcolm. "Puede ser una advertencia para cualquier compañero que tenga. No admitan a nadie más esta noche."

"Y ninguno de nosotros dormirá", dijo Ranulf con gravedad. "Es una noche para que un hombre afile su espada."

"No lo entiendo", dijo Catriona. "Si no sabes quién es, ¿cómo puedes conocer su plan?"

"No puede estar solo, señora mía". Malcolm la tomó de la mano. "Que haya venido al solar significa que buscaba matarme, por lo que sus compañeros, sean quienes sean, intentarán completar su tarea".

Catriona se estremeció. "¿Y Nigel?" preguntó, porque nadie parecía preocupado por él.

Los hombres negaron con la cabeza como uno solo. "—Lo encontrarán muerto en la letrina, mi señora" —dijo Ranulf con gravedad—. "No hay otra forma de que le hayan robado la ropa. Es un viejo truco, y uno que fuimos lo suficientemente tontos como para olvidar en nuestra comodidad esta noche." Hizo una profunda reverencia. "Te doy mi más sincera disculpa".

Malcolm le ofreció la mano a Catriona. "Como yo te doy mi disculpa, señora mía. Has sido mal defendida esta noche."

Ella puso su mano dentro de la de él justo cuando comenzó el temblor. Catriona no podía ser fría y fuerte, no con un asalto tan reciente. Se atrevió a esperar que Malcolm pudiera darle consuelo y sintió que se le subían las lágrimas cuando él la atrapó cerca. Apoyó la mejilla en su pecho, sintiendo cómo sus lágrimas mojaban su abrigo, oliendo el humo del fuego en sus ropas, el viento en su piel, el latido de su corazón debajo de su oreja. Solo entonces se dio cuenta de que el santuario que había estado buscando, sin una conciencia real de lo que hacía, estaba ahí, con ese hombre.

Sin una palabra, Malcolm la tomó en sus brazos y la llevó escaleras arriba hasta el solar. Sus compañeros vitorearon, pero a Catriona no le importaba lo que pensaran. Malcolm cerró la puerta de madera de una patada detrás de ellos y pasó el cerrojo, asegurándolos en el solar.

"Bien hecho," dijo en voz baja, y como era su costumbre, se inclinó para tocarle la frente con los labios. "Te fallé con mi ausencia".

"Me salvaste con tu tutela", admitió, luego lo miró. "Hablaste bien. Esa es la forma más eficaz de matar a un hombre."

"Ojalá no hubiera sido necesario".

"Me alegro de que tengas tanta habilidad".

"—Quisiera pedir tu ayuda, Catriona" —murmuró Malcolm, incluso mientras se sentaba en el colchón con ella acurrucada en su regazo. Catriona no deseaba estar en ningún otro lugar.

"Es tuya, Malcolm." En su primer uso fácil de su nombre, la mirada de Malcolm recorrió sus rasgos. Él sonrió levemente, un hombre muy complacido, luego se inclinó para reclamar sus labios con los suyos. Catriona envolvió sus brazos alrededor de su cuello, dándole la bienvenida a su abrazo como no lo había hecho antes.

"Estaré en la guardería con Avery", dijo Vera, pero no hubo respuesta.

No, Catriona estaba perdida en el beso de su marido y no se preocupaba por nada más en el mundo. Era hora de que compartiera todo con ese hombre, para asegurarse de que su matrimonio sobreviviera mejor.

MALCOLM SE HABÍA QUEDADO impresionado por el miedo y la vulnerabilidad de Catriona. No era propio de ella mostrar sus sentimientos con tanta claridad, y mucho menos estar tan aterrorizada.

Él le debía mucho por su error.

No podía pensar en ella estando sola en unos pocos días, sin él para defenderla. Le pediría ayuda para derrotar a las hadas, pero primero tenía que tranquilizarla.

De hecho, tenía que tranquilizarse a sí mismo. Pudo haberla

perdido esa noche. Malcolm estaba más que dispuesto a perderse en el abrazo de Catriona. Su intención era ser cauteloso, consolarla en su angustia, y nada más. Aunque anhelaba más, sabía que la pasión era nueva para Catriona y la confianza apera.

Catriona, sin embargo, le devolvió el beso con nueva urgencia. Ella entrelazó los dedos en su cabello y lo acercó más, abriendo la boca para él y exigiéndole que tomara aún más. Ella se entregaba a él y la tomaría, y esa señal de su confianza y deseo era más de lo que Malcolm podía negar. Profundizó su beso y la aplastó contra su pecho, su necesidad hacía eco en su respuesta. Casi se devoraron el uno al otro con ese beso, su pasión escalando con una velocidad que lo dejó mareado.

Ella era embriagadora, esta esposa suya, una locura en sus venas y una que nunca quería perder. Quería complacerla y satisfacerla, pasar mañanas y noches en su abrazo y años en su compañía. Quería criar una docena de hijos juntos y encontrar plata en el cabello del otro y sentir su suavidad acurrucada contra él cada noche.

Sus manos estaban debajo de su abrigo, sus dedos sobre su piel desnuda, y él dejó que ella marcara el paso. Ella estaba impaciente y él solo pudo rendirse. Estaba de espaldas, su esposa encima de él, atormentándolo con el dulce fuego de sus besos. Podía oler su piel y sus manos estaban llenas de su suavidad y sabía que era más afortunado de lo que jamás hubiera creído posible.

"Quisiera volver a saborear este placer", dijo ella, con un tono feroz de un anhelo que se hacía eco del suyo.

Malcolm la dejaba hacer lo que quería con él. Ella le quitó el abrigo y le desató la camisola, le quitó las botas y lo besó todo el tiempo. Su cabello se soltó de su trenza, cayendo dorado sobre sus hombros y haciéndola lucir tan preciosa como cualquier tesoro.

Catriona se detuvo sólo cuando sus manos estuvieron sobre el cordón de sus calzas y Malcolm supo que ella sentía el signo de su excitación. Su respiración se aceleró y parecía preocupada de nuevo, su vacilación fuera de su carácter.

Malcolm le llevó una mano a la mejilla, pensando que podía adivinar la razón. "¿Quién es Ian?" susurró él. "—No me confundas con él, señora mía. Quisiera que me dieras la bienvenida como a mí mismo."

"Sí", respondió ella, con lágrimas en los ojos. "—Oh, Malcolm, sí. Ojalá pudiera olvidar esa noche." Entonces las lágrimas de ella se derramaron y él la abrazó, cubriéndolos a ambos con la capa. Ella se acurrucó contra él, más vulnerable de lo que la había visto nunca, y deseaba poder hacer que todo saliera bien.

En unos momentos, ella se enderezó y sostuvo su mirada fijamente. "Es hora, mi señor, de que eliminemos todos los secretos entre nosotros, porque quiero que este matrimonio sea sólido".

"Estoy de acuerdo." Malcolm sabía que esto era así, aunque temía escuchar cómo Ian había reclamado su corazón para siempre.

Catriona respiró temblorosa y él se alegró de que cesara su temblor. "Esa primera noche aquí en Ravensmuir, soñé con la noche en que Avery fue forjado". Ella apretó los labios y tragó saliva, sacudiendo la cabeza. "Adivinaste correctamente que fue forjado con violencia, pero quisiera decirte la plenitud de mi vergüenza."

"No puede haber vergüenza, si fuiste abusada".

"Eran tres", admitió ella ante el horror de Malcolm. "Yo no los conocía, y no puedo saber de quién es la semilla que echó raíces."

"¿Esta es la venganza que quieres tomar? ¿Sobre estos hombres?" Él quería emprender la misión él mismo, pero Catriona negó con la cabeza.

"No. No eran más que herramientas de otro, y de él sería vengada."

"¿Quién?"

Ella puso una mano sobre su pecho y luego su mejilla al lado. "Debo empezar por el principio."

Malcolm asintió y la abrazó, contento de dejarla contar su historia como mejor le pareciera. Su determinación de romper el hechizo de las hadas se redobló, porque vería la venganza de Catriona servida por su propia mano.

Se atrevió a creer que juntos podrían hacer eso.

"Mi madre, como te dije, era una partera que tenía habilidad con las hierbas. Ella me enseñó mucho y no recuerdo un momento en que no me convocara para que la ayudara. Me encantaba ayudarla y me encantaba cómo compartía tanto de lo que sabía. Era amable pero práctica, una mujer tranquila en la que otros confiaban. Teníamos poco dinero y no recuerdo no haber tenido un poco de hambre cada noche. Tampoco puedo recordar un momento en el que mi padre fuera bueno, o cuando mi madre no me advirtiera contra el engaño que los hombres podían practicar para lograr sus fines. Creo que él la cortejó muy amablemente, pero tan pronto como se casaron, su actitud cambió."

"O su verdad surgió".

Catriona asintió. "Él siempre estaba endeudado, generalmente con el cervecero, a veces con la taberna, muchas veces con otros por no pagar sus deudas de juego. Era un derrochador y extravagante, un hombre que nunca ganó un centavo en su vida. Él la culpaba por no haberle dado un hijo varón, así que supe temprano que yo era una decepción para él. Rara vez estaba en casa y, de hecho, lo preferíamos así, pero él tenía una extraña sensación de cuándo habían pagado a mi madre por sus servicios. Entonces bebía hasta saciarse y regresaba a casa, decidido a reclamar el dinero para sí mismo. Si ella se lo negaba, él la golpeaba y me obligaba a mirar, hasta que ella le daba el dinero."

"Recuerdo que cuando yo tenía quince veranos, la cuestión cambió entre ellos. Mi padre volvía a casa con más frecuencia y era más violento. Mi madre me prometió un día que había soportado lo suficiente. Cuando él volvió a levantar una mano contra ella, ella lo golpeó primero. Fue una pelea terrible y aterradora de presenciar, porque tenía un temperamento inigualable. Cuando finalmente se fue esa noche, feliz con el dinero que ella había entregado, deseé que nunca regresara."

"Pero lo hizo", supuso Malcolm.

"Él lo hizo. En tan solo una semana, trajo al hombre con quien tenía una deuda. Pagó la deuda vendiendo a mi madre como una puta y le dijo que era mejor que aprendiera a no volver a desafiarlo nunca más. La ataron a la cama y la silenciaron con un trapo y yo me escapé a esconderme, para que no me hicieran lo mismo. Ella y yo nunca hablamos de eso, más allá de que ella me dijera que había sido sabio, y varios meses después, ella estaba embarazada."

"Entonces discutieron, lanzándose palabras como flechas, porque él no se atrevía a golpearla mientras estaba embarazada y ella lo sabía bien. Estaba molesto porque el niño nos haría aún más pobres, y ella lo culpó amargamente por lo que le había hecho. Y así fue una noche cuando se acercaba a su tiempo de parto, me dijo que no podía soportarlo más. Tomó las hierbas, contra las que me había advertido, y preparó una poción. Cuando estuvo preparada, le pidió perdón a Dios y se bebió la poción.

"No entendí realmente lo que había hecho, no hasta que comenzó su trabajo de parto en la noche. El niño vino rápido, violentamente, como expulsado de su útero como una toxina. Esa fue la primera vez que vi esta cruz y ella la agarraba como un talismán. Le pregunté al respecto, pero estaba demasiado angustiada para compartir su historia. Ella solo me hizo jurar mantenerlo a salvo, ocultárselo a mi padre y tomarlo cuando ella muriera. Le dije que no moriría, pero ambas temíamos lo contrario. Sangraba como nunca había visto a una mujer sangrar antes, y no importaba lo que hiciera, no importaba cuál de sus hierbas probaba, nunca se detuvo." Catriona tragó. "Hasta que murió, su piel tan blanca como la nieve".

"¿Y el bebé?"

"Mi hermano. Lo llamé Ian, en honor al padre de mi madre, y tuve la crianza de él. Era robusto y nació grande, sin duda por qué había sobrevivido a esa infusión. Vino gritando al mundo y fue la única alegría de mi vida durante años."

"¿Tu padre?"

"Llegó a casa cuando se enteró de que Aileen estaba muerta. Pensé que podría estar arrepentido, pero no lo estaba. En cambio, puso la casa patas arriba, buscando algún artículo del que se negaba a hablarme, y supe que era la joya. Había un árbol con un hueco, un lugar donde solía esconderme, y había guardado la gema allí. Y me alegré de haberlo hecho, porque no pudo encontrarlo, y cuando le dije que no lo sabía, me creyó. Se fue y nos libramos de él. Los vecinos fueron amables y me cuidaron, y continué con el oficio de mi madre lo mejor que pude. Hubo algún dinero y hubo mucha caridad, y sobrevivimos bastante bien. Sin embargo, mi padre tenía su extraño instinto —quizá podía oler un centavo, como un perro huele un conejo— porque siempre que había una moneda, volvía a reclamarla."

"Y así fue como se descubrió mi secreto. Le mostré la gema a Ian un día, cuando estaba llorando de hambre, y estaba fascinado por ella como había adivinado que estaría. Lo dejé jugar con ella, luego la escondí de nuevo, sin mostrarle nunca dónde estaba."

"La próxima vez que tu padre vino por una moneda, Ian se lo contó".

"Él lo hizo. No era más que un niño, y mi padre me había sorprendido una vez en su demanda de dinero. Ian tenía miedo y trató de salvarme, sin comprender nunca su plenitud. Y entonces, mi padre exigió la joya de mí, pero yo, recordando el consejo de mi madre, me negué a entregarla o decirle su ubicación. Esa noche me golpeó hasta quedar morada y me dejó sangrando en el suelo con Ian llorando a mi lado. Pero eso no fue nada comparado con su venganza."

La furia de Malcolm crecía con cada bocado de esa historia y se esforzó por ocultar su reacción a su esposa. No era de extrañar que temiera la violencia en los hombres, y él se alegraba de que hubiera tenido la fuerza y el ingenio para sobrevivir. "Supuse antes que concebiste cuando Inverness fue atacada."

"Y mi padre ganó un centavo de plata vendiendo una virgen a tres mercenarios."

"¡Catriona!"

"Ian trató de intervenir, mi valiente hermano pequeño, pero era demasiado pequeño para ser rival para ellos. Estaban borrachos y eran estridentes. Lo ataron a la cama para obligarlo a mirar. Dijeron que lo convertiría en un hombre." Ella habló rápidamente, y fue más horrible escuchar la historia contada con una velocidad desapasionada. "Luego reclamaron lo que habían comprado, uno tras otro, dos sujetándome mientras uno se complacía. Ni siquiera sé cuántas veces derramaron su semilla. Recuerdo que Ian gritó y uno se molestó por el ruido." La garganta de Catriona se movió. "Le cortó la garganta a mi hermano, porque no le gustaba el sonido y no había nada que yo pudiera hacer para salvarlo."

"Y te mostré que mataras a un hombre así. Lo siento, Catriona." Malcolm se encontró temblando de rabia mientras abrazaba a su esposa. "Yo te vengaría y con mucho gusto".

"Lo sé. Temía que todos los hombres fueran de la calaña de mi padre, pero tú me has enseñado que no es así." Catriona lo miró, con una confianza en su mirada que lo humilló. Ella suspiró, luego terminó su relato. "Enterré a Ian como era debido, y luego me fui de casa para siempre. Me llevé solo la ropa que llevaba a la espalda y la prenda que me había dado mi madre. Solo quería estar lo más lejos posible de mi padre, porque no tenía ninguna duda de que volvería."

"Y me alegro de que hayas venido a Blackleith", dijo Malcolm, inclinándose para rozar sus labios con los de ella.

"Como yo" Catriona se inclinó más cerca, invitando a su caricia.

"Podríamos haberlo llamado Ian," dijo Malcolm suavemente. "De hecho, su nombre aún podría cambiarse." Él respetaba de nuevo todo lo que Catriona había soportado y su fuerza para sobrevivir. Le secó las lágrimas de las mejillas con las yemas de los dedos y luego le inclinó la barbilla para que ella lo mirara a los ojos.

"Todavía no", dijo. "Es demasiado crudo. No podría decir su nombre cien veces al día, todavía no." Ella le sonrió, resistente y hermosa. "Quizás nuestro próximo hijo podría llamarse Ian".

Malcolm se inclinó para besarla dulcemente. Era hora de asegurar el futuro que ambos deseaban. "Ahora, señora mía, te diré por qué creo que voy a morir y pronto".

Los ojos de Catriona brillaron de placer. "Me gusta que nunca olvides un trato, Malcolm".

"Mi padre dijo que una promesa cumplida era la marca de un hombre de honor".

"Creo que me hubiera gustado mucho tu padre".

Malcolm le besó las yemas de los dedos. "Sé que a él le habría gustado mucho verme casado contigo, señora mía", dijo y sabía que era cierto.

LUNES 21 DE JUNIO DE 1428

DÍA DE SAINT MAINE Y SAN EUSEBIO, OBISPO DE CAESARIA.

CAPÍTULO 13

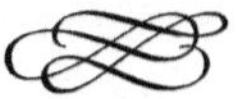

Catriona estaba más que complacida de que Malcolm pudiera confiar en ella. No importaba qué verdad le confesara, estaba segura de que eliminar secretos entre ellos solo podía ser un buen augurio para el futuro. Ella sabía cuál había sido su oficio y se preparó para cualquier cosa que él pudiera compartir.

"Primero debo preguntar por qué contaste ese último cuento" dijo él.

"Porque hablaba de dos amigos, uno bueno y otro malo."

"No te agrada Rafael".

"No estoy segura de que se merezca tu amistad".

"Pero yo tenía una deuda con él, y hace seis meses, juré que se pagaría."

Malcolm entrelazó sus dedos en el cabello de Catriona. "La deuda vence en la víspera del solsticio de verano."

Ella se retorció en su abrazo para mirarlo, segura de que él no podía decir lo que temía que decía. "¿Tan pronto?"

Malcolm asintió. "La noche en que las hadas pagan su diezmo al infierno", estuvo de acuerdo Malcolm.

Catriona se apartó de él, necesitando ver mejor su expresión. Parecía estar completamente serio, lo cual era preocupante. "Conté un cuento para niños, Malcolm", dijo ella con suavidad. "Las hadas no son reales."

"¿No lo son?"

"¡No!"

Él la miró con cautela. "Pensaba que tenías la Vista cuando decidiste compartirla."

A Catriona se le heló el corazón. Él no podía creer en las hadas, no realmente, no en este hombre que se había ganado su fortuna con su espada. "No, no la tengo. Simplemente me pareció la historia correcta para contar." Pero al observar a su marido, Catriona se preguntó. Nunca antes había conocido a un adulto que creyera en las hadas, a excepción de algunas mujeres mayores que habían perdido parte de su ingenio.

Seguramente, ¿su marido no había perdido el suyo?

Pero la continuación de la confesión no la tranquilizó.

"Cuando llegamos en diciembre, nos refugiamos en los establos, que estaban intactos en un extremo. Acabábamos de acomodar los caballos cuando llegó el sonido de la música." Frunció el ceño al recordarlo y luego suspiró. "Música hermosa."

Él creía que esto era cierto. Catriona lo miró horrorizada.

"Rafael no había escuchado las historias de las hadas, así que no sabía que era una locura escucharla. Saltó delante de mí y se unió al baile. Cuando lo alcancé, tenía agujeros en las botas."

"Ahora me dirás que no podía dejar de bailar, porque estaba encantado". Catriona cerró los ojos.

"Dijeron que lo mantendrían cautivo hasta la víspera del solsticio de verano, y luego usarían su alma para pagar el diezmo al infierno, el que pagan cada siete años. Y como él me había salvado la vida una vez, intervine. Cambié mi alma por la suya."

"A pagar en la víspera del solsticio de verano". —Dijo Catriona, sin saber cómo proceder. Las elecciones de Malcolm tenían tanto sentido para ella, ahora que entendía la convicción que lo impulsaba. Sin embargo, ¿cómo podía apartarlo de tal historia? Ella supuso que cuando su alma no fuera recogida por las hadas, se vería obligado a creer que no era cierto. "Y así construiste el torreón, para dejar un legado, y así encontraste una esposa y un heredero para continuar en tu ausencia."

"Así es", admitió él en voz baja. "Y realmente, cuando hice mi promesa, pensé poco en cambiar mi vida por la de Rafael. Temía que mi vida no tuviera valor, mi alma estaba tan contaminada que era una elección adecuada."

"¿Y desde entonces?"

"He escuchado la música todas las noches, Catriona. Despierta mis recuerdos de todo lo que he hecho, y temí que me volviera loco."

Catriona se mordió la lengua ante eso.

Quizás así era como hacía las paces con los horrores que había experimentado en sus años como mercenario. Quizás eso era parte de su proceso de curación y regresar a la vida de un noble que no viajaba a menudo a la guerra.

Malcolm suspiró y ella deseó aliviar la preocupación de su frente. "Solo en las ruinas de Ravensmuir he encontrado la paz, porque parece que la presencia de mi tío está cerca. Solo pensé en sobrevivir estos meses hasta que cumpliera mi promesa."

Catriona cruzó los brazos sobre el pecho, un curioso temblor se apoderó de su cuerpo. "¿Y ahora qué? ¿Ha cambiado tu punto de vista?"

"Mucho. Completamente. Me diste esperanza y propósito, Catriona. Haría todo lo necesario para vivir más días que estos en tu compañía. Hasta anoche, no imaginaba que se pudiera hacer. Solo había escuchado historias de cómo engañar a las hadas salía mal."

Quizás la esperanza podría marcar la diferencia en su recuperación.

Quizás el amor pudiera hacerlo.

Malcolm tamborileó con los dedos y miró hacia la ventana. "Regresé al túnel anoche para pensar con claridad, y ahí fue donde me di cuenta de que no habría ningún hombre torcido que me aconsejara." Él sonrió. "En cambio, podría hacerlo la mujer junto a la que quisiera permanecer."

"Haría todo lo que pudiera para ayudarte, Malcolm", dijo Catriona, sintiendo a cada palabra.

"No cambiarás tu vida por la mía", dijo él.

"No si lo prohíbes", reconoció ella. Ella puso su mano sobre la de él, su gesto vacilante, pero una señal de la confianza que él se había ganado de ella. "Sin embargo, solo puedo ayudarte si ese es tu deseo también. Si deseas morir, no puedo salvarte."

Él tomó su rostro entre sus manos y se inclinó para rozar sus labios con los de ella. "Entonces sálvame, señora mía", dijo, sus palabras la emocionaron. "Sálvame, y te apreciaré por todos los días y noches que así gane".

Tenía que haber una forma de lograrlo. No podía ser que tanta bondad llegara a la vida de Catriona debido a este hombre, solo para que todo se lo arrebatara cuando perdiera el juicio. No, no podría ser.

Ella no lo permitiría.

O al menos, ella lucharía por él y lo amaría con todo su corazón y alma. Catriona se acurrucó en el abrazo de Malcolm, rezando para que su devoción pudiera marcar la diferencia.

～

¡MERCENARIOS en la sala y asesinos en la noche! Ruari no podía esperar a estar lejos de Ravensmuir. Estuvo despierto antes del amanecer, vestido y en la puerta. De hecho, tuvo que despertar a Louis con el pie para que le permitieran salir del lugar.

El cielo estaba apenas claro sobre el mar cuando se apresuró a llegar a los establos. No le gustaba dejar a Vera en este lugar, pero regresaría, si no con el propio Señor de Kinfairlie, entonces solo.

Por el bien de su Vera, se arriesgaría a regresar incluso a esa maldita fortaleza.

Ruari solo esperaba que no fuera la última cosa que hiciera.

~

ELIZABETH ESTABA CASI segura de que las hadas conspiraban contra ella.

Alguien tenía que estar alertando a su familia justo antes de que ella lograra escabullirse cada vez. Bien podrían haber sido las hadas, susurrando en sus oídos o en sus sueños. Una docena de veces había llegado al umbral, incluso al establo, solo para que la llamaran en el último momento.

Ella había esperado escabullirse el día anterior, pero fue interrumpida en su intento de acompañar a Ruari, y más tarde en su esfuerzo por sacar ella misma un caballo del establo. Entonces habían llegado Rosamunde y Padraig, una grata sorpresa sin duda, sin mencionar todos los regalos que traían del sur. Había sido imposible evadir la atención de Rosamunde y, de hecho, si Elizabeth no hubiera ardido por ir a Ravensmuir, no habría querido hacerlo.

El único detalle de mérito era que había tenido tiempo de recordar que Isabella había hecho una poción de tomillo silvestre para permitirle ver a las hadas por un corto período de tiempo. Elizabeth esperaba que Malcolm pudiera ver lo que estaba sucediendo en Ravensmuir, porque tal vez él no lo veía. Ella recogió un poco de tomillo silvestre para llevar con ella en su visita a su morada, creyéndose bien preparada.

El truco consistía en escapar de Kinfairlie. Cada vez que Elizabeth se daba vuelta, otro miembro de la familia la llamaba por este hecho u otro, para atender este capricho u otro, para admirar esta baratija u otra. Rosamunde incluso la siguió a su habitación y habló con ella durante la mayor parte de la noche mientras Padraig dormitaba fuera de la puerta. Ella se alegraba extraordinariamente de volver a ver a su tía y de escuchar sus noticias, pero deseaba que ese intercambio pudiera haber ocurrido en otro momento.

Al amanecer, Elizabeth se despertó para encontrarse sola y vio su oportunidad. Se vistió apresuradamente, segura de que volvería a ser frustrada. Abrió la puerta, convencida de que Padraig todavía estaría allí, pero él y Rosamunde se habían retirado juntos. Escuchó los sonidos del sueño en la habitación que sus hermanos habían compartido una vez y supuso que eran Rosamunde y Padraig. Pasó de puntillas por delante de la puerta, temiendo que se despertaran, pero llegó a salvo a las escaleras. Miró hacia el solar, esperando que Alexander o Eleanor gritaran, pero solo hubo silencio.

En el salón de abajo, solo un perro le movió la cola. Los hombres continuaron durmiendo, sin darse cuenta de su presencia. Cuando Elizabeth no mostró ninguna inclinación por ir a las cocinas o alimentar al perro, se volvió a dormir con un suspiro de decepción. Salió por la puerta sin haber visto a Anthony y corrió hacia los establos con paso ligero. Encontró a su yegua, Demoiselle, y la ensilló apresuradamente. Puso su mano sobre la nariz de Demoiselle y la sacó de los establos, temiendo que el caballo despertara al mozo de cuadra.

La puerta de los establos crujió y Elizabeth se quedó inmóvil. Entonces sonó la campana de la capilla de Kinfairlie y ella se apresuró a seguir. Se subió a la silla y convenció a Demoiselle para que trotara. Evitó las puertas, galopando con la yegua alrededor de la parte trasera del torreón, luego la invitó a saltar el muro donde era bajo y se estaba derrumbando. Demoiselle corrió a través de los campos hacia Ravensmuir incluso cuando el cielo del este estaba teñido de rosa, y fue solo entonces cuando Elizabeth suspiró aliviada.

Su estado de ánimo no duró mucho.

Un grupo cabalgaba hacia Ravensmuir, acercándose por el camino que se dirigía hacia el oeste y estaba muy al norte de Kinfairlie. Elizabeth hizo una mueca al reconocer los colores del conde Douglas. ¿Por qué cabalgaba tan temprano en el día? Debía estar cabalgando hacia Ravensmuir, porque ese camino no tenía otro destino. ¿Y quién viajaba con él?

El conde levantó una mano para llamarla y Elizabeth supo que no había forma de evitar su grupo ahora. Ella continuó hacia ellos, encontrándose con el grupo a cierta distancia de las puertas de Ravensmuir.

"Pensé que era un caballo de Ravensmuir", dijo el conde, con la falsa cordialidad que Elizabeth asociaba con él. La sombra de la muerte no estaba cerca de él, lo que significaba que sus hermanos se verían obligados a tratar con él durante algún tiempo todavía. "Eres Elizabeth, ¿no es así? ¿La más joven de las muchachas de Kinfairlie?"

"Sí, señor. Soy Elizabeth Lammergeier."

"Y la única hermana soltera", dijo su compañera con una sonrisa tensa.

Era extraordinario ver a Jeanne Douglas en ese lugar y a esa hora, aunque su cabello rojo estaba perfectamente trenzado y su atuendo le quedaba bien para un día en la corte. Había perlas cosidas en su corpiño y ricos bordados tanto en su kirtle como en sus zapatos. Elizabeth se preguntó a qué festividades pensaba asistir la otra mujer. Lo último que había oído era que Ravensmuir estaba ocupado únicamente por Malcolm y su camarada, su nueva esposa, su hijo y Vera. Al gesto del conde, Elizabeth se unió a su grupo, cabalgando en el lado opuesto del conde con su sobrina.

Su grupo se completaba con una docena de hombres y media docena de sirvientas, algunas montando caballos y otras en el trío de carros que iban pesadamente cargados de baúles. ¿Iban a visitar a Malcolm? Elizabeth no podía imaginar por qué lo harían, mucho menos por qué Malcolm los habría invitado. Su familia nunca había sentido cariño por el conde Douglas y sus parientes, ya que solo buscaban asegurarse su propia ventaja, sin importar el precio para los demás.

"¿Cómo te va, Jeanne?" Dijo Elizabeth, inclinando levemente la cabeza. Jeanne Douglas no le agradaba más que el tío de esa mujer.

"Bastante bien, después de haber sido despertada tan temprano", dijo Jeanne, dándole a su tío una mirada de desaprobación. "Pero supongo que vale la pena reclamar un premio."

"¿Un premio?" Elizabeth preguntó sin comprender.

La sonrisa de Jeanne era de orgullo. "Voy a ser la Dama de Ravensmuir, este día o mañana."

Estaba en la punta de la lengua de Elizabeth decir que Malcolm ya estaba casado, pero se contuvo a tiempo. Sin duda, el conde no se llevaría bien esas noticias.

"¿Pero cómo puede ser esto?" preguntó, como si simplemente se sorprendiera por la noticia.

"¿Seguro que sabes que Jeanne se casará con tu hermano, Malcolm?" dijo el conde con entusiasmo. Jeanne sonrió. "Se comprometieron hace varios meses, por sugerencia mía." Él asintió con satisfacción y Jeanne le sonrió. "Estarás muy satisfecha con la nueva fortaleza, mi Jeanne. Es un escenario apropiado para una joya tan rica como tú."

Elizabeth parpadeó porque no había escuchado tal detalle. ¿Alexander sabía de este compromiso? No podía imaginar que él lo supiera y no hablara de ello.

¿Cómo podía Malcolm haber tomado a Catriona como su esposa si estuviera comprometido con Jeanne?

O el conde inventaba una historia, tal vez para ver alguna ventaja de los suyos, o Malcolm nunca había tenido ninguna intención de casarse con Jeanne. Quizás los dos hombres se habían entendido mal. Elizabeth decidió guardar silencio, porque no le habría importado ver decepcionados al conde de Douglas y a su sobrina.

"Estaban destinados a casarse cuando se completara la nueva fortaleza de Ravensmuir", continuó el conde. "Y acabo de recibir noticias de que está hecha."

"¿Lo está?" Elizabeth preguntó suavemente. "No escuché eso".

"Quizás no escuchas tan atentamente como mi tío", dijo Jeanne.

Quizás Elizabeth no tenía mucho que ganar.

"Te ves bastante pálida, Elizabeth", señaló Jeanne, su tono se arqueó. "Y una vez fuiste una belleza. ¿Suspiras por un pretendiente perdido?" Entonces sonrió, saboreando lo que veía como su triunfo sobre una doncella que una vez había asistido a los mismos bailes que ella en busca de un marido.

"De hecho, lo hago", dijo Elizabeth, incapaz de evitar pinchar a Jeanne. "Él es un príncipe de las hadas, tan finamente forjado y ardiente en su admiración por mí que ningún mortal se puede comparar."

Los otros dos la miraron. "¿En efecto?" Dijo Jeanne. "¿Por qué entonces están separados?"

Elizabeth suspiró. "Solo puedo estar con él en su propio reino, y no podría soportar dejar a mi familia."

"¿Ni siquiera por amor y felicidad?"

"Temo que mi familia es clave para mi amor y mi felicidad".

Jeanne se burló. "Quizás tu príncipe de las hadas no sea tan atractivo después de todo."

"Quizás no exista", dijo el conde. "Yo nunca he visto a las hadas".

"Es un don", dijo Elizabeth. "Y una maldición, también, como puedes ver." Ella palmeó el bolso que colgaba de su cinturón y notó el interés de Jeanne. "Siempre llevo una medida de la hierba que permite a los que no tienen el don ver las maravillas del reino de las hadas".

Jeanne se mordió el labio. "Escuché que beben hidromiel dulce en copas de oro y se visten con toda clase de riquezas."

"De hecho lo hacen. Este reino es aburrido y muerto en comparación con sus riquezas." Elizabeth vio la chispa de los celos en los ojos de Jeanne y fue lo suficientemente malvada como para disfrutarla. "No he visto a Malcolm en tanto tiempo", dijo ella con una sonrisa educada. "Esta es una situación feliz, ya que elegí montar para visitarlo en este día, el mismo día en que lo visitas."

Elizabeth sabía que Alexander no vería el asunto de la misma manera.

Podría haberse preocupado más por la reacción de su hermano si no hubieran llegado tan cerca de la nueva fortaleza como para que pudiera ver la asombrosa cantidad de hadas reunidas allí.

Las hadas no solo eran abundantes en Ravensmuir, sino que también estaban felices.

"—Una buena fortaleza nueva" —observó el conde con satisfacción. "Y también una nueva puerta de entrada. Te vendrá muy bien ser una dama aquí, querida."

"Así es, tío", coincidió Jeanne. "Siempre he creído que mi destino era casarme con un hombre rico." Le concedió a Elizabeth otra sonrisa fría. "Quizás beberé hidromiel dulce de una copa de oro en este reino mortal." Entonces se rió, muy complacida con la vida que creía que iba a reclamar.

Elizabeth no volvió a comentar, aunque se sintió profundamente tentada. Jeanne, en su opinión, había sido consentida de todas las formas posibles durante todos los días de su vida. Era bonita y podía ser lo suficientemente agradable cuando todo iba de acuerdo con su plan, pero Elizabeth la había visto cuando se le había negado un dulce una vez cuando ambas eran pequeñas, y nunca olvidaría la furia de la rabieta de la otra mujer noble.

¿Qué haría Jeanne cuando conociera a Catriona?

¿Qué haría ella si Malcolm se le negaba?

Elizabeth tenía muchas ganas de ver sacudida la engreída confianza de Jeanne.

Se dio cuenta de que había otro caballo a su lado y pensó que era uno de los hombres del grupo. Ella miró en su dirección, pensando que era otro miembro de la familia, pero se encontró enfrentando a Finvarra, rey de las hadas, en un caballo

del peltre más profundo.

"¿Has venido a visitar a tu hermano por última vez?" preguntó él, sus ojos oscuros brillando.

Elizabeth contuvo el aliento y desvió la mirada, consciente de la locura de mirar fijamente a las profundidades de sus ojos.

"¿O me atrevo a esperar que vengas a mí?"

Elizabeth negó con la cabeza, incluso mientras el tío y la sobrina admiraban las proporciones de Ravensmuir.

"Han pasado siete años desde que pagamos el diezmo al infierno, y se vence nuevamente en la víspera del solsticio de verano", le informó Finvarra. "El Señor de Ravensmuir, su alma tan negra como la pluma de un cuervo, será nuestra ofrenda."

"¡No!" Elizabeth protestó, incapaz de guardar silencio. Sus compañeros mortales la miraron con preocupación. "Él ha construido una puerta de entrada para cerrar el seto", dijo, inventando una razón para su arrebato. "Siempre me gustó sin una".

"El capricho de una doncella", dijo el conde con un movimiento de cabeza. "Difícilmente sería una defensa suficiente y hay que defender un premio que valga la pena tener." Palmeó la mano de su sobrina, claramente refiriéndose a ella y no a la fortaleza.

"—Malcolm se ofreció como voluntario" —susurró Finvarra, acariciando su barba mientras la miraba con la confianza de que todo debía ser como él decretaba. "Él dio su palabra, y ahora no se puede romper."

Elizabeth agarró las riendas de Demoiselle, sabiendo que no podía permitir que eso sucediera.

Finvarra le acarició la mano y Elizabeth se apresuró a apartarla. "Podrías ofrecerte en su lugar".

No, ella no haría eso. Ella no confiaba en el rey de las hadas. Probablemente entonces los agarraría a ambos. Ella negó con la cabeza de nuevo, negándose a mirar sus ojos oscuros.

Finvarra sonrió con una calma exasperante. "Hasta que nos volvamos a encontrar, entonces, mi Elizabeth", murmuró, las palabras hicieron que Elizabeth se estremeciera. Entonces su figura y su caballo brillaron antes de que ambos desaparecieran. Elizabeth observó cómo el polvo de estrellas caía al suelo, brillaba por última vez y luego se desvanecía por completo.

¿Qué podía hacer ella para ayudar a Malcolm?

RANULF Y BERTRAND desayunaron juntos en el salón de Ravensmuir el lunes por la mañana, con perros bajo las patas y cerveza en sus tazas.

Ranulf no recordaba un día en que se hubiera despertado para encontrarse a salvo, abrigado y con buena comida para desayunar. Según su experiencia, dos de tres era lo mejor que podía esperar un hombre.

Y de hecho, era un día para celebrar que estaba vivo.

Reynaud, el primero en salir del salón para hacer sus necesidades esa mañana, había encontrado a Nigel en la letrina. A su antiguo camarada le habían cortado la garganta y le habían quitado la ropa, su cadáver desechado como basura.

Fue la suerte lo que eligió a la víctima la noche anterior, ya que cualquiera de ellos pudo haber ido a la letrina en el momento equivocado. Ranulf no lamentaba exactamente a Nigel, pero lamentaba la pérdida. En todo caso, le sorprendió que tal violencia ocurriera en ese lugar.

"¿Quién podría haber adivinado que Malcolm sería el señor de tal propiedad?" Bertrand reflexionó. "Y también con una hermosa esposa."

"Me agrada", declaró Ranulf, gustándole más que eso. "La cerveza estaba buena, el pan era robusto, el salón estaría fácilmente defendido. "Ese demonio tenía la intención de hacerle daño anoche."

"Sí, eso sería lo suficientemente claro. ¿Pero por qué?"

Ranulfo negó con la cabeza. "No me gusta." Se volvió hacia su compañero. "Podría jurar mi espada a Malcolm, permanecer en este lugar y asegurarme de que su esposa esté bien defendida."

"Él lo hace bastante bien".

"Un hombre sólo tiene dos manos. En un torreón de este tamaño, habrá docenas en la mesa cada noche. Creo que es apropiado defender un lugar de mérito."

"Eso está bastante bien, pero nunca podría entregar todo lo que hacemos para vivir una vida como esta."

"¿Por qué no?"

"Es demasiado manso. ¿Dónde está la emoción de la batalla? ¿El deleite de la conquista? ¿La aventura?"

"La falta de una comida caliente o una cama seca", respondió Ranulf. "El tedio de esperar a que comience la lucha, a menudo bajo la lluvia."

"Está eso."

"Las heridas". Ranulfo se subió las mangas y sacudió la cabeza ante la cantidad de cicatrices que adornaban su piel. Y él había sido más afortunado que muchos que tomaban su oficio. "¿Un asesino en la noche no agrega la aventura que deseas?"

Bertrand negó con la cabeza. "Te volverías complaciente y, por lo tanto, probarías un cuchillo tú mismo."

Ranulfo agitó un trozo de pan a su compañero. "Podría abrazar la noción de una vida cultivando campos."

"Todos sabemos qué tipo de surcos te gusta más labrar".

"Y lo que prefieres abrazar", agregó Amaury, uniéndose a ellos en la mesa.

"No bromeo", insistió Ranulf después de que se hubieran reído. "Me gusta esto aquí. Me gusta mucho. Envidio a Malcolm por esta morada, con esa mujer a su lado." Él asintió con la cabeza. "Así es como a menudo imaginaba mi vida".

"¿Cómo señor de una fortaleza?" Bertrand se burló.

"Siempre me vi a mí mismo como un rey", bromeó Amaury.

"No, como un hombre con una esposa que fuera buena y sincera, con algo de seguridad y un bebé también." Ranulf se encogió de hombros. "No necesito ser un señor y mucho menos las responsabilidades que eso conlleva. Tendría una casa pequeña, pero cálida y limpia, con un jardín y una parcela que cultivar. Algunas gallinas y un cerdito cada primavera para engordar con las sobras de la cocina." Él sonrió, calentándose con su historia. "Tendría una esposa, una buena mujer con un corazón sincero, ya sea hermosa o no, y una que me ame como soy. La amaría hasta mi último aliento y estaríamos contentos." Él asintió. "Y si hubiera bárbaros en la puerta a intervalos o intrusos en la noche para ser despachados, eso agregaría un poco más a una vida idílica."

Sus compañeros lo miraron asombrados. "¿Qué pasa con el saqueo?" Preguntó Bertrand.

"¿Qué hay del oro y las putas y los banquetes?" Añadió Amaury.

"¿Qué hay de ellos?" dijo Ranulf, su manera desdeñosa. "¡Nada de eso dura! ¿Cuántas veces cada uno de nosotros ha estado cerca de tener el dinero que buscamos ganar? ¿Cuántas veces hemos optado por pelear una batalla más o aceptar una misión más? ¿Cuántas veces nos han robado o estafado o hemos hecho una mala apuesta...?" Amaury hizo una mueca ante eso, "luego lo vimos todo perdido, así que debimos comenzar de nuevo"

"Con bastante frecuencia", admitió Amaury.

Bertrand se interesó por el fondo de su taza.

"Pero Malcolm se ha librado de eso", dijo Ranulf. "Ha cambiado su vida. Él construye un futuro." Se sentó para inspeccionar el salón. "Y confieso que estoy impresionado. Me quedaré aquí, si él me lo permite. Pondré mi espada en su mano, seré centinela, defenderé su casa y su hogar con tanta seguridad como defenderé la mía."

"—Bromeas" —dijo Bertrand, aunque su tono revelaba que sabía lo contrario.

"Yo no bromeo", dijo Ranulfo, terminando su pan. "Elijo envejecer en lugar de morir joven. Eres bienvenido al pillaje y las putas y la emoción de la batalla." Miró a su alrededor y asintió. "Estaré contento aquí en Ravensmuir".

Los otros hombres intercambiaron una mirada. "Pero tú no sabes nada de cuidar los campos", protestó Amaury.

"Y lo aprenderé. No puede ser tan difícil. Conozco a muchos granjeros estúpidos." Se rieron juntos de esto. "Mientras tanto, puedo proporcionar un servicio en lo que sé". Ranulf se puso de pie y frunció el ceño.

"¿Qué es?"

"Alguien viene." Entrecerró los ojos mientras escuchaba. "Alguien armado".

"El intruso tiene aliados", murmuró Bertrand.

"Todos lo están", asintió Amaury. Dio un silbido y todo el salón se puso en acción entonces, entrenados como debían para estar preparados.

Rafael caminó hacia la puerta mientras tiraba de su yelmo, luego escupió en el patio. "Ese de nuevo. Sabía que nunca vendría en paz y, lo que es peor, que todos viven con muy poco miedo en estas partes." Saltó por las escaleras. "¡Malcolm! Tu invitado más frecuente vuelve de nuevo." Bajó la voz. "Y esta vez, trae un ejército".

"¿Ese?" Preguntó Ranulf, abrochándose el jubón de cuero hervido.

"Un conde con un ojo para un tesoro."

Ranulfo escupió en el patio a su vez. "Evitaremos que lo reclame, y de inmediato". Echó una mirada a sus compañeros. "Confío en que ambos lleven las armas que prefieren"

CATRIONA bajo al salón por la mañana, llena de un nuevo propósito. Malcolm había dormido en sus brazos la noche anterior y el descanso parecía haberlo restaurado. Esa mañana, parecía estar completamente en posesión de su ingenio.

Quizás el sueño era el único bálsamo que necesitaba. Se había quejado de que la música de las hadas lo mantenía despierto, y por alguna razón, ella había visto por sí misma que dormía muy poco. Su madre siempre había dicho que el sueño curaba multitud de males.

Malcolm la dejó en el salón para desayunar y se dirigió a la puerta de entrada para conversar con sus hombres. Se había encontrado el cuerpo de Nigel en la letrina y ya se estaban haciendo los preparativos para la batalla.

No estaba realmente sorprendida de que Rafael se demorara en el salón con ella, ni de que sonriera con tanta malicia. Estaba claro que intentaba ahuyentarla, pero Catriona no tenía ninguna intención de convencerse de hacerlo.

Él se sentó en el banco frente a ella cuando los demás se habían ido y su sonrisa se ensanchó. "No consideras por qué te cazaban anoche".

Catriona miró hacia arriba. "Seguramente el atacante buscaba a mi esposo en el solar, pero en su lugar me encontró a mí."

"Quizás." Rafael estaba demasiado a gusto para ser digno de confianza. "Quizás encontró exactamente a quien buscaba. Se movió rápidamente antes de que el señor regresara al solar. Pensábamos que era Nigel y que estaba dormido, pero podría habernos estado escuchando." Rafael la miró a los ojos. "Hablamos de la salida de Malcolm del salón y especulamos mucho sobre sus razones esa noche."

Catriona dejó su taza, sin querer pedirle que le contara más sobre esa especulación, aunque solo fuera porque Rafael obviamente quería que ella lo hiciera. "Pero nadie querría matarme. No ganaría nada."

Rafael trazó una línea en la mesa con la yema del dedo. "Sería una gran ganancia ocupar tu lugar como Dama de Ravensmuir." Él se encogió de hombros y ella supo que el veneno vendría en sus próximas palabras. Él miró hacia arriba, sus ojos oscuros brillaban. "Y de verdad, Malcolm está comprometido. Debes saber cuánto valor pone en su promesa."

"¿Comprometido?" Por mucho que Catriona no quisiera reaccionar a las noticias de Rafael, porque a él le agradaría hacer travesuras, no pudo evitar burlarse. "Malcolm no está comprometido. Está casado conmigo y se cree maldito gracias a ti, pero yo le ayudaré a vencer eso." Ella sacudió su cabeza. "Sin embargo, te llamas a ti mismo su amigo".

"Jeanne sin duda apreciará tus esfuerzos", respondió Rafael suavemente.

"¿Jeanne?"

"La sobrina del conde de Douglas". Rafael se inclinó para susurrar. "Malcolm está prometido." Se sentó satisfecho, incluso cuando Catriona se decía a sí misma que no se podía confiar en él. Chasqueó la lengua. "¿De verdad pensaste que era un accidente que tus nupcias no se celebraran ante un sacerdote? Ningún hombre de un linaje como el de Malcolm se casa con una mujer de nacimiento común, y no menos participa de un intercambio de votos, como un campesino." Se rió incluso cuando el corazón de Catriona se heló. "Tu confianza está fuera de lugar, Catriona".

"Mi confianza no está fuera de lugar", replicó ella. "Malcolm es mi señor esposo, y seguirá siéndolo".

"¿Y en la víspera del solsticio de verano?"

Frente a ella se sentaba otro mercenario que creía en las hadas. Catriona nunca lo habría creído posible, si no lo hubiera presenciado ella misma.

"Me aseguraré de su supervivencia", respondió ella con vehemencia. "Y si fueras un amigo de algún mérito, ayudarías".

"—No confundas a los mercenarios con hombres de honor, Catriona. No somos de la misma raza."

"Lo cual supongo que es la razón por la que las hadas querían tu alma ennegrecida para su diezmo en primer lugar." Catriona se puso de pie, solo queriendo burlarse de Rafael. Bien podría utilizar su propia tonta historia para hacerlo. "No pretendes ayudar a Malcolm porque tienes miedo", se burló.

"¡No le temo a nada!"

"Temes que después de estos seis meses miren entre ustedes y decidan que su alma no está tan perdida como la tuya. Temes que te reclamen a ti en lugar de a él, y morirás."

Cuando los ojos de Rafael brillaron, Catriona supo que había descubierto la verdad.

Ella le señaló con un dedo. "Si tuvieras algo de ingenio, pedirías misericordia, confesarías tus pecados y harías penitencia".

Rafael soltó un bufido, pero Catriona había perdido la paciencia con él.

"Si fueras un amigo y un camarada de algún mérito, tratarías de ayudar a Malcolm, de cualquier manera que pudieras", dijo con vehemencia y Rafael se estremeció.

Avery gritó desde el solar en ese momento, y Catriona se puso de pie. "Mi hijo me necesita", dijo, luego subió las escaleras, consciente de que Rafael la miraba. Avery estaba inquieto y Vera se reunió con ella en lo alto de las escaleras, meciéndolo diligentemente. Las dos mujeres entraron en el solar, y Catriona se desabrochó la falda, recobrando el aliento cuando Avery se agarró hambriento a su pezón.

Vera podría haber comentado, probablemente sobre su vigor, pero hubo un sonido de cascos en el patio. Ambas mujeres se acercaron a la ventana para mirar y Vera contuvo el aliento.

El grupo no era pequeño, todos ataviados con una riqueza que hizo parpadear a Catriona. Dos doncellas que debían tener la misma edad que ella cabalgaban con el conde, una a cada lado. Parecían haber traído suficientes sirvientes y baúles para quedarse un tiempo. Malcolm hizo una reverencia al hombre mayor que iba en la delantera, que debía ser el propio conde, y luego bajó a una de las dos mujeres. Tenía el pelo oscuro y vestía de carmesí y dorado. La otra mujer tenía el pelo rojo y vestía de azul. Ella fue puesta en el suelo por el hombre mayor. Sus caballos eran buenos, el negro que montaba la doncella más joven era tan brillante y grande como los que montaban la dama Vivienne y su marido.

"—El conde Douglas" —dijo Vera sin ningún placer y a Catriona se le heló la sangre.

Ese hombre llegaba con dos doncellas solteras.

Seguramente, Rafael no podía tener razón.

Los rasgos de Vera se iluminaron. Y la dama Elizabeth, la hermana menor del Señor Malcolm. Esa es ella de rojo con el pelo oscuro."

Catriona no pudo responder. La otra debía ser la sobrina del conde. Observó con pesar mientras Malcolm saludaba a ambas damas, inclinándose sobre la mano de la pelirroja antes de escoltar a ambas al salón.

El conde no siguió a Malcolm de inmediato, para sorpresa de Catriona. Caminó de regreso al cadáver del hombre que había invadido el solar la noche anterior y que había sido arrojado al patio, como si tuviera curiosidad. Catriona no podía ver su rostro claramente a esa distancia, pero sí vio lo rápido que se enderezó.

Como si estuviera consternado.

Como si reconociera al hombre caído.

No hubo duda del gesto dominante que el conde hizo a dos de los hombres que habían llegado a su grupo. Hicieron girar sus caballos de inmediato y galoparon de regreso a través de las puertas y por el camino hacia el oeste. Malcolm se volvió al oír su partida y el conde le sonrió, sin duda invocando una mentira en sus labios.

Catriona abrazó a su hijo con fuerza. El conde conocía al agresor.

Eso no podía ser bueno.

Un ángel había puesto un pie en la tierra.

Rafael no podía encontrar otra explicación para la belleza que caminaba hacia el salón de Ravensmuir de la mano de Malcolm. Ella estaba mirando a Malcolm, aún sin darse cuenta de Rafael, lo que le daba tiempo para mirar.

Rafael nunca había creído que los ángeles fueran seres de perfecta belleza. Siempre había pensado que haber presenciado tanto el bien como el mal dejaría una marca en ellos, y este ángel parecía atormentado por un dolor que había abrasado su alma. La combinación de belleza y devastación le atraía más de lo que hubiera creído posible.

Le hacía pensar que habían visto mucho de lo mismo en este mundo.

Se movía tan suavemente por el suelo que parecía flotar sobre él y estaba seguro de que una criatura tan hermosa no podría pisar la tierra como cualquier otro mortal. Llevaba una túnica carmesí tan roja como la sangre, con los dobladillos bordados con el oro del sol. Una diadema de plata adornaba su frente, su cabello de ébano recogido bajo un velo de oro muy fino. Su piel era tan clara como el marfil y Rafael la miraba, como un hombre tallado en una columna de sal por atreverse a contemplar tal magnificencia.

En presencia de un ángel, la púa de Catriona parecía más aguda y resonante. Era un pobre camarada y un amigo más pobre.

Observó al ángel acercarse y se preguntó si podría cambiar.

Apenas pudo respirar cuando ella se acercó.

"Malcolm, no debes cumplir tu juramento", susurró el ángel, su voz tan dulce como la miel de la tierra natal de Rafael. Sus ojos eran verdes, vio él, un verde tan claro como el rizo del océano, y sus labios carnosos y rosados. "¡No pueden reclamar tu alma!"

Malcolm la miró, como si quisiera silenciarla, luego hizo un gesto hacia Rafael. "Rafael, esta es mi hermana, Elizabeth."

Rafael casi se desmayó de alivio porque no fuera la sobrina del conde.

"¿Está Catriona en el salón?"

"Ella atiende a Avery", confesó Rafael, su corazón dio un salto cuando el ángel lo miró de lleno. Su mirada se iluminó y se atrevió a animarse.

"¿Escoltarías a mi hermana al salón mientras doy la bienvenida a la dama Jeanne y al conde?" preguntó Malcolm y Rafael solo pudo obedecer tontamente. El peso de la mano de Elizabeth en su brazo era como una pluma, su toque tan frío como un río. Estuvo cautivado de nada más que una mirada, tal como lo había predicho su padre, y no se arrepentía de nada.

"¿Eres tú a quien reemplaza mi hermano en la víspera del solsticio de verano?" preguntó ella.

Rafael agradeció que ella tuviera alguna curiosidad por él, aunque no deseaba confirmar su suposición. Se sentía avergonzado de su propia debilidad y no pudo mirarla a los ojos. "Lo soy, porque él es un hombre mejor que yo"

"Así es", dijo ella en voz baja, aunque su condena era menor de lo que él esperaba. Rafael se atrevió a mirar hacia arriba y la dama sonrió levemente. "Entiendo que cuando un hombre tiene una oportunidad, es un tonto si no la aprovecha."

De repente, la tierra que Rafael había llegado a despreciar mostraba un atractivo tan poco común que dudaba que abandonara Escocia en el corto plazo.

Por mucho que nevara, valía la pena soportar cualquier malestar físico para permanecer en presencia de un ángel como Elizabeth.

De hecho, ella podría compadecerse de su alma condenada.

~

ERA peor suerte de lo que Malcolm hubiera creído posible.

Que el conde se hubiera dado cuenta de que la fortaleza de Ravensmuir se había completado a tiempo para llegar antes de su perdición con las hadas era una complicación sin la que Malcolm podría haber vivido. Le hubiera gustado pasar el tiempo con Catriona, usando su conocimiento de las hadas para crear un plan, en lugar de asegurar el entretenimiento de su noble invitado.

Más aún eludir el intercambio de votos con la sobrina del conde.

En verdad, a Malcolm nunca se le había ocurrido poner los ojos en Jeanne, porque cuando había accedido a casarse con ella, había asumido que estaría muerto antes de la fecha prevista.

¿Nada en su vida podría salir bien?

Dejó al grupo de recién llegados en el salón con Elizabeth y Rafael. Jeanne estaba evaluando abiertamente todo lo que creía que pronto sería suyo y planeando sus cambios mientras Malcolm subía al solar.

Catriona lo esperaba allí, fuego en los ojos y las manos en las caderas. Vera esperaba detrás de ella, meciendo a Avery pero mirando con avidez.

"Mi hermana viene de visita", comenzó él, solo para ser interrumpido.

"Junto con el conde de Douglas y otra doncella", dijo Catriona con voz fría. "¿Y esta otra dama, debo asumir que es tu prometida?"

Malcolm parpadeó. Sintió la parte de atrás de su cuello calentarse. "Es Jeanne Douglas", admitió él en voz baja. "Y acepté casarme con ella una vez que Ravensmuir estuviera completo"

"¿Querías decírmelo?" Preguntó Catriona.

"¿Quién te lo dijo?"

"Pensaba que Rafael simplemente trataba de molestarme cuando dijo que estabas prometido". Sus ojos brillaron. "Pero resultó que no era Rafael quien me engañaba".

"No hubiera estado fuera de lugar que él hiciera eso", reconoció Malcolm.

"¿Cuándo ibas a decírmelo?" exigió ella, sus palabras bajas y calientes.

Entonces miró hacia arriba, su expresión se volvió cautelosa. "No lo hice. Es irrelevante."

"¡Irrelevante!" Catriona repitió consternada. "¿Cómo podría no ser relevante que ya estuvieras prometido cuando te casaste conmigo? ¿Cómo puedes esperar que no piense que este es un detalle digno de conocer?"

"No lo creo digno de saber".

"¡Sin embargo, eres el hombre que desafió al Señor de Blackleith por tratar a las mujeres con desdén!" Dijo Catriona, su furia con él clara. Malcolm admiró la vista de. Ya no le tenía miedo y decía lo que pensaba con fuerza. Aún mejor, estaba molesta por la posibilidad de que se rompiera su unión. "Te comprometes conmigo, pero no ante un sacerdote, luego me dejarías a un lado por otra mujer cuyo derecho de nacimiento le otorga mejores conexiones."

Malcolm la miró atentamente, sabiendo que ella no se enfadaría tanto si sus sentimientos no fueran los de él. "Esto te molesta", dijo en voz baja y se animó por la pasión de su reacción. Se encontró sonriendo, aunque eso hizo poco por mejorar el estado de ánimo de su esposa, y se burló de ella un poco. "¿Podría ser que, después de todo, me creas un hombre de mérito, mi Catriona?"

"¡No soy tu Catriona, no si tienes la intención de cumplir esa promesa!"

Malcolm fue hacia ella y enmarcó su rostro entre sus manos,

sonriéndole. "Tú eres mi Catriona", murmuró, inclinándose para rozarle la frente con los labios. "Y espero que siempre lo seas".

Ella apoyó las manos en sus hombros y lo sostuvo con el brazo extendido, mirándolo. "Espero que no estés demasiado cansado esta noche, mi señor. Quisiera continuaría mis estudios antes de dormir."

"¿Estudios?" Malcolm arqueó una ceja.

"Sí. Quisiera aprender más sobre el arte de matar a un hombre."

Malcolm no pudo evitar sonreír.

Catriona se preocupaba por él.

Esas eran las mejores noticias posibles, en opinión de Malcolm, y una razón más que suficiente para intentar burlar a las hadas. No estaba seguro de que pudiera hacerse, pero tenía nuevas ganas de intentarlo. No dejaría a Catriona de luto por él como ella lloraba por Ian, por lo que no confesaría sus propios sentimientos hasta que estuviera seguro de su supervivencia.

Pero a Catriona le importaba.

Malcolm nunca había esperado un regalo así.

Casi valía la pena tratar con el conde por saberlo. " No te desprecio, Catriona. Te presentaría como mi esposa a nuestros invitados." Malcolm hizo una mueca. "El asunto sigue siendo que legalmente se puede argumentar que un compromiso es tan vinculante como un voto nupcial, y mi acuerdo con el conde se hizo antes de nuestra boda."

Catriona se mordió el labio, evidentemente tranquilizada. "¿No podría romperse legalmente tal acuerdo si hubiera desacuerdo entre las dos partes?" Ella lo miró a él. "¿Si, por ejemplo, el conde hubiera enviado a un hombre para invadir tu fortaleza y matarme para que pudieran continuar las nupcias con su sobrina?"

Malcolm la miró fijamente.

"Él reconoció el cadáver", confió ella. "Lo vi mirar al hombre. Y luego envió a dos de sus hombres, de regreso en la dirección por la que había venido."

"Dijo que se había olvidado de un regalo".

Vera resopló, recordándoles su presencia.

Catriona le daba los detalles que necesitaba para resolver un asunto. Malcolm tomó la mano de Catriona entre la suya, extraordinariamente orgulloso de que ella fuera su esposa. "No puedo acusarlo solo por eso, pero veamos qué resultados hay cuando me niego a cumplir esa promesa."

Ella le sonrió, una luz encendida en sus ojos. "¿No me dejarías a un lado, a pesar de mi baja cuna?"

"Nunca", juró Malcolm. "Si podemos burlar a las hadas, seré tuyo para siempre".

Catriona desvió la mirada ante eso y él recordó que ella no creía que las hadas fueran reales. Tenía que convencerla, pero primero tenía que evadir los planes del conde para su futuro.

CAPÍTULO 14

Jeanne Douglas era hermosa.

Ella había nacido de cuna noble, había sido criada delicadamente, bendecida con una familia poderosa, dotada de una rica dote y era virgen todavía.

Ella era todo lo que Catriona no era.

Ella era todo lo que Catriona nunca sería.

Peor aún, había venido a ocupar el lugar de Catriona al lado de Malcolm. Jeanne tenía tanta confianza en su posición que su mirada recorrió a Catriona con desdén, como si no tuviera más influencia que una mosca. ¿Tenía razón Rafael en que la falta de un sacerdote podría hacer que sus votos matrimoniales fueran fáciles de rechazar? Su encuentro con Malcolm no se había consumado, y Catriona sabía que eso la ponía en una posición de debilidad.

Incluso si Malcolm la llevaba al salón con orgullo.

De hecho, ella no podía evitar sentirse plenamente consciente de sus insuficiencias, comparada con una mujer que había conocido tantas ventajas. Sin embargo, tomó fuerzas de Malcolm y fingió una confianza que no sentía. Los camaradas de Malcolm estaban en el salón, sus expresiones indicaban que ellos también la apoyaban.

Salvo, por supuesto, Rafael, que miraba desde el lado de Elizabeth.

Malcolm se inclinó ante el conde. "Estoy encantado de presentarte a mi esposa, Catriona, señor".

"—Bienvenido, señor, a Ravensmuir" —dijo Catriona, haciendo una reverencia a su vez.

El conde la miró consternado. Podría haberse recuperado y haber ocultado su reacción, pero su sobrina no era diplomática.

"¡Se suponía que estaba muerta!" gritó Jeanne, cruzando el salón con vigor. Le dio un golpecito al conde en el hombro. "¡Me prometiste que la sacarían de aquí!"

El conde miró entre su sobrina y Malcolm, que esperaba en silencio. Catriona también conocía ese truco, que el silencio a menudo sería llenado por el otro, por lo que también se mordió la lengua.

"Jeanne, no entiendo lo que quieres decir", dijo el conde, su tono insinuaba que mentía. Él miró a su sobrina y ella apretó los labios con fuerza, su expresión se volvió rebelde.

"Me temo que sí", dijo Malcolm suavemente. "Porque un intruso trató de matar a mi esposa anoche".

El conde palideció. "Qué difícil para ti. Pensaba que Ravensmuir estaba mejor defendido que esto" Forzó una risa. "¿Debería temer por el futuro de mi sobrina dentro de estos muros?"

"No lo creo, porque sospecho que tú conoces al hombre en cuestión". La voz de Malcolm bajó. "Quizás lo despachaste en ese recado."

"¡Disparates!" El conde fue despectivo en su respuesta y Catriona vio que su confianza se recuperaba.

"Mi esposa te vio mirarlo y cree que lo reconociste."

El conde miró a Catriona con furia. "Tonterías y necedades para sus propios fines, sin duda".

Catriona podría haberse erizado, pero Malcolm solo negó con la cabeza con aparente pesar. "Entonces es tan anónimo como temía".

Levantó la voz. Entonces, no habrá un entierro decente para ese villano. Echen su cadáver al mar y dejen que su alma sea condenada para siempre."

Jeanne jadeó. "¡No le harías eso a Stephen!" gritó y el conde cerró los ojos, como si le doliera. Ella se volvió hacia su tío. "¡No permitirías que eso le suceda a él, no después de todo lo que ha hecho en tu servicio!"

"Jeanne, guarda tu lengua. No ayudas en el asunto" —dijo el conde, aunque apretó los dientes.

"¡Ni tú, tío!" Jeanne avanzó hacia Malcolm. "¿La dejarás a un lado para cumplir tu promesa?"

"¿Que podría unirme con una familia que abraza el asesinato para ver sus fines logrados?" Malcolm negó con la cabeza. "Yo creo que no."

A Catriona se le aceleró el corazón ante su firme negativa. Observó con asombro el cambio en los modales de Jeanne. Sus ojos se entrecerraron y sus labios se volvieron hacia abajo, sus hermosos rasgos se contorsionaron en su ira. Catriona se preparó, pensando que la doncella la atacaría a ella o a Malcolm, pero en cambio se volvió contra su tío.

"¡Tú me lo prometiste!" Jeanne le dio un manotazo en el brazo a su tío. "Dijiste que sería la Dama de Ravensmuir. Dijiste que esta fortaleza sería mía para administrarla. ¡Dijiste que me casaría hoy mismo! Me levanté de la cama cuando aún estaba oscuro para hacer tu voluntad. ¡Cabalgué todo este camino, pero fue en vano!" Ella apuntuó esto último con un golpe de su pie y una mirada codiciosa alrededor del salón. "Lo quiero", insistió, como si su voluntad pudiera hacerlo así, y cruzó los brazos sobre el pecho.

"Sin embargo, no será tuyo", dijo Malcolm en voz baja.

Jeanne exhaló y luego se giró para enfrentarse a su hermana. "Dámelo."

Elizabeth frunció el ceño. "No comprendo..."

"Dame la hierba que me permitirá ver a las hadas. Beberé hidromiel dulce de una copa de oro y viviré en el lujo y la riqueza. Si mi familia no puede ver que sea así, entonces no tengo ningún reparo en abandonarlos por una vida mejor."

Catriona sintió que sus ojos se ensanchaban. ¡Ahí estaba otra que creía que las hadas eran reales!

Vio como Elizabeth sacaba una hierba fresca de su bolso. Pidió una copa de vino caliente y Catriona le trajo una, calentándola sobre el fuego, aunque dudaba de los resultados. La hierba era tomillo silvestre, Catriona podía oler su distintivo aroma acre cuando se sumergió en el vino.

Recordaba vagamente haber oído que daba ese don, aunque nunca le había dado mucho crédito.

Hasta que Jeanne bebió la poción. La doncella se lo tragó, miró a su alrededor y sus ojos se abrieron con horror. "¡Están en todos lados!" gritó con disgusto. "¡Es como si la sala estuviera llena de alimañas!" Se miró los pies y bailó hacia atrás como si la persiguiera una criatura invisible. Ella chilló y tiró del dobladillo de sus faldas. "¡Me mordió!"

Elizabeth pareció tragarse una sonrisa, su mirada seguía el mismo camino que Jeanne. Catriona vio que Malcolm también estaba mirando el suelo del salón, como si siguiera el progreso de una pequeña criatura. Jeanne gritó y se retiró, luego huyó al patio y a su caballo.

Su tío la siguió, pero a Catriona no le importaban sus opciones, no ahora.

Si las hadas eran reales, si esa poción le daba a un mortal el poder de verlas, entonces Catriona sabía lo que tenía que hacer.

Hizo una reverencia ante la hermana de Malcolm. "—También te doy la bienvenida a Ravensmuir, Elizabeth, pero debo pedirte un favor. ¿También harías una poción así para mí?"

Elizabeth sonrió, sus ojos se iluminaron. "Por supuesto. Por eso lo traje."

~

EL CUERVO VINO PRIMERO.

Aterrizó en el alféizar de la ventana del gran salón a última hora de la tarde, con un graznido que hizo saltar a todos dentro de esa habitación.

Los hombres estaban reunidos en el salón, planificando la reacción del conde ante los acontecimientos de la mañana. Malcolm no dudaba de que respondería de alguna manera: su deseo de alianza con Ravensmuir o incluso el sometimiento de Malcolm era claro. Además, Catriona había visto a esos hombres del grupo del conde enviados a hacer algún recado.

Malcolm esperaba que no significara guerra, y que no dejaría su propiedad en desorden. Con cada día que pasaba, su anhelo de sobrevivir se hacía más fuerte, gracias a Catriona. Una vez más, ella podría tener la clave. Catriona consultó con Elizabeth sobre las hadas, comparando los cuentos que había aprendido con lo que Elizabeth había presenciado. Malcolm había estado saboreando la maravillosa sensación de que todas las cosas se unían para hacer de aquel un hogar, cuando el pájaro graznó.

El cuervo tenía que ser un presagio de bondad. Se puso de pie de inmediato, acercándose al pájaro con cuidado e intentando identificarlo.

"¡Dios en el cielo!" Vera lloró cuando la criatura movió la cabeza.

Parecía inspeccionar la habitación con sus ojos brillantes. Tenía una franja plateada en la frente que Malcolm reconoció.

"Bienvenido, Melusine", dijo Malcolm, luego hizo un silbido distintivo. El pájaro lanzó un grito, como en respuesta, y luego volvió a emprender el vuelo.

"Confía en un Sabueso del infierno para tener un cuervo como mascota", bromeó Tristán y los demás se rieron.

"Más de uno," contribuyó Elizabeth. "Una vez había decenas de ellos viviendo aquí". Los hombres estaban desconcertados por estas noticias, pero Malcolm se apresuró a la ventana y miró al cielo.

"Se fue", murmuró, sabiendo que su decepción sería clara para todos. Siguió el curso del pájaro, luego se quedó quieto al notar movimiento en los campos lejanos de Ravensmuir.

Melusine había venido a advertirle.

"¿Están aseguradas las puertas?" preguntó, sus palabras hicieron que los demás se pusieran de pie.

"—Sí, y Louis es el centinela "—afirmó Amaury. "¿Por qué?"

"¿Quién llega?" Preguntó Ranulf, yendo al lado de Malcolm.

En ese mismo momento, Louis apareció en la puerta. "Se acerca un gran grupo", dijo. "Un grupo que va a la guerra. He cerrado el rastrillo, pero debemos estar preparados."

"¿Es el conde?" Preguntó Reynaud.

Malcolm no dijo nada, pero subió las escaleras, con Catriona pisándole los talones, para mirar por la ventana de la torre. La lluvia había cesado temprano en la mañana, y este grupo levantaba una nube de polvo en su prisa por llegar. Los caballos eran tan numerosos que no podía contarlos. La luz del sol brillaba sobre las armaduras y los estandartes ondeaban sobre el grupo, lo que indicaba que su visita podría no ser amistosa.

"Douglas regresa", murmuró Malcolm, notando la insignia. Su mirada bailó sobre la compañía que se extendía por sus campos, levantando tiendas, creando una barricada que sellaría a Ravensmuir por el lado de tierra. "Tendrá la recepción que se merece".

"No querría que nuestras nupcias costaran tanto como esto", dijo Catriona a su lado.

Malcolm la tomó de la mano. "Acepté el compromiso matrimonial que sugirió, porque yo tenía pocas opciones y creía que nunca tendría que hacer el matrimonio. Más tarde, sin embargo, temí que simplemente marchara sobre Ravensmuir cuando yo me fuera y se apoderara de él para sí mismo."

Ella lo miró a él. "¿Quién lo defendería, entonces?"

"Temía que mi hermano intentara defenderlo y nuestra familia perdería mucho más de un alma lamentable." Malcolm sonrió a la mujer a la que estaba empezando a amar. "Confieso que pensé que tu llegada y situación eran oportunas, pero la idea no se me habría ocurrido si no hubiera pensado que la tuya era una buena mano para tener en la mía." Él le rozó los nudillos con los labios. "Nunca lo dudes, Catriona".

Ella le sonrió, un regalo más rico que cualquier premio en su tesoro.

Hizo un gesto hacia las faldas de las mujeres. "No pueden vestirse así, porque se convertirán en un objetivo. Asegurémonos de que no puedan identificar fácilmente a las mujeres."

Que no puedan encontrar a Catriona y matarla ahora.

Malcolm se acercó a sus cosas y le ofreció a Catriona un par de sus calzas, así como un abrigo de cuero. Él mismo lo ató mientras ella trenzaba su cabello. "Los pies de Amaury son más pequeños que los míos. Quizás tenga un segundo par de botas." Malcolm anudó el lazo y luego metió la trenza de Catriona en su camisola. Encontró otra camisola para su hermana, que se vistió rápidamente. "Y también veremos a Vera equipada."

"Podemos luchar", dijo Elizabeth.

"Rezo para que no tengan que hacerlo".

"¿Deberíamos enviar un mensaje a Kinfairlie?" Preguntó Catriona.

"Es demasiado tarde", dijo Malcolm. Pretenden aislarnos de la asistencia. ¿Ves la forma en que están dispuestas las tropas? Cualquier mensajero se perdería antes de llegar al camino." Él apoyó las manos en sus hombros y la miró a los ojos. "Esta batalla es solo nuestra".

"Rezo para que triunfemos".

Malcolm sonrió. "Ven, señora mía, vamos a negociar con el ejército en nuestras puertas".

"¿Yo también?"

"Hay una forma de hacer tales encuentros, Catriona. Quiero que lo aprendas."

Dejó el resto sin decir, pero sin duda su astuta esposa escuchó su preocupación oculta.

Puede que ella tuviera que defender esa propiedad sin él. Hasta su último aliento, Malcolm le enseñaría lo que sabía.

"Elizabeth, quiero que te quedes con Vera y Avery, encerrados en la habitación frente al solar" Su hermana asintió con una docilidad inesperada, pero Malcolm lo aprovecharía donde lo encontrara.

Abrió el camino hacia la puerta de entrada recién construida para cerrar la brecha en el seto de espinas, con su esposa a su lado. El rastrillo cayó y Ranulf se paró al pie de las escaleras, con los brazos cruzados sobre el pecho. Rafael estaba en las escaleras de la torre. Georgio, con su yelmo con cuernos, estaba en lo alto de la muralla inspeccionando al ejército. El resto de los camaradas de Malcolm fluyeron detrás de él, dos llevando un baúl a sus órdenes. Señaló y se movieron para llenarlo con un regalo en particular, luego se apresuraron a la puerta de entrada.

Él podía sentir la incertidumbre de Catriona y le habló en voz baja. "En las negociaciones, los términos están definidos. Ellos nos contarán su deseo."

"Ravensmuir", murmuró Gunter.

"Y daremos nuestra respuesta", continuó Malcolm.

"Vete ahora o muere", contribuyó Tristán.

Malcolm miró a sus sombríos compañeros. "Es posible negociar", les recordó.

"Pero es muy poco probable cuando un ejército acampa fuera de tus puertas", proporcionó Amaury. "No vienen para irse con las manos vacías, mi señora".

"Y sabemos el premio que desean", declaró Gunter.

"No lo reclamarán fácilmente", dijo Ranulf.

Tristán y Reynaud subieron el baúl por las escaleras de la puerta de entrada, manteniéndolo fuera de la vista de la fuerza opuesta. Louis ya estaba agachado en el techo, con la ballesta cargada y apuntaba a las cabezas del grupo.

"No se irán sin nada", dijo Malcolm. "Pero se irán con algo que no esperaban".

Vio cómo la mirada de Catriona se movía rápidamente hacia el baúl y de nuevo a él. Parecía desconcertada, por lo que no había visto lo que habían hecho sus hombres.

"Como en muchas cosas, señora mía, la sorpresa es clave para ganar terreno". La condujo a las escaleras, dudando cuando miró al ejército. "Tienen arqueros y sus arcos están cargados. Quédate aquí y escucha." Sus ojos se agrandaron, pero hizo lo que se le ordenó, presionándose contra la pared de piedra como indicaba Ranulf.

Malcolm se quitó el yelmo y subió al techo de la puerta de entrada, eligiendo saludarlos con valentía. "¡Soy Malcolm Lammergeier, Señor de Ravensmuir!" gritó, actuando como si él y el conde no se hubieran separado apenas unas horas antes. "¿Quién llega a mis puertas de una manera tan poco amistosa?"

Se desplegaron pancartas y se golpearon tambores mientras un trío de hombres instaba a sus caballos a avanzar. Eran hermosos caballos, de color castaño con calcetines blancos, y finamente enjaezados con los colores de la casa Douglas. Un caballo era conducido detrás de ellos, una doncella con el pelo rojo montado sobre él.

Entonces, Jeanne había decidido no abandonar su ambición todavía.

Rafael lanzó una mirada a Catriona. "—Te aprecio mucho, mi señora, ahora que fastidias el plan de este conde. Bajó la mirada a una de las ranuras de los arqueros, mirando a través de ella al grupo que se acercaba. "Es un hombre al que me gusta negar".

"Como bien sabes, soy Archibald, Conde de Wigtown y Quinto Conde de Douglas", declaró el conde. "Y sabes por qué he vuelto, Malcolm. Te he traído a Jeanne este día, para que tus nupcias puedan celebrarse ante todos nosotros."

"Ya hemos hablado de esto y acordamos estar en desacuerdo".

"¡No hemos hablado de este detalle!" El conde se adelantó y se puso de pie sobre los estribos. "Me debes, Malcolm Lammergeier, y exijo que se pague la deuda."

"¡No te debo nada!"

¡Abandonaste las fuerzas de mi padre en Verneuil! Dejaste el ejército sin permiso, y sin tu espada alzada junto a todas las demás, mi padre, mi hermano y el marido de mi hermana perdieron la vida en un solo día."

"Esa es una gran pérdida de hecho, pero no necesitaba permiso para dejar ese ejército".

"Prometiste tu espada..."

"Por una batalla honesta y justa", gritó Malcolm, interrumpiendo al conde. "No cabalgué para ver maltratar a las personas que se rendían a nuestros ejércitos y abusar de las mujeres. Si no hay honor en la palabra de un hombre, entonces no hay honor perdido en romper una promesa de servirle."

"¡Insultas a mis parientes!"

"Y tú agrediste a mi esposa." Malcolm asintió con la cabeza y el baúl se abrió, su contenido se volcó sobre el borde del techo. El cadáver del intruso cayó al suelo y el reconocimiento del conde fue evidente. "No tienes honor. No tienes ningún derecho aquí. Toma lo que es tuyo y deja mi propiedad para siempre." Malcolm se puso el yelmo y abandonó el parapeto, incluso cuando se oyó un rugido del ejército reunido detrás de Douglas.

"Negociar", se burló Tristán poniendo los ojos en blanco. "Sabía que esa no era tu intención, y no solo porque llené el baúl."

"Les llevará la mayor parte del día arreglarse y prepararse", dijo Malcolm enérgicamente. "Tenemos preparativos para hacer por nuestra cuenta". Le ofreció la mano a Catriona y la condujo de regreso al torreón. Una sola flecha salió silbando del cielo y él abrazó a Catriona delante de él. La flecha se enterró en el suelo a menos de tres pasos de distancia, pero ella no titubeó. De hecho, su mirada era tan acerada como la de sus compañeros.

"Esto será la guerra, entonces", dijo, sin señorita desmayada, y Malcolm asintió con la cabeza.

Además de los preparativos para el torreón, tenía que hacer una acción para preparar a Catriona para los días venideros.

Sería la guerra, pero debía permitir la posibilidad de su propia desaparición.

Para sorpresa de Catriona, Malcolm la llevó de regreso al solar. Cruzó la habitación y abrió la puerta del tesoro. Encendió una linterna junto a la puerta y luego la llamó. La luz destellaba sobre el contenido de la habitación, haciéndola parecer como la cueva de las riquezas de un pirata. Había baúles de monedas de oro contra la pared del fondo, aún más baúles llenos de plata, todos los cuales tenían que ser las riquezas que había traído a casa. La habitación no estaba tan llena como podría haber estado, pero él había pagado generosamente a los albañiles.

Antes de eso, debía haber estado lleno de cofres.

Para su deleite, la habitación era del mismo tamaño que ella esperaba. Caminó dos veces a lo ancho de la habitación y luego asintió con satisfacción. "Pensaba que debía ser así de profunda", murmuró.

Malcolm pareció sorprendido. "¿Sabías tanto su tamaño como su entrada?"

Ella le sonrió. "El solar no es lo suficientemente grande. Sabía que varios pasos de este extremo estaban disfrazados y asumí que era tu tesoro."

"Y encontraste la puerta".

"Solo por el ojo de la cerradura. Deberíamos colgar un tapiz en esa pared para disfrazarlo mejor." Ella miró los cofres de monedas. "¿Este es tu botín?"

"Nada en esta habitación es botín".

Catriona miró hacia arriba, confundida. "Pero cabalgaste para ganar tu fortuna y regresaste con todo esto".

"No tomo lo que no es mío para reclamar", le recordó Malcolm con severidad, aunque no dio más detalles. "Los libros de contabilidad están aquí", dijo, claramente con la intención de orientarla en caso de su fallecimiento. "Sé que no puedes leerlos, pero puedes confiar en que mi hermano Alexander te ayudará en esto, o en su castellano Anthony. Ambos son hombres honestos."

Catriona inhaló y examinó el contenido del tesoro. "¿Rafael tiene un tesoro similar?"

"El suyo es más modesto, aunque no sé dónde lo guarda."

Catriona no pudo reprimir la pregunta. "Él sabe dónde guardas el tuyo".

"Pero no donde escondo la llave". Malcolm tomó la llave del tesoro, que colgaba de una cadena alrededor de su cuello, y se la puso a ella. Como la cruz, desapareció dentro de su camisola.

Catriona supo de inmediato lo que debía hacer. Quitó la cadena de la cruz y la colocó sobre la cabeza de Malcolm, dejando que la gema cayera detrás de su camisola y su cota de malla.

"¡Catriona!"

"La cruz es una forma de derrotar a las hadas", le recordó. "Puede protegerte. Debo recoger hojas de trébol hoy, como en el cuento, y atárselas a ustedes." Ella se encogió de hombros. "Son pequeños talismanes, pero usaría todas las armas que tenemos contra ellos."

"—Como yo lo haré contra el conde" —asintió Malcolm. Besó su frente una vez más. "—No entres en el patio de armas sola, señora mía. Los arcos largos tienen mayor alcance de lo que crees."

"—Sí, Malcolm" —asintió Catriona, porque su marido sabía más de la guerra que ella.

A MALCOLM no le sorprendió el deleite de su camarada cuando le reveló las provisiones almacenadas en el sótano de Ravensmuir. La trampilla disfrazada en el suelo del gran salón se abrió y se introdujo una escalera. Rafael se unió a Malcolm en el espacio revelado, aunque había muy poco espacio allí.

"¡Sabías que atacaría tus puertas!" declaró Bertrand, su rostro era uno de los muchos que se asomaban por la abertura.

"No se construye un tesoro sin asegurarse de que se pueda defender", dijo Malcolm. "No sabía que sería el conde, pero supuse que algún hombre lo codiciaría". Cogió un paquete de flechas nuevas y se las pasó a sus compañeros.

Rafael ofreció un caldero, de un tamaño excelente para verter aceite. Dos escuderos fueron enviados al sótano y el contenido fue vaciado y admirado a toda velocidad.

Ranulf toqueteó una selección de bolas de metal con evidente admiración. Eran fundidas y del diámetro de la mano de un hombre, con un grifo en un lado. Mis favoritas dijo, y Malcolm vio la curiosidad de Catriona. "—Fuego griego, mi señora" —confesó Ranulf, sonriendo mientras Malcolm le entregaba el primer recipiente con los ingredientes necesarios. "Un arma que tomé en serio en Palestina y todavía prefiero por encima de todas las demás."

Malcolm y Rafael regresaron al salón, Malcolm notó que sus compañeros ya estaban clasificando las armas y contribuyendo con las suyas. Louis estaba rasgando la tela en tiras y enviaba a los muchachos a buscar la leña que pudieran encontrar.

Malcolm metió el dedo en el hollín de la chimenea y trazó el contorno del punto de tierra que ocupaba Ravensmuir en el suelo de piedra. Los demás se acercaron, su esposa en medio. "Aquí está el acantilado de Ravensmuir, y aquí el torreón. El seto de espinos se extiende de aquí a aquí, con la puerta de entrada en el centro. Ya no hay ningún acercamiento desde el mar. Si tienen algo de ingenio, asumirán que somos más débiles en los extremos del seto, por lo que debemos llevarlos de regreso al medio."

"No hay un pasaje real allí", dijo Reynaud, señalando los extremos del seto.

"Pueden hacer uno", señaló Georgio. "Los vi llevar sierras hasta los extremos del seto. Louis y su tripulación disparan contra ellos, pero es posible que vean que se ensancha la brecha."

"Vigilaremos ambos extremos del seto", dijo Rafael, "para que ningún caballo pueda pasar por ese camino".

"Rocas", dijo Reynaud. "Los niños pueden apilarlas en cantidad, por lo que la base está suelta y desigual".

"Y fuego", dijo Malcolm. "Porque a los caballos no les gusta. Enciende un fuego justo dentro del patio y extiende la hoguera. Colocaremos arqueros detrás de eso."

"Y mátalos uno por uno si pasan por ese camino", dijo Amaury con satisfacción. "Incluso los cadáveres se sumarán a la barrera".

"En la puerta de entrada", dijo Malcolm, señalando ese lugar. "Tendremos lo primero del aceite. El techo es de piedra, con espacio suficiente para calentar el aceite."

Tristán se frotó las manos. "Es bueno servir a un señor que ha planeado tan bien su fortaleza".

"Probablemente atacarán a caballo, y esta será nuestra ventaja. Desde la puerta de entrada, Ranulfo lanzará fuego griego.". Deslizó su dedo por su dibujo. "Arqueros de nuevo en la puerta de entrada y en el techo del propio torreón. Usaremos la tormenta de flechas para crear más confusión."

"Flechas ardientes", contribuyó Georgio.

"Flechas venenosas", añadió su puta. Miró a Catriona. "¿Tienes acónito o la belladona?"

"Acónito", dijo Catriona y corrió a buscar su bolsa de hierbas. Por una vez, se alegró de las quejas de Ruari sobre sus articulaciones doloridas, porque había usado la hierba para aliviar su malestar.

"Cualquiera que llegue al salón puede ser asaltado desde arriba o cortado en la entrada". Malcolm continuó. "Deben encenderse dos hogueras más a cada lado del salón para llevarlos hacia los acantilados".

"Humo sería lo mejor", reflexionó Gunter. "Tengo un medio para fomentar eso".

"¿Pueden cavar debajo del seto?" preguntó Louis.

Malcolm negó con la cabeza. "Tomará tiempo, porque la tierra es rocosa y esos túneles podrían colapsar sobre ellos".

"¿Qué hay de la comida?" Preguntó Rafael. "Podrían querer matarnos de hambre. Sería más sencillo."

Malcolm tamborileó con los dedos sobre la mesa. "Hay salchicha dura. Hay un pozo en el patio que no creo que pueda contaminarse fácilmente." Él asintió. "Pero esta podría ser la única ventaja que tienen".

"Kinfairlie tendrá dificultades para ayudar", señaló Elizabeth, su contribución sorprendió a los demás. "Incluso si Alexander adivina que estás sitiado, tendrá que atravesar el ejército del conde para ayudar".

"Entonces debemos provocarlos para que apresuren la batalla", dijo Rafael con tranquilidad. "Porque no tengo la intención de morir de hambre".

"¡Ni yo!" repitió Ranulf y los hombres dieron un grito de asentimiento. Levantaron los puños en señal de saludo a Malcolm.

"¡Por Ravensmuir!" Bertrand gritó. ¡Que permanezca mucho tiempo bajo la mano del Señor Malcolm!

Y mientras sus antiguos camaradas lo vitoreaban, prestando sus habilidades a la lucha por su morada, Malcolm se alegró de que hubieran llegado a su salón. "¡Les agradezco a todos!" él dijo. "Y sólo puedo creer que la Providencia los envió a mis puertas".

"Nunca me habían llamado por un título tan bonito", dijo Rafael, lo que provocó que todos se rieran.

Malcolm volvió a alzar la voz. "¡Ahora, hay trabajo por hacer!"

Catriona sentía como si le hubieran quitado la venda de los ojos.

Resultó que había Bogles en la mazmorra.

Y eso era solo el comienzo.

Vio a una bean-nighe, una anciana que lavaba la ropa de los que pronto iban a morir, tan pronto como hubo bebido la poción de Elizabeth. La hierba era realmente potente, ya que incluso el olor aclaró su visión, aunque siguiendo el consejo de Elizabeth, Catriona no dio indicios de que pudiera ver a las hadas.

Sin embargo, la vista de la bean-nighe hizo que se le pusiera la carne de gallina, porque temía que un hombre en particular pudiera morir pronto.

Ella tenía que salvar a Malcolm.

Había spriggans en la tesorería.

Había un cluricaun dentro del barril de vino vacío que habían traído lleno de Kinfairlie.

Había una docena en el seto de espinos, riendo mientras intentaban apuñalar pájaros y criaturas salvajes con las espinas, utilizándolas como armas.

Había duendes en las cocinas y Catriona no dudaba de que había más en los establos.

Había duendes de gorros rojos en las ruinas del viejo Ravensmuir, y Catriona se estremeció al ver sus sombreros, que tenían fama de estar teñidos con sangre humana.

Catriona se sorprendió al descubrir que las hadas estaban por todas partes dentro de Ravensmuir, aunque no había podido verlas antes de beber la poción. El tomillo silvestre le mostró claramente que no estaban solos en la nueva fortaleza.

Y que todos esos viejos cuentos tenían sus raíces en la verdad.

Los hombres eran metódicos en su trabajo entonces, preparando calderos de aceite caliente en el parapeto mientras ella amamantaba a Avery una vez más. Catriona ofreció las hierbas escogidas a la puta de Georgio, que resultó llamarse Guilia. Ella demostró una habilidad considerable con la mezcla y preparación de la toxina, por lo que Catriona la dejó.

"La espera", murmuró Ranulf cuando consumieron una cena rápida. Todo estaba preparado, pero el silencio más allá del seto era escalofriante. "Es la espera lo que desgasta el espíritu".

Los hombres simplemente asintieron con la cabeza.

Las hadas bailaban alegremente en el salón.

El cielo se oscureció, la víspera del solsticio de verano se acercaba un poco más y tomaron un descanso incómodo. La oscuridad estaba llena de fuegos vanidosos, luces hadas que podían llevar a un hombre a su desaparición, y Catriona apenas pegó un ojo.

Ella sabía que Malcolm estaba alerta a su lado, su mano entrelazada sobre la suya.

Pero al amanecer, empezaron los tambores.

MARTES 22 DE JUNIO DE 1428

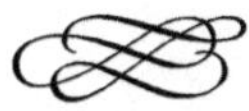

DÍA DE SAN ALBANO Y EL APÓSTOL SANTIAGO (EL
MENOR), VÍSPERA DE SOLSTICIO DE VERANO.

CAPÍTULO 15

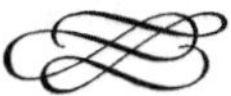

Esa mañana había niebla, el ejército invasor se ocultaba en una niebla blanca. El sol salió como una bola de fuego rojo, un sol furioso que no hacía nada para desvanecer la niebla. Los sonidos eran a la vez amortiguados y llevados lejos, y caminar por el patio podía dejar la ropa de un hombre mojada.

A Malcolm le parecía que el aire crujía en anticipación de la víspera del solsticio de verano.

Los tambores sonaban incesantemente, un ritmo regular destinado a distraer a los habitantes de Ravensmuir. "Quieren volvernos locos", dijo Rafael cuando se unió a Malcolm en el techo de la puerta de entrada.

"No tienen los medios para hacer eso", respondió Malcolm. "Al mediodía, si no han comenzado, los provocaremos."

Rafael asintió y se fue para pasar la palabra a los demás.

Malcolm quería que el día hubiera quedado atrás y temía su resultado. Quería despertarse en el sol el día de San Juan con Catriona a su lado y Ravensmuir a salvo.

Pero mientras los tambores sonaban, temió que no fuera así.

ERA una batalla digna de un Sabueso del infierno.

De hecho, mientras Catriona observaba el crujir de las hogueras y el humo oscuro salía de ellas para manchar el aire, pensó que estaba en una tierra transformada. Ravensmuir parecía un páramo, e incluso las hadas desaparecieron de la vista bajo ese sol rojo enojado. Su esposo era un extraño para ella, tan impasible como lo había sido cuando se conocieron, su atención estaba completamente fija en la batalla que se avecinaba.

Y eso fue antes de que comenzara la batalla.

Al mediodía, Malcolm la besó en la frente, dejándola en el solar con Elizabeth, Vera y Avery. Ruari no había regresado de Kinfairlie, aunque no se sabía si lo había intentado y el ejército del conde lo había despachado. Catriona esperaba que no lo hubieran capturado. Ella sabía sin que Malcolm dijera una palabra, que tal vez no volvería a verlo con vida, pero no lloraría ni suplicaría un consuelo que él no pudiera darle.

En cambio, tomó su mano entre las suyas y lo miró a los ojos. "Te amo", dijo, porque era verdad.

Su mirada se iluminó y la examinó con esa familiar intensidad. "Y hoy me ganaría el derecho de reclamar ese amor como mío", murmuró, tocando su frente con los labios de nuevo.

Luego se fue, alejándose del solar. Ella atrancó la puerta como él le había indicado, luego regresó a la ventana.

Los dedos fríos de Vera atraparon los de Catriona por un lado y los de Elizabeth por el otro. Las tres se quedaron juntas para mirar.

"Este es su oficio, mi señora", susurró Vera. "No podría haber sobrevivido tanto tiempo si no fuera experto en eso."

En unos momentos, Malcolm se paró en el techo de la entrada, con el fuego humeando en el patio detrás de él, el aceite caliente listo. En el lado del seto de Ravensmuir, había una larga fila de arqueros, un pequeño ejército que incluía a sus antiguos camaradas y sus escuderos. Lo que les faltara en número, lo compensarían con experiencia y ferocidad. Cada uno estaba equipado con flechas y

Catriona dudaba que con la niebla los hombres del conde pudieran distinguirlos.

Al otro lado del seto y el foso, el ejército del conde había montado a caballo. Cabalgaban hacia la puerta de entrada, con sus caballos en la formación de una punta. Ella pudo ver que al menos un árbol en cada extremo del seto había desaparecido en la noche, ensanchando esa brecha. Los hombres de Malcolm se habían preparado para tal evento según las instrucciones, y Catriona solo podía suponer que las viejas plantas en el seto tenían troncos tan anchos y duros que no podían cortarse fácilmente.

"—Les exijo que se vayan de Ravensmuir de inmediato" —gritó Malcolm al ejército que se encontraba debajo.

Un solo jinete se separó de la multitud y Catriona reconoció los colores del conde. "Te exijo que me entregues Ravensmuir, a mí, el Quinto Conde de Douglas."

"¡Nunca!" Gritó Malcolm. "De nuevo, exijo que abandones mi propiedad".

"¡No sin el sello en mi propia mano!" respondió el conde, declarando finalmente en voz alta su ambición. Su compañía lanzó una flecha, navegando sobre la puerta de entrada para incrustarse en el patio.

Malcolm hizo un gesto y Ranulf tocó con una leña la tela que había envuelto alrededor de una de esas bolas de metal. La llama se prendió de inmediato y Catriona supuso que la tela había sido rociada con alguna sustancia. Ranulf se puso de pie y arrojó la bola al ejército, y ella jadeó cuando lo que sea que él había vertido en la tela se encendió con un destello.

La bola giró por el aire, una bola de fuego que arrojaba tanto llamas como humo. Aterrizó entre el ejército del conde y rodó, esparciendo llamas y humo en tal cantidad que giraba en el suelo. Los caballos relinchaban y se dispersaban, el desorden se extendió desde ese punto. Malcolm asintió un minuto y los muchachos corrieron por las filas de los arqueros, encendiendo la tela envuelta alrededor de las puntas de las flechas que amartillaban en sus arcos.

Se lanzaron docenas de flechas al mismo tiempo, bolas de fuego ardiendo en el aire.

Hubo gritos cuando las armas dieron en el blanco y las llamas se encendieron en la compañía de abajo. Se quemaron abrigos y armaduras, y los caballos se agitaron. Las flechas continuaron, una descarga concertada desde el interior de la muralla con la intención de desanimar el ataque. Catriona vio a Guilia dispersar las flechas que había tratado con la toxina y supo que los muertos comenzarían a caer. De hecho, Ravensmuir ya parecía una visión del infierno, y tocó la empuñadura de su cuchillo mientras miraba.

Se oyó un grito y el primero de los atacantes intentó rodear el extremo del seto. Catriona vio a Tristán tomar una rama y empujarla en la cara del hombre, prendiendo fuego a su atuendo. Tropezó, Tristán lo apuñaló y cayó, con la ayuda de la patada de Tristán, por la ladera del acantilado. No hubo oportunidad de celebrar, porque el siguiente llegó rápidamente detrás. En unos momentos, ambos extremos del seto estaban sitiados y los hombres allí ocupados por completo con repeler a los atacantes. Catriona quería asomarse a la ventana que daba al seto para ver mejor cada detalle, pero Vera la advirtió con un toque.

"Recuerde, mi señora, que se alegrarían de verla muerta".

La batalla no era un asunto rápido, aunque Catriona podría haber esperado lo contrario. La lucha se estabilizó, Ranulf lanzaba su fuego griego, una corriente interminable de guerreros rodeando el seto, lanzando flechas en tormentas ardientes. El aceite se vertía sobre los hombres que gritaban de dolor, pero aún más venían detrás de ellos. Para alivio de Catriona, los hombres del conde abandonaron temprano sus caballos y continuaron su asalto a pie.

Los cuerpos empezaron a acumularse y las fuerzas de Malcolm no eran invencibles. Las flechas atravesaron el seto desde más allá y más de uno encontró un blanco. Los arqueros disminuyeron en número. Catriona vio a un hombre romper las filas al final. Cayó sobre un arquero y lo mató antes de que Reynaud dejara su puesto y lo atacara por la espalda. Lucharon, el atacante finalmente fue sometido, pero tan pronto como Reynaud se puso de pie, fue atacado por detrás. Los hombres se volvieron hacia la brecha y hubo una batalla cuerpo a cuerpo antes de que la brecha al final del seto fuera controlada nuevamente. Reynaud no se levantó, ni los demás cayeron en ese pedregal, y la sangre manchó el patio de Ravensmuir.

Había mucho humo tanto dentro como fuera del seto, fuegos ardiendo como si hubieran entrado en el infierno mismo, y el olor a muerte se elevaba incluso hasta la nariz de Catriona. Aun así, los hombres siguieron luchando, aún el sol ardía rojo en un cielo brumoso, aún ella observaba a Malcolm con miedo.

Cuando el sol tocó el horizonte occidental, estaba exhausta de solo mirar. ¿Cuánto tiempo duraría la batalla? ¿Cuánto tiempo podrían seguir luchando los hombres?

Elizabeth levantó un dedo, llamando la atención de Catriona sobre la forma en que la niebla parecía brillar con nueva luz. "Vienen", susurró la hermana de su marido.

Catriona frunció el ceño cuando ese destello pasó sobre la tierra, brillando de una manera muy poco común. Vera se santiguó y murmuró una oración.

Y con razón, porque las hadas salían a bailar mientras la oscuridad atravesaba la tierra. Los Bogles rugieron en la mazmorra y los duendes se balancearon desde las vigas del salón. Ella podía ver los darrigs en el seto agarrarse a las espinas con gusto. Las manejaban como lanzas, pero no parecía importarles a qué hombres golpeaban. De hecho, libraban una batalla propia, una contra todos los hombres mortales.

Los hombres de Malcolm soportaban la peor parte de ese asalto, a fuerza de proximidad. Justo cuando parecía que la batalla podría haber cambiado a favor de Malcolm, las hadas estaban por todas partes, causando estragos, mordiendo, apuñalando y molestando a los hombres de Malcolm. Ranulf lanzó un misil cuando lo mordieron, luego lo agarró demasiado tarde para lanzarlo. Aunque fue arrojado al ejército de abajo, Catriona escuchó su grito de dolor y lo vio inclinado sobre su mano.

Avery empezó a llorar, aunque había sido alimentado bastante recientemente. Catriona intercambió una mirada con Vera y le cantó una melodía en voz baja, esperando que la música lo calmara.

No llamaría la atención del enemigo por elección propia, ni permitiría que el llanto de su hijo atrajera a esos hombres.

> *"Era una noche oscura, oscura, sin luz;*
> *vadearon con sangre roja hasta la rodilla:*
> *Porque toda la sangre que se derrama sobre la tierra;*
> *corre por los ríos de la tierra de las hadas."*

"Es cierto", murmuró Vera.

El fuego necio ardía en la distancia, distrayendo a los hombres, porque las luces parpadeantes apuntaban a objetivos que no existían. Se lanzaron flechas que golpearon solo el suelo vacío y Catriona vio cómo el desorden tocaba las fuerzas de Malcolm.

> *"Vio la espina en la colina,*
> *y oyó el mar."*

Las tres mujeres jadearon cuando la tierra se agitó y se partió, todo el ejército de las hadas cabalgando hacia los campos de Ravensmuir. Había guerreros en abundancia, cada uno vestido para la batalla con sus mejores galas según su tamaño. Algunos montaban a caballo y parecían hermosos caballeros. Otros montaban ratones de campo y llevaban espinas como lanzas, con cáscaras de nueces en la cabeza. Otros volaron y aterrizaron sobre las fuerzas del conde para herirlos de verdad. Su belleza era traicionera, su peligro absoluto. Cabalgaron hacia la puerta de entrada de Ravensmuir con un esplendor terrible.

> *"Oh, ¿ves ese camino estrecho?*

tan espeso rodeado de espinas y zarzas?
Ese es el camino de la justicia,
aunque después de eso, pocos preguntan."

El ejercito de las hadas se abrió en abanico, formando un círculo fuera de la puerta de entrada de Ravensmuir, uno que casi rodeaba a las tropas del conde. Catriona vio que la escarcha se extendía por el suelo, creando un círculo de nieve sobre la tierra. Apretó a Avery con fuerza cuando comenzó la música, esa música salvaje de las hadas que llenaba sus venas con la luz de las estrellas y la tentaba a bailar.

Algunos de los hombres del conde se volvieron maravillados, sus rostros se iluminaron cuando empezaron a bailar. Las hadas bailaron con ellos, retozando, jugueteando y haciéndolos girar a través de la carnicería de sus compañeros perdidos.

"¿Y ves ese camino ancho,
que se encuentra al otro lado del pequeño sendero?
Ese es el camino de la maldad,
aunque algunos lo llaman el camino al cielo."

CATRIONA CONTUVO el aliento cuando se reveló por completo el esplendor de la corte Unseelie. Vio a un hombre con una larga barba oscura entrar en el círculo, su montura trepando desde la tierra. Los anillos brillaban en sus dedos y ella casi pudo sentir su mirada fija en Malcolm.

"Finvarra," susurró Elizabeth.

El rey de las hadas le ofreció la mano a una mujer, tan alta y hermosa como él, con el pelo largo y oscuro. Ambos tenían marcas de espirales en la carne, tracería oscura que delataba a los de su especie. Caminaron juntos a través del círculo de escarcha, las otras hadas y sus bailarines se separaron para dejar pasar lo que solo podía ser una procesión real. Se detuvieron ante la puerta de entrada y miraron a Malcolm con actitud expectante. Un río de luz de las estrellas pareció abrirse entre él y ellos, uno que fluía por el aire como una cinta, uno que lo llevaría a su perdición.

Elizabeth jadeó.

"¿Y ves ese camino de flores,
que serpentea por la ladera de los helechos?
Ese es el camino a la corte de las hadas,
adónde iremos tú y yo esta noche."

LA VOZ de Catriona murió cuando Malcolm bajo las escaleras. El rastrillo crujió cuando lo abrió, entonces ella lo vio colocar el pie en el camino iluminado por las estrellas.

Él mantendría su promesa y ella lo perdería para siempre.

"¡No!" Gritó Catriona. Le dio Avery a Vera y corrió hacia la puerta, la abrió y bajó corriendo las escaleras. Huyó a través del patio, ajena a todos los que luchaban allí, sin importarle quién la veía. Se lanzó a través del rastrillo abierto y agarró el abrigo de Malcolm. Había entrado de lleno en el camino iluminado por las estrellas y se movía como un hombre encantado.

Para su sorpresa, Elizabeth la seguía rápidamente. La doncella tiró del brazo de Catriona cuando hubiera seguido a Malcolm, luego tocó la empuñadura de la hoja en su cinturón.

Elizabeth misma sacó el cuchillo de comer de su propio cinturón y lo clavó en la tierra.

Catriona recordó ese detalle de los cuentos. Una hoja de acero aseguraba que un mortal pudiera regresar del reino de las hadas. Sacó su propia hoja de su cinturón, mirando la elaborada empuñadura.

"Sólo tienes una daga, señora mía. Debería ser mi mejor daga."

Acero toledano. Catriona hundió la daga que él le había dado en el suelo justo afuera de la puerta de Ravensmuir, asegurando su capacidad para abandonar el círculo de las hadas al amanecer.

La luz de las estrellas cerca de la hoja se atenuó, como si se apartara del acero. Catriona salió al camino, oyó que Ranulfo recobraba el aliento mientras miraba desde arriba, pero mantuvo la mirada fija hacia abajo. Pensó en la historia del Caballero Elfo y esperaba que dijera la verdad.

Ella no comería nada.

Ella no diría nada.

Ella no bebería nada.

Y no se atrevió a mirar a los ojos a este rey y reina hadas.

Catriona apretó los puños y se obligó a quedarse quieta, incluso cuando sintió que alguien se acercaba detrás de ella.

Elizabeth. Ella sonrió a Catriona con una confianza que Catriona no sentía y asintió. Se enfrentarían juntas a este enemigo.

Un hombre maldijo detrás de ellos, y Catriona vio cómo otra hoja se estrellaba contra el suelo. Para su asombro, Rafael le dirigió una mirada hirviendo. "Es hora de ser un mejor amigo", murmuró y se unió a su pequeño grupo.

Catriona no se atrevió a estar de acuerdo ni a discutir, no cuando la palabra hablada podía tener tanto poder.

La música de las hadas se hizo más alta, los hombres del lado del conde bailaban con renovado frenesí. La luna ya estaba saliendo, no del todo llena, pero arrojando suficiente luz para que el círculo de escarcha brillara. Las fuerzas de Malcolm se mantuvieron firmes, porque podían ver la tentación sacrílega que se les ofrecía. Las fuerzas de las hadas continuaron luchando contra los mortales, un enemigo invisible para los hombres del conde.

Entonces el rey de las hadas desenvainó su espada y dio un paso hacia Malcolm.

Malcolm cayó de rodillas e inclinó la cabeza. Catriona sabía que él no se sometía voluntariamente, porque vio el temblor de sus manos. Luchaba contra el hechizo pero era demasiado poderoso.

Finvarra sonrió cuando la mujer levantó un cáliz dorado ante

Malcolm, como si lo invitara a beber. Catriona quiso gritarle que no lo hiciera, pero guardó silencio con esfuerzo.

La reina sonrió con anticipación, luego una pequeña figura se lanzó desde el seto espinoso.

"¡Mía!" rugió el anciano, lanzándose ante la realeza de las hadas con una velocidad poco común. Catriona casi jadeó de horror cuando reconoció a su padre, Hamish.

"¡Mía!" le dijo y tomó la cruz que ella había puesto alrededor del cuello de Malcolm. "¡No me la querías dar, desgraciada ingrata de hija, pero se la diste a él!" Agarró la cruz, su furia le dio la fuerza para romper la cadena. Aileen nunca debería haberte llevado a nuestra casa cuando murió la puta de tu madre. Ella nunca debería haberte criado como nuestra" Escupió en el suelo. "Engendro de un extranjero, deberías haber muerto en tu primer año, justo cuando lo hizo tu madre de sangre."

La boca de Catriona se abrió en estado de shock.

¿Aileen no era su madre?

¿Hamish no era su padre?

¿Era una huérfana que había sido llevada a su casa? Entonces, ¿quién había sido su madre? ¿Su padre? La cruz debía haber venido de ellos.

El rey de las hadas levantó su espada para golpear a Malcolm mientras la reina le ofrecía la copa. La hoja era de un color plateado tan brillante que podría haber estado hecha de la luz de la luna y el borde afilado brillaba amenazadoramente.

"¿No buscas el alma más negra, mi señor rey?" Elizabeth gritó de repente y Finvarra se congeló. Miró a la doncella, su quietud hizo que la carne de Catriona se encogiera. ¿Por qué hablaba en voz alta en ese lugar? ¿No estaría ella perdida para siempre? "¿No debería ser tu diezmo el alma más malvada que puedas cosechar?"

El rey sonrió. "¿No crees que elegimos con cuidado, mi Elizabeth?"

"Creo que muchas cosas pueden cambiar en seis meses, en nuestro ámbito".

El rey de las hadas miró a Malcolm, encantado ante él. Miró a Rafael, que se mantenía firme, aunque Catriona estaba segura de que temblaba. Luego miró a Hamish, todavía acariciando la cruz de Catriona.

Finvarra sonrió.

Finvarra eligió.

Levantó un dedo y la reina le ofreció la copa a Hamish. La codiciosa criatura la agarró y bebió con entusiasmo de su contenido. La espada de Finvarra descendió con una velocidad aterradora, cortando la cabeza de Hamish de sus hombros de un solo golpe. Catriona miró el cuerpo tembloroso de Hamish con horror, todavía luchando por encontrarle sentido a lo que había dicho.

El rey de las hadas se inclinó y agarró la cabeza de Hamish, levantándola por el cabello para que el hidromiel dorado cayera centelleante al suelo. "Y así, el diezmo está pagado", dijo Finvarra, lanzando una mirada a Malcolm y otra a Rafael antes de que se volviera. Le sonrió a Elizabeth. "Y se hace otra deuda".

Ella se estremeció junto a Catriona, pero el rey se dio la vuelta.

Rafael exhaló aliviado, pero Elizabeth levantó un dedo a modo de advertencia antes de que él se moviera.

Catriona lo recordó. Faltaban horas para el amanecer. Tenían que permanecer en silencio y en su lugar para poder salir vivos del círculo.

Aun así, los hombres del conde bailaban, y las hadas seguían dominando.

¿Cómo podía Elizabeth desafiar tanto esas reglas? ¿Sería atrapada por las hadas?

La doncella le hablaba al rey de las hadas como si lo conociera, y Catriona temía el significado de eso. Puede que hubiera otro desafío en el futuro, pero concedería toda la ayuda que pudiera a la hermana de Malcolm.

Porque su venganza sobre Hamish había sido exigida y su señor esposo se había salvado. Catriona se quedó quieta y en silencio, mientras las lágrimas de gratitud corrían por sus mejillas y se sentía realmente bendecida.

~

ALEXANDER SE ENFURECIÓ por su incapacidad para acudir en ayuda de Malcolm.

Ruari había vuelto hacia Kinfairlie cuando vio al ejército del conde y, aunque Alexander había reunido a sus tropas, sabía que no podrían llegar a Ravensmuir sin grandes pérdidas. Había colocado hombres para vigilar desde el refugio del bosque de Kinfairlie y rezó por el éxito de su hermano.

La noticia había sido excelente todo el día, pero cuando cayó la noche no pudo esperar más. Quizás podría sorprender a los hombres del conde por la noche.

Alexander llegó y encontró los campos fuera de las puertas de Ravensmuir curiosamente vacíos. Detuvo su caballo y examinó los campos en barbecho, tocados con la plata de la luz de la luna. Una neblina se acumulaba en las profundidades de los surcos, pero había un silencio excepto por el estrépito del mar en los acantilados debajo del torreón. Las hogueras gastadas humeaban dentro del patio, donde había visto hogueras ardiendo antes. Se le erizaba el pelo de la nuca y no le gustaba que el torreón estuviera tan oscuro.

Ravensmuir estaba tan quieto como la tumba.

¿Qué le había sucedido al ejército fuera de las puertas de Ravensmuir?

¿Qué le había pasado a Malcolm?

Escuchó el llanto de un bebé en la distancia, luego vio pájaros oscuros volando más cerca. Se estremeció, temiendo haber llegado demasiado tarde y deseando no haber juzgado a su hermano con tanta dureza.

Fue entonces cuando vio el cuerpo caído de Malcolm fuera de las puertas. Parecía estar dormido o posiblemente muerto. Tres personas se arrodillaban inmóviles detrás de él, su hermana Elizabeth, el mercenario que había llamado a Malcolm Sabueso del infierno y un muchacho de cabello rubio.

No, era una mujer vestida de muchacho, vestida con una camisa de hombre.

Alexander podría haber dicho algo, pero una sombra oscura se separó de la sombra del seto espinoso. Alexander frunció el ceño, porque podría haber sido su tío Tynan quien se acercaba a él, aunque la figura de ese hombre era insustancial, como la de un fantasma. Escuchó a Ruari murmurar una bendición detrás de él y sintió que los hombres se bendecían a sí mismos.

Era Tynan. El fantasma de ese hombre levantó un dedo de advertencia y luego señaló la luna creciente. Alexander no desafió el consejo de su tío. Se sentó en su caballo, completamente armado, y se maravilló cuando la luna rodó por el cielo a una velocidad que nunca antes había presenciado. Podría haber jurado que no fue más que un abrir y cerrar de ojos antes de que se pusiera y el cielo del este comenzara a iluminarse y el fantasma de su tío desapareciera. Alexander pudo haber pensado que era un truco, pero escuchó las campanas distantes de la capilla de Kinfairlie, que sonaban en las mañanas todos los días.

Cuando miró hacia atrás, Elizabeth y la mujer estaban de pie, el mercenario rápido detrás de ellas. Caminaron juntos en silencio y él se dio cuenta de que trazaban un círculo en los campos. Nueve veces caminaron por este círculo, y en el noveno círculo, tres cuervos descendieron del cielo. Uno aterrizó sobre un cadáver que Alexander no había visto antes, otro sobre una piedra. El tercero recogió un objeto pequeño, como una caja, que estaba en el suelo donde había aparecido el fantasma de Tynan, y se lo llevó a Malcolm.

Ese cuervo le pareció familiar a Alexander, porque tenía plata en la frente. ¿No había habido uno con tal marca llamado Melusine?

El trío entró en medio del círculo que habían marcado y el hombre agarró la piedra. Volvieron sobre sus pasos perfectamente, incluso mientras los cuervos gritaban y movían la cabeza. Pasaron junto a Malcolm, luego la mujer se inclinó para tomar algo del suelo.

La hoja de un cuchillo brilló a la luz del amanecer.

Vio que Elizabeth sacaba otro y al hombre otro.

La roca fue arrojada lejos y se quebró ruidosamente cuando aterrizó.

La mujer rubia volvió al lado de Malcolm. Parecía estar conmovido, como un hombre atrapado en un sueño. Ella se arrodilló a su lado de nuevo, luego enmarcó su rostro entre sus manos y lo besó. El cuervo a su lado graznó y movió la cabeza, aparentemente con aprobación. Cuando Malcolm se sentó, el pájaro tomó vuelo, dejando todo lo que había llevado en el suelo. La expresión de Malcolm se convirtió en asombro cuando lo tomó y lo giró en sus manos. Se inclinó y levantó algo del suelo que brillaba en su mano y sonrió a la mujer rubia. Entonces se abrazaron de verdad, y con tal alegría que Alexander supo que no solo era la esposa de Malcolm, Catriona, sino que el suyo era un matrimonio por amor.

No podía discutir con eso.

La primera luz del sol cambió la escena ante los ojos de Alexander, y vio a docenas de hombres despertando al igual que Malcolm. Parecían estar aturdidos y más de uno tenía agujeros en las suelas de sus botas, que Alexander vio porque los estudiaban con asombro. Si hubieran sabido del baile de las hadas antes, debieron haber olvidado las advertencias.

Encontró a Malcolm de pie junto a su propio caballo, la mano de la mujer firmemente en la suya. "Cabalgas en mi ayuda", dijo Malcolm con verdadero placer.

"Lamento haber llegado demasiado tarde", dijo Alexander, humillado por sus propias dudas.

Para sorpresa de Alexander, el objeto traído por el cuervo parecía ser la caja con incrustaciones de su abuelo Merlyn, aquella en la que había guardado todos sus documentos legales y tesoros, la que se había perdido en la destrucción del antiguo torreón.

Sin embargo, esa no fue la única maravilla que pudo presenciar en este día.

Malcolm le ofreció la mano, sin embargo, sin decepción en sus ojos. "Te doy las gracias, Alexander". Hizo un gesto a la mujer. "Catriona, este es mi hermano Alexander, Señor de Kinfairlie. Alexander, conoce a mi esposa."

"Nuestra comida es escasa", dijo Catriona. "Pero te suplico que vengas al salón y desayunes."

Alexander no rechazaría una invitación.

Otra maravilla los aguardaba en el gran salón, porque todos los muebles del viejo Ravensmuir estaban apilados en el suelo, como si hubieran sido arrojados de las ruinas por una fuerza sin nombre. Malcolm exclamó con sorpresa ante las alfombras, los baúles y las tazas, y su reconocimiento de ellos era muy claro.

Alexander echó un vistazo al salón finamente construido y pensó que sus ojos lo engañaban. Porque Tynan estaba de pie en la puerta en sombras de las cocinas, con una sonrisa de orgullo en los labios mientras observaba a su sobrino y heredero. Alexander pudo haber llamado la atención de Malcolm sobre la vista, pero cuando parpadeó y miró de nuevo, la puerta estaba vacía.

Él eligió creer que el trabajo de Tynan en este reino había terminado y todo se resolvía a satisfacción de ese hombre. De hecho, nadie podía mirar al nuevo Ravensmuir, y mucho menos a su señor y señora, y encontrar fallas.

Era más que bueno tener a Malcolm en casa de nuevo.

SÁBADO, 26 DE JUNIO DE 1428

DÍA DE SAN ANTHELM Y LOS MÁRTIRES JUAN Y
PABLO.

inieron de Kinfairlie para las bodas.

El día amaneció soleado y despejado, con la promesa de una tarde cálida. Catriona creía que el grupo llegaría antes del mediodía, por lo que apenas había dormido la noche anterior. No tenía suficientes manos cerca, incluso con la ayuda de los camaradas de Malcolm que se habían quedado, Malcolm y Vera.

Los tapices encontrados en el gran salón en la mañana del solsticio de verano habían sido colgados y las mesas de caballete estaban puestas en el salón. De hecho, con tales tesoros, el nuevo Ravensmuir parecía haber permanecido durante más de una década en ese lugar, no meros meses. Los camaradas de Malcolm habían comenzado a construir la capilla en la punta rocosa. No estaba terminada, pero su altar había sido adornado con flores y guirnaldas colgadas de sus muros hasta la cintura. Esa mañana, Catriona y Vera habían encendido hogueras en las chimeneas, y los hombres habían apilado leña al lado para alimentarlas durante todo el día. Rafael y Amaury habían cabalgado a cazar y habían regresado con tres ciervos, todos los cuales estaban en asadores en las nuevas chimeneas de la cocina. Bertrand había encendido esos fuegos y encendido los asadores, sus perros tan atentos a la carne asada como él.

El grito de Malcolm llegó demasiado pronto para Catriona, porque deseaba que todo fuera perfecto para que su hermano viera por primera vez el nuevo Ravensmuir. Se había puesto el kirtle que le había dado la dama Eleanor y ya podían apretarse los cordones más de una semana antes. Ella estaba bastante llena de leche, a pesar de que Avery tenía un apetito lujurioso. Vera le trenzó el pelo y dijo que Catriona era una novia radiante. Se apresuraron al vestíbulo, Avery en brazos de Vera, y Catriona dejó que Malcolm la tomara de la mano. Esperaron en el umbral del salón, dentro del seto de espinas y ella vio aparecer el grupo.

Eran tan hermosos que la vista le quitó el aliento. El estandarte de Kinfairlie se mantenía ante ellos, el orbe dorado sobre él chasqueando con la brisa. El primer caballo era grande y tan negro como la medianoche, y sus adornos eran del tono de la casa. El Señor Alexander no llevaba yelmo y su cabello oscuro brillaba al sol. A su izquierda cabalgaba la dama Eleanor, tan erguida y hermosa en la silla que Catriona sólo podía aspirar a aprender a montar y a hacerlo tan bien. Vio al Señor Erik y a la dama Vivienne, montados en sus caballos de ébano, luego a Ruari en su amado caballo castaño. La dama Elizabeth montaba otro caballo negro junto a la dama Eleanor y Catriona notó cómo Rafael la miraba y con qué astucia Elizabeth evitaba mirar a Rafael. Ella no había tenido noticias de ningún precio que ella pudiera tener que pagar por hablar dentro del círculo, y Catriona esperaba que no lo hubiera.

Malcolm llamó su atención sobre dos caballos negros más, y sus ojos se iluminaron al reconocer a la pareja. "¡Mira! ¡Rosamunde con Padraig! Este es un regalo inesperado, aunque Alexander había dicho que venían a visitarnos." Rosamunde, sabía Catriona, era una tía muy querida y la última que se había dedicado al comercio familiar de reliquias religiosas.

Detrás de la familia había un séquito notable por su tamaño.

Catriona reconoció el carro y el caballo del cervecero, así como el que usaba el panadero. No pudo contar los carros que siguieron, aunque vio que estaban muy cargados. Supuso que el hombre con atuendo más sencillo era el sacerdote, el padre Malachy, a quien Ruari había dicho que invitaría.

Ella levantó un cáliz rebosante de cerveza dorada cuando la fiesta entró en el patio, dando la bienvenida a la familia de Malcolm con su gesto. Estaba nerviosa por actuar como señora de la casa en esta primera visita, porque temía cometer un error.

Pero la familia de Malcolm la tranquilizó de inmediato.

El Señor Alexander fue el primero en desmontar, como era correcto y apropiado, y se acercó inmediatamente para estrechar la mano de Malcolm y luego abrazarlo. Su saludo fue cordial y genuino, un espectáculo digno de calentar el corazón de Catriona. Ella levantó la copa para Alexander y él tomó un sorbo, sus ojos azules bailaban con humor. "Creo que mi hermano es muy afortunado de haber ganado una novia así, Catriona. Te agradezco tu bienvenida."

"Y yo, señor, agradezco de nuevo la ayuda de tu dama Eleanor."

La dama Eleanor tomó un sorbo de la copa antes de besar a Catriona en ambas mejillas. "Te ves tan bien", dijo con placer. "¿Y cómo le va al niño?"

"Avery está bien", dijo Catriona, señalando a Vera. "Porque ha tenido la mejor atención".

"—Otra novia" —declaró Eleanor, besando a Vera para evidente desconcierto de esa mujer. Le hizo cosquillas a Avery debajo de la barbilla. "Es un niño robusto, sin duda. A petición tuya, he traído a Greta del pueblo para que sea su nodriza. Espero que te sirva bien."

Catriona estaba casi abrumada por la gratitud, pero luego la compañía comenzó a descender sobre ellos en verdad. Malcolm fue abrazado por su familia con un afecto que pronosticaba un buen futuro, y les presentó a cada uno a su esposa. La copa estaba casi vacía cuando Rosamunde tomó su sorbo, y su compañero, Padraig, le guiñó un ojo en su evidente felicidad.

Malcolm parecía concentrado en la reacción de Rosamunde, y dio un paso atrás para inspeccionar el salón con ojo evaluador. "Es bueno", dijo ella para su evidente alivio. "Y esperaré ver cada rincón".

"Y así lo harás. Nunca pensé verte tan pronto."

Rosamunde sonrió. "Tenía la sensación de que era hora de volver a Ravensmuir. Afortunadamente para ti, o al menos para tu novia, consideré oportuno hacer algunas adquisiciones en el camino. ¡Tenemos regalos en abundancia!"

"Entonces, entremos todos al salón. Bienvenidos."

Parecía haber una señal entre ellos porque cuando Malcolm se volvió para invitarlos a entrar al salón, Alexander levantó un dedo que detuvo a toda la compañía. Sus ojos brillaron con picardía mientras se giraba y señalaba hacia Kinfairlie por el camino, y toda la compañía contuvo el aliento al mismo tiempo.

Una compañía de caballos negros , yeguas y potros también— con sus pelajes de reluciente ébano, sus pezuñas pulidas y sus colas brillando al sol, galopaban hacia las puertas de Ravensmuir. Catriona no pudo contar su número y sus cascos tronaban contra el suelo como una tormenta que se acercaba. Corrían como si hubieran nacido para correr, magníficas criaturas que eran. Sólo cuatro de ellos iban ensillados y Catriona supuso que eran mozos de cuadra que los montaban. Las magníficas bestias parecían no necesitar la guía de los mozos de cuadra, como si supieran el camino a casa en Ravensmuir.

Y se alegraran de estar tan destinados a casa.

"Rayos", murmuró Rafael, más impresionado de lo que Catriona le había oído nunca. "¡Qué majestuosidad!"

"Un legado orgulloso, sin duda", estuvo de acuerdo Alexander. "—No pediste su regreso, Malcolm, pero estás en casa y su crianza es tu derecho de nacimiento. Ruari dijo que los establos estaban en buen estado, y como les trajiste provisiones a Kinfairlie cuando los confiaste a mi cuidado, te traigo lo mismo."

"Y hay semillas", contribuyó Eleanor, sus palabras hicieron que

Malcolm se volviera hacia ella sorprendido. Ella sonrió. "Tu esposa envió un mensaje, preguntando si podíamos ahorrar un poco, ya que quería ver que los campos volvieran a ser labrados".

"No puedo decirte lo complacido que estoy de que realmente tengas la intención de administrar Ravensmuir como debe ser", dijo Alexander.

"Tu amabilidad supera todas las expectativas", dijo Malcolm, y Catriona se alegró de verlo casi abrumado a su vez.

"No es poca cosa tener un buen vecino", dijo Alexander. "Cuando tenemos a otros con ambiciones cerca de nuestras fronteras."

"Dudo que veamos mucho del conde pronto", dijo Malcolm.

"Necesita botas nuevas", dijo Catriona y todos rieron juntos.

Alexander le guiñó un ojo a Catriona. "Y ahora debemos disculpar a la novia, para que pueda vestirse para sus nupcias".

Catriona habría protestado pero no tenía ninguna posibilidad. La llevaron al salón y subieron las escaleras hacia el solar, rodeada por un entusiasta grupo de mujeres. Eleanor, Vivienne y Elizabeth podrían haber sido todas sus propias hermanas, Rosamunde, una tía indulgente. Mairi, Astrid y Catherine corrieron alrededor del solar, exclamando sobre los cambios y exigiendo explicaciones de todos, incluso mientras Rosamunde abría los baúles y mostraba su reluciente contenido.

Había sedas y terciopelos y telas tan ricas que Catriona apenas se atrevió a poner un dedo sobre ellas. Había medias y guantes y zapatos de cuero fino, un guardarropa digno de una reina y que valía el rescate de un rey.

"Te hicimos esto", admitió Eleanor y sacudió un kirtle en un azul brillante del tono de un cielo de verano. Debía de ser de seda porque tenía brillo y los dobladillos estaban profundamente bordados con plata.

"No es el mejor bordado", dijo Elizabeth. "Aunque es mi mejor. En verdad, si quieres un dobladillo maravilloso, debes pedírselo a Isabella o Annelise."

"Es el kirtle más hermoso que he visto", admitió Catriona, con un nudo en la garganta ante su consideración.

"Y este será lo suficientemente largo", dijo Eleanor con una sonrisa. Ven, tu marido te espera."

Mientras se apresuraban a su alrededor, asegurándose de que todo estaba exactamente bien, Catriona tuvo que contener las lágrimas de felicidad. Tenía una familia, como nunca antes la había tenido, y como nunca antes había conocido tanta alegría, estaba decidida a protegerla para siempre.

Un tesoro como este no merecía menos.

MALCOLM SE OCUPÓ de la comodidad de sus invitados y luego tomó la mano de Rosamunde en su codo.

Había una tristeza en sus ojos y parecía inusualmente emocional. Estaba claro que deseaba preguntarle algo, y Padraig asintió con la cabeza a Malcolm. Caminaron juntos por el patio interior, hacia el mar, y Malcolm pensó que su tía tenía la intención de darle un consejo. Quizás ella no sabía por dónde empezar.

Pero sabía lo que tenía que decirle. "Lo vi, estos últimos meses", dijo él y ella levantó la cabeza. "El fantasma de Tynan".

"¿Es él quien sacó los muebles de Ravensmuir de las ruinas?"

"Creo que sí, por extraño que parezca. No podría aventurarme mucho en el refugio derrumbado, ciertamente no lo suficiente como para recuperar esas cosas."

"Pero te metiste en ellas".

"Aquí mismo." Malcolm indicó la entrada donde se había sentado noche tras noche. "Me refugié en este rincón, fuera del viento, y me sentía como si estuviera en su compañía".

Rosamunde sonrió con tristeza. "Porque él está siempre en Ravensmuir".

"Ya no más. Alexander dijo que se despidió con la mano y desapareció."

"¿Él podía verlo?"

Malcolm asintió. "Yo no, aunque habría pagado cualquier precio por un solo vistazo".

"Como yo", dijo Rosamunde, suspirando profundamente. Tocó con las yemas de los dedos el brazo de Malcolm. "No te equivoques: soy más afortunada con Padraig y lo conozco bien. Lo amo con todo mi corazón."

"O todo lo que todavía es tuyo".

Ella lo miró con recelo.

"Catriona me ha dicho esta semana que su madre adoptiva creía que una vez que le entregas una parte de tu corazón a otro, ya no es tuyo para reclamar. Ella le enseñó a Catriona a amar sin límites y con frecuencia, para tener más amor para dar. Creo que es un consejo sabio."

"Una madre adoptiva de buen sentido", reflexionó Rosamunde. "Parece que tengo algo en común con tu nueva novia." Ella sonrió un poco. "Nunca olvidaré a Tynan, pero nunca podríamos haber hecho un buen matrimonio". Rosamunde negó con la cabeza. "Los dos éramos demasiado tercos y teníamos diferentes cosas en alta estima". Se mordió el labio y se sentó sobre la roca donde Malcolm había pasado tanto tiempo, deslizando la mano por la superficie de la piedra. "He llegado a creer que es mejor así. Aunque me decepcionó por nuestra separación, todavía puedo amarlo, porque simplemente era el hombre que era."

"Soñé que me aconsejaba que no cometiera su error".

"Tynan no se equivocó. No podría haber elegido de otra manera. Si lo hubiera hecho, no habría sido el hombre que amaba." Rosamunde sonrió con tristeza. "Y si hubiéramos permanecido juntos, nuestras diferencias nos habrían separado. No, ninguno de los dos habría cambiado voluntariamente, y ambos nos habríamos resentido con cualquier compromiso. Eso hubiera destruido nuestro amor, y eso hubiera sido más trágico."

"¿Padraig sabe esto?"

"Padraig me conocía cuando amaba a Tynan. Él nunca ha

buscado cambiarme y nunca ha deseado que yo fuera otra que la que soy. Lo adoro. Nos hacemos reír y saludamos el día con pasión por la aventura." Ella le sonrió a Malcolm. "Somos lo suficientemente parecidos como para que nuestro matrimonio sea excelente."

"¿Sueñas con Tynan?"

"Lo hago." Lanzó otra mirada a Malcolm. "La última vez que soñé con él, me pidió que me apresurara a ir a Ravensmuir para una boda. Luego se besó las yemas de los dedos, como tantas veces lo he visto hacer, y se desvaneció. Entonces supe que nunca volvería a soñar con él." Ella frunció el ceño de nuevo. "Me alegro de que sea porque ha encontrado la paz". Ella sonrió entonces, su expresión nostálgica. "Aunque no debería sorprenderme que se demorara hasta que Ravensmuir estuviera asegurado." Se puso de pie y apoyó las manos en los hombros de Malcolm, mirándolo a los ojos. "Si él nunca te dijo esto, entonces lo haré yo. Él te amaba como a un hijo, Malcolm, y estaba orgulloso de todo lo que hiciste. Él habría estado orgulloso de ti este día, sé que esto es así" —sonrió—, "con las migajas que quedan de mi corazón."

"Gracias." Malcolm abrazó a su tía, y le gustó que ella tomara un respiro vigorizante y parpadeara para contener las lágrimas. Nunca la había visto llorar y no estaba seguro de qué habría hecho si ella hubiera llorado ahora. Hubiera sido menos sorprendente verla desnuda.

"Me quedaré aquí, solo por un momento, por favor", dijo entonces, su tono se volvió tan nítido como la brisa del mar. "Ocúpate de tus invitados mientras pongo a descansar algunos recuerdos".

Malcolm volvió a besarle las mejillas y luego hizo lo que le pedía.

Y ASÍ FUE COMO Malcolm vio a Vera y Ruari intercambiar sus votos ante el padre Malachy. El cielo era azul claro y el viento del mar era fuerte. Se sorprendió a sí mismo escudriñando el cielo más de una vez, seguro de que los cuervos llegarían pronto, pero no había ni rastro de ellos.

Mientras escaneaba la compañía, dudaba que fuera el único en notar cómo la mirada de Rafael seguía a su hermana menor. Esperaba que Alexander se callara al menos un día. Después de todo, Elizabeth miraba con puñales a su antiguo camarada, por lo que allí se lograría poco.

Catriona era una mujer transformada cuando lo encontró ante la capilla, sus ojos brillaban con una felicidad que él nunca quería ver extinguida. Sus mejillas estaban enrojecidas y su deleite tan claro que era difícil creer que alguna vez se hubiera imaginado su corazón frío. Eleanor sacudió a Avery cuando hicieron sus votos una vez más, esta vez ante tantos testigos y familiares.

Cuando se declararon las nupcias, Malcolm se volvió con Catriona para enfrentarse a la compañía. Para su enorme placer, no fue solo Ranulf quien prometió sus servicios a la mano de Malcolm. Louis y Giorgio optaron por quedarse, al igual que Gunter y Amaury, Tristán y Bertrand.

Rafael actuaba como si nunca hubiera habido indicios de que pudiera irse. Había una nueva tranquilidad entre su antiguo camarada y su esposa, como si cada uno hubiera tomado la medida del otro en la víspera del solsticio de verano y hubiera aceptado lo que cada uno había encontrado.

Fue un grupo lleno de risas el que regresó al salón, para la confusión de nuevos sirvientes que llegaban y sirvientes familiares que intentaban arreglar las cosas. Hubo más de una broma sobre la gran cama que Alexander y Eleanor les habían traído a Malcolm y Catriona como regalo de bodas, y Catriona se había quedado asombrada por las cortinas que la cubrían. Rosamunde le entregó a Catriona un baúl lleno de hermosos trozos de tela y prometió traerle unas zapatillas de cuero fino del tamaño adecuado. También le dio una tela a Vera, quien la abrazó con tanta fuerza como un bebé amado.

De hecho, Erik había dado permiso a Ruari para que permaneciera en Ravensmuir, al igual que Alexander había consentido que Vera permaneciera en la propiedad de Malcolm. La pareja tenía la intención de ocupar la primera casa en la nueva aldea de Ravensmuir, y Ruari sería el maestro de armas de Malcolm. Vera había estado encantada cuando Catriona le pidió ayuda para asegurarse de que todo transcurriera sin problemas dentro de la fortaleza hasta que se eligiera un castellano. Ruari se quejaba de quedarse en Ravensmuir para siempre, pero Vera se burlaba tanto de él que no parecía demasiado disgustado.

El panadero de Kinfairlie envió platos frescos para el banquete, el cervecero trajo cerveza y los perros no podían creer su buena suerte de que hubiera tanta comida en el salón.

"¡Un cuento!" Ranulf rugió cuando se terminó la comida y los fuegos aún ardían. Levantó su copa y volvió a gritar. "¡Un cuento!"

"¡Un cuento!" Elizabeth repitió, levantando su propia copa. Ella y Ranulf se rieron el uno del otro y bebieron la salud del otro, incluso cuando Rafael los miró con el ceño fruncido.

"Conozco solo uno", dijo Catriona y se puso de pie, aplaudiendo y pidiendo silencio. Sonrió a Malcolm y luego comenzó.

"Una vez, hubo un hombre, que era heredero de una propiedad que amaba con todo su corazón. Sin embargo, su tesoro estaba vacío y sus responsabilidades eran grandes. Y así fue como entregó el anillo y el sello de su propiedad, y la custodia de los caballos que su familia había criado durante mucho tiempo en su propiedad, a su leal hermano y partió en busca de fortuna."

Malcolm se recostó y saboreó la música de la voz de su esposa mientras ella contaba su propia historia. Contempló la compañía con orgullo y satisfacción, la altura de su nuevo salón, la salud del hijo de Catriona, y supo que su vida era mejor de lo que había esperado.

Solo quedaba un regalo que le otorgaría a su esposa.

No podía esperar a que llegara.

VIERNES 23 DE OCTUBRE DE 1428

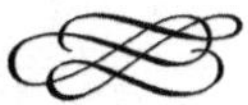

DÍA DE SAN SEVERINO BOECIO Y SAN ROMANO, OBISPO DE ROUEN.

*L*a cosecha se había recogido cuando apareció un barco en el horizonte al este de Ravensmuir. No había sido una gran cosecha, ya que solo se había labrado una pequeña parte de los campos de Ravensmuir y la tierra se había removido tarde. Pero Alexander había proporcionado semillas de avena que maduraban temprano, y Malcolm estaba muy satisfecho.

La aldea de Ravensmuir ya crecía, ya que media docena de jóvenes le habían pedido a Alexander mudarse a Ravensmuir y el hermano de Malcolm había aceptado gentilmente. Con los nuevos campos, había más oportunidades de establecer un ingreso en Ravensmuir, y numerosos hijos menores en la aldea de Kinfairlie deseaban casarse con sus novias. Para cuando la cosecha se almacenó de forma segura en los establos y la pequeña capilla de Ravensmuir estaba casi terminada, había cuatro bodas para celebrar allí.

Avery era un niño vigoroso y no parecía dispuesto a enfermarse. Su naturaleza fácil lo convertía en una alegría para todos en la fortaleza y ya demostraba la determinación de su madre de vencer todos los obstáculos. Sería un buen caballero y un buen señor, en opinión de Malcolm.

Ruari y Vera se instalaron en la primera casa construida en el pueblo, lo que pareció darle a Ruari la idea de que él estaba a cargo de todo lo que había que hacer allí. Cuando la aldea se hizo más grande y si surgía la necesidad, Malcolm ya había decidido nombrar a ese hombre sheriff. La nodriza Greta era una muchacha sencilla con un carácter generoso, y parecía que Ranulf se había perdido con una sola mirada. La cortejaba con una diligencia que Malcolm reconocía bien, y Malcolm no dudaba de que habría una quinta boda en la capilla de Ravensmuir junto al Yule.

Catriona aprendió mucho de Eleanor, y más de la elección de Anthony para castellano, un Roger que había sido traído de York. Roger era mayor que Malcolm pero más joven que Anthony, y cada compás era tan fastidioso como el castellano de Kinfairlie. Seguía las órdenes, pero también anticipaba las necesidades con una habilidad en la que tanto Catriona como Malcolm ya habían llegado a confiar. Para el placer de Malcolm, Roger no era un hombre que dejara de lado ningún activo e insistió en que necesitaba la considerable experiencia de Vera. Ambos administraban el torreón y el personal con facilidad y autoridad.

Rosamunde había prestado su experiencia para identificar un lugar al sur de Ravensmuir donde podría atracar un barco. La roca caída significaba que un barco no podía echar anclas tan cerca de la costa como había sido antes, pero Rosamunde conocía bien la costa. Había encontrado un amarre no muy lejos del que se usaba anteriormente y un lugar para anclar un bote más pequeño en la orilla cercana. Aunque la subida era empinada por los acantilados, se podía hacer, y juró que ella y Padraig la usarían a menudo.

Para Malcolm era extraordinario mirar su salón y su propiedad, y pensar en cuánto había cambiado desde su regreso en enero.

Oyó el tintineo de las llaves y se volvió para encontrar a Catriona acercándose, con la daga enfundada en un lado del cinturón y las llaves de las despensas en el otro. Le encantaba cómo había florecido en su papel y su confianza. Él sonrió y le ofreció su mano, besando su palma como era su costumbre y atrayéndola contra su costado. Se necesitaría un hombre menos observador que Malcolm para no haber notado la ligera redondez de su vientre, pero dejó que su esposa compartiera sus noticias.

Después de todo, ella no era la única que planeaba una sorpresa y él no la defraudaría.

"Hay un barco", dijo, señalando el barco en cuestión. Ya se había acercado, sus velas ondeaban con un buen viento. "¿Son estos más parientes tuyos, o simplemente nos pasan de largo?"

"¿Tienes comida para invitados?"

"Por supuesto." Catriona le sonrió. "Pero ya conoces a Roger. Quiere planificar cada eventualidad de antemano."

"—Creo que se dirigen a Ravensmuir" —admitió Malcolm, entrecerrando los ojos contra el resplandor del mar a la luz del sol mientras observaba el barco. "Al menos eso espero, porque he estado esperando a alguien".

"¿Alguien, esposo?"

"Alguien, señora mía". Malcolm ignoró su curiosidad y la besó en la frente. "Iré a los acantilados, por si acaso".

"¿Y no me dirás quién podría ser?"

"No antes de estar seguro". Malcolm le guiñó un ojo, notando la mirada severa que ella le dirigió. "Pero no soy el único que tiene un secreto, señora mía. ¿Lo soy?"

Catriona se sonrojó y sonrió entonces, tocándolo con el dedo. "¡Quería sorprenderte con la noticia del bebé!"

"Entonces deberías haber confesado la verdad antes de que pudiera verla", respondió, acercándola a su lado de nuevo. Catriona se acurrucó contra él, aparentemente contenta con su situación.

"Eres malditamente perceptivo", se quejó ella, su tono bromista. "Solo quería esperar hasta que pasara el momento de mayor riesgo, para que no te decepciones".

"¿Y pasó?"

"Más o menos. Creo que tendrás un nuevo hijo antes de la primavera, mi señor." Ella inclinó la cabeza para mirarlo, sus ojos brillaban con una felicidad que hizo que su corazón saltara. "Marzo, tal vez".

Malcolm asintió. "Es un buen momento para dar a luz, después de lo peor del invierno".

"En efecto. Podría haber pensado que lo habías planeado de esa manera."

"Nunca podría haber planeado sobre ti, señora mía". Malcolm no pudo resistir su sonrisa, pero se inclinó y la besó profundamente. El calor aumentaba entre ellos como cada vez que se tocaban, y él podría haber sugerido que pasaran la tarde solos en el solar, en la gran cama que Alexander y Eleanor les habían dado. Cuando levantó la cabeza, vio que el pensamiento de Catriona era prácticamente el mismo, porque frunció los labios y echó un vistazo al barco. Ahora estaba claramente destinado a Ravensmuir y se acercaba bastante.

"Miserables invitados", murmuró ella, con los ojos brillantes. "Pero como los has invitado, supongo que debemos saludarlos bien".

"De hecho, debemos hacerlo, señora mía". Malcolm le besó la mano de nuevo antes de alejarse. "Pero confía en mí en esto, Catriona. No te arrepentirás." Antes de que ella pudiera preguntar, se alejó a grandes zancadas, dirigiéndose hacia los acantilados y la llegada que haría completa la felicidad de su dama.

MALCOLM TENÍA un plan y Catriona lo sabía bien. ¿A quién había invitado y por qué? ¿Cuándo había convocado a los invitados? Ella no tenía ni idea de ello y tuvo que admitir que él era mejor que ella planeando una sorpresa. Sin embargo, confiaba en él y con todo su corazón, por lo que se apresuró al salón y habló con Roger. Entre los dos, los sirvientes pronto se apresuraron a preparar un festín esa noche.

Dado que el salón estaba tan bien mantenido, se barría a diario y el suelo se colocaba con juncos nuevos dos veces por semana, estaba en tan buen estado que había poco que hacer antes de que llegaran los invitados para darles la bienvenida. Roger había dispuesto más mesas en el vestíbulo, ya que aún se desconocía su número. Catriona solicitó que se avivara el fuego, en caso de que los recién llegados tuvieran frío por el viento del mar, y se encendió un fuego en la segunda chimenea. A sugerencia de Roger, se llevó a la despensa otra barrica del vino que había venido de Kinfairlie como regalo de bodas. Catriona abrió sus tiendas de especias para que una medida del vino se pudiera preparar para sus invitados. Era una larga y fría subida desde el mar hasta el salón.

Luego se enderezó la falda y se ajustó la diadema y el velo, tomando una posición en la puerta justo cuando Malcolm regresaba al salón. La familia se reunió detrás de ella y más de unos pocos de la aldea de Ravensmuir aparecieron en el patio, claramente atraídos por la curiosidad. Ranulf, como siempre, tomó la delantera en ese grupo.

Un hombre mayor acompañaba a Malcolm, su cabello tan blanco como la nieve, un solo anillo dorado en su dedo reflejaba la luz del sol. Este hombre era alto y caminaba con la seguridad de quien había luchado en su juventud. Cuando se acercó, ella vio que sus ojos eran azules, su mirada tan rápida y perceptiva como la de Malcolm.

Un camarada entonces, o un viejo amigo, y uno que había visto el éxito porque su atuendo era muy bueno. Escuchó la leve exclamación de Ranulf y supuso que él también conocía a ese hombre.

"Señora mía, este es Ulrik de Gandevaan. Ulrik, mi señora esposa, Catriona."

Catriona hizo una reverencia ante Ulrik, incluso mientras él se inclinaba profundamente. "Le doy la bienvenida, señor, a nuestro salón. Hay vino caliente para ti, porque espero que el viento del mar fuera frío."

"De hecho lo fue", asintió el hombre con entusiasmo. "Te agradezco por esta amabilidad". Le ofreció la mano y Catriona miró hacia arriba para ver el asentimiento de Malcolm antes de colocar su mano sobre la suya. Ulrik la condujo al salón, su paso seguro y su aprobación clara. "Muy bien", dijo, haciendo una pausa para volverse hacia Malcolm. "Te has asegurado el futuro muy bien, Malcolm. ¿Y tienes un hijo?"

"Sí. Avery ".

"Me gustaría ver al niño, cuando mejor le convenga a su madre".

Quizás eran parientes lejanos, porque era poco común que un hombre mostrara tanto interés por un bebé. Catriona, sin embargo, era consciente del placer de Malcolm y confiaba en que él sabía mejor. Invitó a Ulrik a tomar el mejor asiento, el más cercano al fuego, y se aseguró de que ambos hombres tuvieran vino caliente. Luego llamó a Greta y le pidió que trajera a Avery del solar. Él tenía sueño, pero estaba tan tranquilo como siempre cuando ella lo llevó a su invitado.

Ulrik mostró un interés notable en el niño, dejando a un lado su vino para admirar el vigor y el tamaño de Avery, haciéndole cosquillas en la mejilla y dejando que Avery le agarrara el dedo. Se rió entre dientes cuando Avery pateó, tan indulgente como un abuelo con el hijo que su amigo había adoptado. Catriona solo pudo concluir que él tenía un carácter bondadoso, particularmente cuando insistió en que ella se sentara con ellos y se quedara con Avery también.

"Hay una historia que quisiera contar, Dama Catriona, y tu hijo debería saberla tan bien como tú".

"Es muy joven, señor".

"Pero un niño escucha y comprende antes de que sepamos eso, y esta es una historia que nunca vería olvidada".

Catriona miró a Malcolm, pero él se limitó a sonreírle, tan tranquilo que ella supo que él había planeado eso mismo. Quizás había invitado a Ulrik para que pudiera compartir esta historia, aunque Catriona no podía imaginar por qué debería ser así.

"Una vez hubo un hombre", comenzó Ulrik. "Nació tan grande y fuerte como tu Avery aquí. Sin embargo, su madre murió al dar a luz y su padre estaba tan afligido que nunca más pudo volver a mirar a una mujer. La casa se convirtió en una de hombres, de guerreros y caballeros. Peor aún, con el señor insatisfecho, su enfoque cambió de garantizar la seguridad de una familia a adquirir riqueza. Era solo en la acumulación de monedas que el padre encontraba placer, y las reunía, sin importar el costo, con tanta diligencia que se hizo más rico que el propio Creso. Y así fue como el niño creció aprendiendo solo el arte de la guerra y la batalla, de la anexión y apropiación, como su padre prefería llamarlo, y él también encontró placer solo en los bienes materiales."

Ulrik bebió un sorbo de vino. "Hasta que un día, toda su vida cambió. Su padre lo había enviado para dirigir un ejército, atacar y reclamar una ciudad. Esta ciudad era conocida como un lugar de descanso para los peregrinos, y estaba ubicada más allá de los límites de la propiedad del padre, que en realidad crecía en tamaño con cada día que pasaba. Fue durante la Cuaresma, y el padre supo que los peregrinos estarían de paso por este pueblo cuando iniciaran su viaje hacia Compostela. Sabía que colocarían monedas en las arcas de la iglesia mientras oraban por protección en su viaje. Sabía que sus bolsas estarían llenas, porque acababan de embarcarse en sus peregrinaciones. Y sabía que no estarían bien armados y mucho menos preparados para defenderse."

"¡Pero eran peregrinos, protegidos por la gracia de Dios!" protestó Catriona.

"De hecho lo eran, pero al padre le importaban poco esos detalles. Solo pensaba en la moneda y las riquezas que podía reclamar para sí." Ulrik se encogió de hombros. "Y el hijo sólo conocía el pensamiento de su padre, porque nadie en esa casa se atrevía a protestar contra un señor. El hijo no se daba cuenta de que se consideraba que su padre era violento y codicioso, porque nunca había conocido a un hombre que fuera de otra manera." Ulrik giró su copa sobre la mesa. "Y así el hijo hizo lo que se le había ordenado. Llevó a su ejército a la ciudad, selló las puertas y comenzó a reclamar lo que percibía que era el deber de su padre." Ulrik sonrió. "Pero hubo una mujer que lo desafió".

"Bien", murmuró Catriona entre dientes, ganándose una mirada de aprobación de Ulrik.

"De hecho, fue bueno. Ella era una belleza y era decidida. Salió de la multitud, desarmada e indefensa, y le gritó. Ella lo llamó miserable y sinvergüenza, le dijo que no tenía derecho a robar a los demás, sin importar quién se lo hubiera pedido. Ella escupió en el suelo frente a su caballo, sus ojos centellearon y su desprecio era claro, y luego le dio la espalda y se alejó."

"¡Él no la lastimó!" Catriona susurró cuando Ulrik hizo una pausa.

¡No, él no lo hizo! Nunca había visto tanta belleza y nunca una mujer le había hablado así. Estaba conmovido y cambiado. Quería saber más de esta mujer, que era a la vez audaz y tonta, así que desmontó y se arrodilló, llamándola. Dijo que alejaría a su ejército a cambio de un solo beso de ella. Ella lo llamó mentiroso y discutieron su mérito. Aunque el hijo sabía que perdería esa batalla, no le importaba. Solo quería hablar con ella, incluso si ella lo despreciaba. Al final, la convensió a sonreír al admitir sus defectos, culpó a sus instrucciones y le pidió su tutela. Ella le dio ese beso, y encendió su corazón con el deseo de algo más que oro." Ulrik sonrió. "Pasaron quince días antes de que él regresara a la casa de su padre, y solo hizo eso porque la mujer, que se había convertido en su esposa por mutuo consentimiento, lo envió."

Malcolm volvió a llenar las copas de vino caliente, su mirada tan cálida sobre Catriona que ella le sonrió. Ella notó cómo Ulrik miraba entre ellos y se imaginó que estaba tan complacido porque Malcolm, su amigo, estaba felizmente casado. Ya adivinaba que al matrimonio de Ulrik no le había ido tan bien.

"Cuando el hijo regresó a casa, sintió que se le habían quitado la venda de los ojos y, en verdad, lo habían hecho. Vio que la vida de su padre estaba vacía y no valía la pena vivirla, porque no había amor ni consuelo en ella. No veía el sentido de la acumulación de riquezas de su padre, porque le producía mucho menos gozo que el que le había traído al hijo un mero momento en compañía de su dama. Y así, inevitablemente, el hijo desafió al padre, esperando provocar un cambio. En cambio, pelearon, amargamente, porque el padre sentía que el hijo rechazaba todo lo que había reunido para pasar a la mano del hijo. El hijo fue desterrado del salón de su padre, se intercambiaron tales palabras que él no se arrepintió. Regresó con su dama, decidido a comenzar de nuevo. Y así lo hicieron."

Ulrik sonrió. "Eran felices a su manera, aunque tenían poco en su nombre. Supongo que otro podría haber anticipado que esta falta de dinero en sus vidas llegaría a molestar al hijo, especialmente cuando su esposa se quedara embarazada. Comenzó a ver el razonamiento detrás de la elección de su padre, porque temía el futuro. Temía perder a su esposa y temía que su hijo pasara hambre. Y así fue como volvió a su antiguo oficio, porque luchar era todo lo que sabía hacer, aunque no le habló a su esposa de ello. Ella no era tonta y él temía que tuviera sus sospechas, pero a medida que se acercaba el momento del parto, no quería pelear con ella. Estaba temeroso de provocar cualquier disgusto que pudiera afectar su supervivencia o la salud del niño." Ulrik chasqueó los dientes. "Se podría decir que fue engañoso".

Esa última palabra quedó suspendida en el aire, pronunciada como había sido con tanto pesar. Catriona vio a Ulrik contemplar las profundidades de su vino y tuvo una muy buena idea de quién había sido este hijo en realidad.

"¿Ella murió?" preguntó ella cuando él permaneció en silencio. Temía que él pensara molestarla con tales noticias, pero se movió como si se hubiera perdido en sus pensamientos.

"No. Ella le dio mellizas, gemelas, y eran tan perfectas como podrían serlo los bebés. Tan rubias y de ojos azules como tu Avery, y tan vigorosas como probablemente también lo era él. Eran niñas sanas, y el hijo se sintió tan aliviado de haberse equivocado. Su esposa había temido que se sintiera decepcionado por no tener un hijo varón, pero él no habría cambiado ni un solo detalle. Tenía a su esposa, tenía dos hijas y tenía una pequeña fortuna acumulada en sus manos. En su determinación de mostrar su placer y tranquilizar a su esposa, hizo dos talismanes, uno para cada niña. Eran idénticos y ricamente adornados y de una forma que seguramente se ganaría el deleite de su esposa."

Ulrik negó con la cabeza. "Para su consternación, la vista de sus regalos enfureció a su esposa. Ella declaró que él no podría haber pagado por tales riquezas a menos que hubiera regresado a sus viejas costumbres, y le exigió que le confesara la verdad. Cuando él hubo hecho eso, ella le exigió que abandonara su vida de guerrero, y discutieron por primera vez. Él estaba seguro de que esas dos hermosas niñas morirían de hambre sin sus esfuerzos para mantenerlas, tan seguro como lo estaba su esposa de que su labor como mercenario haría que su alma fuera condenada al infierno.

"Él aceptó la demanda de su esposa con desgana, pero el invierno fue duro. Cuando la despensa quedó vacía y la moneda se redujo y no había trabajo honesto que hacer, no podía ignorar que tenía el poder de hacer que las cosas se arreglaran. Dijo que elegiría el infierno antes que la muerte de esas niñas, y volvieron a discutir. Esta vez, ella no cambió la opinión de su esposo. Él dejó su humilde morada para reanudar su oficio. Cuando regresó a casa una semana después con un saco de monedas, su esposa se había ido. Él sabía que ella se había ido para siempre, sin intención de ser encontrada, porque sus pocos bienes se habían ido. Se había llevado a una hija y le había dejado la otra al cuidado de un vecino. Ella le confió al vecino que todavía lo amaba demasiado como para quitarle todas sus alegrías."

"¡Oh!" Susurró Catriona.

Ulrik suspiró. "Él nunca la encontró. Nunca dejó de buscarla. Nunca se enteró de su paradero. Ella desapareció con tanta seguridad como si nunca hubiera existido, y como su padre antes que él, ninguna otra mujer podría reclamar su corazón. Sabía poco de niños, por lo que regresó a la casa de su padre para pedir ayuda. Por supuesto, el precio fue que volvió a convertirse en el señor de la guerra de su padre, pero lo pagó para garantizar el bienestar de su hija. Ella tenía todo tipo de tutores, todos los privilegios y todos los dones, y se convirtió en un eco dulce y decidido de su madre. Él la adoraba, aunque verla le recordaba lo que había perdido. Su propio padre murió cuando la niña era pequeña, y el hijo se encontró entrando en el lugar de su padre, tal como lo había planeado ese anciano, expandiendo fronteras y construyendo su tesoro con vigor para garantizar el futuro de su hija."

Ulrik hizo una pausa, tamborileando con los dedos sobre la mesa mientras tomaba un sorbo de vino. Lanzó una mirada a Catriona. "Supongo que puedes adivinar lo que le pasó a la hija".

"¿Quizás desafió las elecciones de su padre sobre posibles esposos y amó a un hombre de guerra?"

Ulrik se rió entre dientes. "Por supuesto que lo hizo. Y, por supuesto, se pelearon por su elección, pero ella, tan decidida como su madre, no dejaría que ningún hombre la gobernara. Ella huyó con su amante, pero esta vez, su padre estaba demasiado enojado para perseguirla. La llamó tonta y juró que no recibiría nada de su mano."

Entonces guardó silencio y Catriona vio brillar una lágrima en sus ojos. Su voz era ronca cuando continuó. "Casi un año después, un guerrero que había sido compañero del amante elegido de su hija llegó a la morada del padre, con pesar en sus ojos. Llevaba solo el talismán que el hombre le había dado a su hija y traía la noticia de su muerte en el parto. Y así fue como el hombre reconoció su locura, porque se había convertido en el eco de su padre, y sus últimas palabras con cada alma que amaba habían sido palabras de ira. En ese momento, decidió cambiar, ya que su esposa había tratado de cambiarlo una vez antes. Le dio el talismán al hombre que había sido mensajero, y luego comenzó a regalar las riquezas que había reunido. Él dotó iglesias y capillas, financió escuelas y dio generosamente a los pobres."

"Esperaba salvar su alma", sugirió Catriona en voz baja.

Ulrik asintió y la miró a los ojos. "Esperaba que su penitencia pudiera devolver a su esposa a su lado. Se quedó con su anillo de bodas." Levantó una mano, la mano con el anillo dorado. "También se quedó con parte del dinero, suficiente para mantener a su dama cuando la encontrara, e incluso otorgar una dote a su hija desaparecida."

"¿Y las encontró?" Catriona no pudo evitar preguntar.

Ulrik, sin embargo, le hizo un gesto a Malcolm en lugar de responder. Malcolm dejó la mesa y subió al solar. Catriona miró entre los dos sin comprender, pero Ulrik simplemente bebió un sorbo de vino y miró fijamente las llamas en la chimenea, como si su historia estuviera terminada.

Catriona esperaba que no fuera así, porque sería extraordinariamente triste que la historia terminara así.

Malcolm regresó momentos después, aunque se sintió mucho más largo. Llevaba una pequeña caja que le entregó a Ulrik. Ulrik negó con la cabeza. "Es tuyo ahora, porque fue dado gratuitamente".

Malcolm se sentó junto a Catriona. Abrió la caja y tomó el contenido en su mano. Catriona vio que la cadena se derramaba entre sus dedos, una cadena muy parecida a la reparada que estaba alrededor de su cuello. Luego le tendió la mano, mostrando una cruz indistinguible de la de ella en su palma. Catriona metió la mano en su camisola, pensando que había perdido su gema, pero aún estaba allí.

Exactamente igual que la otra.

"El nombre de mi hija era Úrsula", dijo Ulrik en voz baja, con la mirada fija en ella. "El nombre de mi esposa era Gavina. Tenía parientes lejanos en el norte de Escocia, aunque nunca consideré que viajaría tan lejos, no hasta que recibí la carta de Malcolm." Se movió como si fuera a poner su mano sobre la de Catriona, pero vaciló antes de tocarla. Su voz era ronca cuando continuó. "La niña que ella se llevó se llamaba Catriona."

Catriona miró entre los dos talismanes, luego entre los dos hombres, asombrada. "¡Tú lo sabías!" acusó a Malcolm.

Parecía tan complacido consigo mismo que ella no pudo encontrar ningún defecto. "Lo sospechaba, pero no hasta nuestras nupcias, señora mía".

"Cuando me puse esto abiertamente".

Catriona se volvió hacia Ulrik. "Entonces eres mi padre y Avery es tu nieto."

"En efecto." Estaba atento, como si no estuviera seguro de su reacción.

Catriona no podía creer su buena suerte. Ella parpadeó para contener las lágrimas de alegría, luego tomó la mano de Ulrik entre las suyas. "Y eres muy bienvenido, señor. Este es un regalo más allá de la comprensión." Abrazó a Ulrik y besó sus mejillas, incluso mientras Malcolm aplaudía y llamaba a la familia. Ulrik levantó a Avery de sus brazos, claramente decidido a malcriar al niño a toda prisa.

Las nuevas fueron compartidas y recibidas con alegría, Ranulf entró en el salón delante de los otros aldeanos para estrechar la mano de Ulrik. En unos momentos, el vino caliente se compartía y las risas sonaban en el salón, mientras todos celebraban su buena noticia.

Catriona se dio la vuelta, feliz, al encontrar a Malcolm mirándola, esa pequeña sonrisa tirando de la comisura de su boca y sus ojos brillando de un verde vivo. Ella se arrojó sobre él y él la tomó en sus brazos, balanceándola en su abrazo mientras los demás aplaudían.

"¿Estás satisfecha?" murmuró y ella se rió de él.

"¿Cómo podría no estarlo? Me has dado todo, Malcolm, un hogar, una casa y una familia. Solo tengo mi corazón para ofrecer a cambio."

"Es un premio justo, señora mía", declaró él, abrazándola. "Solo te pediría que te quedes con el mío a cambio".

"Tenemos un trato entonces, señor." Ella le señaló con un dedo. "Pero ten en cuenta que nunca lo romperé".

Y Malcolm se echó a reír, un sonido adecuado para completar la vida de Catriona. "Te amo, Catriona", dijo él con ardor. Se inclinó para besarla, sin importarle los ojos atentos de la compañía, pero levantó la vista ante un graznido repentino.

"¿Qué pájaro es este?" Preguntó Catriona, sorprendida por la audacia del sonido.

"¡Es un cuervo!" Malcolm declaró con los ojos encendidos. Él la tomó de la mano y se apresuraron al patio juntos. Para asombro de Catriona, dos docenas de grandes pájaros negros rodeaban la torre del nuevo Ravensmuir. Graznaban en voz alta, como para anunciar su llegada, luego Malcolm dio un silbido distintivo y levantó el puño.

Un pájaro se dio vuelta y luego se abalanzó hacia Malcolm con determinación. Aterrizó en su puño, un pájaro tan grande que él dio un paso atrás ante la fuerza de su aterrizaje. Miró entre él y Catriona, con los ojos brillantes, batió las alas y volvió a graznar. Tenía plata en la frente, como el que había visitado el salón antes de que Ravensmuir fuera atacado. ¿Era el mismo pájaro? Su segunda llamada fue diferente de la primera, y Catriona se preguntó si el pájaro hablaría.

"Bienvenido a casa, Melusine", dijo Malcolm. El cuervo ladeó la cabeza para mirarlo, casi como si escuchara, luego graznó lo que podría haber sido una respuesta. El placer de Malcolm era más que claro.

"¿Es cierto que puedes hablar con los cuervos y ellos entienden?" ella tenía que preguntar.

Malcolm sonrió misteriosamente y dio un segundo silbido. Melusine graznó de una manera que se parecía mucho a si estuviera riendo, como si compartieran una broma, luego agitó sus alas. Miró al nuevo Señor de Ravensmuir con lo que Catriona pensó que era aprobación y luego tomó vuelo de nuevo. Cuando aterrizó en la torre alta, eligiendo un punto desde donde pudiera mirar hacia el camino, los otros cuervos descendieron como uno solo para unirse a el.

"Regresan para quedarse", dijo Malcolm con orgullo y satisfacción. "Ravensmuir ha renacido."

LA RECOMPENSA DEL GUERRERO

LAS NOVIAS DEL AMOR VERDADERO #4

*La doncella era solo otro tesoro por ganar, hasta que ella le robó el corazón
y cambió su vida para siempre...*

Indignada de que el alma de su amado hermano fuera el diezmo
de las hadas para el infierno, Elizabeth sabe que debe salvarlo.
Después de todo ella es la única en su familia que puede ver a las
hadas, y ya está maldita por su propio rey. Malcolm puede haberse
ofrecido a reemplazar a su camarada por honor, pero Elizabeth sabe
quién merece más vivir, y no es el apuesto pícaro, Rafael, quien se
preocupa solo por su propio bienestar. Debería ser fácil hacer una
apuesta con un mercenario, especialmente porque a Elizabeth no le
importa el costo para ella misma. Sin embargo, para su sorpresa,
Rafael demuestra ser el hombre que no solo acepta su desafío, sino
que destierra la maldición del rey de las Hadas con besos que hacen
que su sangre se encienda. ¿Podría esta guerrero endurecido, que
parece no tener corazón, ser el amor destinado que ella ha
esperado?

A primera vista, Rafael cree que Elizabeth es un ángel enviado
para juzgarlo, y sabe cuál será su veredicto. Él ha tomado decisiones para sobrevivir y no está orgulloso de ellas. Pero Elizabeth
lo desafía a cambiar, con una audacia que despierta una nobleza de

propósito que Rafael había olvidado que poseía. ¿Podrá esta valiente doncella curar las heridas de su pasado? ¿Puede Rafael ganarse el derecho de concederle la vida que ella se merece, y hacerlo antes de que el rey de las hadas desencadene su trampa, convirtiendo a Elizabeth en su cautiva para siempre?

~

La recompensa del guerrero
¡Disponible ahora!

~

ACERCA DEL AUTOR

Claire Delacroix vendió su primer libro, un romance medieval, en 1992. Desde entonces, ha publicado más de setenta novelas en una amplia variedad de subgéneros, que incluyen romance histórico, romance contemporáneo, romance paranormal, romance de fantasía, romance de viaje en el tiempo, ficción femenina, paranormal adulto joveny fantasía con elementos románticos. Ha publicado bajo los nombres de Claire Delacroix, Claire Cross y Deborah Cooke. The Beauty, parte de su exitosa serie de romances históricos Bride Quest, fue su primer título en aparecer en la Lista de libros más vendidos del New York Times. Sus libros aparecen habitualmente en otras listas de bestsellers y han ganado numerosos premios. En 2009, fue escritora residente en la Biblioteca Pública de Toronto, la primera vez que la biblioteca organiza una residencia centrada en el género romántico. En 2012, tuvo el honor de recibir el premio Mentor del año de Romance Writers of America.

Actualmente, escribe romances contemporáneos y romances paranormales bajo el nombre de Deborah Cooke. También escribe romances medievales como Claire Delacroix. Vive en Canadá con su esposo y su familia, además de muchos proyectos de tejido sin terminar.

http://delacroix.net
http://deborahcooke.com

OTRAS OBRAS DE CLAIRE DELACROIX

Los campeones de Santa Eufemia:

La novia del caballero de las Cruzadas

El corazón del caballero de las Cruzadas

El beso del caballero de las Cruzadas

El juramento del caballero de las Cruzadas

El compromiso del caballero de las Cruzadas

Las joyas de Kinfairlie

La bella novia

La novia de la rosa roja

La novia blanca como la nieve

La balada de Rosamunde

Las novias del amor verdadero

El corazón del renegado

La maldición del Highlander

El beso de la doncella de hielo